GORDON D. SHIRREFFS

KERSHAW, DER PATRIOT

Western-Roman

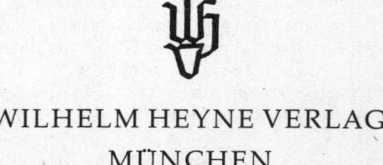

WILHELM HEYNE VERLAG
MÜNCHEN

HEYNE-WESTERN Nr. 05/2713
im Wilhelm Heyne Verlag GmbH & Co. KG., München

Titel der amerikanischen Originalausgabe
BOLD LEGEND
Deutsche Übersetzung von Joachim Honnef

Copyright © 1982 by Gordon D. Shirreffs
Copyright © 1985 der deutschen Übersetzung
by Wilhelm Heyne Verlag GmbH & Co. KG., München
Printed in Germany 1985
Umschlaggestaltung: Atelier Ingrid Schütz, München
Gesamtherstellung: Elsnerdruck GmbH, Berlin

ISBN 3-453-20579-0

1

Juli 1845: Canyon des Rio Cimarron

Quint Kershaw lief einen Trail hinab, der quer zur Canyonwand verlief, und schlich schnell und so geräuschlos wie ein jagender Puma den Geröllhang hinab. Er war allein. Kit Carson war irgendwo oberhalb des Canyons und arbeitete sich an der Seite hinab, um sich mit Quint zu treffen. Die vier anderen Mitglieder des Trupps, der die Diebe verfolgt hatte, Luke Connors, Jesus Martinez und die beiden Delawaren Black Moccasin und Joshua, suchten offenbar noch eine Stelle, an der sie die Pferde der Gruppe in den Canyon hinabbringen konnten.

Quints Gesicht verzog sich zu einem schiefen Grinsen. Er hatte die richtige Ahnung gehabt – die Pferdediebe würden sich nach Westen in den Cimarron Canyon wenden, anstatt weiterhin nach Nordosten und dann hinauf ins Vermejo River Valley zu reiten.

Quint war einsneunzig groß und einhundertneunzig Pfund schwer. Er hatte Augen und Nase wie ein Falke. Er trug eine fettige, schwarze Jacke aus Hirschleder, die Leggings eines Cheyenne und die Mokassins eines Ute. Sein rötliches Haar lugte unter der breiten Krempe seines verbeulten Wollhuts hervor, hinter dessen Band aus Klapperschlangenhaut eine graue Adlerfeder als Glücksbringer steckte. Seine ›gute Medizin‹ war eine Halskette aus furchterregenden Grizzlytatzen. Sein schweres Gewehr war eine hervorragende Hawken Rifle, Kaliber 53, die er stolz ›Auld Clootie‹ nannte, die schottische Bezeichnung für ›Alter Teufel‹. Mann und Gewehr hatten einen legendären Ruf tödlicher Treffsicherheit. Außer dem Hawken-Gewehr gab es zwei andere auffallende Merkmale an diesem großen *montero americano,* die Aufmerksamkeit erregten: seine Augen und die schreckliche Narbe auf seiner linken Wange, die markierte, was einst eine knochentiefe Furche vom Augenwinkel bis zum Mundwinkel gewesen war. Die weißliche Narbe bildete einen Kontrast zur sattelbraunen Tönung seiner vom Wetter gegerbten Haut und gab seinem Gesicht etwas Sardonisches, was nicht ganz im Gegensatz zu seinem Wesen war. Nichts in Quints Leben konnte je diese Narbe auslöschen oder verdunkeln, die vom Prankenhieb eines gewaltigen Grizzlys stammte, dessen Tatzen nun um seinen Hals hingen. Als erstes fielen Quints Größe und kräftige Statur auf, und die Narbe und das prächtige Hawken-Gewehr trugen zu seiner Einzigartigkeit bei, doch es waren die Augen, die vor allem die Aufmerksamkeit weckten und hielten. Sie waren grau, klar und kalt wie Eis am Rande eines reißenden Bergflusses nach dem ersten starken Winterfrost. Viele Feinde hatten den kalten, tödlichen Ausdruck dieser Augen gesehen; wenige hatten Gelegenheit gehabt, die große Wärme und tiefe Menschlichkeit darin kennenzulernen.

Quint hielt sich vor der *caballada*. Die Pferdediebe hatten auf der Mora- und Rayado-*hacienda* zugeschlagen, fünf Herdenreiter getötet und ein paar hundert Pferde und California-Mulis erbeutet. Sie hatten die Ranch beraubt, die Kit Carson und Dick Owens gemeinsam gehörte. Um Quints *hacienda* am Rio Brioso hatten sie einen Bogen geschlagen, und sie waren vermutlich auf dem Weg ins Vermejo Valley, um heim ins Ute-Country zu gelangen. Das heißt, wenn sie tatsächlich Moache Utes waren, wie Kit annahm. Quint war nicht so sicher. Er hatte Kit getroffen, der verbissen allein auf der Fährte der Diebe geritten war. Irgendwo meilenweit hinter ihm folgten die *vaqueros* der Mora und Rayado. Quint hatte sich Kit mit seinen vier *compañeros* angeschlossen und zehn Pferde mitgenommen, um eine schnellere Verfolgung zu ermöglichen. Sie hatten eine Abkürzung gewählt, um vor die Diebe zu gelangen. Quints Ahnung war ein Volltreffer gewesen. Keiner der anderen hatte so recht daran geglaubt, doch sie hatten gewußt, daß sie die Banditen kaum noch vor dem Vermejo Valley schnappen konnten, wenn sie es nicht beim Cimarron Canyon versuchten.

Wo waren die *compañeros*? *Que mala suerte!* Welch ein Pech! Nun hatte sich Quints Ahnung als richtig erwiesen, und er schien als einziger an Ort und Stelle zu sein, um die Diebe zu stoppen! Die *caballada* näherte sich. Quint ging auf einem Geröllhang in Deckung. Jenseits davon rauschte der reißende Fluß. Auf der anderen Seite des Flusses färbte der Schein der untergehenden Sonne die gelblichen, säulenartigen Felsformationen, die dreihundert Meter steil in den Himmel ragten, mit goldenem Schimmer.

Die ersten Pferde der *caballada* umrundeten eine Biegung des Canyons. Schaum flockte vor ihren Mäulern, ihre Augen blickten starr vor Erschöpfung, und Schweiß hatte kleine Bäche durch ihre staubbedeckten Flanken gegraben. Sie waren hart getrieben worden. Die Herde hielt auf den Fluß zu, doch sie wurde von schreienden, fluchenden Reitern zurückgetrieben. Einer der Männer brüllte auf spanisch: »Wir halten sie wenigstens für ein paar Stunden hier. Wir tränken sie, wenn sie sich abgekühlt haben! Später wird es Mondschein geben! Dann können wir sie den Canyon rauftreiben!«

Quint musterte sie durch sein kleines deutsches Fernrohr, ein starkes Instrument, das von Vollmer in Jena hergestellt worden war. Es waren fünfzehn Reiter, eine mörderisch aussehende Horde von Indianern, Mestizen und Mexikanern. Sie fühlten sich anscheinend sicher und glaubten, die Verfolger abgeschüttelt zu haben. Der Weg nach Nordwesten war ihrer Meinung nach frei.

Feuer loderten in den Schatten der Abenddämmerung an der Canyonwand auf, flackerten und zuckten und verwandelten die Gestalten in groteske Giganten. Einer der großen Männer stand neben einem Feuer und rief Befehle. Die scharfe, starke Linse des Fernrohrs hob seine Gesichtszüge hervor. Er nahm seinen Hut ab, um das Feuer anzufächern, und enthüllte langes Haar von der Farbe schmutzigen Sands. Quint atmete tief durch. *Comanchero!* Vor sieben Jahren war derselbe Mann, Jake Stow, einer von vier räuberischen Tieren in Menschengestalt gewesen, denen Quint den Tod geschworen hatte. Zwei von ihnen hatte er gejagt und zur Strecke gebracht, doch sechs Jahre waren vergangen, seit er den zweiten des Paares getötet hatte. Diesmal würde es leicht sein, ein Schuß von einer Distanz von 200 Metern den Hang hinab auf einen großen Mann, der sich deutlich vor dem Feuerschein abhob. Langsam schüttelte Quint den Kopf. Nein, er wollte, daß jeder von ihnen *wußte,* wer sie tötete. Außerdem war es seine vorrangige Aufgabe, die gestohlene Pferde- und Muliherde wiederzubeschaffen. Er war fest überzeugt davon, daß er Jake Stow anschließend schnappen würde.

Quint verschwand in der Dunkelheit. Er brauchte Kits Hilfe. Eine Eule schrie zweimal. Quint hielt auf das Geräusch zu. Er hörte es abermals und erwiderte den Eulenschrei. Eine Pause folgte. Dann wiederholte Kit den Schrei. Quint antwortete sofort.

Schwaches Mondlicht fiel in den Canyon. Ein leiser Pfiff warnte Quint. Er spähte über den Fluß und sah einen kleinen, breitschultrigen Mann dicht bei einer Kiefer stehen. Er hielt ein Paterson-Colt-Gewehr, Kaliber 44, im Anschlag.

Quint watete durch den seichten Fluß. »Hast du die anderen gesehen, Kit?« raunte er.

Kit schüttelte den Kopf. »Sie suchen wahrscheinlich oben nach einer Stelle, an der sie die Pferde runterbringen können.«

»Unsere Freunde lassen die Herde ausruhen, bis der Mond hoch genug steht. Dann werden sie sie weitertreiben, und wir werden nie mehr in der Lage sein, sie zu schnappen.«

»Was sind das für welche? Jicarillas? Moaches?«

Quint schüttelte den Kopf. »Cochetopas.«

»Chico Vasquez' Horde? *So* weit südlich?«

Quint nickte. Er kannte sie gut – eine mörderische, räuberische Meute von Renegaten; ein Rudel zweibeiniger Wölfe verschiedener Rassen, Utes, Jicarillas, Navajos, Comancheros und ein paar üble Weiße.

»Ich habe Jake Stow gesehen«, sagte er mit ruhiger Stimme.

»Diesen Teufel? Was ist mit seinem Partner, diesem Kiowa?«

Quint zuckte mit den Schultern. »Er könnte dabei sein. Ich habe ihn nicht entdeckt. Wenn er dort ist, werde ich ihn finden, Kit.«

»Du hast die Dinge soweit gut herausgefunden, Big Red. Was hast du als nächstes vor?«

»Oben im Canyon in Position zu gehen, bevor der Mond hoch genug steht. Und dann ran an den Feind, bevor sie die Möglichkeit haben zu verschwinden.«

Kit musterte Quint. »Alles in Ordnung mit dir?« fragte er trocken.

»Warum?«

Kit verdrehte die Augen. »Zwei Mann zu Fuß gegen wenigstens fünfzehn Cochetopas und Comancheros!«

Quint grinste. »Verlierst du die Nerven, Kit?«

»Nein, aber ich verliere nicht meinen gesunden Menschenverstand.«

Quint klopfte auf Kits Gewehr. »Du hast acht Schuß in dieser Kanone. Ich habe zwei Paterson-Colt-Revolver, und du hast einen. Das sind weitere fünfzehn Schuß. Ich habe noch einen mit meiner Hawken Rifle. 24 Schuß alles in allem. Fünfzehn Pferdediebe. Da bleiben neun Schuß in Reserve.«

»Vorausgesetzt, jeder Schuß ist ein Treffer.«

Quint hob die Augenbrauen. »Du überraschst mich, Cristopher. Unsere Herzen sind groß, unsere Medizin ist gut, und wir sind beide guten Schützen.«

»Du hast dir alles ausgerechnet, wie?«

Sie grinsten einander an.

»Einer von uns sollte besser nach deinen *compañeros* Ausschau halten, Big Red«, schlug Kit vor. »Wie wäre es mit dir?«

Quint schüttelte den Kopf. »Nicht, wenn Jake Stow und vielleicht Kiowa bei diesen Dieben sind.«

Kit verschwand im Gestrüpp. »*Vaya*«, rief er raunend über die Schulter zurück.

Quint kehrte bis auf hundert Meter zu den Banditen zurück. Hufe klapperten auf Felsboden. Ein Reiter trabte durch den Canyon ins Camp.

»Ist der Weg frei, Kiowa?« rief Jake.

Kiowa saß ab und erleichterte seine Blase an einem Baum, während er über die Schulter antwortete. »Ich sah ein paar Greaser-Schafhirten. Wollte nicht das Risiko eingehen, daß sie plaudern, deshalb sind sie jetzt nicht mehr dazu in der Lage.« Er grinste leicht.

»Meinst du, wir sollten weitertreiben?«

Kiowa nickte, als er sich umwandte. »Jemand könnte die Schüsse gehört haben.«

Quint richtete das Fernrohr auf das Gesicht des Halbbluts. Es war eine Visage wie aus einem Alptraum. Ein wüstes Gesicht mit einer platten Nase, wulstigen, negroiden Lippen und dunkler, pockennarbiger Haut. Sein rechtes Auge war ein blasses, kaltes Blau. Das linke Auge war schief und blind, ein milchiges Blau. Beide Augen bildeten einen verblüffenden Kontrast zu dem dunklen Gesicht. Quint hatte Kiowas linkes Augenlicht an einem Morgen im Cañon Chacuaco zerstört.

»Löscht die Feuer!« rief Jake.

Weiße Rauchwolken stiegen von den gelöschten Feuern auf.

Reiter begannen die Herde zusammenzutreiben. Ihre Rufe und die Geräusche der Pferde und Maultiere hallten durch den Canyon.

Es blieb Quint keine Zeit, auf seine Partner zu warten. Er lief geräuschlos durch den Wald, um oberhalb des Canyons in Position zu gelangen. Er würde allein in Stellung gehen müssen, wenigstens eine Zeitlang. Er entdeckte eine sichelförmige Felsformation auf dem Geröllhang, die ihm freie Sicht auf den Canyongrund erlaubte. Es gab keine Möglichkeit für die Renegaten, hinter ihn zu gelangen, vorausgesetzt, er wurde nicht ernsthaft verletzt. Er berührte die Bärentatzen am Halsband, seinen Talisman. Dann zog er beide Colts und legte sie auf den flachen Felsen vor sich.

Ein Reiter preschte den Canyon herauf, ein Scout, der den Weg für die Herde erkundete. Quint ließ ihn passieren.

Sie trieben die Herde heran und folgten ihr dichtauf. Das Pochen von Hunderten Hufen auf dem harten Boden hallte durch den Canyon. Der Mond war höher gestiegen und erhellte Quints Schußfeld. Das erste dumpfe Krachen des Hawken-Gewehrs ging im Lärm unter. Ein Mann warf seine Hände hoch und fiel aus dem Sattel. Das Pferd jagte weiter und schleifte den Reiter mit, dessen Fuß im Steigbügel hängengeblieben war. Der zweite Schuß traf einen Reiter an der Spitze des Trupps. Beim dritten Schuß brach ein Pferd zusammen, und der Reiter flog über den Kopf des Tieres hinweg.

Jake Stow entdeckte das Blitzen des Gewehrs durch den wallenden Staub und sah die Pulverrauchwölkchen. Er wies mit dem Gewehr zu Quint und rief einigen seiner Männer zu, ihm zu folgen. Drei von ihnen ritten hinter ihm her. Sie trieben ihre Pferde den Geröllhang hinauf und feuerten dabei. Es blieb Quint keine Zeit, das Hawken-Gewehr aufzuladen. Er stützte die Unterarme auf dem flachen Felsen auf und feuerte abwechselnd mit seinen Colts. Jake überlebte als einziger, weil Quint es so wollte. Der Bandit zog seinen Fuchs herum und ließ ihn über einen der Toten hinwegsetzen. Beide Colts krachten. Der Fuchs war tot, bevor er zu Boden stürzte. Jake fiel und hatte noch einen Fuß im Steigbügel. Er mühte sich ab, um sich zu befreien, während er voller Furcht Blicke zum Hang hinauf warf. Den Schützen hatte er nicht einmal gesehen, nur die blitzenden Waffen.

Die Herde war in Stampede geraten. Die überlebenden Diebe zogen ihre Pferde um die Hand und flüchteten durch den Canyon zurück, fort von dem Tod, der sie auf dem Hang erwartete. Die Herde verschwand canyonaufwärts.

Quint lud sein Hawken-Gewehr auf und sprang zwischen den Felsen auf, um nach Kiowa zu suchen. Er war nicht zu sehen.

Jake gelang es schließlich, sich zu befreien. Er zog langsam seinen Revolver und versteckte ihn hinter dem toten Pferd.

Quint drehte sich Jake zu und sah ihn an. »Wirf das Eisen den Hang herauf, Jake Stow!« rief er.

Jake starrte verdutzt. Irgendwo und irgendwann hatte er diesen großen, tödlichen Mann schon gesehen.

»Willst du jetzt sterben?« fragte Quint kalt.

»Ich will hier nicht krepieren wie ein Hund, du mörderischer Bastard!« rief Jake.

Quint ging langsam den Hang hinab. »Laß den Revolver fallen! Laß ihn fallen und lauf. Du bist gut im Laufen. Ich werde dir nicht in den Rücken schießen. Ich werde dir eine Chance zum Kämpfen geben, was mehr ist, als du je irgendeinem deiner Opfer zugebilligt hast.«

Es war der schwache schottische Akzent, an dem er Quint schließlich wiedererkannte. »Ich werde nicht vor dir fortlaufen, Kershaw«, sagte Jake schleppend.

»Willst du lieber dort sterben, wo du bist? Los! Wirf dein Eisen weg. Ich gebe dir eine Chance, binnen zehn Sekunden außer Sicht zu sein, und dann komme ich, Stow! Eins! Zwei! Drei!«

Jake zögerte.

Quint zählte unerbittlich weiter. »Vier! Fünf! Lauf, du Mörderhund! Sechs!« Er hob das Gewehr und zielte.

Jake verlor die Nerven. Er ließ seinen Revolver fallen.

»Sieben!« rief Quint.

Jake wirbelte herum und stürzte den Hang hinunter, rutschte und schlitterte, fing sich mit den Händen ab und hetzte weiter.

»Acht!«

Jake erreichte den Fuß des Hangs und rannte auf den Fluß zu.

»Neun!«

Jake rannte in das knietiefe Wasser und stapfte aufs andere Ufer zu. Er kroch aus dem Fluß und warf einen Blick über die Schulter. Sein Gesicht war verzerrt und bleich, der Mund klaffte auf, und in seinen Augen flackerte Furcht.

Quint visierte ihn an. »*Zehn!*« rief er.

Jake sprang ins Gebüsch, die Arme und Beine ausgebreitet wie ein großer, linkischer Frosch. Quints höhnisches Gelächter hallte von den steil aufragendfen Canyonwänden wider. Er lief in großen Sätzen den Hang hinab zum Fluß, watete durch das Wasser und ging in den Schatten des Waldstücks in Deckung.

Es war mehr Instinkt als eine Sinneswahrnehmung, die Quint auf einen mit Kiefern bewachsenen Hang zuhalten ließ. Er verharrte am Fuß der steilen, säulenartigen Felsformation. Ein Revolvergurt mit leerem Holster und leerer Messerscheide fiel vor seine Füße. Sein Blick zuckte hoch. Da war eine kaum wahrnehmbare Bewegung in einer Felsspalte oberhalb von ihm. Dann fiel ein Paar Stiefel mit Sporen durch die oberen Zweige eines Baumes und klatschte zu Boden.

Das Krachen von Schüssen erfüllte den Canyon weiter abwärts. Die überlebenden Banditen waren wahrscheinlich in einen Hinterhalt von Quints Gefährten geritten.

Quint lehnte sein Gewehr gegen einen Baum und legte seine Colts auf den Boden. Er drehte seinen Gurt mit dem Messer in der Lederscheide auf seinen Rücken und begann sich an der Canyonwand emporzuarbeiten, indem er mit Händen und Füßen Halt in Spalten und Rissen suchte oder sich an Verwerfungen Stück um Stück hochzog. Er war etwa zwanzig Meter vom oberen Canyonrand entfernt, als ein Stein von oben herabfiel, gegen einen Vorsprung prallte und im Bogen genau über seinen Kopf flog.

Ein Gewehrschuß peitschte vom Canyongrund her. Jake Stow fluchte und zuckte vom Rand des Felsvorsprungs zurück.

Quint kletterte in einem Felskamin hinauf und sah hinab. Fünf Männer standen bei ihren Pferden und schauten zu ihm herauf. Einer von ihnen hielt ein rauchendes Gewehr. »Tötet nicht den Hurensohn!« schrie Quint. »Steht nicht da herum! Reitet hinter der Herde her!«

»Keine Sorge, Big Red!« rief Luke herauf. »Ich will ihn nur

vom Rand des Vorsprungs forthalten, bis du dort oben bist. Danach gehört er ganz dir.«

Quint stieg langsam weiter den Felskamin hoch, spreizte die Beine nach einer Seite und schob sich mit dem Rücken an der anderen Seite höher. Schweiß strömte über sein Gesicht. Schließlich klammerte er sich mit einer blutenden Hand am oberen Rand des Vorsprungs fest. Ein Fuß mit Socken trat ihm hart auf die Finger. Er wäre fast abgestürzt. Luke feuerte. Jake sprang zurück. Quint zog sich über die Felskante, rollte sich weiter und sprang auf, wobei er sein Messer zog. Er stand auf einem großen, halbkreisförmigen Felsvorsprung, der von steilen Felswänden umgeben war, die sich zum eigentlichen Gipfel erhoben. Quint grinste. Es gab kein Entkommen für den Comanchero.

»Einer von uns wird nicht lebend von hier fortkommen«, sagte Quint mit trügerisch sanfter Stimme.

»Du willst mich töten, weil meine Partner und ich dir vor sieben Jahren einen Packen Biberfelle gestohlen haben? Ich zahle sie dir zurück! Den doppelten Preis!« Jakes Stimme klang schrill.

Quint schüttelte den Kopf. »Es geht nicht um die Felle. Ich werde dich töten für das, was du der Frau angetan hast.«

»Einer Shoshoni-Squaw? Ist sie das wert? Wir haben sie nicht umgebracht.«

»Ihr hättet es genausogut tun können. Ihr habt ihr Leben zerstört.«

»Du hast schon zwei von meinen Partnern erledigt. Reicht das nicht für die Schuld?«

»Ich will euch alle vier, Comanchero.«

»Und du glaubst, jetzt bin ich an der Reihe?«

Quint lächelte wie ein jagender Wolf. »Du bist ein kleiner Schlaukopf.«

»Ich habe nur ein Messer zur Verteidigung.«

»Dann sind die Chancen gleich.«

Jake starrte Quint an. »Bei Gott«, sagte er leise. »Ich glaube, du meinst es ernst.«

»Ich sagte dir, daß ich dir die Chance zu einem Kampf gebe.«

Schwaches Mondlicht schimmerte auf dem Stahl der Messerklingen. Sie umkreisten sich langsam, die Messer vorgehalten, deren Klingen zwischen Daumen und Zeigefinger vorragten. Sie sprangen mit erstickten Aufschreien aufeinander zu. Klingen stießen vor, klirrten, rieben gegeneinander und wurden zurückgezogen. Sie wirbelten herum und umkreisten sich all die Zeit zwischen den steilen Felswänden und dem Abgrund auf einer natürlichen Arena, die nur einer von ihnen lebend verlassen würde.

Sie kämpften Brust an Brust mit gekreuzten Messerklingen und stöhnten, als sie die Messer mit Muskeln hoben, die vor Anstrengung zitterten. Jake war ein kräftiger Mann und erfahren im Messerkampf, doch er hatte einen ebenbürtigen Gegner gefunden. Sie warfen einander zurück. Jake griff an und stieß das Messer nach Quints Unterleib. Quint senkte sein Messer, um den Stoß zu parieren. Jake schlug mit dem linken Handrücken über Quints Augen, während Quint den Messerstoß abwehrte. Die Klingen trafen sich, und Jake drehte sein Messer blitzschnell, als Quint halbblind vor Tränen zurücktaumelte. Quint wurde das Messer aus der Hand geprellt. Es fiel zu Boden.

Jake stieß einen Triumphschrei aus. Er näherte sich geduckt mit vorgehaltenem Messer. Quints Absatz traf ihn in die Genitalien. Er krümmte sich vor Schmerzen vornüber. Verschränkte Hände schmetterten auf seinen Nacken hinab. Er ging zu Boden und schlug mit dem Gesicht gegen den Fels. Blut schoß aus Stirn, Nase, Kinn und aufgeplatzten Lippen. Quint stampfte mit dem Fuß auf Jakes rechtes Handgelenk. Jake ließ sein Messer los. Quint trat es über den Rand hinweg in den Abgrund und sprang zurück. Er wischte sich Tränen aus den Augen.

Jake lag still und rechnete damit, daß ihm ein Stein den Schädel zertrümmerte, daß ihm ein Hammergriff den Arm brach oder ihn harte Absätze gnadenlos traten. Nichts geschah. Er stemmte sich langsam auf und wischte sich das Blut aus den Augen. Er sah auf Quints Messer, das ein paar Schritte entfernt lag.

»Versuch es«, schlug Quint vor.

Jake versuchte es. Sie trafen sich im Sprung mitten auf der Arena und stürzten. Jake schlug eine wuchtige rechte Gerade und ließ einen linken Haken folgen. Quint blockierte die Gerade ab, rollte sich von dem Haken fort, und die Faust traf ihn nur an der Schulter. Er schmetterte eine Rechte in Jakes Bauch und ließ einen schmerzenden Aufwärtshaken folgen, als Jake unfreiwillig vornüberkippte. Jake taumelte zurück und kämpfte um sein Gleichgewicht. Er prallte mit dem Rücken gegen die Felswand und stürzte zur Seite. Seine rechte Hand schloß sich um einen Felsbrocken. Er sprang auf und schleuderte den Brocken mit aller Kraft. Quint riß seinen linken Arm hoch, um den betäubenden Schlag hinzunehmen. Jake griff an, als Quint zurückwich. Das Blut war von Jakes Stirn in seine Augen gelaufen. Er konnte nur den verschwommenen, schattenartigen Umriß seines Gegners und nicht den Abgrund jenseits davon sehen.

Quint verharrte bei Jakes Angriff bis zum letzten Sekundenbruchteil auf den Fußballen. Dann stieß er sein linkes Bein vor. Jake fiel darüber und schoß über den Rand hinaus. Sein gellender Schrei hallte durch den Canyon und verstummte jäh, als er auf dem Grund aufschlug.

Es wurde sehr still. Nur das Rauchen des Nachtwindes in den hohen Kiefern war zu vernehmen.

Quint kletterte langsam hinab. Jake lag ausgestreckt auf dem Rücken im Fluß. Sein bleiches, blutüberströmtes Gesicht sah gespenstisch unter dem schnell fließenden Wasser aus.

»Drei erledigt, fehlt noch einer«, murmelte Quint. Wie durch einen Schleier sah er vor seinem geistigen Auge Mountain Womans Gesicht. Er hatte lange nicht mehr an sie gedacht.

Kit und Quints *compañeros* beobachteten Quint, als er seinen Sattel auf einen stämmigen Graubraunen von Kits Rayado-Herde wechselte.

»Wohin, Big Red?« fragte Luke beiläufig.

»Kiowa war hier«, sagte Quint knapp.

»Meinst du, der ist noch in der Nähe und wartet darauf, daß du ihn umlegst?«

Quint zog den Sattelgurt stramm. Er schob sein Hawken-Gewehr ins Sattelholster. Dann drehte er die Trommeln seiner Revolver und überprüfte die Ladung und die Zündhütchen.

Moccasin schüttelte den Kopf. »Er ist jetzt meilenweit fort, Big Red.«

Joshua hob den Kopf und wies canyonabwärts. »Ein Reiter«, warnte er.

Sie gingen alle in Deckung – bis auf Quint, der blieb, wo er war, und hoffnungsvoll in die Richtung blickte, aus der sich der Hufschlag näherte.

»Du gibst 'ne hübsche Zielscheibe ab, altes Roß«, sagte Kit.

Luke pflichtete ihm bei. »Es könnte Kiowa sein. Und wenn er es ist, wird er schießend kommen.«

Quint lächelte schwach. »Ich hoffe bei Gott, daß er das tut.«

Der Hufschlag verstummte. »*Hola,* Camp«, rief ein Mann aus der Dunkelheit.

Kit trat hinter seiner Deckung hervor. »Es ist Blas Galeras von der Mora.«

Der große Mann von der Mora *hacienda* führte sein erschöpftes Pferd heran. Er grinste breit. »Ich sehe, ihr habt die Pferde zurückgeholt. Gut. Aber wo sind die Räuber?« Er sah sich mit fragender Miene um.

Luke grinste. »Die meisten von ihnen werden nicht mehr wiederkommen, Blas.«

Kit nickte. »Wenn welche es schafften, aus dem Canyon herauszukommen, dann können sie jetzt nicht mehr geschnappt werden.«

»Ich kann es versuchen«, sagte Quint.

Luke schüttelte den Kopf. »Deine Zeit wird kommen. Du hast Stow erwischt. Gib dich damit zufrieden, wenigstens für 'ne Weile. Außerdem müssen wir zurück nach Rio Brioso.«

Luke hatte recht. Quint nickte. »Meine Zeit *wird* kommen.«

»Ich reite zurück und hole meine *vaqueros*«, sagte Blas. »Kit, Dick Owens folgte uns einen Teil des Weges von der Rayado und versuchte dich einzuholen. Sein Pferd war zehn Meilen von hier erledigt. Er gab mir eine Nachricht für dich. Lieutenant Fremont ist in Bent's Fort und bereitet sich auf seine dritte Entdeckungs-Expedition vor. Fremont schickte einen Kurier zur Rayado. Er bittet dich und Dick, sich ihm anzuschließen.«

Kit grinste breit. »Bei Gott! Das hätte ich nicht erwartet!«

»Was ist mit deiner Frau in Taos und deiner Ranch?« fragte Quint.

Kit zuckte die Achseln. »Josefa kann bei ihrer Schwester in Taos bleiben. Blas, sagte Dick, daß er mit Fremont reitet?«

Blas nickte. »Das sagte er.«

Kit ging zu seinem Pferd. »Dann sind die Ranch und das Vieh zu verkaufen!«

»Dick sagte auch, daß Fremont so viele gute Trapper gebrauchen kann, wie er bekommen kann«, fügte Blas hinzu. »Er sagte, Lucien Maxwell hätte sich bereits verpflichtet.«

Kit wandte sich um. »Nun, *compañeros*? Hier ist eure Chance. Wir werden die Sierra Nevadas und wahrscheinlich Kalifornien sehen! Aye...« Seine Stimme nahm einen schwärmerischen Klang an. »Kalifornien! Das ist die Fahrkarte! Man hat nicht gelebt, wenn man nicht dieses Land des Sonnenscheins und der *señoritas* gesehen hat!«

»Quint?« fragte Moccasin.

Quint schüttelte den Kopf. »Das ist nichts für mich. Aber ich werde dich nicht zurückhalten, wenn du mitreiten willst, Moc. Das gilt auch für Luke und Joshua.«

Joshua grinste. »Wir kommen höchstwahrscheinlich im nächsten Frühjahr zurück, rechtzeitig zur Büffeljagd.«

Quint sah Luke an. »Du hast dich noch nicht geäußert, Luke.«

Luke zögerte. Verdammt! Wie gerne wäre er mitgeritten! Aber nicht ohne Quint. »Ich bleibe, Big Red«, sagte er ruhig.

Kit neigte sich aus dem Sattel und ergriff Quints Hand. Er trieb sein Pferd mit den Hacken an und ritt davon, gefolgt von den Delawaren und Blas.

Luke zuckte mit den Schultern. »Vielleicht reiten wir das nächste Mal mit, wie, Big Red?«

Quint nickte. »Aye, das nächste Mal, Wandering Wolf.«

Sie beide wußten, daß es vielleicht nie ein nächstes Mal geben würde.

2

Rio Brioso

Während der letzten sieben Jahre war Quint *hacendado* der Rio Brioso *hacienda* gewesen, hatte geheiratet und war der Vater dreier Kinder geworden. Die Gelegenheiten, seinen Verpflichtungen der Familie und dem großen Landbesitz gegenüber zu entkommen, waren selten geworden. Es war nicht nötig gewesen, daß er sich an der Verfolgung der Pferdediebe beteiligt hatte. Die Banditen hatten es nicht gewagt, Rio Brioso heimzusuchen. Sie kannten Quint von früher her. Selbst die berüchtigten Comanchen ließen ihn in Ruhe. Quint hätte einige seiner Männer losschicken können, um Kit zu helfen, und keiner hätte sich deswegen Gedanken gemacht. Doch als sich plötzlich die Gelegenheit ergeben hatte, fortzureiten, hatte er sie sofort beim Schopf gepackt. Gewiß konnte das nicht die alten unbekümmerten Tage als Trapper zurückbringen. Sie waren für immer vorbei. Doch für eine kurze Zeit konnte er wieder *leben.*

Rio Brioso war die abgelegenste Verteidigungsbastion im nordöstlichen Grenzland der Provinz New Mexico. Die Provinz erstreckte sich auf Hunderten Meilen östlich und nördlich so weit, daß sogar nicht einmal die Bewohner von New Mexico selbst ihre Grenzen kannten. Die äußeren Siedlungen waren zu einem dürftigen, schwachen Saum am Rand des feindlichen Indianerlandes geworden. Die Bewohner von New Mexico hatten es nie ganz erfolgreich verstanden, die Stämme fernzuhalten, die kamen und gingen, wie es ihnen beliebte, und Pferde und Maultiere, jüngere Frauen und Kinder raubten. Rio Brioso war einst ein Teil des großen de Vasquez-Lehen gewesen. Zweimal in 35 Jahren war eine Siedlung längs des grünen Rio Brioso entstanden und von Kotsoteka-Comanchen aus dem Canadian River Country zerstört worden. Die Bewohner waren massakriert oder als Sklaven gefangengenommen, die Siedlung war vernichtet und das Vieh fortgetrieben worden. Die Familie de Vasquez war dem Kampf ums Überleben nicht gewachsen gewesen.

Im Jahre 1838 hatte eine neue starke Hand die Kontrolle über Rio Brioso übernommen: Quintin Kershaw, Trapper und

Indianerkämpfer, Männern der Berge als Big Red bekannt, bei den Leuten New Mexicos respektvoll Don Quintin genannt und vertraulicher ›Don Grande Rubio‹ – ›Der Große Blonde‹. Er wurde als glücklicher Mann betrachtet, dieser große, langbeinige, harte Mountain Man, der in Schottland geboren und in Kanada aufgewachsen war. War er nicht ohne einen Penny nach New Mexico gekommen, nur mit seiner Entschlossenheit, seinem Mut und seinem Hawken-Gewehr? Hatte er nicht Guadalupe de Vasquez umworben und erobert, die Erbin der sagenhaften und legendären Taos-*hacienda* El Cerrillo de Vasquez? Er war zu einem Viertel an dem großen Besitz beteiligt, der einst der Familie de Vasquez gehört hatte. Seine Partner waren Seine Exzellenz Don Manuel Armijo, der Gouverneur von New Mexico; Gertrudis ›La Tules‹ Barcelo, die berühmt-berüchtigte Monte-Spielerin von Santa Fé und Mätresse des Gouverneurs; Doktor Tomas Byrne, in Irland geborener Arzt und Geschäftsmann von Santa Fé. Quint hatte den Posten als Manager oder als *hacendado* von Rio Brioso übernommen. Das war eine gute geschäftliche Entscheidung gewesen, denn er konnte große Erfolge vorweisen.

Quint sonderte die schwachen, energielosen Unruhestifter und offenkundig unfähigen Siedler aus. Die verbleibenden waren Soldaten-Siedler und ihre Frauen, eine harte, zähe Sorte, die überleben konnte und in der Lage war, die Siedlung zu verteidigen, ihr eigenes Getreide zu mahlen, ihre eigenen Stoffe zu weben und Werkzeuge, Kochutensilien, Haushaltswaren und Möbelstücke anzufertigen. Das waren die Siedler von Mora, Cundiyo, Cordovy, Truchas, Trampas, Chamisal, Penasco und Rio Brioso. Doch vor allem brauchten die Leute der Siedlungsgrenze fähige Führer, und in dieser Hinsicht war Rio Brioso von allen Siedlungen die glücklichste, denn sie hatte den legendären Don Grande Rubio als *patrón*.

Im Norden des Rio Brioso Country waren die Berge die Heimat der Jicarilla-Apachen, Moache-Utes und der abtrünnigen sogenannten Cochetopa-Utes. Im Osten der weiten Prärien lebten die Faroan oder Prärie-Apachen, die von den ersten Spaniern *Apaches Vaqueros* genannt worden waren. Dort gab es außerdem die wilden und räuberischen Kotsoteka- oder Büffelesser-Comanchen, die mächtigen ›Herrscher der Prärien‹. Leute aus New Mexico, die mit den Comanchen Handel mit Sklaven, Büffelhäuten und Fellen betrieben, wurden Comancheros genannt. Einige von ihnen wurden von den Bewohnern New Mexicos gehaßt und gefürchtet.

Rio Brioso war eine gute Siedlung. Es gab kein besseres Land im nordöstlichen New Mexico. Die majestätischen Sangre de Cristo Mountains bildeten einen gigantischen Hintergrund im Westen. Ihre von Canyons zerrissenen Flanken waren zerklüftet mit tiefen Wäldern von Fichten, Kiefern, Tannen und Espen und in niedrigeren Lagen von Dickichten von Zwergeichen. Wenn das Wetter mild war und Bäume und Gras von Sonnenschein erhellt waren, konnte man manchmal in der Ferne Berggewitter toben sehen, und oftmals, wenn die unteren Hänge schneebedeckt waren, vergoldete strahlender Sonnenschein die gewaltigen Gipfel. Zerklüftete Vorberge erstreckten sich am Fuß des Gebirges wie die knochigen Finger einer gigantischen Skeletthand oder wie die Stützpfeiler einer gotischen Kathedrale.

Der Rio Brioso, der ›Feurige Fluß‹, rauschte klar aus einer gähnenden Schlucht, schäumte und flutete über das felsige Bett und floß klar, jung und frei aus dem hemmenden Schwemmsand heraus. Hervorragender Boden spendete reiche Ernten. Tausende *churro*-Schafe weideten auf den Hängen. Die Prärie war meilenweit mit Rindern gesprenkelt. Im Frühjahr wurden sie zusammen und den Berg hinauf auf die Sommerweide getrieben. Keiner in New Mexico kannte sich besser mit Pferden und Maultieren aus als Santiago Zaldivar, der *viejo* oder ›Alte‹ von Rio Brioso. Bald gelangte Rio Brioso in bezug auf Maultiere und Pferde zu einem Ansehen ohnegleichen. Santiago hatte eine mausfarbene Sorte von kraushaarigen, langohrigen Eseln vor dem Aussterben bewahrt. Sie stammten aus dem alten Spanien, und ihre Vorfahren waren vor Jahrhunderten von den Mauren aus Palästina nach Spanien gebracht worden. Ihr Rücken war längs der Wirbelsäule mit dem Zeichen des Heiligen Kreuzes markiert. Solche Esel waren auf El Cerrillo über 150 Jahre lang gezüchtet worden, bis schlechte Zeiten über den Familienbesitz der de Vasquez hereingebrochen waren und die seltene Rasse fast ausgestorben war. Nach sorgfältiger Suche hatte Santiago schließlich ein Paar dieser

Esel auf der Mora-*hacienda* gefunden und triumphierend nach Rio Brioso gebracht. Es war fast wie ein Wunder. In der Legende hieß es, daß der Reichtum und das Glück der Familie de Vasquez versiegten, wenn sie zuließ, daß die Eselrasse in El Cerrillo ausstarb. Die Legende hätte sich bewahrheiten können, wäre nicht Quint Kershaw gewesen.

Das Dorf Rio Brioso lag am nördlichen Ufer des Flusses und hatte Teile der Fundamente der ursprünglichen und der zweiten Siedlung genutzt, doch es erstreckte sich zweimal so weit nach Norden wie zuvor. Die Adobe- und Steingebäude bildeten ein innen leeres Rechteck. Sie waren durch unmittelbar aufeinander folgende Wände aneinandergereiht, deren Außenseiten fensterlos waren, aber Schießscharten enthielten. Die Dächer hatten Brüstungen, die Gewehrschützen im Fall eines Angriffs Schutz geben konnten. Zwei riesige massive Tore, eines auf der Ostseite, das andere auf der Westseite, erlaubten den Eintritt auf die Plaza. Die Tore wurden des Abends verschlossen und verriegelt und erst in der Morgendämmerung wieder geöffnet. Die einzige Möglichkeit, bei geschlossenen Toren zur Plaza zu gelangen, boten kleine Pforten in den dikken Holztoren. Eine kleine Kapelle stand auf der Plaza und konnte von Priestern benutzt werden, die zu Besuch kamen. Verteidigungstürme bewachten die Ecken im Nordosten und Südwesten und ragten über die Mauern hinauf, damit Schützen Längsfeuer an den beiden angrenzenden Wänden schießen konnten.

Der Corral der Siedlung befand sich westlich des Dorfes. Seine hohen Mauern waren oben mit stachligen Kakteen bepflanzt, um Diebe abzuhalten. Er hatte ein großes Gatter. Ein Posten hielt jede Nacht in einem kleinen Turm über dem Gatter Wache.

Jenseits des Corrals gab es eine Sägemühle, die mit Wasserkraft betrieben wurde. Es war die einzige in New Mexico. Luke Connors, der aus Kentucky stammte, hatte einst seinem Vater und Großvater geholfen, eine ähnliche Mühle am Connors Fork des Licking River zu bauen. Die Teile waren aus Saint Louis gekommen. Der Fluß war in einen Graben umgeleitet worden, dann in einen Mühlteich und schließlich auf ein sieben Meter großes Wasserrad, um die Säge anzutreiben. Ihr

Summen und Dröhnen war ein vertrautes Geräusch am Rio Brioso. Die Leute kamen von meilenweit her, um das *yanqui*-Wunder zu sehen, von dem gesägten Holz zu kaufen oder um es gegen Waren einzutauschen.

Rio Brioso war ein guter Ort, doch irgendwie fehlte Quint etwas. Der Gedanke quälte ihn. Guadalupe, oder ›Lupita‹, wie er sie bevorzugt nannte, hatte wenig Zeit dort verbracht, besonders nach der Geburt der Zwillinge Francisco und Rafaela vor sechs Jahren. Sie zog El Cerrillo vor, wo sie geboren und aufgewachsen war wie so viele Generationen der de Vasquez. Es war dort ein geregeltes, luxuriöses Leben – wenigstens für New Mexico – und vor allem ein zivilisiertes. Nach der Geburt der Zwillinge waren Guadalupes Besuche in Rio Brioso seltener und viel kürzer geworden. Sie weigerte sich entschieden, einen ganzen Winter dort zu verbringen. Ihr letzter Besuch war vor ein paar Wochen im April gewesen, bevor Quint zur Büffeljagd des Frühjahrs aufgebrochen war. (Vielleicht wäre sie geblieben, wenn er nicht fortgeritten wäre.) Überdies sah sie nicht ein, weshalb er soviel Zeit in Rio Brioso verbrachte, anstatt bei ihr und den Kindern zu sein. Ihrer Meinung nach konnte ein *rico*, ein *gente fina*, die Arbeit, zu der er sich gezwungen sah, leicht von anderen erledigen lassen. Das schloß die Büffeljagd zweimal im Jahr ein. Die Büffeljagden waren gefährlich; das wußte sie von ihrer einzigen eigenen Erfahrung vor sieben Jahren. Und sie entführten Quint für Wochen. Doch am schlimmsten war, daß sie die Büffeljagd als eine erniedrigende Arbeit für einen Mann in seiner Position betrachtete.

Es war Luke Connors, der den hauptsächlichen Grund dafür erklärt hatte, weshalb Guadalupe sich von Rio Brioso fernhielt. Gut geölt von einem halben Pint Taos Lightnin' – Whisky – hatte er gesagt: »Sie ist eifersüchtig auf die Wildnis, auf die Anziehungskraft, die sie auf dich ausübt, Big Red. Sie ist etwas, mit dem sie und die Kinder nicht konkurrieren können. Wenn du zuerst verheiratet gewesen wärst, dann machte ihr das nicht viel aus. Sie wollte dir gefallen, und so akzeptierte sie die Wildnis als Rivalin. Doch im Laufe der Zeit wurde diese Rivalin schlimmer als die Bedrohung durch eine andere Frau. *Damit* käme sie zurecht. Frauen in New Mexico sind meisterhaft in solchen Dingen. Doch sie weiß, daß sie eine verlorene Schlacht kämpft, wenn sie dich nicht zurück nach El Cerrillo bekommen kann. Im Augenblick tut sie etwas, was Frauen in ihrer Lage oftmals tun – man sagt, sie sucht mehr und mehr in der Religion Trost. So holst du sie und die Kleinen besser hier nach Rio Brioso, wenn du sie und die Zwillinge nicht verlieren willst. Davie würdest du nicht verlieren, aber Lupita ist ja nicht seine richtige Mutter. Er hat keinen Tropfen Greaserblut in sich.« Er hatte die Augen himmelwärts gerollt. »Halb Schotte und halb Shoshoni. Mein Gott! Welch eine Kombination!«

»Was ist also dein weiser Rat, Wandering Wolf?«

Luke hatte einen Augenblick lang geschwiegen. Er hatte gewußt, daß sein Rat mit der Zeit gegen seine große Freundschaft und starke Zuneigung zu Quint arbeiten würde. Wenn er den Mund hielt, würden die Dinge vielleicht so weitergehen wie bisher. Doch wenn er ehrlich war, konnte er nicht schweigen. »Erbau diese prächtige *plazuela,* von der du immer sprichst, hier in Rio Brioso. Das *könnte* sie bei dir behalten, Quint.«

Quint hatte Luke nachdenklich angesehen. Er hatte gewußt, was ihn das für Zeit kosten würde. »Du hast recht«, hatte er schließlich zugestimmt, und sie hatten die Flasche gemeinsam geleert.

3

Santiago Zaldivar, *segundo* und *viejo* oder der ›Alte‹ von Rio Brioso, wurde normalerweise als erster bei wichtigen Dingen zu Rate gezogen. Quint war von den Leuten akzeptiert worden, doch er hatte immer noch anderes Blut. In solch einer isolierten Siedlung herrschten die alten Sitten und Gebräuche, und jede Neuerung war verdächtig. Die alten Traditionen hatten die tiefsten spanischen Wurzeln. Deshalb wandte sich Quint an Santiago, um seinen Rat einzuholen, nachdem er sich entschlossen hatte, die neue *plazuela* für Lupita und die Kinder zu errichten. Vielleicht konnte solch ein neues Heim, wie Quint es sich vorstellte, Lupita zurück nach Rio Brioso locken und dort halten.

»Da gibt es nur einen Platz, an dem solch eine *plazuela,* wie Sie sie beschrieben haben, errichtet werden sollte, Don Quintin, wie Sie gut wissen«, sagte der alte Mann nachdenklich.

Das Gelände war ein niedriger Hügel mit flacher Kuppe, der sich wie eine Miniatur-Mesa auf dem sanften Hang, eine halbe Meile südlich des Flusses und in einer groben Nord-Süd-Linie mit der Siedlung, auf der anderen Seite des Flusses befand. Es war ein perfekter Aussichtspunkt. Im Westen erhoben sich die majestätischen Sangre de Cristos, im Norden die Hänge des Flußtals und jenseits davon weitere Berge der Sangre de Cristos. Im Süden erstreckten sich niedrige, gewellte Hügel vor dem Hintergrund der dunstumhüllten Turkey Mountains. Quint plante das Haus mit der Front nach Osten zu erbauen, sein bevorzugter Ausblick. Dort gab es ein großartiges Panorama von scheinbar endlosen Prärien, die bis zu der dunstigen scheinbaren Grenzenlosigkeit des Canadian River Valley reichten. Man konnte das schwache Band des Santa Fé Trail sehen, der vom Norden und vom Raton Paß herunterführte, während sich im Ostnordosten die Abkürzung des Trails, der Cimarron Cut Off, befand.

Quint hatte vor, nach Taos zu reiten und dort ein paar Wochen lang zu bleiben. Er war bereit, dort wenigstens für eine Weile Lupitas Lebensweise zu versuchen. Er wußte, daß er es dort nie lange aushielt, trotz der großen Anziehungskraft nicht, die Lupita und die Kinder auf ihn ausübten. El Cerrillo war wirklich repräsentativ für die alte, starre Lebensweise New Mexicos. Dieser Lebensstil war zum Sterben verdammt. Er würde bald durch den gewaltigen Zustrom amerikanischer Händler und Kaufleute und deren Einfluß ausgelöscht werden. Eine Flut von vitalem, neuen Blut würde in die alten, spanischen Adern gepumpt werden. Wenn er nach El Cerrillo und der Lebensart zurückkehrte, an die sich Lupita verzweifelt klammerte, würde er nicht mehr zu den modern eingestellten Amerikanern passen, die in Taos und Santa Fé arbeiteten und Geschäfte machten. Das war ihm klar. Er hatte zwar eine de Vasquez geheiratet, doch er war immer noch sein eigener Herr. Sein Platz war am Rio Brioso, und wenn die Lebensweise dort ebenfalls hinter der Zeit herhinkte, wie es unvermeidlich irgendwann einmal der Fall sein würde, dann würde er eine neue Siedlungsgrenze zum Erobern brauchen. Er wollte seine Familie nach Rio Brioso bringen, bevor es soweit war. Es interessierte ihn nicht sonderlich, ein großes Haus zu haben. Er war nie einer derjenigen gewesen, die Wert auf Pomp und Diener legen und damit vor anderen prahlen, doch damit war Lupita geboren worden und aufgewachsen. Sie betrachtete es als ihr uneingeschränktes Recht, das ihr gebührte, und sie konnte nie verstehen, weshalb Quint nicht genauso darüber dachte. Er war nie dieser Lebensweise ausgesetzt gewesen, und deshalb vermißte er sie nicht. Die *plazuela*, die er nun plante, würde ein versuchsweiser Kompromiß sein, um Lupita von El Cerrillo und vielleicht von ihrer neuentdeckten Religiösität wiederzugewinnen. Mit gutem Willen klappte es vielleicht.

Santiago machte einen Rundgang auf dem Gelände, das er für die *plazuela* vorgeschlagen hatte. Er wies auf niedrige, arg verwitterte Mauerreste aus Lehmziegeln. »Dort, Don Quintin«, sagte er fast ehrfürchtig, »sind die Überreste der ursprünglichen Mauern, die vor fünfunddreißig Jahren auf persönlichen Befehl von Don Sebastian errichtet wurden, seine harte, alte Seele ruhe in Frieden. Das Fundament der *hacienda* besteht aus Gestein, das ein Meter tief in lose Steine gesetzt wurde, die mit Mörtel zusammengemauert wurden. Die Wände waren vier Meter hoch und ein Meter dick. Die *hacienda* war erst zum Teil überdacht, als sie . . .« Seine heisere Stimme brach. Er schüttelte den Kopf. »Ah, Sie kennen die Geschichte, Don Quintin und Señor Luke. Sie ist Legende.«

Don Sebastian, Lupitas Großvater, hatte die erste Siedlung am Rio Brioso errichtet. Sie hatte Fortschritte gemacht, bis eines kalten Tages im Morgengrauen die Kotsoteka-Comanchen zugeschlagen hatten. Don Sebastian war schwer verletzt worden. Santiago hatte seinem *patrón* das Leben gerettet und dabei sein eigenes aufs Spiel gesetzt und selbst schwere Verletzungen davongetragen. Rio Brioso war zerstört worden. Alle männlichen Erwachsenen außer Don Sebastian und Santiago waren getötet worden, ebenso ältere Frauen und erwachsene Jungen. Die jungen Frauen und Kinder waren gefangengenommen worden. Don Sebastian war dann gestorben. Er hatte nicht mehr leben wollen. Von Rio Brioso war nur das ewige Land geblieben.

Santiagos Gedanken waren weit fort. »Don Sebastians Sohn Don Francisco baute vor zwanzig Jahren das Dorf und die *hacienda* wieder auf. Die meisten der Männer, die körperlich dazu in der Lage waren, verließen das Dorf im Frühjahr zur Büffeljagd. Ich war dabei. Als wir zurückkehrten, waren die *hacienda* und die Siedlung niedergebrannt. Comanchen hatten Rio Brioso und Mora überfallen. Don Francisco und ein paar Leute überlebten. Er kehrte mit einer Kugel im Bein nach El Cerrillo zurück und hinkte fortan. Er war nie mehr derselbe. Don Quintin, es bringt Unglück, hier wieder zu bauen.«

Quint zuckte mit den Schultern. »Sie sagten selbst, es ist der einzige Platz, der in Frage kommt.«

»Es könnte mehr als nur Unglück sein. Vielleicht ist es der Wille Gottes.« Santiago bekreuzigte sich schnell.

Quint hörte nicht auf den alten Mann. »Ich werde es auf die alte, traditionelle Weise bauen, doch mit einigen Veränderungen, von denen ich Ihnen erzählen werde. Ich will nur das Beste. Ich will nur einen guten Platz, um meiner Familie und mir ebenso Schutz und Unterkunft zu geben wie zukünftigen Generationen der Kershaws.«

Santiago neigte den Kopf zur Seite und sah zu Quint auf. »Wie El Cerrillo, *patrón*?« Es war kein Argwohn in seinem runzligen Gesicht zu sehen. Er wußte von dem lautlosen Kampf zwischen Lupita und Quint; der Kampf zweier willensstarker, entschlossener Persönlichkeiten, die *ihren* Weg kannten und nur *ihren* für den richtigen hielten.

»Nicht genau, *viejo*«, erwiderte Quint. »Wer kann mit diesem Juwel der Berge konkurrieren?« Die Wahrheit war, daß er keinen Abklatsch und nicht einmal eine Nachahmung dieser Stätte der Legende und starren Tradition haben wollte. Das war der Ort der de Vasquez und würde es immer sein. Sein Platz sollte der von Quintin Kershaw und nur das sein.

Quint hatte während des Winters, in dem Rio Brioso eingeschneit gewesen war, einen Plan für die *plazuela* entworfen, die er erbauen wollte. Es war eine kleinere Version von Bents berühmtem Fort am Arkansas, 80 Quadratmeter groß mit einem viereckigen Innenhof von 75 Quadratmetern. Drei Seiten würden vier Meter dicke Wände haben. Die Räume würden einstöckig sein, die auf der Westseite zweistöckig. An der nordwestlichen und südwestlichen Ecke würden Türme die Wände überragen, so daß Kanonen und kleinere Waffen im Fall eines Angriffs an den Wänden entlang feuern konnten. Jeder Turm sollte mit einer Dreipfünder-Kanone bestückt werden. Die Außenmauern würden Schießscharten enthalten. Der Haupteingang sollte sich auf der Ostseite befinden und groß genug für Karren und Wagen sein. Er sollte ein großes Doppeltor aus zwei dicken Schichten Hartholzplanken sein. Einer der Torflügel sollte eine kleine Pforte enthalten, damit man eintreten konnte, wenn das Tor verschlossen und mit einem Querbalken von innen gesichert war. Der Corral sollte an die Südwand grenzen und etwa halb so groß wie das Hauptgebäude sein. Eine Scheune und Stallungen würden sich daran anschließen. Der alte Brunnen in der Mitte der ursprünglichen *hacienda* sollte ausgegraben und mit Stein verkleidet werden. Die Räume in beiden Stockwerken der Westseite würden Wohnquartiere für die Familie bieten. Die *sala* oder ›das formelle Wohnzimmer‹ sollte der größte Raum auf der Nordseite des Erdgeschosses werden. Daran würde das große Schlafzimmer grenzen. Beide Räume plante Quint mit Dielenboden, eine Seltenheit in New Mexico. Jeder Raum würde große, bienenkorbähnliche Kamine in diagonal gegenüberliegenden Ecken erhalten. Die übrigen Räume sollten nur einen Kamin bekommen, der mit einer Schicht von geschliffenem Ton gemixt mit Tierblut überzogen sein würde. Alle Adobewände wollte Quint mit einer dünnen weißen Gipsschicht überziehen lassen. Die Stallungen sollten an die Südwand grenzen und einen Durchgang zum Corral haben. Die Räume an der Nordwand stellte sich Quint als Küche, als *dispensas* oder ›Lagerräume‹ und als Quartiere für Koch und Hauspersonal vor. Die Zimmer an der Ostwand hatte er als Kombination aus Bibliothek und Büro für sich geplant, und ein Raum sollte für Luke Connors zur Verfügung stehen, falls und wann immer er ihn benutzen wollte; wenn Guadalupe im Haus lebte, würde Luke wahrscheinlich sein altes Quartier im Dorf bevorzugen. Die übrigen Räume an der Ostseite waren für Gäste bestimmt.

Santiago kommandierte jeden verfügbaren und körperlich fähigen Mann aus Rio Brioso und viele Arbeitskräfte von der Mora ab, um ›Kershaws Fort‹ zu erbauen, wie Luke es scherzhaft getauft hatte. Gerüchte besagten, Doña Guadalupe wollte, daß Don Quintin für immer auf El Cerrillo blieb und dort seinen rechtmäßigen Platz als *patrón* einnahm. Wer ihn besser zu kennen glaubte, war bereit zu wetten, daß sie ihn nicht dort halten konnte. War er nicht ein *Montero Americano* und kein *rico* und kein de Vasquez? Doch da war Doña Guadalupe, die ›Lupita‹, an die sich viele von ihnen aus vergangenen Jahren erinnerten. Lupita mit dem schönen Körper, den dunklen, blitzenden Augen und dem seidigen, glänzenden Haar, die *jeden* in ihren Bann zog, sogar Don Quintin! Die Ergebnisse sollten interessant werden. Die Chancen waren ausgeglichen, mit einem leichten Vorsprung für Doña Guadalupe.

Quint verließ Rio Brioso im Morgengrauen. Luke und der achtzehnjährige Waise Jesus Martinez, sein *mozo* oder ›Diener‹ begleiteten ihn. Jesus war ein Genizaro oder ›einer, der von Eltern verschiedener Rassen gezeugt wurde‹, kurz gesagt, ein Halbblut. Martinez war nicht der Name seines Vaters, sondern der seiner Mutter, der Kusine ersten Grades von Padre José Martinez, dem Vikar von Taos. Sie war vor zwanzig Jahren von Moache-Utes entführt und von einem der Unterhäuptlinge als Squaw genommen worden. Jesus war das Produkt dieser Vereinigung. Als er fünf gewesen war, hatte Santiago Zaldivar einen Vergeltungsüberfall gegen die Moaches geführt. Er hatte Jesus in ihrer ausgebrannten *rancheria* gefunden und mitgenommen, um ihn wie einen eigenen Sohn aufzuziehen. Als Jesus elf gewesen war, hatte Santiago ihn von Taos nach Rio Brioso gebracht. Die Leute der Siedlung hatten Jesus nie ganz als vollwertig angenommen, doch trotz allem war er ein Blutsverwandter von Padre Martinez, und der gute Vikar hatte dem Jungen erlaubt, seinen Namen anzunehmen. Im Kirchenregister in Taos stand das Wort ›coyote‹ neben dem Namen des Jungen, was bedeutete, daß er ein Mischling war, doch niemand in Rio Brioso sprach davon, schon gar nicht, wenn er oder Santiago es hören konnten. Im Laufe der Zeit gab es gute Gründe, Jesus mit Respekt zu behandeln. Es war vor allem seine Zuneigung zu Don Quintin, der sie erwiderte. Der *patrón* behandelte den Jungen als ebenbürtig, wie er es bei allen Männern und Frauen tat, ungeachtet ihrer Abstammung und ihres sozialen Rangs. Deshalb betrachtete sich Jesus, der keinen Beruf und keine Berufung hatte, als *mozo* des *patrón*. Darüber hinaus hielt er sich nicht nur für einen Knecht und Diener, sondern auch für einen Leibwächter, und das ließ er im Tal des Rio

Brioso bekanntmachen. Man mochte leicht lächeln über eine solch eigenmächtige Ernennung, doch das tat man nur hinter seinem Rücken. Leibwächter für Don Quintin? *Valgame Dios!* Brauchte solch ein Mann je einen Leibwächter?

Jesus führte zwei Packmulis mit, die schwerbeladen mit sperrigen *aparejos* waren, Tragkörben aus Leder, in denen Felle und andere Geschenke für Doña Guadalupe, die Zwillinge und David verstaut waren. Es waren die feinsten Felle von Wolf und Bär und ein wundervoll rötliches Büffelkuhfell, eine wahre ›Seide‹. Die Tiere waren vom *patrón* persönlich erschossen oder mit Fallen gefangen worden. Er hatte außerdem zwei Jerusalem-Esel dabei, einen männlichen und einen weiblichen, mit dem geheimnisvollen Zeichen des Heiligen Kreuzes auf ihren Rücken. Die Esel waren für Francisco und Rafaela bestimmt. Das Beste von allem aber war ein temperamentvolles Pony von der Farbe *alazan tostado*, wie sie die Spanier nannten, ein Fuchs mit einer cremefarbenen Blesse. Das Pony war ein Geschenk für David, Don Quintins älteren Sohn, den viele für einen halben Indianer hielten, was ja auch stimmte.

Die Sonne war vor einer Stunde aufgegangen, als sie auf dem Trail an einem Aussichtspunkt anhielten, von dem aus das Tal des Rio Brioso zu überblicken war. Schönes, fruchtbares Land erstreckte sich, so weit das Auge blicken konnte. Dünner Rauch stieg aus den Schornsteinen der Siedlung auf. Die Sonne blitzte auf dem Blatt eines von der Erde polierten Spatens auf der neuen *hacienda* und glitzerte auf den kleinen Wellen des schnellfließenden Flusses. Die *hacienda* und der angrenzende Corral sahen wie eine riesige quadratische 8 aus, die sich scharf vom gelbbraunen Grund abhob.

»Es ist ein guter Platz«, sagte Quint schließlich wie im Selbstgespräch.

»Es ist ein guter Platz, *patrón*«, echote Jesus.

Luke sagte nichts. Der Blick seiner scharfen, grünen Augen zuckte zu Quint. Quints Worte klangen, als versuchte er sich selbst zu überzeugen. Seit ihrer Rückkehr von der Büffeljagd des Frühjahrs war er von Unruhe und Rastlosigkeit erfüllt gewesen. Nicht zu offensichtlich, doch es war trotzdem zu spüren. Quint war am glücklichsten, als sie die Cochetopa-Utes nördlich des Cimarron Canyon verfolgten. Da war er in Hochstimmung.

In dieser Nacht lagerten sie am Fuß einer gewaltig aufragenden Klippe, die den zuckenden Schein des Campfeuers reflektierte. Jesus wickelte sich früh in seine Decken. Quint und Luke lagen auf ihren Decken neben dem Feuer, rauchten ihre kurzstieligen Dublin-Pfeifen und tranken abwechselnd aus einer lederbezogenen Flasche Pass-Brandy. Er war gut. Er brachte viele Erinnerungen zurück, über die sie nicht zu sprechen brauchten. Beide spürten, was der andere dachte.

Luke stopfte seine Pfeife von neuem und zündete sie an. Dann bot er dem Himmel den ersten Zug an. Er trank einen kräftigen Schluck von dem starken Brandy, wischte sich mit dem Handrücken über den Mund und wartete selbstzufrieden auf die lautlose Explosion in seinem flachen Bauch. »Wagh«, grunzte er schließlich.

Quint musterte ihn. »Sprich, Wandering Wolf«, forderte er ihn auf. »Dir liegt mehr als *aguardiente* im Magen.«

»Sie will, daß du in Rio Brioso Erfolg hast, Big Red.«

Quint sah überrascht drein. »Lupita? Das kann nicht dein Ernst sein! Ich habe eher den Eindruck, sie will, daß ich wenig oder nichts mit Rio Brioso zu tun habe.«

Luke sah ihn nachdenklich an. »Ich dachte an La Tules.«

La Tules! Die berühmte oder berüchtigte Besitzerin der elegantesten und profitabelsten Monte-*sala* in Santa Fé und ganz New Mexico, die Favoritin ihres *querido*, der niemand anderes als Seine Exzellenz Don Manuel Armijo war, der Gouverneur der Provinz New Mexico. La Tules war die verwaiste Tochter von Joaquin Barcelo, eines Soldaten andalusischer, adeliger Abstammung, und Luz, einer Tagelöhnerin aus Sonora. Barcelo war im Kampf mit Apachen ums Leben gekommen.

La Tules! Eine echte *rubia*, eine kupferngoldene Rothaarige mit blitzenden, großen grünen Augen, die beide attraktiven Merkmale von ihrem Vater geerbt hatte. Sie war auf den Namen Maria Gertrudis Barcelo getauft worden, kurz genannt ›Tu-les‹, bis sie den Status der erfolgreichen Kurtisane und Kartenausgeberin beim Monte erlangt hatte und ein respektvolles ›La Tules‹ daraus geworden war. Sie hatte es geschafft, obwohl sie als barfüßige *pelada* in das Leben von Armut und Härte, in Tumulte, Kälte, Hunger und die ständige Bedrohung durch Navajo-Räuber geboren worden war. Sie hatte jung geheiratet, war jung verwitwet, und sie war von der Verkäuferin billiger *jaboncillos* – kleine, parfümierte, grellgefärbte Seifenstücke – auf dem *mercado*, dem Markt, von Santa Fé zu der hohen Position der Mätresse des Gouverneurs und zur Königin der Monte-Spieler geworden.

»Warum La Tules, Luke?« fragte Quint.

»Als ich das letzte Mal in Santa Fé war, habe ich ausführlich mit Doc Tom Byrne gesprochen. Wir redeten über die Möglichkeit eines Krieges zwischen Mexiko und den Vereinigten Staaten und darüber, daß die Vereinigten Staaten New Mexico annektieren könnten.«

»Wieder *Manifest Destiny*? Das Schicksals-Manifest? Spricht er jemals über etwas anderes als über New Mexicos Zukunft?«

Luke grinste. »Nur bei Mexikanern. Er glaubt, daß Armijos Tage gezählt sind. Wenn die Vereinigten Staaten Mexiko erobern, wird Armijo in aller Eile verschwinden müssen. La Tules dagegen wird gewiß den Vereinigten Staaten die Hand reichen. Sie sahnt in ihrer Monte-*sala* ab. Macht sich nichts aus Haus- und Grundbesitz. Glaubt nur an hartes Bargeld. Ich denke mir, da sie und Armijo zu einem Viertel an Rio Brioso beteiligt sind, wird sie seinen Viertelanteil zu einem Spottpreis aufkaufen, wenn er New Mexico verlassen muß. Sie wird ihn um den kleinen Finger wickeln. Und so wird sie halb Rio Brioso besitzen. Wenn New Mexico dann amerikanisch wird, kann sie ihre Hälfte an dich und Doc Byrne verkaufen und kommt aus der Sache raus wie 'ne duftende Rose.«

»Was mich ausschließt«, sagte Quint trocken. »Du weißt so gut wie ich, daß mit dem Ranchgeschäft nie das ganz große Geld zu machen ist. Auf keinen Fall genug für mich, daß ich meinen Anteil bei solch einer Transaktion bezahlen könnte.«

»Nun, du hast immer Doc Byrnes Bargeld hinter dir, oder? Der größte Teil von El Cerrillo war an ihn verpfändet, nicht wahr? Er hat es dir leicht gemacht, die Hypothek zurückzuzahlen. Er ist ein guter Freund von dir, Quint. Du solltest keine Schwierigkeiten haben.«

»Vielleicht nicht, doch du weißt, daß mein Viertelanteil an Rio Brioso auf meinem Posten als *hacendado* beruht. Ich habe kein Bargeld in das Geschäft eingebracht. Und El Cerrillo besitzt in Wirklichkeit Lupita.«

Luke starrte ihn an. »Wie zur Hölle meinst du das?«

»Die *hacienda* gehört rechtmäßig ihr. Alles, was ich beigesteuert habe, war mein Gewinn von meiner Viertelbeteiligung an Rio Brioso, den wir für die Restaurierung El Cerrillos benutzten, nachdem wir das Land wiedererhielten, das von Lupitas Vater an Tom Byrne verpfändet worden war.«

»Das meiste Geld ging für die Spielschulden ihres lieben Bruders Bartolomé drauf.«

Quint nickte. »Genau.«

»Trotzdem bin ich sicher, daß der Doc irgendeine Art Handel mit dir machen wird, Quint. Er ist ein reicher Mann, der sich nicht viel aus Geld zu machen scheint.«

»Dafür gibt es einen verdammt guten Grund.«

»Zum Beispiel?«

»Was glaubst du, woher er ursprünglich sein Kapital hatte?«

»Nun, er kam nach Mexiko, eröffnete eine Arztpraxis, steckte sein Geld in Handelswaren, machte einen Laden auf und investierte den Gewinn in Güter, die über den Santa Fé Trail herantransportiert wurden. Vielleicht machte er auch Geschäfte mit Chihuahua.«

Quint schüttelte den Kopf. »Das stimmt nicht ganz. Er hatte niemals diese große Praxis in Santa Fé, jedenfalls keine so gutgehende, um sein Handelsgeschäft und dieses prächtige Haus in Santa Fé zu finanzieren.«

Luke zuckte die Achseln. »Er könnte das Geld schon mitgebracht haben.«

Quint nickte. »Das hat er, doch es war nicht *sein* Geld.«

Luke starrte ihn an. »Du meinst, es war US-Geld? Geld von der Regierung?«

»Du bist ein richtiger Schnelldenker, Lukie. Weitere Sonderfonds, mit denen ihn sein ehemaliger vorgesetzter Offizier bei den Dragonern, Colonel und jetzt Senator Alexander Jamieson Allan versorgte, damit Tom als Untergrund-Agent für die Vereinigten Staaten in New Mexico arbeiten konnte. Das bedeutet einfach folgendes: Wenn Gouverneur Armijo New Mexico verläßt, nachdem er seinen Viertelanteil von Rio Brioso an La Tules verkauft hat, und sie ihren halben Anteil an Tom Byrne verkauft, und Gott weiß, daß ich nicht meinen Anteil an dem Handel bezahlen kann, dann wird der wahre Besitzer von Rio

Brioso Senator Allan sein. Überdies ist Rio Brioso wie du weißt ein idealer strategischer Punkt für die Errichtung eines Militärpostens, um die Verbindung des Santa Fé Trail und des Cimarron Cut Off zu schützen. Die Mexikaner haben das immer gewußt, doch sie waren nie in der Lage, dort ein Fort zu errichten.«

»Bis du kamst.«

»Es ist kein Militärposten ... noch nicht, Lukie.«

»Aber es ist nahe daran, besonders jetzt, nachdem du Fort Kershaw erbaut hast. So besteht die Möglichkeit, daß du es mit der Zeit an Senator Allan verlieren könntest, der es wahrscheinlich der amerikanischen Regierung mit einem verdammt hübschen Profit verkaufen wird.«

»So ist es«, murmelte Quint.

»Warum hast du das Fort dann erbaut?« fragte Luke.

»Erstens, um Lupita und die Kinder von El Cerrillo wegzubekommen. Zweitens, weil es keine richtigen Anzeichen auf einen Krieg zwischen den Vereinigten Staaten und Mexiko gibt. Bis zu einem möglichen Krieg kann vieles passieren. La Tules spielt immer um die größten Einsätze. Wenn die Vereinigten Staaten New Mexico übernehmen, gewinnt sie. Wenn sie keinen Krieg gegen Mexiko führen oder es doch tun und verlieren, dann wäre dies das Ende La Tules, ihrer Monte-*sala*, ihrer Geldmittel und der Diamanten, die sie den Gerüchten zufolge irgendwo versteckt haben soll. Wenn die Vereinigten Staaten gewinnen, wird sie jeden amerikanischen Freund, den sie bekommen kann, bitter nötig brauchen, um unter der neuen Regierung zu überleben. Ich werde einer von ihnen sein, und um sich diese Freundschaft zu erhalten, wird sie meine Interessen genauso wie ihre eigenen abzuwägen haben. Außerdem werden sich die Vereinigten Staaten auf jemand mit Macht und Autorität in New Mexico stützen müssen. Ich werde einer davon sein. In welche Richtung auch immer der Ball hüpft, ich werde Material zum Handeln brauchen. *Das*, mein Freund, wird Fort Kershaw am Rio Brioso sein.«

»Manchmal glaube ich, daß du ein größerer Spieler als La Tules bist.«

»Du und ich, wir sind Überlebende, Wandering Wolf. Wir werden es schaffen.«

Luke schüttelte den Kopf. »Ich habe nichts außer meinem Gewehr, dem Pferd und der Kleidung.«

»Du weißt verdammt genau, daß alles, was ich besitze, dir gehört, wenn du es brauchst.«

Luke zuckte mit den Schultern. »Vielleicht. Ich glaube dir natürlich, doch da ist immer noch ein Hauptproblem im Weg.«

»Guadalupe?«

Luke nickte. »Denn da ist dieses ewige Jucken unter deiner Haut wie von einer Dasselfliege.«

»Wie kommst du darauf, daß mich was juckt?«

Luke musterte ihn. »Manchmal glaube ich in letzter Zeit, du vergißt, mit wem du es zu tun hast. Wie viele Jahre sind wir jetzt zusammen?«

»Zehn?«

»Zwölf. Damals fingen wir zusammen Biber am Yellowstone. Wir kämpften gegen Blackfeet, Crows, Apachen, Comanchen und Comancheros. Wir teilten uns Schnaps, Essen, Geld und Weiber. Ich habe vergessen, wie oft wir einander das Leben gerettet haben. Wir haben hier zusammen aus Rio Brioso gemacht, was es heute ist. Und nun sitzen wir hier an einem Feuer in den guten Bergen und teilen unseren Schnaps und Tabak, reden über unsere Probleme, über die Zukunft und die alten Zeiten, *und da hast du die verdammte Frechheit, mich zu fragen, wie ich darauf komme, daß es dich juckt!*«

Quint grinste. Er trank einen kräftigen Schluck, wischte sich mit dem Handrücken über den Mund und reichte Luke die Flasche. »Vergib mir, Partner«, bat er. »Ich war in den letzten Tagen zu sehr mit meinen eigenen Gedanken beschäftigt.«

»Also, was juckt dich? Schneide den Furunkel auf, Sohn! Heraus damit! Hier spricht der alte Wandering Wolf!«

»Unterstützt von wenigstens 'ner halben Flasche Pass-Brandy.«

»Das auch! Heraus damit, Big Red!«

»El Cerrillo«, sagte Quint ruhig.

»Du meinst in Wirklichkeit Lupita, nicht wahr?«

»Ja. Manchmal scheinen El Cerrillo und Lupita ein und dasselbe zu sein. Meine kleine Lupita ist nicht mehr das Mädchen, das wir '38 vor den Comanchen retteten. Nun kann sie nicht vergessen, daß sie eine direkte Nachfahrin von einem der Eroberer ist. Jetzt, Gott hilf mir, ist sie Doña Guadalupe de Vasquez Kershaw, *patrona* von El Cerrillo de Vasquez, ganz die große Lady, wie es ihre Mutter war und ihre Großmutter, und so weiter, *ad infinitum.*«

»So? Laß sie doch die große Dame spielen. Du kannst trotzdem den Laden schmeißen und bestimmen, was getan wird. Wie ich dich kenne, und *manchmal* glaube ich, daß ich dich kenne. In letzter Zeit bin ich mir allerdings nicht mehr so sicher.«

Quint schüttelte den Kopf. »Sie gibt sich nicht damit zufrieden, daß ich einen Teil des Jahres in Rio Brioso verbringe. Sie regt sich auf, weil ich immer noch die zwei Büffeljagden pro Jahr führe. Sie findet, daß dies den Dienstboten überlassen werden sollte. Sie will, daß ich die Rolle von Don Quintin spiele, *patrón* von El Cerrillo de Vasquez. Ein Mann mit Besitz, Vermögen und Rang, eine Stütze der Gesellschaft von Taos und ein loyaler Bürger von Mexiko, mit großer Betonung auf letzterem. Vielleicht war es ein höllischer Fehler von mir, in die *rico* Klasse und ihre kleine, isolierte Welt von Dekadenz einzuheiraten. Ihre altmodische Lebensweise stirbt aus, und sie haben nicht das Gespür dafür und vielleicht nicht genug Intelligenz, um es zu erkennen. Als Lupita und ich erst verheiratet und die Flitterwochen auf El Cerrillo vorüber waren, begann sie mit dem Versuch, mich zum Ebenbild ihres Vaters und Großvaters und jedes direkten männlichen Nachkommen von ihnen zu formen, seit Rodrigo de Vasquez das Geschlecht der de Vasquez und die große *hacienda* El Cerrillo begründete. Kurz gesagt, statt eine Kershaw zu werden, will sie, daß ich ein de Vasquez werde, nicht dem Namen nach, aber in allem anderen. *Das* kann ich nicht, und ich werde *nicht* nachgeben!«

»Mir scheint, daß es da etwas Wesentliches gibt, was du mehr bedenken solltest, Quint«, sagte Luke nachdenklich.

»Was?«

»Liebst du sie noch als Frau und nicht als eine de Vasquez?«

»Ich möchte es gern so sehen.«

»Doch du bist dir nicht sicher?«

Quint nickte. »So ist es.«

»Willst du meinen Rat?«

»Ich würde ihn schätzen.«

»Rio Brioso kann eine Zeitlang ohne dich auskommen. Du warst zu lange von der Familie fort. Versuch für eine Weile *ihre* Art Leben. Wenn du in Rio Brioso gebraucht wirst, kannst du in zwei Tagen dort sein. Du brauchst Guadalupe ja nicht zu sagen, daß du vorhast, sie und die Kinder bald nach Rio Brioso zu bringen.«

»Mein Gott! Don Quintin de Vasquez Kershaw als *hacendado* von El Cerrillo!« Quint verdrehte die Augen, während er zur Brandyflasche griff.

»Nun, was hältst du davon?«

»Ich nehme an, das bin ich ihr wenigstens schuldig«, gab Quint widerwillig zu.

Als die Flasche leer war, krochen sie auf leicht unsicheren Beinen unter ihre Decken. Sie lagen still. »Big Red«, sagte Luke nach einer Weile.

»Ja?«

»Weiß Lupita eigentlich, daß La Tules mit einem Viertel an Rio Brioso beteiligt ist?«

Es folgte eine kurze angespannte Stille.

»Nein, Luke«, sagte Quint dann. »Wenigstens noch nicht . . . Irgendwie kam ich nie dazu, es ihr zu sagen.«

»Mein Gott«, murmelte Luke.

Sie lauschten dem Nachtwind, der in den Wipfeln der mächtigen Kiefern rauschte, und schliefen schließlich ein.

4

Quint zügelte seinen *barrosa*, den Braunen, als die Straße vom Palo Flechado Paß hinabführte und über die Baumwipfel hinweg einen Blick auf das Panorama erlaubte. Die *hacienda* El Cerrillo de Vasquez bedeckte einen großen Teil eines niedrigen Hügels mit ebener Kuppe, der das Tal von Taos überblickte. Es war früh am Nachmittag. Die Luft war in dieser Höhe frisch und klar, und das Licht schien die Farben zu verstärken und die Entfernung zu verkürzen, so daß die viele Meilen entfernten Berggipfel wesentlich näher wirkten. Die Luft war vom würzigen Duft von Kiefern und Wacholder erfüllt. Die weißgetünchten Wände der *casa* von Don Fernandez de Taos reflektierten den Sonnenschein, und die Kirchtürme waren mit einem goldenen Schimmer überzogen. Schwacher, bläulichgrauer Rauch stieg aus vielen Schornsteinen auf und hing in einer Wolke über der Siedlung. Das helle Läuten von Kirchenglocken mischte sich mit dem Bellen von vielen Hunden.

»Ich mach mich dann auf den Weg nach Taos«, sagte Luke, und er sprach den Namen wie immer breit wie ›Touse‹ aus.

Quint wandte sich ihm zu. »Du bist auf El Cerrillo willkommen.«

Luke zuckte mit den Schultern. »Bei dir und den Kindern jedenfalls.«

Quint bedrängte ihn nicht. Die frühere Freundschaft zwischen Guadalupe und Luke vor sieben Jahren hatte sich verschlechtert, obwohl Luke an ihrer Befreiung von den Comanchen beteiligt gewesen war. Die Kluft zwischen ihnen hatte sich vertieft, je mehr sich die Mädchen-Frau Lupita zu Doña Guadalupe entwickelt hatte. Zwei Gründe für die Entfremdung mochten Lupitas Eifersucht auf Quints enge Freundschaft mit Luke sein und ihre zunehmende Kälte David gegenüber, der immer Lukes Liebling gewesen war. Nicht, daß Luke die Zwillinge je gleichgültig gewesen wären – im Gegenteil – doch da war eine besonders innige Beziehung zwischen ihm und dem Halbblutjungen.

Luke saß ab und streifte seine Trailkleidung ab. Er zog seine ›Krieger‹-Kleidung an: Eine Jagdjacke aus goldbraun gebeiztem Elchleder, mit Fransen und Perlen und Messingknöpfen und Stickereien auf den Ärmeln und Rautenmustern aus schwarzem Samt auf dem gesamten Rock. Der Kragen bestand aus sattbraunem Marderpelz. Seine Leggings aus bestem Wildleder waren von Cheyennes gefertigt und mit Skalphaaren besetzt. Die Mokassins waren Ute-Arbeit. Sein schwarzer Hut war flachkronig, breitkrempig und hatte ein Band aus geflochtenem Leder, das mit Silbermuscheln besetzt war. Eine Adlerfeder steckte als Talisman hinter dem Band. Lukes langes, zu Zöpfen geflochtenes Haar wurde von einem Otterpelz eingehüllt, ebenfalls ein Glücksbringer.

»*Wagh!*« murmelte Quint.

»*Que hombron*! Was für ein Mann!« rief Jesus.

Luke warf sich in die Brust. »Paß auf, Touse! Hier kommt

Luke Connors! Der alte Wandering Wolf persönlich! Der König der Berge! Tapfer wie ein Büffelbulle im Frühling! Böser als ein von Bienen gestochener Grizzly! Fett und frech wie ein Wolfsjunges und bereit zum Heulen! Und ich denke, das will ich auch!« Er warf den Kopf zurück, wölbte die Hand vor den Mund und stieß aus tiefer Kehle einen Kriegsschrei aus: »*Howgh-owgh-owgh-owgh-h! Howgh-owgh-owgh-h! Howgh-owgh-owgh-h!*«

Luke stieg auf seinen Rotbraunen. »Hier trennen sich unsere Wege, Big Red«, sagte er.

Quint nickte. »Du willst es dir nicht anders überlegen?« Er wußte es besser.

»Nein, ich bleibe bei François Charbonne. Wie lange wirst du hier sein?«

Quint zuckte mit den Schultern. »*Quien sabe?* Wer weiß. Wenn Lupita ihren Willen durchsetzt, würde es für immer sein.«

Luke verdrehte die Augen zum Himmel. »Um Gottes willen!«

»Ich hoffe immer noch, daß ich sie nach Rio Brioso locken kann, damit sie sich wenigstens die neue *hacienda* ansieht. Vielleicht gefällt sie ihr, und sie bleibt oder verbringt wenigstens mehr Zeit dort.«

Sie wußten beide, daß diese Aussichten äußerst gering waren. Wenn Lupita sich entschließen sollte, eine lange Zeit auf Rio Brioso zu verbringen, würde es das Ende von Quints und Lukes enger Verbindung bedeuten. Es würde keinen Platz für Luke in dieser engen, beschränkten Welt des häuslichen Lebens geben, in diesem starren Leben, das ausschließlich innerhalb der Grenzen verlief, die von Lupita gezogen wurden. Wenn sie ihre Zeit zwischen El Cerrillo und Rio Brioso teilte, würde wenigstens Lukes Anwesenheit in Rio Brioso garantiert sein, solange Quint dort war. Luke brauchte dann nur mit ihr auszukommen, wenn sie dort war. Wenn Quint dort war, würden er und Luke die Freiheit haben, die sie liebten – die weiten Prärien, die Büffeljagd, die Raubtierjagd in den Bergen und der wochenlange Aufenthalt dort mit endlosem Blick auf den Horizont unbezähmten Landes, das scheinbar grenzenlos war.

»Wie lange wirst du in Taos bleiben?« fragte Quint.

»Für eine Weile, und dann werde ich vielleicht über den Alten Spanischen Trail nach California reiten. Hatte schon immer die Sehnsucht, diese riesigen *ranchos* zu sehen und die *señoritas*, die in ihren langen Rüschenkleidern diese feinen Gäule mit Damensattel reiten.«

»Du wirst aber wiederkommen?«

»Vielleicht im Frühjahr zur großen Büffeljagd.«

Quint hielt seine rechte Hand mit der Handfläche nach außen hoch. »Dann *vaya*, Wandering Wolf!«

Eine Biegung der Straße versperrte schließlich die Sicht auf Luke. Einen Augenblick später hallte ein heiserer Kriegsschrei von den Hängen wider. Vögel flatterten in Panik von den Bäumen auf, und Hunde begannen zu kläffen und dann das Geheul nachzuahmen.

»Er ist wie ein Wolf, *patrón*«, sagte Jesus bewundernd.

Quint nickte. »Er *ist* ein Wolf.«

Sie ritten nach El Cerrillo.

Die *hacienda* wirkte wie ein verpflanzter Teil von Andalusien im alten Spanien. Sie war vor über 200 Jahren für Don Rodrigo de Vasquez erbaut worden. Die Ländereien hatten aus dem großen Lehen im Tal von Taos und dem viel größeren Gebiet am Rio Brioso bestanden. El Cerrillo besaß einen Teil des fruchtbarsten Ackerlandes im Tal. Tagelöhner und indianische Sklaven hatten die *hacienda* errichtet, die Bewässerungsgräben angelegt und die Felder bestellt. Das Haus war ursprünglich wie eine quadratische 8 um einen Innenhof und einen umfriedeten Corral gebaut. Über viele Jahrzehnte hinweg war schachbrettförmig angebaut worden, um einer wachsenden Familie Platz zu bieten, den Familien der Söhne und Töchter und anderen Verwandten. El Cerrillo war eigentlich eher eine kleine Gemeinde gewesen als der Wohnsitz einer einzigen Familie, bis der Reichtum der de Vasquez dahingeschwunden war. Die Verwandten hatten die *hacienda* nach und nach verlassen. Jetzt gab es dort keinen mehr von ihnen.

Die Elemente hatten mit ihrer Verbündeten, der Zeit, den ursprünglichen Umriß der *hacienda* zu weicheren Konturen geformt. An Tagen mit strahlendem Sonnenschein glitzerten die winzigen Stückchen von Muskovit im goldbraunen Adobe. Im Laufe der Zeit war El Cerrillo mit der Umgebung verschmolzen wie die natürliche Tarnung eines gigantischen Panthers, der auf den Hügeln liegt, die sein Territorium sind. El Cerrillo war in der Blütezeit enorm reich gewesen. Fünfzigtausend *churro*-Schafe hatten in den Hügel gegrast. Die *hacienda* war vom fruchtbarsten bewässerten Land umgeben gewesen. Fünfzig indianische Sklaven hatten Teppiche, Decken, bunte Umhänge und Stoffe gewebt. Die Wollwaren der de Vasquez waren in der gesamten Provinz geschätzt und begehrt gewesen. Weitere fünfzig Diener und Sklaven hatten das Haus und die Familie versorgt. Hundert weitere hatten die Felder bestellt, die Schafherden gehütet und die Rinder bewacht. Jedes Frühjahr waren die berühmten *ciboleros* durch die Berge gestreift, um längs des Canadian und jenseits des Llano Estacado Büffel zu jagen, im Frühjahr wegen des Fleischs und der Häute, im Herbst wegen des Fleischs und der Felle. Es war ein einträgliches Geschäft gewesen. Wenn es eine anerkannte Aristokratie in der Provinz gegeben hätte, dann hätte die de Vasquez-Familie aufgrund ihrer Abstammung, ihres großen Grundbesitzes, ihres Reichtums und durch Einheirat in andere ranghohe Familien zu der höchsten gezählt.

Der alte José Vaca, der mit seinem Enkel José den Gemüsegarten bewässerte, sah den Staub auf der Straße. Er kniff die Augen zusammen. »Joselito!« rief er den Jungen. »Kannst du erkennen, wer das ist?«

Der Junge beschattete seine Augen. »Zwei Reiter. Einer ist ein sehr großer Mann. Der andere ist kleiner. Er hat zwei Packtiere dabei, zwei Esel und ein Pony. Ich glaube, der große Mann ist Don Quintin.«

Der Alte nahm seinen Sombrero ab und tupfte sich Schweiß von der faltigen Stirn. »Laß uns zur Heiligen Jungfrau beten, daß er kommt, um zu bleiben«, sagte er leise wie zu sich selbst.

Der Junge sah zu ihm auf. »Wird er es für uns hier leichter machen, Großvater?«

Tomas Valdez, ein Feldarbeiter, gesellte sich zu ihnen. Er stützte sich auf seinen Spaten. »Warum gibst du dem Jungen keine Antwort, *viejo*? Hast du Angst davor, ihm die Wahrheit zu sagen? Sag ihm, daß wir Peons keine Wahl zwischen dem einen Arbeitgeber und dem anderen haben. Sie sind alle gleich – grausam, habgierig und unduldsam.«

José Vaca schüttelte den Kopf. »Halt dein großes Maul im Zaum, Tomas«, mahnte er. »Du brüllst so laut wie ein Bulle.«
»Vielleicht wird mich mal jemand hören.«
»Du hast meine Frage nicht beantwortet, Großvater«, sagte der kleine José.
Der alte Mann sah zur *hacienda*, als hätte er es überhört. »Alles wird besser sein, als unter der Fuchtel von Doña Guadalupe zu arbeiten. Zur Zeit ihres Vaters Don Francisco war es niemals so. Er war ein harter, aber gerechter Mann. *Ojalá!* Ich wünsche bei Gott, er wäre noch am Leben.« Er bekreuzigte sich schnell. »Weder zu seiner Zeit noch zu der seines Vaters waren die Dinge, wie sie jetzt sind. Es war auch noch nicht so, bevor sich die Pantherin in der *hacienda* von der süßen und netten Lupita, die wir alle verehrten, in Doña Guadalupe verwandelte. Doch genug davon! José, lauf und sag Federico, dem *majordomo*, daß Don Quintin kommt. Er wird Doña Guadalupe melden, daß der *patrón* hier ist.«
»Sie ist heute nicht da«, sagte Tomas. »Sie ist in einer kirchlichen Angelegenheit in Taos. Vielleicht wird Don Quintin überrascht sein, wie sehr sie sich verändert hat, seit sie ganz in der Religion aufgeht. Ich frage mich, ob sie mit ihrem Hengst von Mann anders bumst als früher.«
José Vaca war entsetzt. »Vor dem Jungen! Schäm dich, Tomas!«
Tomas zuckte die Achseln. »Er wird es früh genug lernen.« Er schlenderte zu seiner Arbeit zurück.
José stützte sich auf seinen Spaten und beobachtete die Reiter. »Ich könnte mir denken«, murmelte er, »daß wir hier glücklich wären, einen *Montero Americano* zu sehen, der uns die Last erleichtert. Ein rothaariger *gringo* ...« Er schüttelte seinen weißhaarigen Kopf und machte sich wieder an die Arbeit.
Das große Haus der de Vasquez war vom kalten Winterwind durch einen grünen *bosque*, einen Wald, von gigantischen, ehrwürdigen Balsampappeln mit silberner Rinde abgeschirmt, deren ruhelose Blätter Muster von Licht und Schatten auf dem Boden formten. Ein kalter, reißender Bach rauschte an dem Wäldchen vorbei in eine *acequia madre*, einen Hauptbewässerungsgraben, von dem viele kleinere *acequias* abzweigten, die das große, kultivierte Ackerland bewässerten. Cottonwoods,

Weiden, wilde Pflaumenbäume und Rosen aus Kastilien mit ihrer Überfülle von gelben und rosafarbenen Blüten säumten die Ufer der *acequias*. Spottdrosseln flogen vorbei. Amseln stolzierten auf der zerfurchten Erde auf der Jagd nach Insekten. Wiesenpieper trillerten ununterbrochen perlende Arien nahe beim Wasser, während traurige Tauben ständig sanfte Untertöne gurrten.

Die *hacienda* selbst war ein Heim und eine Zitadelle. Sie hatte viele Indianerüberfälle bestanden. Sie war jetzt ein großer und verschachtelter Komplex von vielen Räumen, Fluren und Innenhöfen von unterschiedlicher Größe. Der Corral und die Bediensteten-Quartiere hinter dem Haus hatten drei Meter hohe Wände, die von stachligen Kakteen besetzt waren, um Diebe fernzuhalten. In den Außenwänden hatte es ursprünglich keine Fenster gegeben, nur Schießscharten, doch im Laufe der Zeit waren sie in kleine Fenster umgewandelt worden, die mit Scheiben aus Muskovit versehen waren. Jenseits des Hauses des eingefriedeten Corrals erstreckte sich ein Komplex von Nebengebäuden – Scheunen, Ställe, Geräteschuppen, Vorratskammern, Arbeitsräume, eine Schmiede und eine Tischlerei, Webräume und Quartiere für die Feldarbeiter. Es gab viele Corrals, Pferche für Schafe und Ziegen, Hühner-, Kuh- und Schweineställe und einen Schuppen für Milchkühe.

»El Cerrillo sah nicht so wohlhabend aus, als ich hier als Junge lebte, *patrón*«, sagte Jesus. »Padre Martinez hatte mich hier als Stalljunge in die Lehre genommen. Die *hacienda* war heruntergekommen, bevor Sie nach New Mexico kamen und Doña Guadalupe heirateten. Don Francisco war krank, und sein Sohn Don Bartolomé verbrachte die meiste Zeit in Santa Fé, nachdem er die Militärakademie in Mexico City verlassen hatte. Er spielte Tag und Nacht und lieh sich Geld seines Vaters von seinem Erbe. Der alte Mann konnte nicht alles in Ordnung halten, und Doña Guadalupe konnte es ebensowenig, obwohl Gott weiß, daß sie es versuchte wie ein Mann. Man sagt, daß Don Bartolomé immer noch in Chihuahua ist, obwohl einige behaupten, daß er in Santa Fé und einmal sogar hier in Taos gesehen wurde.«

»Wo hast du das gehört?« fragte Quint.

Jesus zuckte mit den Schultern. »Es ist vielleicht nur ein Gerücht.«

»Bist du sicher?« fragte Quint scharf. »Oder wiederholst du nur dummes Geschwätz? Ich will die Wahrheit wissen!«

Der *mozo* erschrak, als er Quints Miene sah. »Wer weiß schon, ob an dem Gerede was dran ist?«

»Wenn es nur Gerede *ist*.«

»*Patrón*, wie ich sagte, es sind nur Gerüchte. Würde er es wagen, nach New Mexico zurückzukehren, nachdem er versuchte, unseren Gouverneur zu ermorden?«

»Das bezweifle ich«, erwiderte Quint. »Ich will ihn hier auf El Cerrillo auf keinen Fall sehen.«

Jesus schaute Quint von der Seite an. »Was würden Sie tun, *patrón*, wenn er wiederkommen würde?« fragte er unverfroren.

Der Ausdruck in Quints Augen war wie ein Schlag ins Gesicht. Hufschlag pochte auf der Straße. »Da kommt der *majordomo*, Don Quintin«, sagte Jesus hastig, froh über die Unterbrechung. Er hätte nicht gedacht, wie sehr sich der *patrón* darüber aufregte, daß Don Bartolomé möglicherweise in Taos und vor allem auf El Cerrillo gewesen war.

Federico Casias war der *majordomo* von El Cerrillo und ein entfernter und wesentlich älterer Cousin von Guadalupe. Er hatte Quint kennengelernt, als die *Montero-Americano*-Bibertrapper nach Taos gekommen waren. Er war Quint dann wieder begegnet, als er am Canadian River Büffel für Don Francisco gejagt hatte. An der Seite Quints und seiner Gefährten hatte er gegen Comanchen gekämpft, um Guadalupe das Leben zu retten. Als Quint dann *hacendado* von Rio Brioso geworden war, hatte Federico dort arbeiten wollen, doch Quint hatte ihn überredet, als *majordomo* auf El Cerrillo zu bleiben. Er war einer der Besten. Federico liebte Guadalupe und die Kinder über alles.

Federico schwenkte seinen Sombrero. »Hola, Don Quintin!« rief er.

Quint zügelte das Pferd. »*Qué tal*, Federico? Wie geht es?«

Federico hielt sein Pferd an, neigte sich vor und warf die Arme um Quint und klopfte ihm in dem üblichen *abrazo* auf den Rücken. So etwas hätte er in alten Zeiten bei Don Francisco oder Bartolomé nicht gewagt, doch Don Quintin war mehr ein Freund als ein *patrón*.

»Wie geht es Lupita und den Kindern?« fragte Quint.

»Doña Guadalupe ist wegen einer religiösen Prozession in Taos. Die Kinder sind hier. Gott helfe dir, wenn sie dich sehen. Sie werden über dich herfallen.« Federicos Stimme klang bewegt. Er war ein sehr gefühlsbetonter Mann.

»Lupita ist nicht hier? Hat sie meine Nachricht nicht erhalten?«

»Doch.« Federico sah Quint nicht in die Augen. »Vielleicht hat sie vergessen, daß du *heute* kommst«, sagte er hastig.

Quint wußte es besser. »Vielleicht. Na, macht nichts«, murmelte er.

Sie ritten zusammen zum Corral. Quint saß ab. Kleine Füße mit Stiefeln hämmerten über den harten Boden. »Vater! Vater! Vater!« schrien Francisco und Rafaela. Zwei kleine, schnelle Körper prallten gegen Quints lange Beine wie ein Paar Miniatur-Rammböcke.

»Francisco! Rafaela!« rief Quint. Er hob die kräftigen sechsjährigen Zwillinge auf, setzte jeden auf einen Unterarm und grinste in ihre entzückten, kleinen Gesichter.

Es waren keine eineiigen Zwillinge, doch es gab eine bemerkenswerte Ähnlichkeit in gewissen Dingen. Während Francisco das dunkle, blauschwarze Haar und die großen, dunkelglühenden Augen der de Vasquez hatte, besonders wie sein Onkel, der hübsche, hochmütige und eingebildete Don Bartolomé, hatte Rafaelas Haar eine kupferfarbene Tönung von Quint geerbt, und ihre großen, klaren, grauen Augen waren gewiß das Erbe ihres schottischen Bluts. Die Zwillinge waren ein schönes kleines Paar.

Francisco war nach seinem Großvater mütterlicherseits benannt worden, Rafaela nach der furchterregenden Doña Rafaela, ihrer Großmutter mütterlicherseits, die von den Peons und Sklaven für eine Hexe gehalten worden war. Die Zwillinge ähnelten sich sehr im Charakter, doch es gab auch Unterschiede. Francisco war ein verzogener Charmeur, willensstark und hartnäckig im Durchsetzen seines Willens, ganz gleich, was es ihn oder die anderen kostete. Rafaela war selbständig und selbstbewußt, doch ohne die egoistische Sturheit ihres Bruders. Sie war munter und lebhaft wie ein kleiner Wildfang, doch manchmal auch völlig weiblich und in der Lage, sofort von einer Rolle in die andere zu schlüpfen. Sie hatte auch ihren eigenen Willen, doch sie war beeinflußbarer und nachgiebiger als Francisco. Aber trotz dieser Unterschiede würde es unter Widrigkeiten nicht zu einem Bruch zwischen den Zwillingen kommen. Die beiden Kinder waren einander treu ergeben.

Franciscos Augen wurden groß, als er das kastanienbraune Pony sah. »Ist das für mich, Vater?« rief er, während er zappelte, um auf den Boden zu kommen.

Quint stellte Rafaela auf die Füße. »Es ist für David. Für dich und deine Schwester habe ich die Esel mitgebracht.«

Rafaela legte andächtig eine kleine Hand vor ihren geöffneten Mund, während sie das Eselspaar betrachtete. »Welchen willst du, Francisco?« fragte sie aufgeregt.

Francisco sah zu seinem Vater auf. »Ich will keinen Esel«, sagte er schnell. »Ich will das Pony.«

Jesus packte zwei silberbeschlagene Sättel aus. »Für dich und deine Schwester sind die Esel bestimmt«, erklärte er. »Das Pony bekommt dein Bruder David.«

Francisco trat Jesus gegen das Schienbein. »Du Bastard! Genizaro! Coyote! Für wen hältst du dich, daß du *mir*, dem Sohn des *patrón*, sagen willst, was mir gehört und was nicht?« schrie er.

Jesus ballte die Hände zu Fäusten und öffnete sie langsam wieder. Sein Gesicht war starr und hart, als er über den Kopf des wütenden Jungen hinweg Quint ansah. Quint schüttelte den Kopf, wie um zu sagen: »Überlaß den Jungen mir.«

»Verdammt! Ich will das Pony! Ich will keinen gottverdammten Esel!« kreischte Francisco.

Quint ignorierte ihn. »Such dir den Esel aus, den du haben willst, Rafaela«, forderte er das Mädchen auf.

Sie schüttelte den Kopf. »Laß Francisco zuerst wählen, bitte!«

»Nein, Tu, was ich dir gesagt habe!« befahl Quint.

Rafaela kannte diesen Tonfall. Sie schaute von einem Esel zum anderen.

Francisco geriet ins Schwanken. »Ich wähle aus!« schrie er.

Quint schüttelte den Kopf. »Nicht mehr, Sohn.«

»Rafaela läßt mich *immer* als ersten wählen«, brüllte Francisco.

»Rafaela, triff deine Wahl!« sagte Quint ernst.

Sie wollte es nicht. Sie versuchte sich vorzustellen, welchen der beiden Esel Francisco haben wollte. »Den kleineren? Den weiblichen?« fragte sie zögernd und unsicher.

Quint nickte. »Wenn du dir sicher bist. Nimm ihn nicht nur, weil du denkst, Francisco möchte den anderen haben.«

»Das will ich!« platzte Francisco heraus.

Quint schob das Mädchen sanft zu dem Esel, den es ausgesucht hatte. Es war kaum ein Unterschied in ihrer Größe, eigentlich war überhaupt keiner zu sehen. Sie legte ihre Arme um den Hals der Eselin und hielt ihre glatte Wange gegen das Fell. Ihre Augen waren feucht. »Danke, Vater, vielen Dank. Wie nennst du sie?«

Jesus legte dem Tier einen Sattel auf. »Wir nannten sie Bonita«, sagte er.

Rafaelas Gesicht leuchtete auf. »Bonita! Das ist der richtige Name!«

Francisco stampfte entschlossen zu dem männlichen Esel.

»Warte«, sagte Quint.

Der Junge verharrte und wandte sich um. »Du wolltest mir nicht das Pony geben. Also gehört der Esel mir, nicht wahr?« fragte er hitzig.

Jesus hielt den anderen Sattel. Er schaute Quint an. Quint schüttelte den Kopf.

»Du, gib mir den Sattel!« schrie Francisco Jesus an.

»Er hat einen Namen, Francisco«, sagte Quint.

»Er ist ein *mozo*, oder nicht? Mutter sagt, *peons* haben keine Namen.«

»Dieser hat einen«, sagte Quint mit ruhiger Stimme.

»Also gut, verdammt!« Francisco wirbelte herum. »Jesus!« fuhr er ihn an. »Sattle meinen Esel.«

Quint schüttelte den Kopf. »So nicht, Sohn. Deine Einstellung und der Tonfall gefallen mir nicht. Jesus, bring den Esel in den Corral, *por favor*.«

Francisco starrte seinen Vater ungläubig an. Keiner, aber auch keiner, nicht einmal seine Mutter, wagte es, ihn so zu behandeln! Er wandte sich ruckartig um und stampfte auf das Haus zu.

»Oh, David!« rief Rafaela. »Sieh, was uns Vater mitgebracht hat! Esel für Francisco und mich und ein braunes Pony für dich!«

David hatte das rötlichbraune Haar und die grauen Augen von seinem Vater. Er entwickelte die kräftig vorspringende Nase und das harte, starke Kinn wie sein Vater, doch er hatte die braune Haut, die hohen Wangenknochen und ziemlich breiten Gesichtszüge seiner Shoshoni-Mutter. Er war ein stiller Junge, der selbstsicher und tüchtig zu werden versprach; die Art, die langsam lernt, doch das Gelernte behält. Er hielt sich viel für sich, obwohl er mit anderen Kindern gut zurechtkam. Es gab eine große Ausnahme: sein jüngerer Halbbruder Francisco. Es war nicht Davids Schuld. Die warmherzige, gefühlvolle Rafaela litt oftmals unter dem gespannten Verhältnis zwischen den Jungen, denn sie liebte sie beide gleich.

Rafaela kletterte in ihren Sattel. »Komm, David«, rief sie. »Wir machen ein Wettrennen zum großen Cottonwood bei der *acequia madre* und zurück!«

Quint beobachtete das Wettrennen. »Du warst immer ein meisterhafter Reitlehrer, Federico. Du hast ihnen viel beigebracht.«

»Sie lernen gut.«

»Francisco auch?«

Federico nickte. »Er lernt schneller als die beiden anderen, doch er ist immer zu ungeduldig. Seine Reittiere ermüden schneller. In dieser Hinsicht ist Rafaela die bessere Reiterin.«

»Und David?«

»Sein Blut spricht für sich. Er reitet wie ein *Montero Americano* oder wie ...« Er verstummte.

»Wie ein Indianer?« fragte Quint.

Federico zuckte die Achseln. Die Kinder umrundeten die große Balsampappel in einem Wirbel von Staub und fliegenden Erdklumpen. Rafaela hielt die Führung.

»Er versucht es nicht«, sagte Quint. »Das Pony könnte dem Esel leicht davonlaufen.«

»Er will sie gewinnen lassen. Das tut er immer.«

»Francisco auch?«

Federico schüttelte den Kopf. »Nie. Da ist bereits böses Blut zwischen den beiden Jungen. Selbst in ihrem Alter ist das offensichtlich. In der Zukunft ... wer weiß?«

Rafaelas Esel preschte an ihnen vorbei. »Gewonnen! Gewonnen!« jubelte sie.

David zügelte das Pony zu einem schlitternden Halt.
»Danke, Vater. Es ist ein schönes Tier. Ich nenne es Blaze.«
Quint winkte ab. »*Por nada*, David.«
Rafaela neigte sich zu David und gab ihm einen Kuß auf die Stirn. »Es macht keinen Spaß, mit dir um die Wette zu reiten, Davie. Du läßt mich immer gewinnen.«
Sie ritten zu den Feldern davon und plapperten glücklich.
»Wie lange ist diese Fehde zwischen den beiden Jungen schon im Gang?« fragte Quint.
»Eine ziemliche Weile.«
»Als ich das letzte Mal hier war, habe ich nichts davon gemerkt.«
»Es war da. Lupita hielt alles ruhig.«
»Dann ist ihr das gut gelungen. Ich hatte wirklich keine Ahnung.«
»David ist nie auf Verdruß aus. Francisco ist derjenige, der Streit sucht. Manchmal erinnert er mich an seinen Onkel Don Bartolomé.«
»So jung? Um Himmels willen!«
Federico nickte. »Es ist bereits deutlich zu erkennen. Spürst du es nicht?«
»In solch einem zarten Alter«, bemerkte Quint. »Jesus sagte, es gäbe Gerüchte, daß Bartolomé nach New Mexico zurückgekehrt und hier in Taos und auf El Cerrillo gesehen worden wäre. Ist da was dran?«
»Ja, er war hier. Ich habe ihn allerdings nicht gesehen. Ich befand mich zu dieser Zeit woanders. Rafaela erzählte es mir. Francisco bestritt, daß er hier gewesen ist. David sagte weder das eine noch das andere.«
»Ich werde mich darum kümmern«, sagte Quint mit ruhiger Stimme. »Nun erzähl mir mehr über die Schwierigkeiten zwischen den Jungen.«
»Francisco fängt stets mit dem Streit an. David weicht ihm aus. Er geht sogar fort, wenn Francisco ihn schlägt oder tritt, wie er es bei Jesus getan hat.«
»Ist das Feigheit von David?« fragte Quint.
»Nein. David kommt sehr auf seinen Vater.« Federico lächelte leicht. »Er ist keiner, der einen Kampf anfängt, aber mehr als fähig, einen zu beenden. Es wird der Tag kommen, an

dem er sich Francisco zum Kampf stellen wird, und dann wird seine Rache gewaltig sein.«

»Behandelt Lupita ihn so gut wie die Zwillinge?«

Federico hob langsam die Schultern und ließ sie wieder sinken. »Ich bin kein Petzer.«

»Sag's mir!« beharrte Quint.

»Also gut. Als du ihn vor sieben Jahren herbrachtest, behandelte sie ihn gut, wie du weißt. Ich glaube, sie liebte ihn wirklich. Schließlich ist er der Sohn des Mannes, den sie liebt. Erst seit die Zwillinge geboren sind, begann sie ihnen mehr Aufmerksamkeit zu widmen als David, besonders Francisco. Wenn David mich an dich erinnert, so erinnert mich Francisco an Bartolomé. Die gleiche sture, egoistische Arroganz tritt langsam bei dem Jungen zutage.«

Quint nahm seine Satteltaschen und das Hawken-Gewehr. »Laß Jesus die *aparejos* ins Haus bringen, Federico.«

Als Quint zur *hacienda* ging, dachte er über El Cerrillo nach. Es war nur ein guter Platz für jemand, der die alten Zeiten vorzog – starr, festverwurzelt in der Lebensweise, Sklave von Sitte und Tradition und infiziert von Fäulnis und Verfall. Um seiner eigenen Zukunft und der Lupitas und der Kinder willen mußte er sie von dort fortbringen und mit ihnen in die saubere, fortschrittliche Atmosphäre der Siedlungsgrenze zurückkehren.

Quint klopfte mit dem Kolben des Gewehrs gegen die dicke, eisenbeschlagene Pforte im Tor.

»*Quién es?*« rief eine kehlige, weibliche Stimme von innen.

Der Schlüssel wurde im Schloß gedreht, ein Riegel wurde zurückgeschoben. Die schwere Tür schwang knarrend auf. Ein Dienstmädchen sah ehrfürchtig in Quints narbiges Gesicht mit den sonderbar fremdländischen Augen auf, die von den Einheimischen als die des Teufels bezeichnet wurden. Sie war kaum älter als sechzehn, aber körperlich bereits voll entwickelt. Sie war hübsch in einer ausgesprochen indianischen Art, mit Haut von der Farbe dunkler, feuchter Erde, hohen Wangenknochen und einem etwas breiten Gesicht mit einer kräftigen Kinnpartie. Ihr Haar war glänzend und tiefschwarz. Aber vor allem zogen ihre Augen die Aufmerksamkeit an. Sie waren groß und wie tiefe Teiche, in denen ein Mann scheinbar versinken konnte, wenn er nicht auf der Hut war, um sich nie von dieser Erfahrung zu erholen. Für einen Sekundenbruchteil hatte Quint das Gefühl, er schaute etwas an, das er vor Jahren gekannt und geliebt hatte. Dann war die Erinnerung so schnell verschwunden, wie sie gekommen war.

Quint lächelte. »Habe ich dich erschreckt, Kleines?«

Sie schüttelte den Kopf, während sie ein fröhliches kleines Lächeln schaffte. »Nein, *patrón*«, erwiderte sie und machte einen Knicks.

»Du bist hier neu. Wie heißt du?«

»Cristina, Don Quintin.«

Quint betrat die *sala* und trat die Tür hinter sich zu. Er hängte die Satteltaschen über die Rückenlehne eines Stuhls. Cristina mühte sich ab, den schweren Balken, der die Pforte sicherte, wieder in die Halterungen zu legen. Quint half ihr und spürte dabei eine ihrer nackten Brüste an seinem Körper. Ihre weite, weiße Bluse war hinuntergerutscht. Er konnte hinabschauen und die großen, braunen Brustwarzen sehen und dann an dem silbernen Kreuz vorbei, das an einer Halskette hing, fast bis hinab zu ihrem Schritt. Sie wich nicht von ihm fort. Sie sah auf. Es war keine Furcht oder Scheu in ihrem Blick, eher eine Spur von Interesse.

Sie beobachtete ihn, als er sein Gewehr in eine Ecke lehnte. Dieser hünenhafte *gringo* war bereits eine Legende in New Mexico. Sie hatte viele Geschichten über ihn gehört. An einem Ort wie El Cerrillo kam der Hausherr gleich nach Gott. Sein Wille war Gesetz. Bei allem. Er konnte sich der Dienstmädchen und weiblichen Indianersklaven bedienen, wann immer es ihn danach gelüstete, und seine Frau würde sich wenig oder überhaupt keine Gedanken darüber machen. Sie fragte sich mit einem schwachen Gefühl köstlicher Furcht, wie es sein würde, von einem Mann wie ihm ins Bett genommen zu werden.

»Wann wird Doña Guadalupe zurück sein, Cristina?« fragte Quint.

»Ich bin mir nicht sicher, *patrón*.«

»Wie meinst du das?«

»Manchmal bleibt sie über Nacht bei ihrer Kusine Josefina Jaramillo, die mit Señor Kit Carson verheiratet ist. Doña Guadalupe hat in letzter Zeit Religionsunterricht von Padre Martinez erhalten und war oft in der Kirche. Wünscht der *patrón* irgend etwas?«

»Viel heißes Wasser«, erwiderte er trocken. »Ich möchte baden und die Kleidung wechseln, bevor ich heute nachmittag nach Taos reite, um meine Frau zu suchen.«

»Werden Sie in der Küche baden?« fragte Cristina fast hoffnungsvoll. Er sollte ein wahrer Hengst sein. Die männlichen Bediensteten, die eindringlich von Doña Guadalupe ermahnt worden waren, sich nicht an Cristina heranzumachen, hatten sich damit befriedigt, Cristina auszumalen, was mit ihr geschehen würde, wenn der *patrón* sie eines Tages in sein Bett rufen würde, weil die *patrona* keine Lust und er zuviel getrunken hatte. Er war wie ein Bulle, sagten sie, und sie auch noch eine *virgen*, eine Jungfrau! *Madre de Dios!*

Quint sah sie neugierig an. »Im Schlafzimmer, Mädchen. Was denkst du dir da?«

»Nichts, *patrón*.« Es war fast, als hätte er ihre Gedanken gelesen. Das sollte eine seiner weiteren Fähigkeiten sein. Vielleicht war er ein *brujo*, ein Hexer.

»Laß dir von meinem *mozo* mit den Wassereimern helfen, Cristina«, sagte Quint. Er lächelte. »Und paß auf, wo er seine Hände hintut. An deiner Stelle würde ich dafür sorgen, daß er damit die Eimergriffe hält.«

Er beobachtete ihren interessanten und unbewußt sinnlichen Hüftschwung, als sie den Raum verließ. Es war viele lange Monate her, seit er mit einer Frau geschlafen hatte. Eine davon war eine dralle Hure in Pueblo gewesen, als er sich dort geschäftlich aufgehalten hatte. Davor hatte er mit La Tules geschlafen, als er nach Santa Fé geritten war, um mit Tom Byrne zu reden. Beide Male war er ziemlich betrunken gewesen. Tatsächlich hatte er nicht mehr die geringste Ahnung, wie die Hure in Pueblo ausgesehen hatte. Doch wer konnte je La Tules vergessen!

Quint schenkte sich einen Brandy ein und sah sich in der *sala* um. Der Raum war wie ein kleines Privatmuseum, in dem die zusammengefaßte Geschichte der de Vasquez-Dynastie ausgestellt war. Kein männliches Mitglied, das ein weibliches der Familie geheiratet hatte, war jemals in der Lage gewesen, eine dominierende Rolle einzunehmen. Das Privileg zu herrschen, war das ererbte Recht der direkten Linie der Nachkommen. Ein Außenseiter wurde mehr oder weniger zu einer Galionsfigur. Seine de Vasquez-Frau war immer hinter ihm und beherrschte ihn mit stählernem Willen. Im Laufe der Zeit wurde er ein de Vasquez mit allem außer dem Vor- und Nachnamen und mußte sich den Verhältnissen, der Tradition, der Macht und dem Reichtum der Familie beugen. Vielleicht betrachtete er seine Position als eine große Ehre. Vielleicht litt aber auch sein Stolz darunter.

Nun war der einzige direkte männliche Nachkomme Don Bartolomé, der ältere Bruder von Guadalupe. Er hatte den Rio-Brioso-Besitz in einem Monte-Spiel an La Tules verloren und war später nach einem Mordanschlag auf Gouverneur Armijo aus New Mexico geflüchtet. So war der *patrón* von El Cerrillo und *hacendado* von Rio Brioso ein rothaariger *gringo*. Quint hatte immer auf eigenen Füßen gestanden und sich geweigert, die große Ehre anzunehmen, die ihm durch die Heirat einer de Vasquez zuteil geworden war. Im weiteren Sinne hatte er der Dynastie mit der Zeugung von Francisco einen Beitrag geleistet. Francisco würde wegen des selbst auferlegten Exils seines Onkels Bartolomé mit der Zeit das Oberhaupt des de Vasquez-Clans werden und das Erbe übernehmen, doch mit dem fremden Namen Kershaw.

Die *sala* war typisch für die der Heime reicher Leute New Mexicos. Mit Schnitzereien verzierte *vigas,* Balken, stützten die Decke aus geschälten Espenstöcken, die in einem Fischgrätmuster geflochten waren. Der polierte irdene Boden war hart wie Stein. Die Wände waren weiß getüncht. Große, bienenkorbartige Kamine standen sich in den Ecken diagonal gegenüber. Die Möbel waren schwer, dunkel und formal. Zwei riesige Holzkommoden mit kunstvoller Schnitzerei, Eisenbeschlägen und komplizierten Schlössern waren, wie es hieß, von Don Rodrigo aus Mexico City mitgebracht worden.

Quint wanderte durch den Raum, in einer Hand das Schwert, in der anderen das Brandyglas. In dieser *sala* hatte er vor sieben Jahren Lupita zum erstenmal anders bekleidet als ein junges Mädchen gesehen. Später hatte sie grobe Trailkleidung getragen, und schließlich war sie in tiefer Trauer um ihren Vater in Schwarz gekleidet gewesen. Als er nach El Cerrillo gekommen war, hatte er um ihre Hand angehalten. Sie hatte ein kurzärmliges weißes Miederkleid aus Leinen getragen, das glatte, weiche Schultern und Arme enthüllt und ein gewagtes Dekolleté gehabt hatte. Der kurze Rock aus strahlendroter Wolle hatte gerade bis unter ihre Knie gereicht. Ihre Beine waren nackt gewesen, und ihre kleinen Füße hatten in zierlichen, schwarzen Hausschuhen mit Silberschnallen gesteckt. Ein mit Silber besetzter Kamm aus feinstem Schildpatt hatte in ihrem üppigen schwarzen Haar gesteckt. Die Stola war aus glänzender gelber Seide gewesen, die mit kunstvollen roten Blumen gemustert war. Ihre Ohrringe aus weichem, purem Gold waren ein Verlobungsgeschenk, das Quint ihr geschickt hatte; er hatte nie erzählt, woher er das Gold dafür bekommen hatte. Ihr Parfum war wie immer faszinierend und verführerisch gewesen. Er schloß die Augen, als er an sie dachte. So sah er sie meistens in seinen Träumen – wie damals.

Jesus kam in die *sala* und trug zwei *aparejos.* Er musterte das Schwert. »Wohin soll ich sie tun, *patrón*?« fragte er.

»Leer die Tragkörbe hier. Und dann hilf dem Dienstmädchen Cristina, das Wasser für mein Bad zu holen.«

Jesus nickte. Er schaute sich im Raum um. »Dies ist wie ein Museum, *patrón*.«

»Zweihunderte Jahre Geschichte, Jesus.«

»Und nun sind sie alle tot, die männlichen de Vasquez.«

»Es gibt noch Don Bartolomé.«

»Der vom Gesetz gesucht wird.«

»Und einem rothaarigen *gringo* die Verantwortung überlassen hat.«

Sie grinsten einander an.

»Ich hoffe, der *patrón* hat nicht vor, lange hierzubleiben«, sagte Jesus ziemlich kühn an der Tür.

Quint schüttelte den Kopf. »Nur eine Weile. Mein Zuhause ist Rio Brioso.«

Jesus und Cristina brachten den riesigen hölzernen Badezuber und stellten ihn im Schlafzimmer auf. Als sie gingen, hörte Quint Cristina auf dem Weg durch den Innenhof ein wenig kichern. Jesus verstand es, mit Frauen umzugehen.

Quint zog sich aus, bevor er den Barschrank öffnete, um sich etwas zu trinken einzuschenken. In diesem Augenblick trat Cristina – verläßlich, doch ohne gute Manieren – die Tür vom Patio auf und stolperte mit zwei Eimern voll dampfenden

Wasser herein. Quint wirbelte mit dem Brandyglas in der Hand herum und packte instinktiv einen seiner Colts, die er mit der Kleidung abgelegt hatte. Er hob die Waffe und spannte sie, ohne bei der blitzschnellen Aktion einen Tropfen aus einem Brandyglas zu verschütten.

Cristina starrte ihn offenen Mundes an, zu ehrfürchtig, um Angst zu haben. Der Kontrast zwischen seinem mahagonifarben schimmernden Gesicht, dem dunkelroten Haar und der weißen Haut seines Körpers war verblüffend. Das und seine harten, grauen Augen, der Busch der gekräuselten Schamhaare und die helle Narbe auf seiner Wange bildeten einen völligen Gegensatz zu jedem Mann ihres Volkes, den sie je gesehen hatte. Und die Narben am Körper! *Madre de Dios!* Auf seiner linken Schulter gab es parallele Prankenmale, wo irgendein kräftiges Tier seine Krallen vom Gesicht bis zur Schulter herabgezogen hatte. Da war eine schwache vernarbte Furche auf der rechten Kopfseite. Eine Narbe von einem Kugelloch befand sich unterhalb seiner linken Rippen, eine große Narbe war auf seinem rechten Bizeps, und auf seinem linken Unterarm gab es eine Vertiefung von einer weiteren Narbe. Doch das Faszinierendste von allem waren sein großer Penis und der pralle Hodensack. *Por Dios!* Der Mann war ein Hengst!

Quint mußte unwillkürlich grinsen, als er das Staunen des Mädchens sah. Er senkte den Revolver vor seine Genitalien. »Bring das Wasser, Cristina. Komm! Komm! Ich werde dir nichts tun.«

Sie schüttete das Wasser in den Zuber und wagte nicht, ihn anzusehen. Die Herrin war heute in Taos. Die Kinder spielten auf den Feldern. Es gab keine anderen Bediensteten in diesem Teil der *hacienda*. Jesus, der *mozo*, zählte nicht. Es war Don Quintins Recht, sie in sein Bett zu nehmen. Wie würde es sein, nackt unter diesem hageren, muskulösen Körper zu liegen, der Narben von Kugeln, Messern und Pranken auswies? Allein der Gedanke trieb Schauer über ihre Wirbelsäule. Ihre Brustwarzen richteten sich hart auf, und zwischen ihren glühenden Schenkeln wurde es feucht. Sie war noch unberührt. Doña Guadalupe hatte darauf bestanden, als sie sie angestellt hatte. Cristina hatte erwartet, vom *patrón* entjungfert zu werden, natürlich mit der Erlaubnis der *patrona*. Was Cristina davon hielt, spielte keine Rolle. Es war so Sitte. So war es ihr von ihren Altersgenossinnen gesagt worden, obwohl Doña Guadalupe es ihr gegenüber nie erwähnt hatte.

»Du kannst jetzt gehen«, sagte Quint.

Sie trug die leeren Eimer zur Tür und wandte sich dort langsam mit gesenktem Kopf um. »Ich kann Ihnen den Rücken waschen, wenn Sie wollen, *patrón*«, schlug sie kühn vor.

Quint schüttelte den Kopf. »Vielleicht ein anderes Mal.«

Als sie ging, trank er sein Glas leer. Da war etwas mit diesem Mädchen. Vielleicht hatte er sie schon irgendwann gesehen? Nein, er war sich sicher, daß das nicht der Fall war. Doch da war irgend etwas mit ihr!

Jesus brachte zwei Eimer voll Wasser und leerte sie in den Badezuber. »Sie ist eine Genizara, *patrón*. Ein Coyote wie ich.«

Quint reichte ihm ein Glas Brandy. »So? Woher weißt du das?«

»Selbst ein Halbblinder könnte das sehen.«

»Man muß selbst einer sein, um es zu erkennen, wie? Kanntest du sie zuvor?«

Jesus schüttelte den Kopf.

»Woher weißt du's dann mit Sicherheit?«

»Einfach, *patrón*. Ich habe sie gefragt.«

»Navajo, Apache? Comanche? Ute?«

»Moache-Ute wie ich.«

»Bergcomanche.«

Jesus zuckte die Achseln. »Ich sehe es nicht gern so.«

»Doch es stimmt. Sie sind im wesentlichen das gleiche Volk.«

Jesus nippte an seinem Brandy. »Sie hat Angst vor Ihnen, *patrón*.«

»Dafür gibt es keinen Grund. Hast du einen lüsternen Blick auf sie geworfen?«

Der *mozo* schüttelte den Kopf. »Josefina, die Köchin, hat mich davor gewarnt, sie anzurühren. Sie sagte, die *patrona* lasse die Familie nur von jungfräulichen Dienstmädchen bedienen.«

»Wie die gute Josefina? Vielleicht hat Josefina dir das nur gesagt, damit du dich statt für Cristina für sie interessierst.«

Jesus schüttelte den Kopf. »Doch ein Mann könnte Schlimmeres tun. Sie hat mich bereits eingeladen, mit ihr zu schlafen, während wir hier auf El Cerrillo sind.«

Gemeinsam beobachteten sie Cristina, als sie weiteres Wasser brachte und in den Zuber schüttete. Sie schaute sie nicht an. Jesus betrachtete ihr wohlgeformtes Hinterteil, als sie ging. Er schüttelte langsam den Kopf. »Pech gehabt, wie immer!« murmelte er.

Als Jesus fort war, entspannte sich Quint in dem Badezuber. Er ließ seine langen Beine über den Rand des Zubers baumeln. Als er nach der Seife griff, kam ihm die Erinnerung. »Dotawipe«, sagte er leise auf Shoshoni. »Mountain Woman. *Ihr* sieht sie ähnlich!« Er ärgerte sich, weil er sich nicht eher daran erinnert hatte. Die Cheyennes betrachteten die Utes als Berg-Comanchen, und die Shoshonis zählten im wesentlichen zur gleichen Familie wie die Utes, und so waren sie ein verwandtes Volk. Verschwommen und schattenhaft schien vor ihm das Gesicht von Mountain Woman aus einem Nebelschleier aufzutauchen. »Du machst mein Herz groß, En-Hone«, schien sie zu flüstern. Dann verblaßte die Vision und verschwand. Das hatte sie in Augenblicken großer Zärtlichkeit stets zu ihm gesagt. En-Hone, Big Red Badger, ›Großer Roter Dachs‹ – dieser Ehrenname war Quint von den Yellow Noses, der berühmten Kriegervereinigung der Shoshonis, gegeben worden.

Quint rasierte sich und stutzte Bart und Schnurrbart. Er musterte sich im Spiegel. Harte, graue Augen, kühne Nase, rötliches Haupt- und Barthaar und die Narbe auf seiner linken Wange. »Bei Gott«, sagte er leise. »Kein Wunder, daß mich die Frauen in New Mexico zu fürchten scheinen und gleichzeitig fasziniert und neugierig auf mich sind.«

Er zog feine Leinenunterwäsche an, ein Batisthemd, das am Hals und den Ärmeln mit Rüschen besetzt war, eine schwarze lederne Hose, die von den Knien abwärts geschlitzt und locker gebunden war, um etwas von der weißen Unterhose zu enthüllen. Seine taubengraue Jacke war in Charro-Art mit spiralenförmigen und arabesken Mustern aus schwarzer Borte verziert. Die sattelbraunen Stiefel waren feinste Handarbeit aus Chihuahua. Die stumpfen Sporen waren mit Silber eingelegt.

Quint schob einen seiner Colts auf der linken Seite hinter den Hosenbund, wo er von seiner Jacke verdeckt wurde. Dann steckte er eine doppelläufige Derringer in seine linke Jackentasche. Sein grauer Ranchero-Hut war breitkrempig, flachkronig, und das Band bestand aus Leder, das mit Silbermuscheln besetzt war.

Quint musterte sich abermals im Spiegel. Kein Wunder, daß ihn viele Leute in New Mexico manchmal als einen von Satans Spießgesellen betrachteten, der ruhelos über die heilige Erde der Provinz schritt. Er zuckte mit den Schultern. »Don Quintin Douglas Kershaw, *patrón* von El Cerrillo de Taos und *hacendado* von Rio Brioso, Provinz New Mexico. *A sus ordenes.* Zu Ihren Diensten«, sagte er in seinem schottischen Tonfall. Er verneigte sich leicht und grinste schief.

5

Quint und Jesus ritten über die Straße, die von El Cerrillo aus den Hang hinabführte. Das Tal von Taos breitete sich vor ihnen aus, erhellt vom strahlenden Sonnenschein des späten Nachmittags. Das Tal befand sich in 2400 Meter Höhe, erstreckte sich nordsüdlich auf fast 40 Meilen halbkreisförmig und wurde im Norden, Osten und Süden von den Sangre Cristo Mountains begrenzt. Die furchterregende schwarze Schlucht des Rio Grande del Norte schloß das Tal im Westen ab, und jenseits davon befand sich das große Plateau La Otra Banda, ›Die andere Seite‹, eine von Salbei bewachsene, windige Domäne für unzählige Herden wilder Pferde. Das Tal lag 75 Meilen nördlich von Santa Fé und war durch den Canyon des Rio Grande mit seinen riesigen Klippen aus Eruptivgestein zugänglich, zwischen denen ein breiter, vielbereister Trail hindurchführte, der seit dreihundert Jahren von Weißen benutzt wurde.

Im Tal gab es drei Hauptgemeinden – die Adobedörfer von Don Fernando de Taos, die ziemlich zentral lagen, dann im Nordosten der Indian Pueblo de Taos und die alte Pueblo-Indianer-Farmgemeinde Ranchos de Taos. Don Fernando de Taos war lange ein Handelszentrum gewesen, ein Treffpunkt von Pueblo- und Prärieindianern und Händlern aus Mexiko. Vor dreißig Jahren waren die Mountain Men, große Trapper und große Whiskytrinker, nach ›Touse‹ gekommen, das berühmt für ›braune Frauen und weißen Schnaps‹ war, letzterer der berüchtigte Taos Lightnin', ein Whisky, der aus Weizen gebrannt war und einen um den Verstand bringen konnte.

Ausländer wie Amerikaner kamen nach Taos, um den korrupten Beamten in Santa Fé auszuweichen und um ihren Proviant zu ergänzen. Es war die nördlichste Stadt in der Provinz New Mexico, und sie war am nächsten bei Strömen, in denen es von Bibern wimmelte. So war Taos zum Mittelpunkt für Leute geworden, die im Ausland geboren waren, jedoch in New Mexico lebten, hauptsächlich Amerikaner, die Anglos, die schließlich so großen Einfluß gewannen, daß sie das örtliche Gesetz und die Beamten einschüchtern konnten. Zwangsläufig hatte Taos einen amerikanischen Anstrich. Es war kleiner und abgelegener als Santa Fé, doch viel kosmopolitischer. Viele Amerikaner nahmen die mexikanische Staatsbürgerschaft an und heirateten einheimische Frauen. Viele gründeten Geschäfte, doch manche lebten von Kredit, waren stets pleite und schwärmten von den ›alten Zeiten‹, als der Biber der König gewesen war. Es gab keine Arbeit für sie in Taos, und sie waren nicht bereit, sich bei der niederen Arbeit der *paisanos* zu bükken. So taten sie wenig oder überhaupt nichts und warteten auf Gott weiß was. Trotz ihrer mexikanischen Staatsbürgerschaft, ihrer Frauen, ihrer Geschäfte oder dem Mangel daran, blieben sie mit dem Herzen Amerikaner und warteten und hofften, daß New Mexico ein Teil der Vereinigten Staaten werden würde. Ihre Einstellung war typisch für das mächtig sprießende Gefühl, das über das Land hinwegfegte und unter dem Begriff *Manifest Destiny* zusammengefaßt wurde: Sie warteten darauf, daß ihr zukünftiges Schicksal manifestiert werden würde.

Don Fernando de Taos lag im Mittelpunkt des Tals, umgeben von kultivierten Feldern, die gitterförmig von unzähligen *acequias* durchzogen waren, deren klares, kaltes Wasser vom geschmolzenen Schnee der Berge munter plätscherte. Die Straßen, die in die Stadt führten, wurden schließlich zu schmalen, unbefestigten, gewundenen Gassen, die zwangsläufig zur Plaza, dem Platz im Mittelpunkt der Stadt, führten. Während des Tages waren die Seitenwege und besonders die Plaza voller Leute und Betriebsamkeit. Kleine Esel streiften herum und suchten Futter im Abfall. Rudel magerer Hunde streunten herum. Ziegenherden zogen meckernd vorbei. Blökende

Schafe wurden von den Bergen heruntergetrieben. Holzfäller fuhren Kolonnen von kleinen, mausgrauen Wagen, die unter gewaltigen, kupferroten Zedernstämmen oder gelben Pechkieferbündeln fast verborgen waren. Langsam rollende *carretas*, große primitive zweirädrige Karren, die von Ochsen gezogen wurden, ächzten und quietschten unter ihren schweren Lasten. *Muladas*, Kolonnen von Maultieren, die mit riesigen *aparejos*, ledernen Frachtkörben, beladen waren, trotteten zur Plaza und den Warenhäusern.

Quint und Jesus ritten auf die Plaza zu. Sie zügelten ihre Pferde, um eine Bußprozession langsam passieren zu lassen. Die Bronzeglocken in verwitterten Kirchtürmen läuteten traurig außer dem Rhythmus, während die Musikanten der Prozession unregelmäßige Musik auf *bandolins, heacas* (eine Art Gitarre) und Tamtams spielten.

»*Penitentes*«, murmelte Jesus und rollte in gespielter Demut die Augen himmelwärts.

Dünner Staub stieg unter den schlurfenden Füßen empor. Die meisten der Büßer waren Frauen oder sehr alte Männer. Ihre staubigen, bloßen Füße waren mit Mist verschmutzt und mit Blut befleckt. Einige von ihnen schleppten sich schmerzerfüllt auf ihren Knien dahin und sahen mit entrücktem Blick voller Verehrung auf die Heiligenbilder in Talmi, die so bunt waren, daß es fast ans Groteske grenzte, und die über den Köpfen der Leute getragen wurden.

Quint und Jesus saßen ab und nahmen respektvoll die Kopfbedeckungen ab. Die Frauen der Prozession waren stark verschleiert. Das Gesicht einer schlanken Frau war hinter einem Seidenschleier verborgen. Die Sonne schien auf ein großes, goldenes Kreuz, eine hervorragende Kunstschmiedearbeit, das an einer goldenen Kette um ihren Hals hing. Quint erkannte das Kreuz sofort. Es war ein altes Erbstück der de Vasquez-Familie, das von Don Rodrigo aus Spanien mitgebracht worden war, wie es hieß. Lupita stolperte und schien vor Schmerzen zu erzittern. Ihre nackten Füße waren mit einer dicken Staubschicht bedeckt und mit Tierkot und Blut beschmutzt. Wenn sie Quint sah, so verriet nichts, daß sie ihn entdeckt hatte. Die Prozession bewegte sich weiter auf die Straße zu, die nach Taos Pueblo und der Kirche führte, die sich drei Meilen weiter nördlich befand.

»War das die *patrona*, Don Quint?« fragte Jesus.

Quint nickte. »Sie tut Buße.«

Jesus schüttelte den Kopf. »Es muß hart für sie sein. Sie ist solche Schmerzen und Strapazen nicht gewöhnt. Es muß eine schreckliche Sünde sein, für die sie büßt ...«

Quint zuckte die Achseln. »Ich habe keine Ahnung«, log er.

»Vielleicht kann ich in diesem Punkt eine Vermutung wagen, Don Quintin«, sagte eine kultivierte Stimme auf Spanisch hinter Quint und Jesus.

Sie wandten sich schnell um. Jesus fiel auf die Knie und verneigte sich. »Padre Martinez«, murmelte er.

Padre Antonio José Martinez, der Vikar von Taos, saß in seinem Kutschwagen. Er war ein großer, breitschultriger, stämmiger Mann mit einem langen kuppelförmigen Kopf und dazu passenden rundlichen Zügen. Charles Bent, der ihn haßte und der ihm mißtraute, hatte ihm den Spitznamen ›Das Kalb‹ gegeben, wegen seines großen Kopfes und seiner breiten Gesichtszüge. Martinez war das Oberhaupt der Kirche in New Mexico und einer der beiden politisch bedeutendsten Männer in der Provinz nach Gouverneur Manuel Armijo. Padre Martinez hatte große intellektuelle Gaben und soziales Bewußtsein, war sehr klug und streitlustig und liebte die Frauen. Er hatte stets die Sache seines Volkes verfochten und keinen Hehl aus seiner Abneigung gegenüber Amerikanern gemacht. Bei letzterem war Quint eine Ausnahme.

»Ich freue mich, dich in der guten Gesellschaft von Don Quintin zu sehen, Jesus«, sagte der Padre und forderte ihn mit einer Geste auf, sich zu erheben. »Deine Mutter, meine Kusine, sie ruhe in Frieden, wäre stolz auf dich, weil du solch einem Mann wie ihm dienst.«

Quint lächelte. Er mochte den Padre wirklich. »Es ist schön, Sie wiederzusehen, Padre Martinez.«

Martinez lehnte sich aus dem Wagen und schloß Quint in die Arme. »Auch ich freue mich, Sie wiederzusehen.« Er gab Quint frei und musterte ihn prüfend. »Das Leben auf Rio Brioso gefällt Ihnen gut. Doch man muß Zeit mit seiner Frau und der Familie verbringen, wie?«

Quint nickte. »Deshalb bin ich hier, Padre.«

»Ich komme gerade von El Cerrillo. Man sagte mir, Sie wären soeben von Rio Brioso zurückgekehrt und in die Stadt geritten, um Guadalupe zu suchen. Haben Sie sie gefunden?«

Quint wies zu der davonziehenden Prozession. »Dort, Padre. Das hatte ich nicht ganz erwartet.«

»In Buße wohnt Tugend, mein Sohn.«

»Ich werde es eines Tages versuchen müssen«, erwiderte Quint trocken. »War Guadalupes Teilnahme an dieser Bußprozession Ihr Vorschlag?«

Die Augenbrauen des Priesters hoben sich. »Meiner? Aber nein. Wie kommen Sie darauf?«

»Ich hörte, Sie geben ihr Religionsunterricht.«

»Nur auf ihren ausdrücklichen Wunsch. Ich wußte nichts davon, daß sie heute an der Prozession teilnimmt. Sie ist eine beunruhigte junge Frau, Quintin.«

»Wie ist das möglich? Sie hat doch alles. El Cerrillo wurde für sie und die Kinder gerettet. Die *hacienda* blüht und gedeiht. Rio Brioso geht es gut, und es wird dort noch viel besser werden. Wir haben drei prächtige Kinder. Wir alle sind mit ausgezeichneter Gesundheit gesegnet.«

Der Padre zog die Lider zusammen. »So?« murmelte er.

Quint musterte ihn überrascht. »Mit Guadalupe und den Kindern ist doch alles in Ordnung? Oder gibt es da etwas, das ich nicht weiß?«

Der Priester schüttelte den Kopf, zu schnell, wie es für Quint den Anschein hatte. »Alles ist gut, soviel ich weiß. Aber erzählen Sie mir von den Zuständen östlich der Berge. Wie Sie ja wissen, habe ich dort einigen Besitz, und durch die Utes und Jicarillas habe ich große Verluste an Schafen, Pferden und Maultieren erlitten. Die Geschichte Ihrer Verfolgungsjagd und Wiederbeschaffung vieler Pferde und Mulis hat sich im nördlichen Mexiko wie ein Lauffeuer ausgebreitet.«

»Sie wurden von Cochetopa-Utes und Comancheros gestohlen.«

»Dieses Pack! Aber ich habe immer gedacht, daß Ihre Anwesenheit östlich der Berge sie abschreckt.«

Quint zuckte mit den Schultern. »Wenigstens die Moache-Utes, Jicarillas und besonders die Comanchen. Vor sieben Jahren erteilten wir den Kotsoteka-Comanchen eine bittere Lektion, als sie Rio Brioso überfielen. Die haben sie nicht vergessen.«

Der Padre lächelte. »Ich hörte, daß die feindlichen Indianer und viele Leute in Mexiko Sie für den Teufel in Menschengestalt halten.«

Quint grinste. »Na prima. Sollen sie das denken. Das ist eine gute Versicherung.«

»Unglücklicherweise glauben viele Taoseños das ebenfalls.«

»Schließt das Sie ein, Padre?«

Martinez lächelte. »Einige Ihrer amerikanischen Freunde denken das gleiche von mir. Wie dem auch sei, ich glaube nicht an Teufel, obwohl ich zugeben muß, daß ich manchmal ein wenig Zweifel habe.«

»Und in *meinem* Fall, Padre?«

Sie sahen einander in die Augen, der große, langbeinige Schotte, der schon zu einer Art Legende in der Provinz geworden war, und der kluge, mächtige Priester, der ebenfalls zu seinen Lebzeiten eine Legende geworden war.

Padre Martinez winkte ab. »Ich habe noch nicht so richtig darüber nachgedacht, Quintin. Doch manchmal frage ich mich einfach, *wer* oder *was* Sie sind. Ich stelle Vermutungen über die Gründe Ihrer Anwesenheit in New Mexico an. Ein *escocés* Amerikaner, der mexikanischer Staatsbürger geworden ist. Jetzt mit seiner Frau Besitzer von El Cerrillo. *Hacendado* von Rio Brioso mit so angesehenen Partnern wie Gouverneur Armijo, Doktor Tomas Byrne und, wie Gerüchte besagen, vielleicht der berüchtigten La Tules. Darüber hinaus sind Sie ein Freund und Vertrauter der Amerikanischen Partei, die nichts lieber sehen würde, als daß New Mexico ein Teil der Vereinigten Staaten wird. Und dennoch bringen Ihnen viele prominente und loyale Bürger New Mexicos Vertrauen und Respekt entgegen.«

»Schließt letzteres Sie ein, Padre?« fragte Quint mit einem gewinnenden Lächeln.

Der Padre zuckte mit den Schultern, lächelte jedoch dabei. »Wie ich sagte, ich frage mich ... Aber genug der Spekulationen. Zu gegebener Zeit werden wir alles wissen. Ich freue mich, Sie hier in Taos bei Ihrer Frau und Familie zu sehen, doch ich frage mich, ob es nicht klug wäre, wenn Sie so schnell wie möglich nach Rio Brioso zurückkehrten. Wir Land- und Viehbesitzer östlich der Berge betrachten Sie als unsere wichtigste Verteidigung gegen Indianerüberfälle und gegen Versuche von Ausländern wie die der Texaner im Jahre 1841, die Provinz in einer Invasion einzuheimsen.«

»Ich bin eben erst hier eingetroffen, Padre. Ich habe meine Familie seit Monaten nicht mehr gesehen. Es sind gute Männer in Rio Brioso zurückgeblieben – für den Fall, daß es irgendein solches Problem geben sollte.«

»Einverstanden, aber denken Sie immer daran, daß Sie als Hauptstütze der nordöstlichen Verteidigungskräfte betrachtet werden.«

Quint wurde ärgerlich. »Ich bin ein bißchen müde von dieser Aufgabe. Ich werde entscheiden, wann und ob ich dorthin zurückkehre.«

Martinez sah Quint nachdenklich an. »Eine der Bedingungen Ihrer Beteiligung an Rio Brioso schreibt vor, daß Sie zugleich ein Mitglied der aktiven Miliz der Provinz mit dem Rang eines *subteniente* sind. Demzufolge können Sie im Not- und Kriegsfall mit der Pflicht beauftragt werden, aus den tauglichen Männern von Rio Brioso, Mora und anderen Gemeinden im Grenzland eine Truppe für den aktiven Dienst zu rekrutieren.«

»Ist das nicht nur als eine Formalität gedacht?«

Der Padre runzelte die Stirn. »Es kann leicht geltend gemacht werden. Ein einziges Wort ins Ohr des Gouverneurs wird diese Bestimmung erhärten, Quintin.«

»Ein Wort von Ihnen oder irgendeinem der anderen Großgrundbesitzer mit Land östlich der Sangre de Cristos?« fragte Quint trocken.

Martinez lächelte. »Wäre es also nicht angenehmer für Sie, mit Ihrem gegenwärtigen Status zurückzukehren, anstatt unter Befehl als ein Offizier der aktiven Miliz, der nach der Pfeife eben jener Großgrundbesitzer tanzen muß?«

»Eins zu null für Sie, Padre«, gab Quint zu. »Aber da gibt es auch das Problem Guadalupe. Sie will nicht dort leben. Und, wie Sie gut wissen, wenn eine de Vasquez ihre Entscheidung getroffen hat, was sie tun will oder nicht, dann könnte Jesus Christus persönlich sie zu keiner anderen Überzeugung bringen.«

Der Padre bekreuzigte sich schnell. »Ich behaupte nicht, daß ich eine solch geistige Autorität habe, aber auf meine Art kann ich ziemlich überzeugend sein. Überlassen Sie mir das, mein

Sohn. Wenn Sie fort wollen, werde ich privat mit ihr sprechen. Und jetzt muß ich zur Kirche von Taos Pueblo fahren. Da fällt mir übrigens ein, daß ich vor kurzem einen Ihrer früheren Delawaren-Freunde auf den interessanten Namen Black Beaver taufte. Er heiratete eine der Pueblo-Frauen.«

»Ein guter Mann. Einer der besten. Sein Bruder Black Moccasin und sein Sohn Joshua arbeiten immer noch von Zeit zu Zeit für mich. Im Augenblick befinden sie sich mit Lieutenant Fremont von der Armee der Vereinigten Staaten auf seiner dritten Expedition in den Westen. Kit Carson und Dick Owens sind ebenfalls dabei.« Der Padre nickte. »Ich weiß«, sagte er mit ruhiger Stimme. »Ein interessanter Mann, dieser Lieutenant Fremont. Ist es nicht tollkühn von ihm, so nahe beim oder im Territorium Mexikos herumzustreifen?«

Quint zuckte die Achseln. »Wer weiß schon wirklich, wo die Grenzen sind.«

»Er weiß gewiß, daß Kalifornien ein Teil von Mexiko ist.«

Sie sahen einander in die Augen. Schließlich hob Martinez eine Hand zum Segen. »Gott sei mit Ihnen«, murmelte er, bevor er davonfuhr.

»Ein mächtiger Mann«, sagte Jesus leise.

6

Guadalupe kehrte in der Abenddämmerung nach El Cerrillo zurück. Sie erwartete fast, Quint dort anzutreffen. Sie hatte genau gewußt, daß er an diesem Tage von Rio Brioso heimkommen würde, doch sie hatte sich aus einem fast perversen Gefühl heraus entschlossen, nicht wie eine ergebene Ehefrau geduldig auf ihn zu warten, so sehnsüchtig sie ihn auch wiedersehen wollte. Sie hatte ihn an diesem Nachmittag in Taos gesehen, als er die Bußprozession beobachtet hatte. Eigentlich hatte sie an diesem Tag nicht daran teilnehmen wollen. Eine so große Reue empfand sie nicht wegen ihrer Sünden; in Wirklichkeit bereute sie überhaupt nichts. Doch irgendeine Laune ihres stolzen Charakters hatte sie bewogen, sich an der Prozession zu beteiligen. Jetzt war er endlich zurückgekehrt, und ihr Verlangen nach ihm war verzehrender denn je.

Sie war nicht mehr die leidenschaftliche, liebende Mädchenfrau, die Quint geheiratet hatte. Jetzt war sie die ehrwürdige Doña Guadalupe de Vasquez Kershaw, *patrona* von El Cerrillo, Bewahrerin, Beschützerin und ein Symbol der Tradition und Legende der Familie de Vasquez im Tal von Taos und im gesamten nördlichen New Mexico. Es wäre eigentlich die Pflicht ihres älteren Bruders Bartolomé gewesen, doch er hatte versucht, Gouverneur Armijo zu ermorden, und als der Anschlag durch Quints Eingreifen gescheitert war, hatte Bartolomé ins Exil flüchten müssen. Doch schon zuvor hatte er ihren Vater Don Francisco, einen kranken, alternden Mann, enttäuscht, indem er sich geweigert hatte, ihm die Last der Verantwortung abzunehmen. Don Francisco hatte seine Hoffnungen auf Bartolomé gesetzt. Bartolomé hatte nichts davon wissen wollen. Er hatte El Cerrillo verlassen, um in Santa Fé zu leben, ein unverbesserlicher Spieler, unersättlicher Schürzenjäger und unmäßiger Prasser.

Der Familienbesitz war geschrumpft trotz Guadalupes Versuch, den Platz auszufüllen, den ihr Bruder rechtmäßig hätte übernehmen sollen. Es war immer die Verantwortung des ältesten Sohns der Familie gewesen, die wichtigen Büffeljagden im Frühjahr und Herbst zu führen, weit jenseits des Llano Estacado, der Heimat der Comanchen. Bei der ständigen Abwesenheit Bartolomés hatte Guadalupe diese Verantwortung übernehmen müssen, obwohl sie fast noch ein Mädchen gewesen war. Während der Büffeljagd im Frühjahr 1838 war sie in Kontakt mit Quint gekommen, mit dem großen *rubio*, dessen hart blickende, graue Augen über die Einfühlsamkeit und Menschlichkeit des Mannes hinwegtäuschten. Sie hatte ihn nie vergessen. Ihre Namensvetterin, die Heilige Guadalupe, zu der sie oft betete, hatte dafür gesorgt, daß sie sich wiedergetroffen hatten und schließlich Mann und Frau geworden waren.

Sie hatte damals geglaubt, daß Quint El Cerrillo zu neuem Leben erwecken und die frühere Pracht wiederherstellen würde. Das hatte er auch getan. Doch etwas war schiefgegangen. Er war stolz wie ein Grande auf seinen ausländischen Namen und das Erbe seiner schottischen Vorfahren, eine wilde Kriegerart von halben Barbaren, wie man ihr jedenfalls erzählt hatte. Er liebte sie und die Kinder, doch er war nicht besonders stolz darauf, daß er in die Familie de Vasquez eingeheiratet hatte. *Er wollte oder konnte nicht verstehen, welch große Ehre ihm dadurch zuteil wurde, daß ihn die Familie de Vasquez akzeptierte!* Für ihn war es kein Leben als Grande auf El Cerrillo an ihrer Seite. Für ihn bestand das Leben aus ständigem Kampf, Erfüllung und Bewältigung von Gefahren. Es mußte immer einen fernen Horizont geben, eine ungezähmte Siedlungsgrenze. Er brauchte diese Herausforderung. Er konnte einfach nicht das erdrükkende Eingesperrtsein auf der ruhigen *hacienda* ertragen. »Vier Wände sind etwas für den Winter«, pflegte er zu sagen und fortzureiten. Er fühlte sich mehr unter freiem Himmel zu Hause als auf der *hacienda*.

Rio Brioso war Guadalupes große Rivalin. Das hatte sie langsam während der ersten Jahre ihrer Ehe erkannt. Jetzt war die *hacienda* so gut in Schuß. Würde ihn nun die ungezähmte Siedlungsgrenze weiter von ihr und den Kindern weglocken? Sie haßte Rio Brioso. Es war dort primitiv und abgeschieden, heiß im Sommer und kalt im Winter. Dort bestand immer die Gefahr von Indianerüberfällen. Dort war Quint nicht Don Quintin von El Cerrillo, sondern Don Grande Rubio, der von den Leuten bewundert, geliebt und geachtet wurde. In Rio Brioso war er ausgesprochen erfolgreich, ein Führer und mehr als das – bereits eine Legende. Und Guadalupe? Sie war nur Doña Guadalupe, die Frau von Don Grande Rubio, respektiert, doch ungeliebt. Vielleicht zog Quint es so vor, obwohl er es nie zugeben würde. Sie mußte ihn hier auf El Cerrillo haben. Er war endlich heimgekommen. Sie mußte all ihre Überredungskunst aufbieten, um ihn hier zu halten. Damit und mit den Kindern, die er liebte, als Köder konnte sie ihn vielleicht für immer an die Kette legen.

Jemand klopfte an die Außentür der Kapelle.

»Wer ist da?« rief Guadalupe.

»Ich bin's, Cristina, *patrona*. Don Quintin ist auf dem Weg vom Corral zum Haus.«

Lupita ging in das große Schlafzimmer. Sie musterte sich im Spiegel, richtete ihr Haar, trocknete ihre Augen und trug das zarte französische Parfum auf, von dem Quint immer sagte: »Es erregt mich, Lupita. Man kann mich nicht für meine Taten verantwortlich machen, wenn du es benutzt.« Sie lächelte leicht. Es hatte stets bei ihm gewirkt. Sie betete, daß es wiederum die gewünschte Wirkung erzielte.

Quint ging lautlos durch die nur schwach erhellte *sala* zur Türschwelle, die in den Innenhof führte. Er verharrte in tiefem Schatten, um Guadalupe anzuschauen. Sie hatte ihn noch nicht bemerkt. Sie war jetzt 26, sieben Jahre jünger als er. Ihre einst schlanke, fast knabenhafte Figur mit den reizend aufgerichteten Brüsten war nach der Geburt der Zwillinge und dem ruhigen Leben auf El Cerrillo etwas reifer und runder geworden. Sie trug ein hochgeschlossenes schwarzes Seidenkleid mit Jettknöpfen am Rücken und weißen Rüschen am Hals und an den Ärmeln. Ein feiner schwarzer Pattschildkamm, der mit silberner Filigranarbeit verziert war, steckte in ihrem blauschwarzen Haar. Das sanfte Licht der Laternen schimmerte auf den Ohrringen aus purem Gold, die Quint ihr zur Verlobung geschenkt hatte.

Sie stand mit dem Rücken zu Quint, während sie wie verzaubert der Spottdrossel lauschte. Jetzt drehte sie ihren Kopf ein wenig, so daß er ihr Profil sehen konnte, und für einen kurzen traumhaften Augenblick war sie wieder so, wie er sie am besten in Erinnerung hatte.

Er ging auf sie zu. Seine leisen Schritte wurden vom Plätschern des Springbrunnens und dem hellen Lied der Spottdrossel verschluckt. Die Spottdrossel hörte zu singen auf, und Guadalupe wandte sich plötzlich zu Quint um.

Quint hob die Augenbrauen und stieß einen leisen Pfiff aus. »Doña Guadalupe de Vasquez Kershaw, *patrona* von El Cerrillo! Ich, Don Quintin Douglas Ker-Shaw, stehe zu Ihrer Verfügung«, murmelte er, als er weiter auf sie zuschritt. Plötzlich war sie so nahe, daß ihren festen, aufgerichteten Brüste gegen seine Brust stießen. Sie sah in seine Augen auf. Der faszinierende Duft ihres Parfums hüllte ihn ein. Er bemerkte die schwachen dunklen Ringe unter ihren großen Augen und die Sorgenfältchen auf ihrer Stirn, zu beiden Seiten der Nase und an den Winkeln ihres weichen, vollippigen Mundes. Die Fältchen waren neu. Sie mußten entstanden sein, seit er sie das letzte Mal gesehen hatte.

»Du schleichst wie ein jagender Kater und riechst wie Turleys Schnapsladen in Arroyo Hondo«, sagte sie.

Er nahm sie in die Arme und hob sie hoch, bis sie auf den Spitzen ihrer schwarzen Satin-Hausschuhe stand, und preßte sie gegen seinen harten, muskulösen Körper. Sie versteifte sich, sträubte sich einen Lidschlag lang, und dann entspannte sie sich, als er ihre Lippen mit seinen suchte. Ihre Arme glitten hoch und schlangen sich um seinen Nacken. Ihr Atem ging schnell und heftig, und es schien, als wäre zwischen ihnen alles wieder, wie es einst gewesen war.

Plötzlich versuchte sie, sich ihm zu entziehen. »Die Kinder. Die Bediensteten«, murmelte sie. Sie ordnete schnell und nervös ihr Haar. »Ich . . .«

Er verschloß ihr den Mund mit seinem. Schließlich gab er sie frei, hielt sie jedoch in den Armen. Sie spürte seine harte Männlichkeit, die sich gegen ihren weichen Körper preßte. »Die Kinder, die Bediensteten«, wiederholte sie atemlos, und sie fragte sich unsicher, was sie als nächstes tun oder sagen sollte.

Quint schüttelte den Kopf. »Keine Bange. Die Kinder sind im Bett, oder nicht? Die Bediensteten sind in ihren Quartieren. Sie wissen, daß sie uns an diesem Abend besser nicht stören. Wir haben diesen Teil des Hauses ganz für uns, wie es sein sollte, Lupita.«

Sie wandte ihren Kopf ein wenig von ihm fort. »Francisco ist schrecklich wütend auf dich«, sagte sie, weil ihr nichts besseres einfiel.

Er hielt sie an den schmalen Schultern umfaßt. »Vergiß ihn im Moment. Wir haben zuviel über uns selbst zu sprechen.«

Sie löste sich von ihm, trat ein paar Schritte fort und blieb mit dem Rücken zu ihm am Teich stehen.

»Nicht die herzlichste Begrüßung, finde ich, *querida*«, sagte Quint.

»Was hast du erwartet?« fragte sie über die Schulter. »Du warst monatelang fort.«

»Ich habe Rio Brioso aufgebaut«, sagte er, und sein Tonfall wurde kaum wahrnehmbar härter. Es hatte nicht lange gedauert, auf den Kern ihrer Schwierigkeiten miteinander zu kommen.

Sie wandte sich um. »Mußt du dort so oft bleiben? *Hier* ist dein Zuhause, Quint. Hier auf El Cerrillo, bei deiner Frau und deiner Familie. Du bist ein Mann von Rang hier in New Mexico, ein Gentleman und kein stinkender Trapper, der Felle von Tieren trägt und wie eines von ihnen lebt. Eine andere Sache – ich habe hier auf El Cerrillo genauso hart gearbeitet wie du auf Rio Brioso.«

Das konnte er nicht leugnen. »Wobei die Gewinne von Rio Brioso hier alles bezahlen«, erinnerte er sie. »El Cerrillo hat sich seit Jahren nicht mehr selbst finanziert. Es war im Stadium fortgeschrittenen Verfalls. Ein großer Teil des Besitzes war an Tom Byrne verpfändet. Wenn es nach mir ginge, könnte dieses Geld für die weitere Entwicklung Rio Briosos genutzt werden.«

Ihre Augen verengten sich. »*Ich* war es. die El Cerrillo als Mitgift in die Ehe einbrachte! Bedeutet dir das nichts?«

Quint zuckte mit den Schultern. »Ich bin es verdammt leid, etwas von den vergangenen glorreichen Zeiten El Cerrillos und der noblen Familie de Vasquez zu hören. Ich habe nicht vor, hierzubleiben und im Laufe der Jahre in allem außer dem Namen ein de Vasquez zu werden. Oder willst du das *auch*? Bei Gott, Frau! Ich bin ein *Kershaw*! Kein Mitglied einer fast ausgestorbenen Familie Mexikos von *gente fina*, die so entzückt darüber sind, was sie *waren*, daß sie nicht begreifen, was sie *sind*!«

»So, das ist es also! So, jetzt ist alles heraus!«

Er schüttelte den Kopf. »Es war immer alles heraus, sofern es mich betrifft.«

»Kershaw!« schnaubte sie. »Manchmal sprichst du diesen Namen aus, als wäre er adlig. *Meine* Familie stammt aus dem Adel von Andalusien! *Du* hast keine solche Herkunft!«

Er grinste ärgerlich. »Nicht nötig. Ich bin mein eigener Herr und gehe meinen eigenen Weg. Das habe ich immer getan, und das werde ich immer tun. Ich werde Rio Brioso zu etwas für uns beide aufbauen. An El Cerrillo habe ich nie gedacht als an etwas für *uns*. Verdammt, Frau! Es ist *dein* El Cerrillo! Ich will nichts davon, wenn ich den Rest meines Lebens denken muß, dreifaches Glück gehabt zu haben, indem man mir gnädig erlaubte, eine de Vasquez zu heiraten, zur de Vasquez-Familie zu gehören und hier auf El Cerrillo zu residieren.«

»Rio Brioso gehört dir nicht wirklich!« Sie war jetzt gründlich verärgert. »Du bist nur wegen dieser verdammten betrügerischen La Tules und ihres krummen Liebhabers, Manuel Armijo, da hineingeraten! La Tules! Diese aufgedonnerte rothaarige Hure mit ihren Diamanten und ihrer billigen *gringa*-Art.«

Quint mußte unwillkürlich grinsen, obwohl ihm klar war, daß sie das noch mehr verärgerte. »Mein Gott, ich sollte dir sagen, wie schön du aussiehst, wenn du zornig bist, Lupita, aber wenn ich ehrlich sein soll, kann ich das nicht. Lupita, *querida*, es macht dich zehn Jahre älter, als du tatsächlich bist!« Er sprang mit einer Grimasse gespielter Angst zurück, als sie auf ihn zustürzte und eine Faust schwang.

»Willst du bestreiten, daß La Tules betrügt?« fragte sie hitzig. »Sie zieht die Gewinnerkarten von oben.«

Er schüttelte den Kopf. »Du warst nicht dabei. Ich aber. Ich stand dabei, als sie das Paar goldener Fünfen von unten gegen Bartolomés Pik-As zog. Sie hat nicht betrogen!«

»Das ist eine verdammte Lüge! Du Lügner! Du verfluchter Lügner!« Ihre Stimme wurde so schnell leise, wie sie sie erhoben hatte. Sie bedauerte ihr brennendes Verlangen, diesen Mann zu verletzen, den sie in Wirklichkeit über alles liebte, sogar mehr als die beiden Kinder, die sie geboren hatte.

Quint machte auf dem Absatz kehrt und schritt auf die Tür der *sala* zu.

»Willst du El Cerrillo – verlassen?« Ihre Stimme stockte, und sie hielt ihre kleine Hand gegen ihre glatte, weiße Kehle.

Er wandte sich um. »Willst du, daß ich bleibe?«

Sie war unsicher. Was hatte er jetzt vor? Sie kannte ihn genau. Er war ein Mann mit schnellen Entschlüssen und plötzlicher Aktion, *immer* Aktion. Quint lächelte. »Gehen wir rein, *por favor*«, sagte er und wies vielsagend zur Schlafzimmertür.

Lange nachdem sie sich geliebt hatten, setzte sich Lupita auf. »Du bist gekommen, um zu bleiben, oder nicht?«

Quint zuckte die Achseln. »Für eine Weile«, erwiderte er vorsichtig.

Ihr Verhalten veränderte sich deutlich. »Wie lange, Quint?« fragte sie leise.

»Wer weiß. Es gibt immer noch viel zu tun in Rio Brioso.«

»*Hier* ist viel zu tun. Die Kinder sind hier. *Ich* bin hier.«

»Verdammt! Ich kann nicht an zwei Orten gleichzeitig sein.«

»Verdammt!« gab sie heftig zurück. »Du hast es nie versucht, oder?«

Quint grinste. »Ziemlich guter Trick«, sagte er trocken.

»Du weißt, was ich meine! Du gehörst hierhin. Ich bin hier. Wenn das nicht genug ist, solltest du an die Kinder denken! Sie brauchen dich. Ich bin ihre Mutter und kann viel für sie tun, doch sie brauchen einen Vater.« Sie legte eine Pause ein. »Besonders David«, fügte sie dann zögernd hinzu.

Er musterte sie. »Welches Problem gibt es mit David?«

Sie sah schnell fort.

Er umfaßte ihr Kinn und drehte ihren Kopf sanft, so daß sie ihm in die Augen sehen mußte. »Sag es mir«, verlangte er.

»Du hast ihn gesehen, als du hier eintrafst.«

»Stimmt. Aber ich habe keine Probleme gesehen.«

»Und was war mit dem Pony?«

»Es war Frank, der den Ärger anfing.«

»Sein Name ist Francisco«, erinnerte sie ihn schroff. »Er ist nach seinem Vater benannt worden. Jeder nennt ihn so außer dir, und ich bestehe darauf. Frank ist ein ausländischer *Yanqui*-Name.«

»Vielleicht meinst du *gringo*. Er ist nur ein halber *Yanqui*, oder hast du das vergessen?«

»Wir sind hier in New Mexico!«

Er nickte. »Darauf hast du immer bestanden, doch das New Mexico zu Zeiten des Vaters und dessen Vaters und deren Vorfahren scheinen die Lebensweise zu sein, die du haben willst, wenigstens hier auf El Cerrillo.«

»Und warum nicht?«

»Es weht ein neuer Wind über dieses Land«, sagte er ruhig. »Ein Wind des Wandels, der Veränderungen. Es ist nur eine Frage der Zeit, wann New Mexico und sogar der ganze Südwesten ein Teil der Vereinigten Staaten wird.«

Ihr Gesicht wurde angespannt, und die dünnen Falten an ihrer Stirn, an den Nasenflügeln und am Mund schienen sich zu vertiefen. »Das ist landesverräterisches Gerede«, klagte sie ihn an.

Er zuckte mit den Schultern. »Vielleicht. Aber es ist unausweichlich.«

Sie starrten einander an, zwei stolze, eigenwillige Menschen, von denen keiner bei solch einer Sache auch nur einen Zoll nachgeben würde. Sie hatten in den letzten paar Jahren oftmals über dieses Thema gestritten.

»Wir sprachen über David«, erinnerte er sie. Über New Mexicos Zukunft mit Eingeborenen zu reden war immer heikel und vielleicht sogar gefährlich, einschließlich mit Guadalupe, ihren Verwandten und den meisten der *rico*-Klasse. Er konnte ihnen ihre Einstellung nicht verdenken, doch er war auch nicht bereit, die Tatsache zu leugnen, daß New Mexico früher oder später ein Teil der Vereinigten Staaten werden würde.

»Ich will über New Mexico reden«, beharrte sie.

Er erhob sich. »Später, wenn du es unbedingt willst. Kommen wir auf David zurück. Ich brachte ihm das Pony mit und zwei Esel für die Zwillinge. Francisco bestand darauf, das Pony zu bekommen. Ich weigerte mich, es ihm zu geben. In gewisser Hinsicht kann ich dem Jungen nicht verübeln, daß er sich so aufführte. Er ist schlimm verwöhnt und verzogen worden. Er ist dickköpfig, egoistisch und herrschsüchtig. Er sollte mehr an Disziplin gewöhnt und eines Besseren belehrt werden.«

Guadalupe lehnte sich auf dem Kissen zurück und blies einen Rauchring. »Von wem?« sagte sie süß und mit einer Spur von Ironie. »Von seinem Vater, den er *gelegentlich* sieht?«

»Touché«, murmelte er.

»Setz dich hier neben mich«, verlangte sie.

Sie legte eine Hand auf seine linke Wange und verfolgte mit einem Finger den Verlauf der Narbe vom Augenwinkel bis zur harten Linie seines Mundes. Nichts in einem ganzen Leben in Wind und Wetter konnte diese Narbe verdunkeln.

»*Que hombron*«, murmelte sie. »Welch ein Mann.« Sie berührte seine Lippen mit ihren.

Er lächelte. Sie versuchte geschickt, ihn weich zu bekommen. »Was willst du wirklich?«

»Nichts für mich. Es geht nur um die Kinder.«

»Du meinst Francisco und David?«

Sie nickte. »Besonders David.«

»Ich hatte dieses Problem bis jetzt noch nicht bemerkt. Du hast David immer behandelt, als wäre er dein eigener Sohn. Ich hätte nie gedacht, daß du es anders siehst. Und ich bin mir sicher, daß Rafaela ihn liebt.«

Sie hob die Schultern und ließ sie langsam wieder sinken. »Sie betet ihn an, aber Francisco ebenso.« Sie lächelte leicht. »Rafaela liebt einfach jeden.«

Vielleicht hatte sie sich selbst in eine Falle manövriert, obwohl Quint es nicht auf diese Weise beabsichtigt hatte. »Wenn also Rafaela gut mit David auskommt und er gut mit ihr auskommt und sie gut mit Francisco auskommt und David nicht, was ist dann die Wurzel des Problems?«

Sie neigte ihren Kopf zur Seite. »Würde es dir etwas ausmachen, diesen Bandwurmsatz zu wiederholen?« fragte sie gelassen und mit einem leichten Lächeln.

Er schüttelte den Kopf und grinste. »Ich bezweifle, daß ich das noch mal so hinbekomme, und darüber hinaus bin ich mir überhaupt nicht sicher, was ich damit sagen wollte.«

Sie trank ein wenig. »David hat Indianerblut in sich. Vielleicht ist es schlechtes Blut. Es zeigte sich nicht deutlich, als er jünger war, doch in den letzten Monaten während deiner Abwesenheit trat es mehr und mehr zu Tage. Quint, man *sieht* es...«

»Was meinst du damit?«

»Vielleicht ärgert Francisco ihn dann und wann, aber nicht mehr als andere Kinder es tun würden. Selbst wenn es über einen kindlichen Streich hinausgeht, wehrt David sich weder mit Worten noch mit Taten. Er geht einfach fort, hält sich für sich und schweigt sich aus, doch ich bin mir ziemlich sicher, daß er darüber brütet und alles in sich hineinfrißt.«

Quint zog die Lider zusammen. »Ich sehe nichts Falsches darin, daß David fortgeht, wenn Francisco ihn ärgert. Francisco ist kleiner und jünger als er. Vielleicht ist das der Grund, weshalb sich David nicht wehrt.«

Sie schüttelte den Kopf. »Eines Tages, vielleicht schon bald, wenn man am wenigsten damit rechnet, *wird* er zurückschlagen, und es wird schrecklich werden. Deshalb mache ich mir Sorgen. Es ist der Indianer in ihm. Dessen bin ich mir ziemlich sicher, Quint.«

»Sprichst du jetzt von Rache? Ihr Mexikaner mit heißem spanischen Blut habt noch nie eine Kränkung oder Beleidigung vergessen.«

»Vielleicht hast du recht, aber wir sind nicht wie Indianer!«

Quint winkte ab. »Sie sind nicht anders als wir. Es gibt nicht so etwas wie schlechtes Blut, und wenn der Junge auf seine Mutter kommt, ist alles zum Besten.«

»Der Junge kann vielleicht verzeihen, wenigstens für eine Zeit, *aber er wird nicht vergessen*«, beharrte Lupita.

Quint griff nach der Brandyflasche. Da war etwas, das ihm sein Vater gesagt hatte, als Quint ein Junge in Schottland gewesen war. »Vertraue keinem Schotten. Er wird Topf und Flasche mit dir teilen, bis du eingelullt bist und glaubst, daß alles gut zwischen euch ist. Und dann, in einer dunklen Nacht, wenn du am wenigsten damit rechnest, wird der Schotte mit einem Dolch kommen und mit dir abrechnen.«

»Quint? Was ist?« fragte Lupita.

Er trank langsam und stellte dann die Flasche auf den Nachttisch zurück. »Es ist vielleicht überhaupt nicht der Indianer in ihm«, sagte er leise, fast wie im Selbstgespräch.

Sie sah ihn an, als ob sie ihn verstünde, es jedoch nicht glauben wollte. »Was immer es ist, es steckt tief in ihm und wartet darauf, eines Tages hervorzubrechen.«

Quint zuckte die Achseln. »Nun, wenn es Schwierigkeiten zwischen ihnen gibt, dann muß man nach Gründen bei beiden suchen, nicht nur bei David.«

Sie lächelte süß. »Genau! Und das, mein Liebling, ist einer der vielen Gründe, warum du hier auf El Cerrillo gebraucht wirst.«

Bei Gott, da hatte sie ihn!

»Wie geht es deinem Bruder Bartolomé?« fragte er unvermittelt.

»Es scheint ihm gutzugehen«, antwortete sie geistesabwesend.

Er sah sie nachdenklich an. »Wann hast du ihn das letzte Mal gesehen?«

»Du hast mich überrumpelt«, sagte sie vorwurfsvoll.

»Er war hier, nicht wahr?«

Sie nickte.

»Warum kam er her?«

Sie hob kurz die Schultern. »Er wollte die Zwillinge sehen. Du weißt, daß er sie nie gesehen hat.«

»Es sei denn, du hättest mir auch das verheimlicht.«

Sie schüttelte den Kopf. »Ich habe nicht vertuscht, daß er hier war. Ich habe es nur nicht erwähnt.«

»Der Mann ist ein Bandit.«

»Er ist immer noch mein Bruder«, erwiderte sie.

Quint küßte sie. Ihre weichen Hände glitten an seinen Wangen hinab, über seine Brust und über seinen flachen Bauch zwischen seine Beine. Sie vereinigten sich mit einer fast zügellosen Leidenschaft, eine Erinnerung an die erste Zeit ihrer Ehe, deren Ergebnis die Frühgeburt der Zwillinge vor sieben Jahren gewesen war. Sie verbannte Doktor Byrnes Warnung aus ihren Gedanken, wie sie es früher an diesem Abend getan hatte, und gab sich so völlig und leidenschaftlich hin, wie sie konnte. Sie hatte das Gefühl, daß Quint endlich nach Hause gekommen war, um zu bleiben. *Maria Santissima!* Wie konnte es anders sein?

7

Doktor Tomas Byrne kam von Santa Fé mit seiner jungen Genizara-Frau Luz nach Taos. Guadalupe hatte sie zu einer Dinnerparty und einem *baile* nach El Cerrillo eingeladen, »zur Feier der Rückkehr ihres Mannes aus der Wildnis«, wie sie es bezeichnet hatte. Jeder von Bedeutung war da, der in Taos lebte und der Amerikanischen Partei zugerechnet wurde oder wenigstens mit den Zielen und Hoffnungen dieser ziemlich nebulösen Gruppe sympathisierte, kurz gesagt mit der Annexion New Mexicos durch die Vereinigten Staaten. Es war ein offenes Geheimnis, wenigstens in Taos, das weit mehr ›amerikanisiert‹ war als Santa Fé. Guadalupe selbst sympathisierte nicht mit den Ansichten der Amerikanischen Partei – genau das Gegenteil war der Fall, doch sie war klug genug, diese Clique nicht mit prominenten Leuten New Mexicos zu vermischen, die Mexiko treu ergeben waren wie zum Beispiel Padre Martinez. Sie achtete besonders darauf, sie auseinander zu halten, wenn reichlich Wein und Brandy getrunken wurde.

Tom Byrne war ein äußerst fähiger Arzt und Chirurg. Genauer gesagt war er zu dieser Zeit der einzige Chirurg im gesamten nördlichen Mexiko. Er war auf dem Trinity College in Dublin in Medizin ausgebildet worden. Tomas Byrne stammte aus einer katholischen Familie und hatte seit fünfzehn Jahren die mexikanische Staatsbürgerschaft. Bevor er nach New Mexico gekommen war, hatte er eine Zeitlang als Vertragschirurg für die Dragoner der Vereinigten Staaten gearbeitet, bis er wegen Verletzungen, die er bei der Lebensrettung seines vorgesetzten Offiziers im Kampf davongetragen hatte, nicht mehr für den Militärdienst tauglich war. Der Offizier, dem er das Leben gerettet hatte, war Colonel Alexander Jamieson Allan, ein enorm reicher Mann aus Kentucky, jetzt Senator dieses Staats und Vorsitzender eines besonderen militärischen Beratungs-Komitees für den Präsidenten und sein Kabinett.

Senator Allan war ein Mann, der leidenschaftlich, ja fast fanatisch an die Vereinigten Staaten und die Annexion New Mexicos glaubte und nur für den Tag lebte, an dem das Sternenbanner über dem gesamten Südwesten und Kalifornien wehen würde. In Tom Byrne hatte er einen bereitwilligen Mitstreiter gefunden. Der Senator hatte Tom vorgeschlagen, nach New Mexico zu emigrieren, mexikanischer Staatsbürger zu werden und sich als vermeintlich loyaler Staatsbürger von Mexiko fest in der Provinz niederzulassen. Das hatte er erreicht. Er hatte es zu Reichtum, Rang und Ansehen gebracht. Seine Privatbibliothek war zweifellos die beste nördlich von Chihuahua City, Mexiko, und westlich von Saint Louis, Missouri. Mit großer Wahrscheinlichkeit hatte keiner in Mexiko oder den Vereinigten Staaten das umfassende Wissen über New Mexico, das Tom Byrne erlangt hatte. Einst war ihm El Cerrillo verpfändet gewesen. Mit Gouverneur Armijo, Quint Kershaw und Gertrudis ›La Tules‹ Barcelo (der stillsten aller stillen Teilhaber) besaß er Rio Brioso. Er war ein mächtiger Untergrund-Agent für die Vereinigten Staaten und stand auf der persönlichen Lohnliste von Senator Allan. Und schließlich schuldete Quint ihm viel für die Hilfe, die der gute Arzt ihm gewährt hatte, als er nach New Mexico gekommen war, ein Trapper ohne einen Penny in der Tasche.

Zusammen mit der Einladung zu Dinnerparty und Ball hatte Tomas Byrne eine persönliche Nachricht von Guadalupe erhalten. Sie hatte es vor seiner Ankunft so arrangiert, daß Quint und die Kinder an diesem Tag nicht anwesend waren und Tom sie untersuchen konnte. Sie wollte ein weiteres Kind von Quint, einen Trumpf sozusagen, um ihn auf El Cerrillo zu halten, wenigstens so lange wie möglich während des kommenden Winters. Tag und Nacht seit Quints Ankunft hatte sie zur Heiligen Jungfrau von Guadalupe gebetet, daß Tom seine Diagnose, die er nach der Geburt der Zwillinge gestellt hatte – daß sie unbedingt eine weitere Schwangerschaft vermeiden mußte – revidieren würde. Ihre Gebete waren vergebens gewesen. Diesmal hatte der Arzt sie nicht nur gewarnt; er hatte ihr strikt verboten, ein weiteres Kind zu bekommen. Das Kind könnte eine Totgeburt werden, oder noch schlimmer, geistig oder körperlich behindert oder beides. Guadalupe selbst würde leiden, möglicherweise ihre Gesundheit ruinieren oder *sterben*.

Sie spazierten zusammen durch den schönen Patio, der bereits für das Dinner und den bevorstehenden Ball vorbereitet wurde. »Sie müssen zufrieden sein mit dem, was Sie haben, Lupita«, sagte Tom. »Ich glaube nicht, daß ein weiteres Kind nötig ist, um Quint zu halten. Er liebt Sie. Es mag vielleicht nicht so offenkundig sein. Er war nie ein Mann, der eine große Schau aus seinen Gefühlen macht. Doch er liebt Sie, das ist so sicher, wie ich hier stehe.«

»Wenn das so ist, Tomas«, wandte sie ein, »warum besteht er dann darauf, soviel Zeit auf Rio Brioso zu verbringen, anstatt bei seiner Familie zu bleiben?«

Tomas Byrne zuckte mit den Schultern. Er musterte Guadalupe mit scharfen, blauen Augen. »Weil er dort sein eigener Herr ist. Sie können keinen Mountain Man von seiner geliebten Wildnis und der Herausforderung der ungezähmten Siedlungsgrenze zu Ihrer Vorstellung von einem mexikanischen Don umformen, der seinen Platz in der *gente fina* als Ehemann von Guadalupe de Vasquez einnimmt, Erbin der de Vasquez-Familie, der ersten von Taos. Sie müssen es lernen, Kompromisse zu schließen, sich auf Quints Lebensweise ein wenig einzustellen, anstatt zu versuchen, ihn zu einem anderen zu machen. Wenn Sie auf letzterem bestehen, Lupita, werden Sie ihn verlieren. Sie müssen einen Kompromiß schließen, meine Kleine.«

Sie nickte. Sie hatte nichts anderes erwartet. Sie hatte ihre Ängste den beiden weisesten Männern anvertraut, die sie kannte: Padre Martinez und Doktor Byrne. Es war verblüffend und fast unheimlich, wie groß ihre Übereinstimmung war, ohne daß sie jemals über das Thema gesprochen hatten, weil sie durch ihren Beruf verpflichtet waren, über private Dinge von Beichtenden oder Patienten zu schweigen. Die beiden Männer waren keine Freunde. Ganz gleich wie gut Tom Byrne sich in New Mexico etabliert hatte und wie sehr er den Respekt und die Freundschaft vieler mächtiger Einheimischer gewonnen hatte – für Padre Martinez war er immer noch ein Anhänger der sogenannten Amerikanischen Partei, dessen inoffizieller Führer Charles Bent war. Der Padre achtete Doktor Byrne ebenso wie einige Anhänger der Amerikanischen Partei, doch er mißtraute ihnen immer noch und argwöhnte, daß sie mehr an ihre persönlichen Interessen und Ambitionen in New Mexico dachten als an die Provinz selbst und daß sie die endgültige Annexion seines geliebten New Mexico durch die Vereinigten Staaten erhofften.

Tom Byrne beobachtete Guadalupe verstohlen, während sie den vielen Bediensteten, die den Patio für die Dinnerparty herrichteten, Anweisungen gab. Sie war eine schöne Frau, früh gereift, ganz die *patrona* von El Cerrillo. Hier war sie völlig in ihrem Element, eine Tochter der de Vasquez, die ihre Pflicht tat, um die Traditionen der einst so mächtigen Familie New Mexicos aufrechtzuerhalten, vielleicht ohne sich ganz darüber im klaren zu sein, daß El Cerrillo ohne Tom Byrnes Geld – natürlich ebenso ohne Senator Allan und ohne Quint – längst verloren sein würde, wie Rio Brioso verloren worden war.

El Cerrillo war nicht wichtig für Tom Byrne; Rio Brioso bedeutete alles für ihn. Der Grund war nicht die Viertelbeteiligung. Grundbesitz hatte keinen großen Wert für ihn. Natürlich wußte das keiner seiner drei Partner in Sachen Rio Brioso. Manuel Armijo interessierte nur, wie er Profit aus einem solchen Unternehmen herausholen konnte. La Tules dachte nur an Gold und Silber. Ihr wohlbekanntes Motto lautete: ›Mit genügend Silber kann gar nichts fehlschlagen.‹ Quint schien Rio Brioso nur so lange zu lieben, wie die *hacienda* eine Herausforderung für ihn darstellte. Jetzt lief alles gut, obwohl die Entwicklung noch nicht abgeschlossen war, und es gab Zeiten, an denen sein Interesse an Rio Brioso nachzulassen schien. Doch er mußte dort bleiben! Er mußte dieses Land halten! Dafür gab es äußerst wichtige Gründe. Tom Byrne war entschlossen, alles nur mögliche zu tun, um Quint dazu zu bewegen, so schnell wie möglich nach Rio Brioso zurückzukehren. Das größte Problem war derzeitig Guadalupe, ihre Liebe zu El Cerrillo und ihre tiefsitzende Abneigung gegen Rio Brioso. Tom hatte sowohl seine Position als Freund der Familie als auch seine Stellung als Arzt genutzt, um Guadalupe feinfühlig, doch sehr überzeugend zu überreden, mit Quint und ihren Kindern nach Rio Brioso zurückzukehren.

Guadalupe hatte François Charbonne zur Dinnerparty eingeladen. Sie mochte ihn nicht sonderlich. Dieser Dreiviertel-Cree und Kanadier mißfiel ihr ebenso wie Quints alte Partner und Kollegen aus den Jahren des Biberfangs. Doch François war ein unvergleichlicher Koch, der die Gaumen der Dinner-Gäste zu verwöhnen wußte. François war einer des Trapper-Quartetts gewesen, ein Partner von Quint, Luke und dem Delawaren Black Moccasin. Sie hatten zur Elite der Trapper gezählt, zu den unabhängigen Mountain Men, die für sich selbst Fallen stellten, anstatt für eine der Pelzgesellschaften zu arbeiten. Sie hatten zu ihrer Zeit ein unbezwingbares, inzwischen legendäres Quartett gebildet. François hatte zumeist das Kochen besorgt. Sein Spitzname ›Boudins‹ war auf seine Kunst in der Zubereitung der saftigsten Delikatessen aus Büffelfleisch und Innereien zurückzuführen. Als die Biberjagd 1837 dem Ende zu gegangen war, hatten die vier ihre lange Partnerschaft gelöst. François war nach Taos gekommen, um Partner seines Cousins Henri Charbonne zu werden, ein kleineren Händlers, der mit einer Taoseño-Frau verheiratet war, die großen Grundbesitz im Gebiet des Mora River geerbt hatte, wo Henri viele Rinder und *churro*-Schafe hielt. Henri hatte nicht mehr lange zu leben gehabt und war sich dessen genau bewußt gewesen. Mit seinem Segen hatte François Maria Charbonne, ihre beiden kleinen Kinder und das Geschäft geerbt. Vor ein paar Jahren hatte er ein kleines Restaurant mit Pension in Taos eröffnet, in dem er frankokanadische, indianische, mexikanische Gerichte und Trapper-Spezialitäten in einer Küche kombinierte, deren Ruhm sich im nördlichen New Mexico bald ausgebreitet hatte, besonders unter den Amerikanern und anderen Ausländern.

Jeder von Bedeutung in der ›American Party‹ kam nach El Cerrillo zum Dinner und dem *baile*. Charles ›Carlos‹ Bent wurde allgemein als der politische Führer der Amerikaner in Taos betrachtet. Aber auch von vielen Einheimischen New Mexicos wurde er respektiert und als Freund angesehen. Bent war jetzt 45. Er stammte aus einer Puritaner-Familie. Er hatte als Händler in Saint Louis angefangen und sich später seinen drei jüngeren Brüdern und Ceran St. Vrain angeschlossen, um die Pelzhandelsgesellschaft ›Bent, St. Vrain and Company‹ zu gründen. In den frühen 1830er Jahren hatten sie Bent's Fort am Arkansas errichtet, 530 Meilen von Independence, Missouri, und 280 Meilen von Santa Fé entfernt. Die Gesellschaft war im Grunde genommen ein Monopol geworden. William Bent hatte schließlich das Kommando über das Fort übernommen. Charles war nach Taos gezogen, um ein Handelshaus der Gesellschaft zu eröffnen, doch er hatte nicht die mexikanische Staatsbürgerschaft angenommen. Charles hatte die neunzehnjährige, eindrucksvoll schöne Witwe Maria Ignacia Jaramillo geheiratet, die aus einer prominenten Familie New Mexicos stammte. Ihre Mutter war eine Vigil gewesen. Ignacia hatte Charles fünf Kinder geboren, von denen zwei als Babys gestorben waren. Ihre jüngere Schwester Josefa hatte Kit Carson geheiratet.

Ein weiterer prominenter Gast war Charles Hypolyte oder Charles Beaubien, wie er in New Mexico bekannt war. Er war gebürtiger Kanadier und stammte von französischem Adel ab. Er hatte studiert, um Priester zu werden, doch dann hatte er das Priesterseminar verlassen, um ein Hudson-Bay-Trapper zu werden. 1827 hatte er ein Geschäft in Taos eröffnet, war mexikanischer Staatsbürger geworden und hatte Maria Paula Lobato aus einer einflußreichen Familie New Mexicos geheiratet. Seine Heirat verband ihn mit vielen prominenten Familien New Mexicos – den Maxwells, Trujillos, Abreus, Couthiers und Mullers, Namen, in denen sich die amerikanische, französische, mexikanische und deutsche Abstammung der Bewohner von Taos widerspiegelten. Charles Beaubien war zu einer Berühmtheit in der Geschichte des Santa Fé Trail geworden, weil er Massengüter nach Taos gebracht hatte. Er war ein bemerkenswerter Mann, der in seine Zeit paßte, lustig, natürlich, genial, gerissen und außerordentlich populär. Seine Fähigkeiten, sein Charme und seine Einheirat in die Familie Lobato hatten ihm zu Wohlstand verholfen. Politisch hatte er eine inoffizielle Rolle als Führer der nicht mexikanischen Mitglieder der Ausländer-Kolonie von Taos übernommen.

Ceran St. Vrain war ebenso wie Charles Bent ein alter Freund von Quint. Er war jetzt 48, gebürtiger Missourier und stammte aus einer aristokratischen französischen Familie. Bevor er Partner der Bent-Brüder geworden war, war er Trapper gewesen. Er war 1825 nach Taos gekommen, und ein Jahr später hatte er eine Mexikanerin geheiratet. Im Jahre 1831 hatte er die mexikanische Staatsbürgerschaft angenommen, um leichter die Geschäfte führen zu können, und er hatte eine Filiale in Taos eröffnet. Zusätzlich war er dort 1834 Konsul der Vereinigten Staaten. Er war ein beeindruckender Gigant von einem Mann mit einem breiten, offenen Gesicht, dichtem schwarzem Haar und Bart und weit auseinanderstehenden Augen. Er verfügte über große Energie, war ein natürlicher und erfahrener Führer von Menschen, und er hatte die Offenheit der Männer der Berge, kombiniert mit natürlichem Charme und einem höflichen Wesen. Sein alter Freund Kit Carson hatte ihn gepriesen: »Alle Trapper betrachten ihn als ihren Freund und behandeln ihn mit größtem Respekt.«

Viele andere prominente Eingeborene New Mexicos und Ausländer waren anwesend – Steven Lee, Cornelio Vigil, James Leal, die Jaramillos, Trujillos, Mullers, Leitensdorfers, Abreus und andere Repräsentanten wohlbekannter und bedeutender Familien von Taos.

Das Dinner wurde zu einem großen Erfolg. Auf dem anschließenden *baile* ging es hoch her. Die Gäste tanzten zu der ständigen Musik der indianischen Trommeln oder *tombe*, zum Klang von *heaca* und *bandolin*. Der Mond war gerade aufgegangen, um den Patio zu erhellen, als Federico, der *majordomo*, zwei Besucher anmeldete, die nicht eingeladen worden waren: Santiago Zaldivar und Blas Galeras von der Mora. Beide Männer waren erschöpft. Sie waren die 55 Meilen von der anderen Seite der Berge ohne Pause geritten. Die beiden Männer betraten den Patio. Sie rochen nach schalem Schweiß, geöltem Leder, schmutziger Wolle, nach Pferd und Mist. Sie fühlten sich in solch einer angesehenen und gutgekleideten Gesellschaft unbehaglich. Obwohl Santiago viele Jahre für die Familie de

Vasquez gearbeitet hatte, war er niemals in der *hacienda* gewesen. Angesichts des kühlen Starrens von Doña Guadalupe wurde es ihm noch mulmiger zumute, denn er wußte, daß er ihr die feine Party verderben würde.

Santiago drehte seinen staubigen Sombrero in den knorrigen Händen. »Don Quintin, es gibt schlimme Nachrichten von Rio Brioso und der Mora. Ebenso aus dem gesamten nordöstlichen Gebiet von Las Vegas bis zum Canadian und nördlich bis zum Raton Paß«, berichtete er mit rauher Stimme. »Viele Schafe, Rinder, Pferde und Maultiere sind von Utes, Jicarillas und Comancheros gestohlen worden. Ein kleiner Wagentreck wurde von Comanchen überfallen, und alle Leute wurden getötet.«

Blas Galeras sagte zu Charles Beaubien: »Drei Trapper, die von Ihnen ausgerüstet wurden, Señor Beaubien, wurden von Apachen getötet. Vieles von Ihrem Vieh ist fortgetrieben worden.« Er wandte sich an Charbonne. »Señor Charbonne, Ihre neuerbaute *estancia* ist ausgeplündert und niedergebrannt worden.«

So ging es weiter. Alle Anwesenden, die Besitzer oder Teilhaber von Ranches östlich der Sangre de Cristos waren, hatten Verluste erlitten wie nie zuvor.

Santiago fuhr fort: »Wir waren so sehr damit beschäftigt, die Angreifer zurückzuschlagen und zu verfolgen, daß die Raubtiere es gespürt haben müssen. Wölfe sind in die Schafherden eingefallen. Ein riesiger Grizzly tötet unsere Kälber, schon über zwanzig in diesem Jahr. Der gewaltige Puma, den wir Long Tail nennen, ist wieder aufgetaucht. Seine bevorzugten Opfer sind Fohlen, doch er tötet sogar große und starke California-Mulis.«

Kalte Furcht stieg in Guadalupe auf. Sie war sich ziemlich sicher, daß die einzige Antwort auf die großen Probleme, von denen Santiago und Blas berichtet hatten, Quints Rückkehr nach Rio Brioso sein würde, eine viel frühere Rückkehr, als sie erwartet hatte. Sie hatte versucht, ihre Abneigung gegen Rio Brioso zu überwinden und sich mit einer Rückkehr dorthin abzufinden. Doch nicht so bald.

Quint selbst war noch nicht ganz bereit, nach Rio Brioso zurückzukehren. Allmählich genoß er die langen Mußetage auf El Cerrillo. Es hatte ihm Freude gemacht, Freunde wiederzusehen, seine Kinder besser kennenzulernen und vor allem die Liebe zu Lupita zu erneuern.

»Was kann getan werden, Don Quintin?« fragte Santiago.

»Konntet ihr nicht für die kurze Zeit meiner Abwesenheit die Dinge unter Kontrolle behalten?« fragte Quint gereizt. Er bedauerte es sofort, als er die verlegene Miene des alten Mannes sah, den er vor all diesen feinen Leuten beschämte, von denen er viele seit Jahren kannte. »Es tut mir leid, *viejo*«, fügte er hastig hinzu.

Guadalupe stampfte mit einem Fuß auf den Steinplatten auf. »Vielleicht ist er zu alt, um *segundo* von Rio Brioso zu sein«, sagte sie kalt.

In den Augen des alten Mannes spiegelte sich der Schmerz wider, der tief in seine Seele schnitt.

Quint schüttelte den Kopf. »Nein, Frau. Er hat in den letzten sieben Jahren hervorragende Arbeit geleistet.«

Jetzt war Guadalupe gekränkt. Außerdem war es ihr peinlich, vor ihren Gästen korrigiert zu werden. Sie schnaubte. »Gewiß hat er hervorragende Arbeit geleistet, solange du da warst, um ihn zu überwachen, Mann.«

Santiago hatte Guadalupe immer gemocht, doch jetzt war sie nicht mehr das bezaubernde lachende Kind, an das er sich so gut erinnerte. »Doña Guadalupe«, sagte er mit schlichter Würde, »es war nicht so zu den Zeiten Ihres Vaters und Großvaters. Keiner hat der Familie de Vasquez mit größerer Treue und Hingabe gedient als ich. Die *patróns* haben im Laufe der Jahre gewechselt, doch ich bin derselbe geblieben.«

»Hör dir das an!« stieß Guadalupe hervor. »Und da sagst du, *du* hättest dich nicht verändert? Komm, schau in meinen Spiegel und sag mir, ob du nicht ein alter Mann bist, der keinem mehr nützt, nicht einmal sich selbst! Zur Zeit meines Vaters und Großvaters wärst du nackt und blutend vom Land der de Vasquez gepeitscht worden, wenn du so zu deinen Herrn gesprochen hättest!«

Quint nahm Santiago am Arm. »Dies ist nicht die Zeit deines Vaters und Großvaters, Frau«, sagte er zu Guadalupe. »Rio Brioso gehört nicht mehr der de Vasquez-Familie.« Fast hätte er hinzugefügt: »Ebensowenig spricht er zu einem Herrn, sondern zu einem Gleichberechtigten, wie wir es hier alle sind.«

»Ich lasse mich nicht von einem Diener und nicht mal von meinem Mann vor unseren Gästen und dem Personal so ansprechen!« stieß sie hervor.

Quint zuckte die Achseln. »Dann geh, *señora*«, schlug er kühl vor. Guadalupe starrte Quint fassungslos an. Dann machte sie auf dem Absatz kehrt, rauschte ins große Schlafzimmer und knallte die Tür hinter sich zu.

»Ich wollte niemand beleidigen, *patrón*«, sagte Santiago.

Quint nickte ihm zu. »Macht nichts. Blas und du, ihr kommt mit mir in die *sala*.« Er sah in die Runde der ernüchterten Gäste. »Amüsieren Sie sich nur weiter, Ladies and Gentlemen. Doktor Tom, ich wäre Ihnen verbunden, wenn Sie mit uns in die *sala* kämen. Du kommst ebenfalls mit, Luke.«

Quint schloß dann die Tür der *sala* hinter sich. Er füllte Gläser mit Brandy und stellte sie auf den Tisch. »Reden wir über die Sache«, schlug er vor und forderte alle auf, Platz zu nehmen.

Blas und Santiago waren nervös. Es war eine große Ehre für solch einfache Männer wie sie, mit dem großen Doktor Tomas Byrne, mit Señor Luke und vor allem mit Don Quintin am selben Tisch zu sitzen. Keiner außer ihm würde eine solche Freiheit erlauben. In den alten Zeiten der mexikanischen *patróns* wäre so etwas undenkbar gewesen. Aber für Don Quintin waren alle Menschen gleich. Das verschaffte ihm große Popularität und Achtung bei den einfachen Leuten. Es vergrößerte nicht das Ansehen der mexikanischen *rico*-Klasse und noch weniger das der Amerikaner der Oberschicht.

Der gute Brandy erwärmte Santiago und lockerte seine Zunge. »Sie wissen, daß ohne die Delawaren und Señor Luke die Raubtiere schwer fernzuhalten sind. Wir hätten es vielleicht geschafft, wenn wir nicht die Angriffe von Indianern und Comancheros hätten abwehren müssen. Noch bis vor kurzem wagten sie nicht, anzugreifen, weil man Sie fürchtete, Don Quintin.«

»Vielleicht«, räumte Quint ein. »Aber stahlen nicht die Cochetopas und einige Comancheros vor knapp zwei Monaten viele Pferde und Maultiere von der Mora und Rayado?«

Santiago nickte. »Das stimmt, Don Quintin, *aber kein einziges Pferd oder Maultier von Rio Brioso!*«

Quint erhob sich und ging zum Tisch nahe der Tür zum Schlafzimmer, um eine weitere Flasche Brandy zu holen. Dabei bemerkte er, daß die Tür einen Spalt offenstand, und er nahm den schwachen Duft von Guadalupes Parfum wahr.

Santiago war in Hochstimmung. »Haben Sie nicht diese räuberischen Hundesöhne mit den Señors Kit Carson und Luke und mit Ihren Delawaren verfolgt und *alle* erbeuteten Tiere zurückgeholt? Wie viele dieser Diebe und Räuber kehrten in die Berge zurück? Kaum einer. Und haben Sie nicht den Comanchero Jake Stow in fairem Kampf besiegt! *Madre de Dios!* Welch eine Geschichte! Es wird eine Legende! Ah, wenn ich nur dort gewesen wäre und es mit eigenen Augen gesehen hätte!«

Quint hatte Guadalupe nichts von diesem Abenteuer erzählt, und er hatte Luke und Jesus ermahnt, nichts davon zu erwähnen.

Tomas Byrne sah zu Quint auf. »Jake Stow. Der Name läßt bei mir etwas klingeln. War das nicht einer der vier Comancheros, die Ihre Biberpelze stahlen und '38 diese Shoshoni vergewaltigten?«

Quint nickte. »Ich brauchte sieben Jahre, um ihn zu erwischen. Er war der dritte, der durch meine Hand starb. Den verrückten Indianer José und das Halbblut Antonio schnappte ich '38. Nach Stows Tod bleibt nur noch Kiowa, halb weiß, halb schwarz, halb Kiowa und ganz schlecht. Er hat keinen einzigen guten Charakterzug dieser drei Rassen. Er war im Cimarron Canyon, doch er entkam mir. Aber ich werde ihn schnappen, und dann wird er nicht mehr entkommen. Ich kann abwarten.«

Kiowa war berüchtigt in der Provinz New Mexico, ein verkommenes Monster in Menschengestalt. Die Leute konnten nicht glauben, daß solch eine Kreatur menschlich war. Für sie war er der personifizierte Teufel, der die Erde in Menschengestalt heimsuchte, sich an äußerster Grausamkeit und blutigen Morden erfreute und unmöglich zu töten war. Männer erlitten schlimmes unter seinen blutbesudelten Händen, doch was Frauen erleiden mußten, bevor er sie schließlich tötete, war unbeschreiblich. Nichts, was man über ihn erzählte, war übertrieben. Wenn irgend jemand einen Grund hatte, sich an der Bestie namens Kiowa zu rächen, dann war das Quint Kershaw.

Quint schickte Santiago und Blas fort, damit sie essen und

sich ausruhen konnten. Dann lud er Charles Bent, Charles Beaubien, Ceran St. Vrain und François Charbonne in die *sala* zu Brandy und Zigarren ein.

»Was haben Sie vor, Quint?« fragte Tom Byrne, nachdem die anderen Platz genommen hatten. »Wollen Sie nach Rio Brioso zurückkehren oder hierbleiben?«

»Ich hatte nicht vorgehabt, vor Weihnachten zurückzukehren«, erwiderte Quint. »Vielleicht erst im Frühjahr zur Büffeljagd.«

Tom schüttelte den Kopf. »Das wird nicht gehen. Sie müssen so schnell wie möglich dorthin zurück. Ich habe so eine Ahnung, daß bald das ganze nordöstliche Grenzland zur Hölle fahren wird.«

Ceran nickte. »Es war nie das ruhigste Gebiet, doch als Sie dort waren, Quint, hatten Sie wenigstens die Sache im Griff.«

»Kann Gouverneur Armijo keine Truppen schicken?« fragte Charles Beaubien.

Charles Bent lachte. »Dieser verdammte korrupte Fettwanst? Er braucht seine Vera Cruz Dragoner, seine Präsidial-Kompanien und die Santa Fé Kompanie der Aktiven Miliz-Kavallerie als Schutz für sich für den Fall, daß es zu einem Aufstand kommt und man ihn stürzen will.«

»Nun, er hat *irgendeine* andere Miliz, Charley«, sagte Beaubien ziemlich lahm.

»Tagelöhner, die auf Eseln reiten und mit rostigen Steinschloß *escopetas* bewaffnet sind?« fragte Charles verächtlich.

Tom nickte. »Außerdem glaubt er, bereits eine der besten berittenen Milizen zu haben, die von einem seiner besten Männer im nordöstlichen Grenzland geführt wird.«

Alle sahen Quint an.

»Rio Brioso gehört ihm zu einem Viertel«, sagte Quint. »Wenn er keine Truppen schicken will, schadet er nur seinem Geldbeutel.«

»Und Sie schaden Ihrem, wenn Sie nicht dorthin zurückkehren«, sagte Tom. »Sie haben dort in den letzten sieben Jahren große Arbeit geleistet, Quint. Es wäre eine Schande zu riskieren, daß alles für die Katz war.«

Ceran nickte. »Amen.«

Quint schaute in die Runde seiner Gäste. »Anscheinend ist

die Lage schlechter, als man auf den ersten Blick sieht«, sagte er trocken.

Charles Bent paffte an seiner Zigarre. »Das nordöstliche Grenzland muß unter Kontrolle gehalten werden, wer auch immer den Job übernimmt.«

»Mit Ihnen und Kit dort, Quint, hatten wir Hoffnung, daß alles ruhig bleibt«, sagte Ceran. »Wir haben einige gute Männer an Fremont verloren. Kit, Dick Owens und Lucien Maxwell. Bleiben noch Sie.«

Tom Byrne betrachtete seine Zigarre, als hätte er noch nie eine gesehen. »Pflicht ist eine strenge Lady, Quint.«

»Sie meinen, es sei meine Pflicht?« fragte Quint.

Ceran neigte sich zu ihm vor. »Erinnern Sie sich an das Gespräch nach dem Dinner, das wir '38 mit William Bent in Bent's Fort hatten?«

Quint nickte. Er fragte sich, ob Guadalupe noch zuhörte. »Ich nehme an, Sie spielen nur auf zwei Worte an, Ceran«, sagte er. Was machte es, wenn Lupita es mit anhörte. »*Manifest Destiny*«, fügte er hinzu.

Jeder von ihnen wartete insgeheim auf den Tag, an dem die Vereinigten Staaten New Mexico und vielleicht Kalifornien übernehmen würden, entweder mit friedlichen Mitteln oder mit Militärgewalt. Es mochte eine gewisse Rechtfertigung für die Annexion New Mexicos geben. Bevor die Republik Texas ein Teil der Vereinigten Staaten wurde, hatte sie darauf gepocht, daß der Rio Grande die westliche Grenze von Texas war und nicht der 250 Meilen östliche Nueces. Die Differenz betrug etwa 175 000 bis 200 000 Quadratmeilen Land. Wenn der Rio Grande als die westliche Grenze akzeptiert wurde, würde das außerdem die drei größten Städte New Mexicos einschließen – Albuquerque, Santa Fé und Taos.

Tom stand auf und vergewisserte sich, daß die Tür zum Innenhof abgeschlossen war. »Auf welche Weise auch immer die Vereinigten Staaten New Mexico schließlich übernehmen, sie haben nur folgende Möglichkeiten, in die Provinz einzumarschieren: über den Santa Fé Trail, durch den Raton Paß oder über den Cimarron Cut Off. Beide Routen vereinigen sich nicht weit von Rio Brioso und Mora entfernt. Rio Brioso ist die erste Stelle nach Bent's Fort auf dem Santa Fé Trail, an der eine

Invasionsstreitmacht Proviant, Pferde, Zugtiere und Futter dafür erhalten kann. Es ist ebenso der einzige Platz, an den sie sich zurückziehen kann, falls sie von den Mexikanern zurückgetrieben wird.«

Luke grinste. »Darauf würde ich nicht wetten!«

Tom zuckte mit den Schultern. »Wir müssen jede Möglichkeit in Betracht ziehen. Außerdem, Quint, müssen wir Amerikaner hier in New Mexico in der Lage sein, das nordöstliche Grenzgebiet der Provinz zu halten, bis eine Invasionstruppe unsere Dienste braucht.«

»Wenn und falls«, fügte Quint hinzu.

Charles Bent nickte. »Genau. Bis dahin könnten Sie einen großen Teil oder alles von dem verlieren, was Sie in den letzten sieben Jahren aufgebaut haben, wenn den Indianern nicht Einhalt geboten wird. Sie werden so oder so keine Hilfe von unserem geschätzten Gouverneur erhalten, und es könnte lange dauern, bis sich die Vereinigten Staaten zu der Invasion entschließen. Aber ich meine, es steht außer Frage, *daß* sie sich dazu entschließen, Quint.«

Quint sah von einem zum anderen. Sie hatten recht. Jeder von ihnen konnte ebenso wie er eine Menge verlieren, wenn das Grenzland den räuberischen Indianern überlassen wurde. Wenn es nicht unter Kontrolle gehalten wurde, konnte eine Invasion der Vereinigten Staaten scheitern. Die ganze Last der Verantwortung für eine Kontrolle des Grenzgebiets ruhte nun auf seinen Schultern. Ihm begann zu dämmern, wie völlig und schrecklich einsam ein Kommandeur angesichts heikler Entscheidungen war. Seine ganze Zukunft konnte von der Entscheidung abhängen, die er jetzt treffen mußte.

Quint erhob sich. »Bist du immer noch entschlossen, nach Kalifornien zu reiten, Wandering Wolf?« fragte er Luke.

Luke grinste. »Nur wenn du hierbleiben willst, Big Red.«

»Ich werde zum Aufbruch bereit sein, wenn du mit deinen Sachen wiederkommst«, sagte Quint.

Die Außentür fiel hinter Luke zu.

Charles Beaubien stand auf. »Können wir irgendwie helfen, Quint?«

»Jeder von Ihnen schreibt mir eine Vollmacht, daß ich alles, was ich unter Umständen brauche, von Ihren *estancias* bekomme – Männer, Pferde, Waffen und Proviant.« Quint trank sein Glas leer. »Dann auf Wiedersehen, Gentlemen.« Er verließ den Raum.

Bald darauf waren nur noch Quint und seine Familie, die Bediensteten und Tom Byrne und seine Luz auf der *hacienda*.

Guadalupe beobachtete Quint, als er sich für den Trail anzog.

»Du hast alles gehört?« fragte er.

Sie nickte. »Alles.«

»Dann brauche ich dir ja nichts zu erklären, Lupita.«

»Das ist nicht nötig«, stimmte sie mit ruhiger Stimme zu. Er sah sie überrascht an. »Du bist *einverstanden*?«

»Es ist deine patriotische Pflicht, das Grenzland zu halten, mein Mann.«

Guadalupe brachte die Kinder an diesem Abend selbst zu Bett. Dann zog sie sich in ihr Zimmer zurück. Erst als sie vor dem kleinen Altar in der Kapelle kniete, brach sie zusammen.

8

Subteniente Quintin Kershaw von der Rural Mounted Militia von Rio Brioso und Mora stellten einen Trupp von 25 ausgesuchten Männern zusammen, die mit Leman Nor' West Handelsgewehren und zwei einschüssigen Pistolen bewaffnet waren. Sein Trupp war besser bewaffnet als die Regierungstruppen, die in Santa Fé stationiert waren. Ihre vorrangige Aufgabe war es, die Rinder und Schafe zu bewachen, die zuvor von den Sommerweiden hinabgetrieben worden waren, damit sie besser beschützt werden konnten.

Der Trupp legte einer kleinen Bande von Pferdedieben, Kotsoteka-Comanchen, nahe der Mündung des Vermejo Creek in den Canadian einen Hinterhalt. Der einzige Überlebende der Pferdediebe war ein junger, unerfahrener Krieger, der sich zum erstenmal an einem Beutezug beteiligt hatte. Eine Kugel, Kaliber 60, hatte seinen Schädel gerade genug gestreift, um ihn zu betäuben. Als er aus der Bewußtlosigkeit erwachte, verhinderte Quint, daß seine Männer den jungen Krieger töteten wie eine Klapperschlange.

»Wir werden ihnen etwas von ihrer eigenen Medizin geben, *compañeros*«, erklärte Quint. »Vor neunzig Jahren besiegten sie einen großen Kriegstrupp von Pecos Pueblos hier in der Nähe. Sie erlaubten einem Überlebenden die Rückkehr zu seinem Stamm, damit er die Nachricht von der Katastrophe überbringen konnte, als eine ständige Warnung für die Pueblos. So werden wir es ebenfalls halten. Laßt ihn die Botschaft zu seinem Volk bringen, daß wir Männer von der Mora und Rio Brioso bereit zum Kampf sind, wann immer sie den Mut haben, den Canadian zu überqueren. Sag ihm das, Wandering Wolf.«

Luke hatte einige Jahre bei den Kotsotekas verbracht, angeblich, weil ihm das Nomadenleben gefiel, doch in Wirklichkeit auf der Suche nach einem legendären Goldversteck. Sie hatten ihn Isa-nanica oder Wandering Wolf genannt. Der Name paßte gut zu ihm, sowohl von der Erscheinung als auch von seiner Art und Vorliebe her. Er hatte den Stamm und seine junge Squaw in aller Eile verlassen, nachdem er den Bruder des Häuptlings im Streit getötet hatte.

Luke sprach schnell in der kehligen Singsangsprache der Comanchen, ergänzt durch Zeichensprache. Danach sah der junge Krieger Quint in furchtsamem Respekt an und hielt ehrfürchtig eine Hand vor seinen offenen Mund. Er machte sich eilig davon und sah ängstlich über die Schulter zurück.

Quint drehte sich eine Zigarette. »Was hast du ihm gesagt, Luke?«

Luke grinste wie ein ausgehungerter Wolf, der leichte Beute sieht. »Ich hab' ihm gesagt, wer du bist. Der rothaarige Krieger mit der Narbe im Gesicht. Der Mann, der die Kotsotekas hinter einem Fort aus toten Maultieren in der Nähe von Cañon Chacuaco niederkämpfte, bis sie aufgeben mußten. Ich sagte ihm ebenfalls, daß du vor sieben Jahren einen großen Räubertrupp in Rio Brioso besiegt hast. Ich sagte, weder Kugeln noch Pfeile können dich töten, und ich machte ihm klar, daß du deine kleinen Donnerbüchsen viele Male abfeuern kannst, ohne aufladen zu müssen. Vielleicht wird das diese Leute auf der anderen Seite des Canadian halten.«

Quint reichte Luke den Tabaksbeutel. »Das vielleicht und der kommende Winter.«

Blas widersprach. »Vielleicht ist es nicht so gut, Don Quintin. Vielleicht ist jetzt jeder Kotsoteka-Krieger, der ein großer Held seines Volks werden will, scharf darauf, seine gute Medizin gegen Ihre auszuprobieren.«

Ein gemischter Räubertrupp aus Jicarillas und Moaches schlug am Ocate Creek zu, trieb Rinder, Schafe und Pferde zusammen und verschwand nach Norden. In der Nähe des Cimarroncito Creek überfielen sie eine *mulada* von 36 Packmulis. Zwölf mexikanische Frachtleute wurden getötet und zwei Frauen gefangengenommen. Die Räuber verschwanden wiederum nach Norden zum Vermejo Valley.

Kershaws Trupp tränkte die Pferde bei El Vado de las Piedras, der Furt der Steine, wo der Cimarron Cutt Off den Rio Colorado durchquert. Scouts brachten Ike Parrot, einen Tramp, der mit seiner Arapaho-Squaw und drei Halbblutkindern auf dem Weg nach Bent's Fort war. Ike war dem Räubertrupp begegnet.

»Ich war einst mit einigen der Moaches befreundet, Big Red«, berichtete Ike. »Andernfalls wäre ich nicht hier mit meiner Frau, den Kindern, Tieren und dem Besten von allem – meinen Haaren. Sie überfielen am Ocate Creek eine mexikanische *mulada*. Töteten die Maultiertreiber, nahmen die Packmulis und zwei Frauen mit. Ich würde sagen, sie haben sich nach Norden verdrückt, Richtung Vermejo Valley.« Er grinste. »Sie waren wirklich stolz auf sich. Sie denken, sie haben dich ausgetrickst, Big Red.«

Quint zuckte die Achseln. »Ich kann sie nicht alle bekämpfen, Ike. Waren irgendwelche Comancheros bei ihnen? Hast du vielleicht einen dunkelhäutigen Mann mit wulstigen Lippen und nur einem Auge bei ihnen gesehen? Ein Halbblut, das als Kiowa bekannt ist?«

Ike schüttelte den Kopf. »Nein. Es waren Jicarillas und Moaches. Ich kenne diesen Kiowa. Der war nicht dabei.«

»Wie schnell waren sie?«

»Sie ließen sich Zeit. Ich denke, sie schonen ihre Pferde und das erbeutete Vieh.«

»Wie viele sind es?«

»Vielleicht zwanzig. Ich wagte es nicht, sie abzählen zu lassen, Big Red.« Er zeigte grinsend seine Zahnlücken. »Ich wollte nur höllisch schnell verschwinden.«

»Vermejo River, sagst du?« fragte Luke.

Ike nickte. »Das Tal führt sie nach Hause.«

Quint blickte nach Nordwesten. In einer knappen Stunde würde es dunkel sein. Die Pferde waren frisch. Die Dunkelheit würde die Reiter und verräterischen Staub verbergen. Das Tal war höchstens 25 Meilen von der Furt entfernt. Wenn sie sich beeilten, konnten sie vor den Räubern dort sein.

»Sie hatten es nicht eilig, wie ich schon sagte«, erklärte Ike. »Sie erwähnten dich, Big Red. Sie dachten, du wärst drüben im Nordosten in der Gegend vom Carrizo Creek auf Comanchenjagd.«

»Selbst wenn wir nicht vor sie gelangen, Don Quintin«, warf Blas Galeras ein, »könnten wir sie einholen.«

»Das will ich nicht«, sagte Quint. »Sie könnten ihre Beute aufgeben und sich verstreuen. Wir hätten es höllisch schwer, einige von ihnen zu schnappen. Nein, ich will sie *alle*.«

Sie ritten bis zum Einbruch der Dunkelheit nach Nordwesten. Dann saßen sie ab und führten ihre Pferde eine Stunde lang, bis sie sich wieder in die Sättel schwangen und abermals eine Stunde lang ritten. Alle drei Stunden hielten sie zu einer Verschnaufpause an. Zwei Stunden vor dem Morgengrauen waren sie in Position. Quint traf schnell seine Entscheidungen. Zehn Männer, die besten Schützen, nahmen jeweils zu fünft an beiden Seiten des seichten Creeks ihre Posten ein. Luke und Jesus warteten am Taleingang auf die Räuber. Blas und vier Männer begaben sich zur anderen Seite des Tals, um eine mögliche Stampede der erbeuteten Tiere zu stoppen und jeden der Diebe auszulöschen, der aus der Falle entkam. Quint und die restlichen acht Männer warteten ein Stück talaufwärts auf Lukes Meldung.

Es war kalt in der Dunkelheit. Die einzigen Geräusche waren das Raunen des Windes und das gelegentliche Stampfen eines Pferdehufs.

Das Grau der Morgendämmerung überzog gerade den östlichen Himmel mit einem zinnfarbenen Schimmer, als Luke und Jesus kamen. »Hört«, sagte Luke. Der Wind trug das schwache Pochen von vielen Hufen heran. »Sie werden wahrscheinlich nicht anhalten«, fügte Luke hinzu. »Nicht bevor es ganz hell ist, selbst wenn sie annehmen, daß wir noch am Carrizo Creek sind.«

Quint schickte Jesus das Tal hinauf, um den Rest des Kommandos zu warnen und die Männer daran zu erinnern, nach den beiden Frauen Ausschau zu halten, die gefangengenommen worden waren.

Am grauen Himmel breitete sich ein schwacher perlmuttfarbener Schimmer aus. Ein Maultier schrie. Ein Stier brüllte. Das Blöken von vielen Schafen vermischte sich mit dem Tacken der Hufe. Drei Reiter tauchten auf. Die gemischte Herde folgte ihnen, füllte das Tal von Seite zu Seite aus und platschte durch das seichte Wasser des Creeks. Die Tiere versuchten zu saufen, doch die Treiber jagten sie hart weiter, um weiter ins Tal hinauf zu gelangen, bevor sie zum Rasten und Tränken der Tiere anhalten wollten. Dünner Staub stieg auf und wurde vom Wind davongetragen. Das Ende der Herde tauchte auf, gefolgt von den Treibern. Quint und seine Männer ließen sie passieren. Dann saßen sie auf und ritten hinter ihnen her. Keiner der Treiber schaute zurück.

Es wurde heller. Die Herde näherte sich dem Hinterhalt. »Jetzt!« sagte Quint. Er nahm die Zügel zwischen die Zähne, zog seine Colts über Kreuz und stieß seinem großen Braunen die Hacken in die Flanken.

Die Geräusche des Angriffs wurden vom Lärm der Herde verschluckt. Quint eröffnete das Feuer. Er betätigte beide Abzüge abwechselnd, und als sich die Revolver in seinen Fäusten aufbäumten, wischte er mit den Daumen über die Hähne, um sie von neuem zu spannen. Er feuerte, bis beide Colttrommeln leer waren. Dann lud er die Revolver in vollem Galopp auf.

Das Stakkato der Schüsse klang wie das Zerfetzen von schwerem Segeltuch und hallte von den Hängen des Tals wider. Als das Feuer nachließ, waren nur ein paar der Räuber unversehrt. Die Frauen waren befreit. Die gemischte Herde befand sich oben im Tal in Stampede. Drei der Diebe versuchten vor der Herde zu entkommen. Mündungsfeuer blitzten von den Talseiten. Drei reiterlose Pferde jagten vor der Herde weiter. Die Herde stampfte die drei gestürzten Reiter in den Boden. Blas und seine Männer eröffneten das Feuer, um die Herde zurückzutreiben. Dann ritten sie, unterstützt durch einige von Quints Männern, hart gegen die Flanke der Herde an und drängten die Tiere ab. Die Herde wurde langsamer und begann zu kreisen. Pistolenschüsse krachten, als die verwundeten Räuber erledigt wurden.

Quint saß ab, um seine Colts zu laden. »Ist jemand von ihnen entkommen, Luke?«

»Das bezweifle ich, Quint.«

Die Herde wurde durch das Tal zurückgetrieben. Staub senkte sich, und Pulverrauch verwehte.

Die Männer der Miliz beobachteten ihren Führer, als er jeden Toten untersuchte. Er schob einen Fuß unter diejenigen, die mit dem Gesicht auf dem Boden lagen, und drehte sie auf den Rücken, fluchte leise und ging dann zum nächsten. Schließlich kehrte er zurück und stieg auf sein Pferd.

»Und was ist mit den dreien, die von der Herde niedergetrampelt wurden, Don Quintin?« fragte Blas. »Vielleicht war einer davon Kiowa.«

Quint sah durch das Tal hinauf. »Ich bin sicher, daß er nicht dabei war«, erwiderte er mit ruhiger Stimme.

Sie aßen ihre kalten Rationen, während die Tiere Wasser soffen. Als die Sonne aufging, waren sie auf dem Rückweg nach Rio Brioso und der Mora.

In der letzten Woche des Dienstes für den Miliztrupp schickte Quint den frisch zum Corporal beförderten Jesus Martinez und seine Korporalschaft nach Taos, um Guadalupe, die Kinder und ihre persönlichen Bediensteten nach Rio Brioso zu eskortieren. Jesus und seine Männer waren angewiesen, Doña Guadalupe nichts von der neuerbauten *hacienda* zu erzählen. Sie war noch nicht ganz fertiggestellt, doch die Wohnräume waren hergerichtet. Es mußten nur noch die beiden Ecktürme vollendet und ein Stall an den Corral gebaut werden. Das würde bis zum ersten Schneefall erledigt sein.

9
März 1846 – Cristina

Cristina war allein in der großen Küche. Sie erschauerte, als der späte Wintersturm um die *hacienda* heulte, Rauch, Flammen und Funken aus dem Kamin der Küche saugte und in die schneegepeitschte Dunkelheit nach Süden trieb. Dann und wann prasselte Schneeregen gegen die Läden mit den Schießscharten. Es war lange nach Einbruch der Dunkelheit. Don Quintin war seit einer Woche aus Pueblo überfällig. Cristina hatte jede Nacht dieser Woche bis Mitternacht auf ihn gewartet und ein wenig wegen der Kälte gezittert, doch hauptsächlich vor Furcht. Sie war allein auf der *hacienda* bis auf den jungen David, der von Doña Guadalupe in ihrer Obhut gelassen worden war, als sie überstürzt mit Francisco und Rafaela nach Santa Fé abgereist war. Josefina, die Köchin, hatte die *patrona* begleitet. Die Bediensteten, die auf der *hacienda* wohnten, befanden sich alle in ihren Quartieren außerhalb des Vierecks der *hacienda*. Sie waren seit Stunden im Bett. Selbst der alte Tomas, das Faktotum, war nach Einbruch der Dunkelheit zu Bett gegangen und hatte gesagt, daß sich nur ein verdammter Narr in dieser verflixten Nacht draußen herumtrieb. Cristina hatte David früher am Abend ins Bett gesteckt, obwohl er protestiert hatte und auf seinen Vater hatte warten wollen. Doch Cristina kam gut mit ihm zurecht. Er war wie ein jüngerer Bruder für sie. Er mochte sie sehr, und das Gefühl war gegenseitig. Nur vier Personen schienen David etwas zu bedeuten – sein Vater und die Schwester, Luke Connors und Cristina.

Don Quintin war erst eine Woche fort gewesen, als sich Doña Guadalupe entschlossen hatte, nach Santa Fé zu reisen, um ein bißchen Abwechslung und Komfort zu haben, wie sie gesagt hatte. Cristina wußte es besser. Während der langen Wintermonate hatte sich die *patrona* verändert. Sie hatte an Gewicht und Farbe verloren und war sichtlich gealtert. Josefina hatte Cristina einen Tip gegeben, daß der Grund eine Art Frauenleiden war, daß ihr Geschlechtsverkehr mit Don Quintin zunehmend schmerzvoll geworden war, bis sie einen Punkt erreicht hatte, an dem allein der Gedanke an den Geschlechtsakt entsetzlich für sie geworden war. Mit jedem Tag vor Don Quintins voraussichtlicher Rückkehr nach Rio Brioso verstärkten sich die dunklen Ringe unter Doña Guadalupes schönen Augen, und die winzigen Fältchen gruben sich tiefer in ihre sonst glatte, zarte Haut. Ein Händler auf dem Weg von Pueblo nach Santa Fé brachte die Nachricht, daß Don Quintin noch ein paar weitere Tage geschäftlich in Pueblo aufgehalten werden würde. Da entschloß sich die *patrona*, nach Santa Fé zu reisen, angeblich wegen etwas Vergnügens und leiblichen Wohls, doch in Wirklichkeit, um Doktor Tomas Byrne zu konsultieren. Sie würde bei Doktor Byrne bleiben, wenn Don Quintin wünschte, ihr dorthin zu folgen, doch es wäre nicht nötig, denn sie würde nach Rio Brioso zurückkehren, sobald das Wetter im Frühling aufklaren würde.

Cristina hatte seit dem Jahresanfang zunehmend mehr Zeit mit Doña Guadalupe verbracht, und obwohl die *patrona* sehr hochmütig und unnahbar bei den anderen Bediensteten der *hacienda* war (die Feldarbeiter und Rancharbeiter ignorierte sie völlig), hatte sie langsam begonnen, Cristina fast wie eine jüngere Schwester zu behandeln. Sie hatte ihr kleine Geheimnisse anvertraut, sich ihre Sorgen angehört und sie so gut wie in den engsten Familienkreis aufgenommen. Cristina hatte sogar ein Zimmer in der *hacienda* selbst bekommen. Das Zimmer war klein, denn es war als Vorratskammer geplant, doch es befand sich tatsächlich im selben Gebäudeteil, in dem Don Quintin mit seiner Frau und den Kindern lebte. Sorgfältig und geduldig hatte Doña Guadalupe Cristina Englisch beigebracht, bessere Manieren und ein besseres Auftreten, Lesen und Schreiben (ein Wunder bei ihrer Klasse), Nähen und die Betreuung der Kinder. Cristina lernte schnell. In letzter Zeit hatte sie bemerkt, daß Don Quintin sie beobachtete, wenn er glaubte, sie würde es nicht sehen. Ihre ursprüngliche Ehrfurcht und sogar Furcht vor dem *patrón* hatten immer mehr nachgelassen und waren jetzt fast völlig verschwunden und in etwas anderes übergegangen, das sie sich selbst noch nicht ganz erklären konnte. Ob sie ihn vielleicht liebte? Wenn ja, dann war das eine hoffnungslose Sache. Er war glücklich verheiratet und liebte die Kinder. Wie konnte sie mit Doña Guadalupe konkurrieren? Nicht, daß sie je an so etwas in ihren wildesten Träumen gedacht hätte. Oder – hatte sie . . . ?

Der Wind peitschte gegen die Nordwand der *hacienda* und trieb einen Schwall eisiger Luft durch Ritzen in den Schießscharten-Läden. Cristina legte mehr Brennholz in den großen, bienenkorbartigen Kamin in der Ecke. Der Holzvorrat ging rapide zur Neige. Es bedurfte vierer Männer mit zwei *carretas* und vier Ochsen, um während des Winters das tägliche Brennholz für die *hacienda* heranzuschaffen. An diesem Tag waren sie nicht in der Lage gewesen, die *carretas* durch die Schneeverwehungen zu bringen. Sie hatten soviel Brennholz wie möglich auf Eseln transportieren müssen, doch es hatte nur für die Küche und das große Herrenschlafzimmer gereicht. In den übrigen Räumen war es kalt wie in Grüften. David hatte es warm genug unter seinen Navajo-Decken und dem dicken Fell des gewaltigen Grizzlys, den sein Vater und Luke mit ihm im letzten Herbst erlegt hatten.

Cristina stand mit dem Rücken zum Kamin und hob ihren weiten roten Rock und viele buntgefärbte *enaguas* an, Petticoats aus selbstgemachtem Flanell, um die Rückseite ihrer kräftigen Beine in ihren dicken Strümpfen aus weißer Wolle zu wärmen.

Sie hatte mit der *patrona* nach Santa Fé reisen wollen. Sie machte sich große Sorgen um sie. Doch Doña Guadalupe hatte abgelehnt. »Du mußt hierbleiben und dich um David kümmern und um Don Quintin, wenn er zurückkommt. Du mußt dich ganz dem *patrón* widmen und ihm jeden Wunsch erfüllen. Du mußt voraussehen, was er haben will, ohne daß er danach fragen muß. In allem, verstehst du, in *allem*...«

Cristina hatte in diese großen, schönen Augen der *patrona* geschaut und nach der genauen Bedeutung der Worte gesucht, und dann war es ihr langsam, ganz langsam klargeworden.

Doña Guadalupe hatte eine Pause eingelegt wie um in die Zukunft zu blicken. Dann war das gekommen, was Cristina fast erwartet hatte. »Ich bin sicher, daß du noch unberührt bist, nicht wahr, mein Kind?«

Cristina hatte genickt und versichert: »Ja, *patrona*. Kein Mann hat mich gehabt.«

Nach Doña Guadalupes Abreise von der *hacienda* hatte Cristina oft an die erste Begegnung mit Don Quintin gedacht, als er im letzten Sommer nach El Cerrillo gekommen war. Da war sie erst kurze Zeit in Diensten gewesen, ausgewählt von der *pa-*

trona, die sich zuvor vergewissert hatte, daß sie noch Jungfrau war. Die männlichen Bediensteten von El Cerrillo waren ernsthaft von ihr ermahnt worden, die Finger von Cristina zu lassen. Doña Guadalupe wollte sie für den *patrón.* Es war einfach Sitte, obwohl die *patrona* es Cristina gegenüber niemals ausgesprochen hatte. Cristina hatte es selbst herausgefunden mit Hilfe der bewundernswerten Josefina.

Im Laufe der langen Monate ihrer Dienstzeit hatte sie sich oftmals gefragt, wann sie von Don Quintin ins Bett gerufen werden würde. Eine in ihrem Alter hätte jetzt verheiratet oder wenigstens die Geliebte irgendeines *rico* sein sollen. Manchmal musterte Don Quintin sie mit einem sonderbaren Ausdruck auf seinem narbigen Gesicht, fast als glaubte er, sie schon früher gekannt zu haben.

Der Wind ließ nach. Cristina hörte ein gedämpftes Klopfen. Sie lief zur Tür und legte ihr Ohr daran. Abermals vernahm sie das Geräusch. Einen Augenblick lang war sie sich nicht sicher, was es war, doch dann erkannte sie, daß etwas gegen das große Tor schlug. Sie warf sich eine dicke, wollene Stola über die Schultern, nahm die geladene, doppelläufige Schrotflinte, die stets bei der Tür stand, und öffnete.

»*Madre de Dios!*« schrie sie auf, als der eisige Wind ihr nadelscharfe Stückchen harten Schnees ins Gesicht peitschte. Sie lief über den großen Patio und stolperte dann und wann, als der Wind sie erfaßte, ihren Rock und Petticoat hob und mit eisigen Fingern über ihre nackten Schenkel und zwischen ihre Beine tastete.

Das Klopfen gegen das große Tor wiederholte sich. Ein Pferd wieherte schwach.

»*Quien es?*« rief Cristina.

»Don Quint! Gottverdammt! Mach das verflixte Tor auf!« schrie Quint gegen das Heulen des Windes an.

Sie konnte nur die Pforte im Tor öffnen. Dann sah sie ihn. Er stand in einen Büffelfellmantel gehüllt neben seinem Pferd. Er hatte sich einen dicken Schal um den Kopf, über die Ohren und unters Kinn gewickelt. Frost glitzerte auf Nase, Schnurrbart und Bart. Sein Pferd stand mit hängendem Kopf und gespreizten Beinen da, und Dampf hüllte seine gefrorenen Nüstern ein.

Quint schob Cristina zurück und folgte ihr. Er hob den schweren Tor-Querriegel an und zog einen der Doppelflügel auf. Dann führte er das erschöpfte Pferd herein und legte den Querbalken wieder in die Halterungen. »Geh aus diesem verdammten Sturm, Mädchen«, sagte er über die Schulter.

»Es ist Essen in der Küche, Don Quintin«, erklärte Cristina in ihrem kürzlich gelernten Englisch, das Guadalupe ihr beigebracht hatte.

Er nickte. »Aye. Geh rein, Kleines. *Andale!*«

Sie sah zurück, als sie die Küchentür erreicht hatte. Er führte das Pferd zum Stall. Sie betrat die Küche, legte die Stola ab und stellte einen irdenen Topf mit *carne de olla*, gekochtes Fleisch, und einen anderen mit *albondigas con asafran*, Fleischbälle gewürzt mit Kräutern, zum Aufwärmen auf den Herd. Zusätzlich setzte sie große Kessel mit Wasser auf, falls Don Quintin zu baden wünschte. Er würde es in der Küche tun müssen. Ein prickelnder Schauer erfaßte sie bei diesem Gedanken.

Quint kam in die Küche und zog seinen Büffelfellmantel aus. »Das arme Tier ist fast erledigt«, sagte er. Er nahm seinen Hut ab und stellte sich nahe ans Feuer, wärmte seine großen Hände und schnüffelte das appetitanregende Aroma des Essens.

Cristina stellte sich neben ihn und neigte sich vor, um in einem der Töpfe zu rühren. Er sah hinab auf ihr glänzendes, jettschwarzes Haar, das zu einem Zopf geflochten war, und unabsichtlich hinab in ihre weiße Bluse, wie er es getan hatte, als er sie zum erstenmal auf El Cerrillo gesehen hatte. Er konnte ihre prallen, fest aussehenden Brüste mit ihren braunen Spitzen sehen und beinahe, nicht ganz, an dem silbernen Kreuz an ihrem Busen vorbei bis hinab zu ihrem Schritt. Sie drehte den Kopf zur Seite und sah mit ihren großen, schwarzen Augen wissend zu ihm auf.

Quint setzte sich hin und begann an einem seiner Stiefel zu ziehen. Sie kam zu ihm, um ihm zu helfen. Sie raffte ihren Rock und den Petticoat, klemmte den Stiefel zwischen ihre Schenkel und zuckte bei der eisigen Rauheit des Leders zusammen. Sie packte den Stiefel und zog, während Quint seinen anderen Fuß gegen ihr wohlgerundetes Gesäß stemmte und schob.

Cristina stolperte, als sie den Stiefel freibekam, und schlug dann der Länge nach zu Boden. Es war ein wildes Durcheinander von Rock und Petticoat, aus dem die kräftigen Beine mit den weißen Wollstrümpfen ragten. Sie lächelte Quint an. Er grinste zurück. Sie brach in fröhliches Gelächter aus.

Quints Miene veränderte sich schnell von einem Lächeln in einen verträumten Ausdruck. Vor seinem geistigen Augen sah er eine andere, deren Lachen so gewesen war, ein Klang wie von einem schnellfließenden Bergbach während des Frühlings bei der Schneeschmelze, als würden winzige Silberglöckchen über die Bruchstücke von Eis und Felsen in seinem Bett erklingen.

Sie stand langsam mit dem Stiefel in den Händen auf und sah ihn etwas besorgt an. »Habe ich Ihnen mißfallen, *patrón*?« fragte sie leise.

Er schüttelte langsam den Kopf. »Nein, Kleines. Nein. Ich dachte nur für einen Moment... ah, nichts. Hilf mir bitte bei dem anderen Stiefel.«

Er wärmte dann die Füße mit den Socken am Feuer. »Ist Doña Guadalupe zu Bett gegangen, Cristina?« fragte er über die Schulter.

»Sie ist nicht hier, *patrón*«, erwiderte Cristina.

Quint wandte sich langsam zu ihr um. »Was heißt das, nicht hier?«

Da war wieder dieser verärgerte Ausdruck in seinen grauen Augen.

»Sie ist für eine Weile nach Santa Fé gereist.«

»Die Kinder?«

»Sie hat die Zwillinge mitgenommen. David ist hier.«

»Das hätte ich mir denken können. Und sie überließ dir die Verantwortung für den Haushalt?«

»Das stimmt, *patrón*.«

Er war ein zu stolzer und eigensinniger Mann, um sie zu fragen, weshalb Guadalupe die *hacienda* verlassen hatte. Er hatte erwartet, sie hier vorzufinden, aber andererseits war es nicht so überraschend für ihn, daß sie fort war. Sie hatte Rio Brioso noch nie gemocht, nicht einmal mit der neuen *hacienda*, die er für sie erbaut hatte.

Er schlug eine große Faust in die Handfläche der anderen Hand. »Sie überließ einem Kind die Verantwortung hier in dieser großen, leeren *hacienda*?« sagte er wie im Selbstgespräch.

Cristina reckte sich. »Ich bin kein Kind, *patrón*!«

Er wandte sich langsam um und betrachtete sie. »Nein, bei Gott, das bist du nicht, Cristina. Doch mal angenommen, die *hacienda* wäre überfallen worden? Was hättest du dann getan?«

Sie zuckte mit den Schultern. »Die Indianer werden bei diesem Wetter nicht angreifen. Außerdem haben sie doch Angst vor Ihnen, Don Quintin. Sogar bei besserem Wetter haben sie es nicht mehr gewagt, Rio Brioso anzugreifen, seit Sie die Comanchen am Canadian und die Utes und Jicarillas im Vermejo Valley getötet haben.«

»Ich dachte zum Beispiel an die Comancheros, Cristina. Sowohl du als auch David wären eine gute Beute für sie, die sie den Comanchen verkaufen könnten.«

Sie wurde etwas blaß.

»Tut mir leid, daß ich dich erschreckt habe, Cristina«, entschuldigte sich Quint. »Doch in diesem Grenzland sollte man auf alles vorbereitet sein.« Er lächelte. »Ist mit dem Jungen alles in Ordnung?«

»Ja. Er schläft tief und fest in seinem Zimmer unter drei Navajo-Decken und dem Grizzlyfell.«

Er musterte Cristina. »Er wollte nicht mit nach Santa Fé?«

»Er wollte hierbleiben, bis Sie und sein Onkel Luke von Pueblo zurückkehren.«

»Ihr beide seid gut miteinander ausgekommen, wie?«

»Ja, *patrón*. Er ist für mich wie ein jüngerer Bruder.«

Sie schob einen kleinen Tisch näher an das prasselnde Feuer, stellte einen Stuhl daran und trug das Essen auf.

»Hast du gegessen?« fragte Quint.

»Schon vor Stunden, *patrón*.«

Quint stellte einen weiteren Stuhl an den Tisch. »Dann speise mit mir, wenn du willst, Cristina.«

Cristina schüttelte den Kopf. »Es steht mir nicht zu, mit meinen Herren an einem Tisch zu sitzen, Don Quintin.«

Er faßte sie ins Auge. »Meinst du das wirklich, Kleines?«

Einen Augenblick lang fürchtete sie sich ein wenig. Sie kannte ihren Stand. Es gab keine Chance für sie, je einen höheren Rang einzunehmen. Selbst wenn sie als Geliebte eines Höheren akzeptiert wurde, wenigstens solange sie jung und attraktiv war, würde sie diese Position an eine andere, jüngere

Frau verlieren, wenn sie älter und fett werden würde. So war das Leben in New Mexico. Sie wußte, daß sie fast als ein Stück Besitz betrachtet wurde oder als eines der Tiere auf der *hacienda,* das benutzt wurde und dessen man sich entledigte, wenn man es nicht mehr brauchte.

Quint schüttelte den Kopf. »Du glaubst das überhaupt nicht. Komm, setz dich zu mir. Oder meinst du vielleicht, du würdest dich erniedrigen?« Er grinste schief.

Sie schlug eine Hand vor den offenstehenden Mund. Dann sah sie den kurzen Schimmer von Wärme und Herzlichkeit in seinen sonst so kalten, grauen Augen, den sie zu suchen und erwarten gelernt hatte. Sie brach in ihr spontanes Lachen aus, das der junge David und die Zwillinge so liebten.

Sie schwatzten und lachten zusammen, manchmal über die einfachsten Dinge, als ob es die größten Scherze wären. Für Cristina war es wie Weihnachten des vergangenen Jahres, als sie wie ein Familienmitglied angenommen worden war. Das hatte sie nie zuvor erfahren, weil sie ohne eigene Familie war. Es war warm und gemütlich in der Küche, obwohl der Sturm gegen die Nordwand peitschte, ums Dach heulte und im Kamin ächzte.

Als die Mahlzeit beendet war, schenkte sich Quint ein Glas Brandy voll, zündete seine Pfeife an und setzte sich neben den Kamin, während das Badewasser erhitzt wurde. Cristina räumte den Tisch ab, spülte Teller und Töpfe und sang dabei leise vor sich hin, wohlgefällig betrachtet von Quint. Erinnerungen an die primitive Hütte hoch oben in den Rockies stiegen in ihm auf. Er hatte dort viele solcher Nächte verbracht, vor acht langen Jahren, nur Mountain Woman und er. Er berührte die große Narbe an seiner linken Wange, die Spur der Grizzlytatze. Mountain Woman hatte ihm am Abend in diesen verschneiten Wäldern neben einem Biberfluß das Leben gerettet. Sie hatte ihn gesundgepflegt und sich gleichzeitig um seine Biberfallen gekümmert.

»Dotawipe«, sagte er laut.

»Ja, *patrón*?« fragte Cristina.

Quint wandte den Kopf und sah sie an. Ihre Haut hatte den Farbton von dunkler, feuchter Erde. Ihr breites Gesicht mit den hohen Wangenknochen und dem kräftigen Kinn war charakteristisch für die nördlichen Stämme. Die Ähnlichkeit zu Mountain Woman war stark. Es waren die Augen, die sie perfekt machten. *Sie waren genau die gleichen*, wie er sich gut erinnerte.

»Möchten Sie etwas?« fragte Cristina eifrig.

Quint schüttelte den Kopf.

»Das Wasser ist bereit, *patrón*«, sagte sie.

»Du kannst jetzt zu Bett gehen, Kleines«, schlug er vor.

Sie zögerte. »Vielleicht wünscht der *patrón* noch etwas?«

»Ich werde frische Kleidung brauchen, doch ich möchte nicht, daß du dafür in den Sturm hinausgehst.«

»Ich werde gehen«, stieß sie hastig hervor. »Es ist nicht so weit.«

Er nahm seinen dicken Büffelfellmantel vom Haken und legte ihn um ihre Schultern, hüllte sie dicht bis zum Kinn darin ein. »Bleib unter den *portales*«, sagte er und sah hinab in ihre Augen. Sie traf keine Anstalten zum Gehen. Plötzlich blickte er fort. »Aye. Dann geh, Kleines. *Andale!*«

Cristina eilte aus der Küche und hielt sich dicht an der vorderen Wand der Gebäudezeile. Dann eilte sie hinüber zu den Wohngebäuden. Sie schlug die Tür der *sala* hinter sich zu und tastete sich durch die Dunkelheit zum Schlafzimmer. Dort zündete sie einige große Kerzen an und machte Feuer in den beiden Kaminen. Der Sog des Kamins ließ sofort die Flammen auflodern. Sie nahm seine Kleidung aus dem Schrank und eilte damit zurück zur Küche.

Er stand nackt im Holzzuber und wusch sich, als Cristina eintrat. Sie senkte ihren Blick und legte die Kleidungsstücke auf einen Stuhl. Dann warf sie einen verstohlenen Blick zu ihm. Er wandte ihr den Rücken zu. Sie brauchte nicht zu sehen, wie er nackt von vorne aussah. Sie hatte es im letzten Sommer gesehen, als er nach El Cerrillo zurückgekehrt war. Cristina hatte ihn von daher so gut in Erinnerung, daß sie ihn auch jetzt so zu sehen glaubte, den harten muskulösen Körper, das krause rötliche Haar auf seiner Brust und im Schritt, die Narben auf seiner straffen Haut und vor allem sein enormes Glied und der pralle Hodensack. Sie rollte ihre Augen zum Himmel. »*Maria Santissima!*« flüsterte sie.

Er wandte den Kopf zu ihr um. »Sagtest du etwas?«

Sie schüttelte den Kopf.

»Du kannst jetzt schlafen gehen, Kleines. Sieh bitte vorher noch mal nach Davie. Gute Nacht.«

Quint trocknete sich ab, als Cristina gegangen war. Er trank ein paar Gläser des starken Brandys und spürte, wie sein Körper von einem Glühen erfüllt wurde. Ich betrinke mich, dachte er. Langsam zog er sich an und hielt sich dicht beim Feuer. Er hatte den ganzen Tag über an Lupita gedacht, als er mit Luke über den Raton Paß und hinab nach Rio Brioso geritten war. Ein gutes Essen, viel Brandy, eine feine Zigarre und dann ins Bett mit Lupita ... »Verdammt!« sagte er. Diesmal trank er aus der Flasche.

Quint setzte sich neben das Feuer, als es herabbrannte. Er sah in die dicke Schicht Glut, die nun mit einer Ascheschicht überzogen war, durch die geheimnisvolle rote Augen blinzelten und sich dann schlossen. Er erinnerte sich an den Anblick von Cristinas vollen, festen Brüsten mit ihren braunen Nippeln. Er sah noch einmal vor seinem geistigen Auge, wie sie einen seiner Stiefel ausgezogen hatte, ihn fest zwischen ihren Schenkeln gehalten hatte, und er glaubte wieder ihr wohlgeformtes Gesäß an seinem Fuß zu spüren. Er zwang sich, an etwas anderes zu denken, und trank von neuem. Kälte breitete sich im Raum aus, als die Wärme des Feuers wich.

Sie war gefallen, als sie den Stiefel losbekommen hatte, und hatte der Länge nach auf dem Boden gelegen, in einer farbenfrohen Mischung aus rotem Rock und buntem Petticoat, wie eine riesige Blume, aus der sie ihre kräftigen Beine mit den weißen Strümpfen gestreckt hatte wie Blütenstempel.

Sie waren allein auf der *hacienda*, abgesehen von David, der bis zum Morgen für die Welt verloren sein würde. Nichts und niemand konnte Quint davon abhalten, mit ihr zu schlafen. Es war sein Recht. Obwohl sie mehr oder weniger in den Familienkreis aufgenommen worden war, war sie immer noch ein Dienstmädchen, ein *peon*, im New Mexico dieser Tage eine bewegliche Habe, die benutzt werden konnte, wann immer der *patrón* Lust hatte.

Quint erhob sich und trank abermals. Er wischte sich mit dem Handrücken über den Mund und starrte schlechtgelaunt in die Reste der Glut. »Bei Gott«, murmelte er, »vielleicht *habe* ich Lust. Es ist Monate her, seit Lupita Lust hatte, und da hatte ich das Gefühl, daß es mehr eine Pflichtübung ihrerseits war als sonst etwas. Darüber hinaus bin ich mir verdammt sicher, daß sie es nicht genoß wie sonst.«

Er blies die Kerzen aus.

Der Frühling kam spät in diesem Jahr. Guadalupe blieb in Santa Fé mit den Zwillingen und wollte erst nach Rio Brioso zurückkehren, wenn sich das Wetter besserte.

Quint war sich inzwischen völlig im klaren darüber, daß sie lange geplant hatte, Cristina die Rolle als seine Bettgenossin zuzuweisen, wenigstens bis zu ihrer Rückkehr aus Santa Fé. Es war so üblich in New Mexico. Für Guadalupe bedeutete es nicht, daß sich vielleicht etwas zwischen ihm und Cristina entwickeln könnte, so sicher war sie sich Quints Liebe und Treue. Sie hatte recht in diesem Punkt, doch in einem anderen irrte sie sich gewaltig. Vielleicht unbewußt bemühte sie sich immer noch, Quint zu ihrem Bild von einem *rico patrón* umzuformen, zu einer Kopie von einem männlichen de Vasquez. In diesem Fall war eine junge Geliebte völlig annehmbar und normal. Aber in einem anderen wesentlichen Punkt hatte sie sich schlimm verkalkuliert – sie hatte nicht mit Quints schottischem Gewissen und seinem angeborenen Sinn für Fairneß gerechnet, gepaart mit seinem Feingefühl für die Schwächeren. Er konnte Cristina einfach nicht bloß als ein Spielzeug und ein Vergnügen betrachten, als etwas, das man benutzen konnte, wenn man Bedarf hatte, und das man abschieben oder wegwerfen konnte, wenn man es nicht mehr brauchte. Er war ein wollüstiger Mann, doch kein Tier, das gefühllos die Tatsache ignorierte, daß Cristina eine Frau und ein menschliches Geschöpf war. Er erkannte, daß er sie nie in seinem Bett hätte dulden sollen, aber bei Gott, welcher Mann hätte einer solchen Versuchung widerstehen können? Es war geschehen. Es ließ sich nicht mehr rückgängig machen. Es blieb keine Zeit für Bedauern. Im Mai würde er auf die Büffeljagd des Frühjahrs und frühen Sommers gehen. Guadalupe zeigte wenig Anzeichen darauf, bis dahin nach Rio Brioso zurückzukehren. Er vermißte sie und die Zwillinge, doch David und Cristina füllten die Lücke der Einsamkeit aus.

Die Tage verbrachte er damit, auf der *hacienda* die Schäden des Winters zu reparieren und sich auf die Büffeljagd vorzubereiten. Die Abende füllte er glücklich mit Cristina, David und Luke aus. Die Nächte widmete er allein Cristina.

10

Mai 1846: Cibolo!

Die gewaltige ›Texas-Herde‹ von unzähligen Büffeln würde langsam von ihrem Wintergebiet am oberen Pecos und Conchos River zu ihrer jährlichen Frühjahrs-Wanderung losziehen, ein Zug von 250 bis 450 Meilen zum Canadian und Arkansas River, wo sie während des Sommers grasen würde. Es war ein ungewöhnlich trockenes Frühjahr nach dem letzten Wintersturm im März. Die Wasserstellen waren Flecke von rissigem und trocknendem Schlamm. Auf den glühendheißen, wilden Landstrichen östlich des erbarmungslosen Llano Estacado, den ›Staked Plains‹, kämpften sich nun entschlossene Büffel Tag für monotonen Tag in den Wind wie immer. Es gab genug Wasser, um sie am Leben zu erhalten – aber gerade so eben.

Die *ciboleros*, die Büffeljäger von Rio Brioso und Mora, 100 Männer und fast 350 Tiere, Pferde, Reitmulis, Packmulis und Ochsen, standen unter dem Kommando von Don Quintin Kershaw. Es gab 40 *carretas*, große, hölzerne Karren mit riesigen Rädern aus Cottonwood-Holz, fast so groß wie ein Mann. Die Karren waren in der Art wie vor 200 Jahren angefertigt, als noch wenig oder kein Eisen benutzt wurde. Sie wurden mit Lederriemen und hölzernen Stiften zusammengehalten. Die Ochsen, die sie zogen, trugen ein Joch. Die Karren ächzten und knarrten durch den *Llano*. Sie konnten viele Häute und Felle transportieren. Die großen California-Packmulis konnten mit 300 Pfund trockener Häute oder Dörrfleisch bepackt werden. Die Jäger würden von sechs Wochen bis zu zwei Monaten auf den Prärien bleiben, je nach ihrem Jagdglück. Sie hatten über 150 Meilen zurückgelegt, als sie in der Ferne verstreute Gruppen von Büffeln sichteten, die man kaum als ›Herde‹ bezeichnen konnte. Quint war auf viel größere Beute aus – auf die Texas-Herde selbst.

In der Regel konnten die Sommer auf diesen Prärien, wenigstens während Zeiten guten Regenfalls, ein Paradies für Jäger sein. In diesem Jahr fehlten östlich des Llano Estacado zwei ständige Voraussetzungen dafür – eine war eine Belastung, die andere ein Gewinn. Es fehlten der Regen und die Kotsoteka-Comanchen. Die Büffelesser, deren übliche Jagdgründe das Canadian River Valley waren.

Quint, Luke, Moccasin und Joshua verließen den Treck, der an einem namenlosen Creek bei einer Quelle kampierte, deren glitzerndes Band von Wasser zwischen salzhaltigen Sandwällen einen halben Fuß tief tröpfelte und dann versickerte. Normalerweise würde der Creek zu dieser Jahreszeit von schweren Regenfällen gefüllt bis zur Uferbank fließen, eine rötliche trübe Flut mit mehr Sand als Wasser. Die *ciboleros* schaufelten Erde auf die Ufer, um Dämme zu schaffen. Sie bildeten *charcos*, Löcher zum Stauen von Wasser. Das Wasser würde gerade für eine Woche des Wartens reichen, bis die Herde entdeckt und die Wasserfässer und Feldflaschen für die Heimkehr gefüllt waren. Es war die Aufgabe Quints und seiner Gefährten, Wasser und Büffel zu finden – in dieser Reihenfolge.

Sie ritten ostwärts und stießen gelegentlich auf Büffelsuhlen, die mit schmutzigem, schlammigem Wasser gefüllt und mit einer grünen Schleimschicht bedeckt waren, die abgesiebt werden mußte, bevor das Wasser überhaupt trinkbar war. Der Mund wurde ihnen wund und schleimig, Lippen und Zungen schwollen an und das Reden wurde beschwerlich, weil die Lippen von der ständigen heißen Sonne und dem trockenen Wind aufgesprungen waren. Hier waren die Prärien so eben und glatt, daß man, wenn man Büffel in der Ferne entdeckte, den Himmel unter ihren zottigen Bäuchen sehen konnte. Es gab keine fernen Berge im Dunstschleier. Der Horizont war klar und flach, das Licht blendete, die Entfernungen täuschten und alles wirkte in der klaren Luft größer. Gelegentliche Gewitter zogen schnell über das ausgedörrte Land und hinterließen ein paar Zentimeter Wasser in Vertiefungen und Büffelsuhlen. Das Wasser verdampfte rasch, und zurück blieb eine dicke Lösung von ›Büffeltee‹, lockerer Schlamm, der nach Büffelpisse und Kot stank, und in dem es von Maden wimmelte.

Die vier Büffel-Scouts, die Maultiere ritten, fächerten weit auseinander, um soviel Gelände wie nur möglich erkunden zu können. Manchmal trafen sie sich des Mittags, und stets versammelten sie sich vor Einbruch der Dunkelheit an einem vorher festgelegten Treffpunkt. Inzwischen hatten sie das nicht genau bestimmbare Gebiet der Kotsotekas durchquert und waren in das der Kwahadis oder ›Antilopenesser‹ gelangt. Der Unterschied ihrer Namen änderte nichts an ihrer Feindseligkeit. Sie waren eine Comanchenfamilie, alle verwandt wie Mädchen in Georgia.

Quint ritt Demonio, sein scheinbar nie ermüdendes Maultier. Demonios Fell war kurz und glatt, und es hatte kleine Hufe, die hart wie Feuerstein waren. Er war von einer großen Eselin und einem nur halb zugerittenen Mustang gezeugt worden. Quint wagte es niemals, ihm den Rücken zuzuwenden, wenn er zu Fuß war. Demonio konnte auskeilen wie von einem mittelalterlichen Katapult abgeschossen.

Der Treffpunkt des Mittags war in Sicht. Ein einsamer, großer *bosque* von staubbedeckten Cottonwoods, Weiden, prächtigen Eichen und Walnuß- und Maulbeerbäumen säumte beide Seiten eines breiten, tief ausgetrockneten Creekbettes. Riesige Scharen von Truthühnern ernährten sich von Heuschrecken und Samen, daß die Prärie in allen Richtungen schwarz davon war, soweit der Blick reichte. Der Boden unter den Bäumen war mit einer dicken Guanoschicht bedeckt. Am Abend würden die Zweige so voller Vögel sein, daß kein Zentimeter mehr frei bleiben würde. Manchmal bogen sich die Zweige zu sehr unter dem Gewicht, brachen ab und warfen ihre kreischende Last auf den guanobedeckten Boden.

Es war hervorragendes Grasland. Der Boden war mit den sichelförmigen Halmen von nahrhaftem Grama-Gras bewachsen, das so ausgetrocknet war, daß es unter Fuß und Huf wie Schnee knirschte. Die bunten Blumen des Frühlings und frühen Sommers waren unter der für diese Jahreszeit ungewöhnlichen mörderischen Hitze verwelkt und abgestorben. Hier und dort waren in der Ferne Wachteln, Rauhfußhühner, hübsche kleine Regenpfeifer, Präriehühner und Brachvögel zu sehen, deren Schwingen unten rosafarben und schön anzusehen waren wie ein Blitzen einer Wolke im Sonnenuntergang, wenn sie flatterten und im Sturzflug hinabstießen.

Quint sattelte Demonio ab und rieb mit trockenem Gras die festgebackene Schweiß- und Staubschicht von seinem Fell. Er schaute bei der Arbeit in die Ferne. Kein Büffel, nicht einmal ein verkrüppelter oder versprengter, war zu sehen. Die Texas-Herde zog vom Clear Fork des Brazos aus westlich durch die Staked Plains zum Upper Pecos und südlich vom Arkansas 400 Meilen bis zum Cañon Diablo. Verdammt! Alles stimmte fast – die Jahreszeit, die Route, auf der sie immer zogen, und das gute Grama-Gras, das bereits am Halm trocknete. *Wo waren sie?*

Der nur leicht gewellte Grund zwischen dem *bosque* und einer niedrigen, sattelartigen Erhebung im Süden war von Büffelfährten markiert, die in unzähligen Jahren entstanden waren. Die Fährten waren etwa dreißig Zentimeter breit, gerade genug, um die schmalen Hufe bequem aufzunehmen. Büffel folgten stets den Tälern und Ebenen und zogen durch ausgetrocknete Flußbette, um Erhebungen zu meiden. Wenn die benutzten Fährten tiefer als sechs Zoll wurden, entweder durch die häufige Benutzung oder vom Regen, der sie auswusch, waren sie im allgemeinen nicht mehr bequem. Dann wurden sie von den Büffeln verlassen, und neue Fährten wurden begonnen. Quint hatte einige nördlich des Arkansas gesehen, die so tief gewesen waren, daß sich darin die Büffel mit den Seiten gerieben hatten. In Sichtweite vom *bosque* führten in alle Richtungen so viele Fährten Seite an Seite, daß der Boden wie ein gigantisches Stück von braungefärbtem Rippsamt wirkte, der Hunderte von Acres bedeckte.

Östlich des *bosque* und quer zum Verlauf des ausgetrockneten Creeks gab es eine riesige ovale Vertiefung von hartgebackener Erde, die sich bei heftigen Regenfällen von ein paar Zentimetern bis zu ein paar Metern Tiefe füllen und für einige Meilen in das Creekbett abfließen würde, bis das Wasser im sandigen Bett schließlich versickern würde. Jetzt war es zolltief mit dünnem Sand und Staub bedeckt. Vielleicht war das einer der Gründe, weshalb die Herde noch nicht so weit nach Norden gekommen war. Das und die Tatsache, daß der Wind seit Tagen wechselhaft gewesen war, mal den Kompaß von Norden geboxt hatte, dann nach Osten gedreht hatte, nach Süden gebummelt war und dann zurückgefegt war, um wieder aus Norden und Nordosten zu wehen. Jetzt schien er beständig aus

Nordosten zu kommen, war aber manchmal kaum wahrnehmbar. Eine Büffelherde zog immer und fraß immer gegen den Wind. Dieser Instinkt führte sie manchmal in unregelmäßige jährliche Kreise von vielen hundert Meilen Durchmesser. So konnte mit dem Nordostwind die Hauptherde sehr weit von den *ciboleros* fort sein.

Quint hatte Kaffee gekocht, als Luke, Moccasin und Joshua den *bosque* erreichten. Keiner von ihnen hatte frische Anzeichen auf Büffel entdeckt. Sie kauerten sich auf den mit Vogeldung bedeckten Boden und tunkten steinharte *bizcocho* - Biskuits – in den bittern schwarzen Kaffee, der nach Alkali schmeckte, nachdem sie versucht hatten, ihn mit geschmolzenem, braunen Zuckerkuchen zu süßen.

»Du hast nicht im Süden gesucht, wie, Luke?« fragte Quint um einen Biskuit herum.

Luke schüttelte den Kopf. »Nur östlich. Der Wind hat gedreht. Wenn sie irgendwo südlich von uns sind, was der Fall sein muß, weil sie noch nicht diesen Weg passiert haben, dann werden sie in den Nordostwind ziehen. Ich glaubte, eine Staubwolke meilenweit entfernt im Nordwesten zu sehen, doch ich war mir nicht sicher, ob es Staub *oder*'ne Wolke war. Jedenfalls Meilen entfernt.«

Moccasin kratzte sich unter dem Hemd. »Nirgendwo ein Anzeichen.«

Joshua pflichtete ihm bei. »Nichts als die Büffelscheiße vom letzten Jahr.«

»Hier ist ohnehin kein Wasser für sie«, fügte Luke hinzu, »und verdammt wenig für uns.«

Sie sahen einander aus den Augenwinkeln heraus an. Jeder war der geborene Jäger, und sie haßten es, einen Wildtrail aufzugeben, ganz gleich, wie schwach er war. Doch an diesem Tag gab es keine Anzeichen auf Büffel.

Der trockene Wind hörte auf. Die Mittagssonne prallte auf die harte Erde hinab. Die heiße Luft schien stillzustehen.

Moccasin ging langsam in den *bosque*.

Luke nickte ihm auf dem Weg zwischen den Bäumen zu. »Gehst du pinkeln?« fragte er scherzhaft. Er wußte es besser.

Josh schüttelte den Kopf. »Er betet um Regen.«

»Wir brauchen Büffel, Josh, keinen Regen.«

»Wenn wir um Büffel ohne Regen beten, bekommen keinen Regen und keine Büffel. Wenn wir um Regen beten, bekommen Büffel.«

»Unwiderlegbare Logik«, murmelte Quint.

Eine tiefe Stille senkte sich über das glühende Land. Quint döste mit dem Rücken an eine Eiche gelehnt.

Der Wind begann von Süden zu blasen.

Josh sprang auf. »Seht!« rief er und wies nach Süden.

Eine zunehmend graue Masse hob sich scharf vom klaren Himmel ab. Etwas großes Dunkles bewegte sich rasch nach Norden, geradenwegs auf den *bosque* und den ausgetrockneten Creek zu. Zickzackförmige Folgen von Blitzen zuckten über eine ferne Mesa. Ein wirbelnder Trichter einer schwarzen Wolke, der ständig von gespenstischen, flammenartigen Blitzen zerrissen wurde, näherte sich mit erschreckender Schnelligkeit, als zielte er auf den *bosque*.

Black Moccasin stürzte aus dem Wald. »Weg von Bäumen! Ich glaube, *zuviel* gebetet! Dieser Sturm wird ein richtiger Hurensohn!«

Sie führten die nervösen Maultiere hinaus auf die Prärie. Dicke Regentropfen klatschten auf den trockenen Boden und wirbelten winzige Staubfontänen auf. Dann war der Wolkenbruch mit voller Wucht über ihnen, und eine dichte Flut von eisigem Regen, der mit Hagel vermischt war, prasselte herab wie Peitschenhiebe. Als der Hagel aufhörte, standen die vier Männer bis zu den Knöcheln im ablaufenden Wasser, das die Prärie bedeckte. Sie hielten die Arme ausgestreckt und hatten die Gesichter zum Himmel erhoben. Sie waren naß bis auf die Haut und genossen jede Minute davon.

»Gottverdammich, Moc!« schrie Luke. »Mußtest du alles auf einmal erbeten?«

»Gottverdammich, du wolltest Büffel, oder?« brüllte Moccasin zurück.

Es dauerte nur eine halbe Stunde. Die leeren dunklen Wolken trieben weiter nach Norden, so schnell wie sie aufgetaucht waren. Die Sonne kam zum Vorschein und zeigte das seltene Phänomen eines doppelten Regenbogens. Wo die riesige, knochentrockene und staubige Vertiefung gewesen war, gab es jetzt einen seichten See, der viele Acres groß war, und das

Wasser reflektierte das tiefe Blau des vom Regen blankgewaschenen Himmels.

Sie führten die dampfenden Maultiere zum voll fließenden Creek und tränkten sie. Die Sonne brannte wieder, und ein übler Gestank stieg sowohl von den Mulis als auch von der Kleidung der Männer auf.

Moccasin schaute nach Süden. »Büffel kommen vielleicht morgen. Tausende. Schick Joshua Karawane holen, Big Red. Bis sie hier, haben vielleicht genug Häute und Fleisch, um alle *carretas* und Packmulis zu beladen.« Er grinste.

Bei Einbruch der Dunkelheit kehrten die Truthühner zu ihren Schlafplätzen zurück. Die feuchte, windstille Luft wimmelte von Mücken und Moskitos, die gnadenlos die Maultiere peinigten. Blutstropfen von unzähligen Stechfliegen sprenkelten die Felle der Tiere. Qualmende Feuer mußten angezündet werden, um die Insekten zu vertreiben, wodurch Quint und seine Gefährten das Risiko eingingen, daß der Rauch von herumstreifenden Comanchen gesehen wurde.

Ein silberner Vollmond ging langsam auf und erhellte das Gelände wie eine gigantische japanische Laterne. Der Mondschein trennte Licht und Schatten scharf wie bei einem Scherenschnitt. Der *bosque* war wie eine lange, schmale Insel, die aus einer See aus Gras aufragte. Die Nacht war von Geräuschen erfüllt. Das ständige Summen von Moskitos vermischte sich mit den gelegentlichen Schreien von Nachtvögeln. Schwach klangen aus der Ferne das dünne, tremolierende Heulen eines jungen Wolfes oder das Bellen eines Coyoten heran. Lautlose Eulen stießen auf samtenen Schwingen hinab bei der Jagd auf die scheuen, kleinen weißen Springmäuse, die im hellen Mondschein fast unsichtbar waren. Die Coyoten waren in dieser schönen Nacht in voller Stärke unterwegs. Ihre Mischung aus Bellen, Winseln und Kläffen wurde dann und wann von einem krampfartigen Lachen unterbrochen, mal im Tenor, mal im Baß. Dann versuchte einer ein Solo im Diskant. Nach einem ohrenbetäubenden Präludium fiel jeder Coyote in Hörweite ein, eine unbeschreibliche Disharmonie, die so schnell verklang, wie sie eingesetzt hatte. Eine Periode der Stille folgte, doch dann wurde sie wieder von der ganzen Skala von Bellen, Winseln, Kläffen, Soli und Chören zerrissen.

Gegen Mitternacht wanderte eine einsame, leichte kleine Brise von Nordosten heran. Sie trug den schwachen Geruch von frischem Regenwasser nach Südwesten.

Meilen entfernt, südwestlich des neuen Sees, hob eine vierjährige Büffelkuh auf der trockenen, vom Mond erhellten Prärie den gewaltigen Schädel und schwang ihn langsam in diese Richtung und in jene, und dann prüfte die feuchte Nase den Nordostwind. *Wasser...* Sie bewegte sich langsam und bedächtig in den Wind. Die Prärie war mit Büffeln bedeckt, eine schwarze, unruhige Masse, die sich in allen Richtungen bis zum Horizont erstreckte. Eine Büffelkuh nach der anderen in der unmittelbaren Umgebung der dahintrottenden Büffelkuh setzte sich hinter ihr in Bewegung, erst einzeln, dann zu zweit und dritt und schließlich in langen Reihen. Die Tiere setzten ihre schmalen Hufe in die engen Trails. Es gab riesige Bullen mit scharfen Hörnern, junge Bullen, ältere Kühe, trächtige Kühe und ›leichte‹ Kühe, die vor kurzem gekalbt hatten. Kälber folgten ihren Müttern dichtauf. Die neugeborenen Kälber hatten eine rötlichgelbe Farbe; die älteren Kälber wurden braun, bis sie ausgewachsen waren. Die Kälber waren fett, ausgelassen und abenteuerlustig. Sie tollten dahin und dorthin und blieben manchmal zurück, bis ihre ungeduldigen und durstigen Mütter sich umwandten, um sie zur Eile anzutreiben, oder bis die riesigen Bullen, die als Wachtposten an den Rändern ihres jeweiligen Herdenteils zogen, sie in ihren Schutz zurücktrieben.

Hunderte von Wölfen liefen durch den Mondschein, den Nacken vorgestreckt, mit scharf umrissenen erhobenen Köpfen, und sie holten mit jedem Satz bei der schnellen lautlosen Verfolgung der Herde auf.

Als die ersten perlgrauen Schattierungen des Morgenlichts den östlichen Himmel tönten, war die sanftgewellte Prärie in jeder Richtung meilenweit mit dahinziehenden Büffeln bedeckt. Bei ihren Bewegungen stießen sie die höckerartigen Schultern vor, hielten die zottigen Schädel gesenkt, die schwarzen Zungen hingen heraus, die Schwänze waren aufgerichtet, und Tausende von Hufen schlugen ein dumpfes Grollen aus der harten Erde. Sie fürchteten sich nicht vor etwas, das der

Wind ihnen nicht direkt in die feuchten, geblähten Nasenlöcher trieb. Nichts auf diesen weiten Prärien konnte sie stoppen, wenn sie einmal in voller donnernder Bewegung waren und auf und ab wogten mit der rollenden Bewegung der Höcker, wie korkartige Schiffe in kleinen Seen.

Quint stand auf Wache, als der Morgen mit einer weiten lautlosen Explosion am östlichen Himmel explodierte. Er beobachtete die Maultiere. Mulis und Pferde sprechen mit den Ohren. Etwas beunruhigte die Tiere. Sie witterten mit ihren langen Ohren nach Süden, immer nach Süden. Quint ging zum Rand des *bosque* und spähte zu der niedrigen, sattelartigen Erhebung, die den südlichen Horizont beherrschte. Die Truthühner verließen ihren Schlafplatz, um sich den Tag über Futter im Freien zu suchen. Sie zogen davon, bis die Prärie zwischen dem Wald und der sattelartigen Anhöhe wie mit einem dunklen Teppich von ihnen bedeckt war.

Er spürte es mehr, als er es hörte. Das Geräusch begann aus der Erde zu wachsen, anzuschwellen und meilenweit durch den Boden zu klingen wie das Zittern bei einem Erdbeben.

Luke hob den Kopf. »Was ist das, Big Red?«

Quint wandte sich zu ihm um. Er grinste. »*Cibolo! Cibolo! Büffel gegen den Wind!*«

Eine Antilopenherde tauchte plötzlich auf dem Kamm der sattelartigen Erhebung auf. Die Antilopen sprangen erschreckt den sanften Hügel hinab und jagten in schnellen, weiten Kreisen davon, brachen aus und schossen in alle Richtungen auseinander. Dann rasten sie weiter, auf den Creek und den See zu. Sie versetzten die weite Schar der Truthühner in Panik, die aufflatterten, und das Kreischen ihrer Flucht klang wie ein Tornado, der sich über die Prärie näherte.

Für einen Sekundenbruchteil hob sich der Kamm der sattelartigen Erhebung scharf gegen das Morgenlicht ab, dann ergoß sich eine dunkle Flut darüber und strömte den Hang hinab. *Cibolo!* Tausende von ihnen bedeckten die Prärie, eine riesige, donnernde Herde, eine dichte Masse der größten Wiederkäuer der Natur. Die staubigen, zottigen Schädel und Höcker hoben und senkten sich wie das Auf und Ab einer dunklen drohenden See.

»Dreht ab, ihr Hurensöhne!« brüllte Luke. »Dreht ab, oder ihr werdet uns niederwalzen!«

Quint rannte zu seinem Hawken-Gewehr. »Nehmt eure Waffen! Hier müssen wir in Stellung gehen, sonst werden wir zu blutigem Brei getrampelt!«

Sie hatten schon Büffel in Stampede gesehen, doch nichts konnte ihnen annähernd soviel Furcht einflößen wie diese heranwalzende, stinkende Lawine von tausenden und abertausenden Tonnen Fleisch auf Hufen. Die vorderen Flügel waren nach beiden Seiten abgeschwenkt und begannen die Hauptherde hinter sich zu lassen wie sichelförmige Hörner, die bereits auf gleicher Höhe mit dem Rand des *bosque* waren. Es gab jetzt kein Entkommen mehr für die Büffeljäger.

Sie banden die in Panik geratenen Mulis doppelt hinter Cottonwoods mit dicken Stämmen fest. Dann gingen sie bei zwei verkrüppelten, alten Eichen in Deckung, die so dicht beieinander standen, daß ihre Wipfel zusammengewachsen waren. Drei Hawken-Gewehre wurden gleichzeitig angelegt. Die Erde erbebte unter dem Donnern der Hufe.

»Macht Fleisch, gottverdammt, oder wir krepieren hier!« schrie Moccasin.

»Schießt nicht daneben, Partner!« rief Luke.

»Was du nicht sagst«, brüllte Quint.

Es war das letzte, was sie für Stunden miteinander sprachen. Der Lärm war unglaublich und kam vom Hämmern der Hufe, dem unablässigen Brüllen der Bullen, dem Krachen der Gewehre. Zwei Bullen schmetterten gegen die beiden Eichen. Gewehrmündungen berührten sie fast, blitzten auf und stapelten die Büffel gegen die Baumstämme. Eine große Büffelkuh brach zur Seite hin aus, als sie getroffen wurde, und schnaubte Blut in einem dichten Spray über die drei schießenden, fluchenden Männer, bevor sie stürzte und liegenblieb. Die Gewehre krachten wie eines. Ein Bulle brach über der Kuh zusammen und verendete. Eine staubbedeckte, zottige, stinkende Barrikade von toten, verwundeten und sterbenden Büffeln bildete sich um die Zwillingseichen, und die Herde teilte sich und flutete daran vorbei. Es war nicht nötig, genau zu zielen. Es galt nur zu schießen, Pulver von der gefüllten Handfläche in die rauchende Gewehrmündung zu schütten, eine Kugel von einem

Vorrat aus dem Mund hinterherzuspucken, den Kolben am Boden aufzuschlagen, um die Ladung an Ort und Stelle zu bringen, das Gewehr anzuheben, zu spannen, ein Zündhütchen aufzulegen und den Abzug durchzuziehen.

Moccasins Maultier verschwand unter den scharfen, donnernden Hufen. Demonio zerriß seinen Strick und wurde von der Herde aufgesogen. Lukes Maultier Sonofabitch – Hurensohn – stand mit gespreizten Beinen und hängendem Kopf da und zitterte unablässig vom Kopf bis zur Kruppe, vom Rücken bis zu den Hufen. Die Welt wurde zu einer Hölle aus gelbem Staub, ätzendem Pulverrauch, heißem, stinkendem Blut und dem bestialischen Gestank der Herde selbst.

Die Barrikade hielt. Auf jeder Seite waren zerschmetterte Haufen von blutigem Fleisch und Knochen, wo die jungen, verwundeten und schwachen Büffel unter die Stampede zum Wasser geraten waren. Die Haufen der Büffelkadaver waren in Staub und Pulverrauch eingehüllt, und die Sicht auf die heranwalzende Herde war versperrt, doch der infernalische Lärm und Gestank blieben.

Stunde um Stunde verging. Die Sonne stand inzwischen hoch, und ihr gleißendes Licht wurde von der gewaltigen Staubwolke verschleiert und getrübt, doch die gnadenlose Hitze drang trotzdem bis zur Erde. Plagende Insektenschwärme kamen mit der Herde – Schmeißfliegen, die wie mit rotglühenden Nadeln zustachen, und Büffel-Steckmücken, die wie wirbelnde Wolken von feinem Staub an Nasen und Augen der Männer hafteten und an den Fellen der Büffel klebten. Es waren winzige, schwarze Insekten, die Gesicht und Hände angriffen, sich unter der Kleidung festsetzten und an Brust, Armen und überall dort stachen, wo sie hinkriechen konnten. Sie waren viel peinigender als Moskitos, und es gab sie wesentlich häufiger bei Prärieflüssen. Ihr Stich hinterließ pustelartige Pokken, die ständig juckten. Es gab keine Möglichkeit, ihnen auszuweichen, sie zu töten oder zu vertreiben. Flucht war die einzige Rettung vor ihnen, doch an diesem Höllentag gab es kein Entkommen vor ihnen.

Die dichte Masse der Herde begann sich zu lichten. Sie nahm ab zu Linien und kleinen Gruppen, zwischen denen sich die alten, schwachen, verletzten und sehr jungen Tiere befanden, der übliche Schluß jeder Herde. Die Wölfe und Coyoten folgten ihnen. Nach ihnen würden die Reinigungsmannschaften der Natur auftauchen – die aasfressenden Bussarde, Raben und langschwänzigen Elstern. Wenige Büffel starben je an anderen Seuchen als an der Maul- und Klauenseuche. Das Alter, Raubtiere und der Mensch waren die größten Feinde des Büffels.

Die Herde umkreiste den See und drängte sich, um ans Wasser zu gelangen. Aus der Ferne ähnelte sie einer Masse schwarzbrauner Maden in verdorbenem Fleisch. Die Ufer des fünf Acres großen Sees waren zerstört, eingetreten und in eine dichte Paste von Wasser, Schlamm, Urin und Kot zerstampft. Jenseits des Sees, auf den flachen Hügeln östlich des Creeks, bewegte sich nervös eine Mustangherde und wartete darauf, daß ihr Leittier, eine strahlende Schönheit von einer Fuchsstute, sie zum Wasser führte. Die Antilopen waren nach ihrer überstürzten Flucht zurückgekehrt. Die Lockung des Wassers war zu groß für sie. Sie waren immer noch nervös. Sie rannten hin und her und wieder zurück und hielten plötzlich an, um zum See zu äugen.

Schließlich bewegten sich einige Büffel gemächlich durch den Creek zu einer weiten, scheinbar grenzenlosen, gewellten Prärie, die dicht mit Grama-Gras bewachsen war. Wenn die Herde genug Wasser gesoffen hatte, würde sie sich zur Ruhe niederlassen, lethargisch und sorglos vom Saufen. Sie würde sich ein paar Tage lang ausruhen, gewiß nicht länger als eine Woche, bevor sie ihre zielstrebige Wanderung zum Canadian und Arkansas fortsetzen würde.

Quint spähte durch das Fernrohr zur Herde. »Dort wird der Platz sein, wo wir zur Jagd in Stellung gehen werden«, sagte er. »Ich frage mich, wieviel Zeit wir haben werden, bis die Comanchen herausfinden, daß wir hier sind.«

Luke zuckte mit den Schultern. »Es gibt nur eine Möglichkeit, das herauszufinden: Mit der Jagd anzufangen.«

Luke bahnte sich vorsichtig einen Weg durch den Brei von Blut, Fleisch und Knochen, der die Überreste gestürzter zertrampelter Büffel und eines der Maultiere markierte. Er legte seinen Hut über die Augen seines zitternden Sonofabitch und sprach besänftigend in eines seiner langen Ohren. Als das

Maultier ruhiger wirkte, zog Luke die lederbezogene Flasche mit *aguardiente* aus seinem Proviantbeutel und stapfte zu seinen Partnern zurück. Er grinste. »Seht ihr? Der alte Sonofabitch ist nicht so ein störrisches Biest, wie ihr meint!«

In diesem Augenblick keilte das Maultier mit beiden Hinterbeinen aus und traf Luke am schmalen Hintern, daß er vornüber mit dem Gesicht durch den blutbesudelten Dreck und Kot schrammte. Sonofabitchs triumphierender Schrei hallte durch den Wald.

Moccasin ging in die Knie, schlug sich auf die Schenkel und schüttelte sprachlos den Kopf. Quint grinste breit. Doch das Grinsen verschwand sofort, als Luke wie eine gespannte Feder hochschnellte und zu seinem Hawken-Gewehr stürzte. Quint entriß ihm das Gewehr und stoppte ihn mit einer Hand gegen die Brust. Lukes blutbesudeltes Gesicht war in seinem Zorn fast nicht wiederzuerkennen. Er schwang die Fäuste gegen Quint, bis Moccasin ihn mit verschränkten Händen hinterrücks zu Boden schlug. Quint und Moccasin setzten sich auf Luke und warteten darauf, daß er sich abkühlte.

Schließlich lag Luke still. »Seid verdammt, ihr beiden!« schrie er. »Ihr hättet mich diesen hinterhältigen Hurensohn abknallen lassen sollen!«

Quint stieg von Luke und hockte sich neben ihm auf die Hacken. »Hör mal, du Blödmann! Ich hätte an deiner Stelle vielleicht das gleiche Verlangen, aber es ist das einzige Maultier, das wir noch haben, und einer von uns muß nach Comanchenspuren Ausschau halten!«

Sie hockten sich hin und tranken schweigend nacheinander aus der Flasche, die sie einander weiterreichten. Nach einer Weile schaute Luke über seine Schulter zu Sonofabitch. Er grinste. »Der hat Pfeffer, was? Bei Gott, er hat mich sauber reingelegt. Ich hätte wissen müssen, daß ich ihm *nie* den Rücken zuwenden darf.«

Darauf tranken sie wiederum. Sie stopften ihre kurzstieligen Dublin-Pfeifen, um den Gestank aus ihren Nasen zu bekommen. Als sie die Pfeifen angezündet hatten, boten sie das Mundstück der Pfeife dem Himmel für den ersten Zug an.

Quint erhob sich dann. Sechs ausgewachsene Büffelbullen, zwei jüngere, zwei junge Kühe und eine Reihe von Kälbern hatten sich vor den Eichen und gegeneinander vor der Stellung aufgestapelt. Quint zog sein Messer und begann es zu schärfen. »Wir können mit denen anfangen, bis die Abhäuter hier sind.«

»O mein Gott«, murmelte Luke. »Ich bin ein Jäger und kein Abhäuter.«

»Bleib und häute mit ab, Wandering Wolf, oder such alleine nach den Comanchen.«

»Große Wahl. Da verliere ich so oder so.«

Quint schüttelte den Kopf. »Ich bin der wahre Verlierer. Dieser blöde *gringo patrón* muß bleiben und abhäuten. Die Wahl, wer reiten darf, fällt zwischen Moc und dir.«

Moccasin und Luke sahen einander an. »Ich reite, Big Red«, sagte Moccasin.

»Warum du?« fragte Luke.

Moc grinste. »Ich bin gewiefter als du.«

Luke zuckte mit den Schultern. »Clever genug, um meinen Sonofabitch zu reiten?«

Moccasin musterte Luke einen Augenblick lang. »*So* smart nun auch wieder nicht.«

Quint und Moccasin arbeiteten Hand in Hand, um schnell voranzukommen. Die große Büffelkuh war auf ihren Bauch gefallen und hatte die Beine seitlich ausgestreckt. Ein Querschnitt wurde über ihren Nacken und den Höcker vollführt, ein mit zottigem Fell bedeckter Buckel von der Größe eines Menschenkopfs, der aus dem Nacken genau oberhalb der Schultern ragte. Gekocht schmeckte dieser Höcker sehr nach Knochenmark und war zart, nahrhaft und appetitanregend. Ein weiterer Schnitt wurde von der Seite des Körpers vollführt und die Haut bis zum Bruststück abgezogen, an dem sie noch festhing. Dann wurde das Fell vom Kadaver abgezogen und ausgebreitet, damit es das Fleisch aufnehmen und die wartenden Schwärme von Schmeißfliegen abhalten konnte.

Die Schulter wurde abgeschnitten. Die dünne Fleischschicht auf den Rippen wurde am Rückgrat entlang entfernt. Das Bauchfell wurde abgestreift. Die sogenannten Buckelrippen, die in Wirklichkeit überhaupt keine Rippen waren, sondern flache, vertikale Knochen von dreißig oder mehr Zentimeter Länge, die oberhalb der Wirbelsäule auframten, wurden als nächstes abgehackt. Das Rückenfett, eine breite Fettschicht, die vom Höcker bis zum Schwanz reichte, wurde entfernt, dann das Lendenstück und feiner, blasser Talg. Der Bauch wurde geöffnet, damit die Innereien oder *boudins* herausfielen, die den Speisebrei enthielten. *Boudins* konnten, wenn sie geleert waren, von innen nach außen gestülpt werden, flüchtig gesäubert, in lange Streifen geschnitten und dann mit einer Mischung von gehacktem Lendenstück, Nieren, Gehirn, etwa einem Pfund Hinterviertel – kurz über dem Knochen geschnitten – Knochenmark, Nierentalg, Fett und dem Saft von wilden Zwiebeln und Salz gefüllt werden. Geknetet zu einer Wurst von 25 Zentimetern Länge und gegrillt oder in einer eisernen Pfanne mit viel Fett gebraten, waren *boudins* ein köstliches Gericht, das seine Liebhaber niemals leid wurden.

»Erinnerst du dich an François Charbonnes *boudins*?« fragte Moccasin. »Der verdammt beste Koch in den Hochprärien.«

Quint wischte sich mit einem fettgetränkten Ärmel Schweiß aus dem Gesicht. Sein Wollhemd war mit Schweiß, Blut und Talg beschmiert. Brennender Schweiß rann ihm übers Gesicht und den Körper und tropfte auf den Kadaver. Der Gestank von Büffel und Blut hing in dem Wald. Die Fliegen und Stechmücken machten den Aufenthalt darin zu einer Hölle.

Moccasin sah Quint fragend an. »Nun?« fragte er.

Quint verstand nicht. »Was meinst du mit *nun*?«

Moccasin zuckte die Achseln. »Du hast nicht Geschmack eines Indianers.« Er schnitt eine Scheibe Leber ab, besprenkelte sie mit Galle und bot sie Quint an.

»Hölle nein! Gott sei Dank habe ich nicht den Geschmack eines Indianers!«

Moccasin kaute die rohe Leber und rollte verzückt mit den Augen. »Du hast keine Ahnung, was du da versäumst, Big Red.«

Quint schnitt die große Zunge des Büffels heraus, während Moccasin die großen Markknochen auslöste, die dickem, rosaschimmerndem Holz ähnelten. »Die beste Art, die zu kochen, Big Red«, sagte der Delaware, »ist, ein Feuer an beiden Enden zu machen. Die Hitze zieht durch den Knochen und erhitzt das Mark. Wenn es heiß genug ist, springt die Spitze auf wie 'ne Kiste. Köstlich!«

Sie schnitten Schinken, Schulter- und Rippenstücke heraus. Das Fleisch war ziemlich minderwertiges oder ›Frühjahrs-Kuhfleisch‹, und vieles davon würde verderben, wenn es nicht so schnell wie möglich gedörrt werden würde.

Moccasin wippte auf seinen Hacken und griff nach der Flasche *aguardiente*. Er trank den Branntwein in tiefen Zügen und wischte sich dann mit dem Ärmel über sein fettiges, schweißbedecktes Gesicht. »Ich habe genug davon, selbst für einen Indianer, Big Red. Wir werden all dieses Fleisch ohnehin verlieren, wenn die Abhäuter nicht bald hier sind.«

Quint hob den Kopf. »Hör mal«, sagte er.

Der Wind hatte sich nach Nordosten gedreht. Ganz schwach trug er das Quietschen, Ächzen und Rumpeln der großen ungefetteten *carreta*-Räder heran.

Quint griff nach der Brandyflasche.

11

Der schlammige, seichte See verzögerte den jährlichen Zug der Büffel nach Norden. Vielleicht warnte sie ihr Instinkt davor, daß das Land zum Canadian und Arkansas hin noch zu trocken war. Der neue See zog Vögel vieler Arten an – Brachvögel, Enten, Kraniche und Haubentaucher waren zahlreich darunter. Libellen hingen über dem neuen Gras in der Luft, das bereits jenseits des schlammigen Seeufers sprießte. Weiße und gelbe Schmetterlinge flatterten über den Rücken der grasenden Büffel. Kaninchen tauchten scheinbar aus dem Nichts auf. Antilopen und Hirsche soffen Seite an Seite mit Büffel und Mustang. Wölfe und Coyoten kamen zu Hunderten, doppelt angelockt vom Wasser und den gewaltigen Massen Fleisch auf Hufen.

Die Büffel grasten auf den weiten Prärien jenseits des Creeks und des Sees. Es war immer noch Brunftzeit. Die Bullen paarten sich für gewöhnlich mit drei Jahren und waren voll ausgewachsen mit fünf. Sie verbrachten die Hälfte ihrer Wachzeit damit, Kühen nachzujagen, und die restliche damit, gegen andere Bullen zu kämpfen. Tausende von Kälbern tollten und spielten um die gesetzteren älteren Tiere herum. Sie rannten, sprangen, stießen sich mit dem Schädel und rollten durch den

Staub. Die Bullen liebten es noch mehr als die Kühe, sich im Staub zu wälzen. Sie streckten sich darin in voller Länge aus, während sie ihre Schädel hart am Boden rieben. Dann wälzten sie sich auf die andere Seite, so mühelos wie ein Pferd, um die Prozedur zu wiederholen, wobei sie eine Staubwolke aufwirbelten.

Trotz der Proteste seiner erfahrenen *ciboleros* hatte Quint die Entscheidung getroffen, von der traditionellen, jahrhundertealten Jagdweise auf seine eigene Methode umzuwechseln. Er würde sie nicht ihre schnellen, halbwilden Mustangs in vollem Galopp in eine in Stampede versetzte Herde preschen und mit Lanze oder Pfeil und Bogen jagen lassen. Das übliche Resultat würde eine verrückt durchgehende Herde sein, die sich über viele Quadratmeilen Prärie verstreuen würde, und die erlegten Büffel würden weit auseinander für die Abhäuter herumliegen. Die alte Methode war zu sehr auf Treffer um jeden Preis angewiesen und zu mühselig für die hart arbeitenden Abhäuter. Außerdem waren sie ohne den nahen Schutz anderer Jäger und Abhäuter der Gefahr eines Indianerüberfalls ausgesetzt. Quints Methode war die Einfachheit in sich. Er und Luke benutzten jeder drei Gewehre und würden aus dem ›Stand‹ heraus schießen. Die Büffel würden sich sammeln oder um die toten und verwundeten Tiere herumstehen, nicht wissen, was sie tun sollten, und sich so weiterhin dem Tod aussetzen. Nach Quints vorsichtiger Schätzung konnten Luke und er vielleicht fünfmal soviel Büffel in der gleichen Zeit töten wie berittene Jäger. Zusätzlich würden bei dieser Stand-Methode die erlegten Tiere zur Bequemlichkeit der Abhäuter dicht zusammenliegen, und sie würden bei der Arbeit alle nahe genug beieinander sein, um sich im Falle eines Indianerangriffs gegenseitig verteidigen zu können. Der Methode mangelte es an der wilden Schnelligkeit, der Farbe, der fast barbarischen, atavistischen Aufregung der Jagd, die so beliebt bei den *ciboleros* New Mexicos war, bei denen es sich durchweg um hervorragende Reiter handelte. Die Stand-Methode war wesentlich praktischer und profitabler.

Quint mußte einige Zugeständnisse dafür machen. Er hatte die meisten *ciboleros* von ihnen zu Abhäutern umgeschult, doch er willigte ein, daß sie als Reiter zum Zuge kommen würden, wenn die Herde oder auch nur ein Teil davon in Stampede geraten oder ihren Weg nach Norden fortsetzen würde. Quint hoffte, daß das nicht der Fall sein würde. Die Jagd aus dem Stand heraus war schneller und wirkungsvoller als die Jagd zu Pferde, und je eher sie ihr Quantum an Häuten und Fleisch erfüllt hatten, desto schneller konnten sie heimwärts und fort von diesem gefährlichen Landstrich ziehen.

Am ersten Tag der Stand-Jagd näherten sich Quint und Luke der Herde vor dem Morgengrauen gegen den Wind und versteckten ein halbes Dutzend großer Kürbisflaschen an ihren jeweiligen Stellungen. Der Inhalt der Flaschen würde zum Reinigen und Abkühlen ihrer Gewehre nach übermäßigem Schießen dienen. Quint hatte ursprünglich vorgehabt, Moccasin und Joshua, die beide hervorragende Schützen waren, ebenfalls an der Stand-Jagd zu beteiligen, die die Möglichkeit eines überraschenden Indianerangriffs erforderte, daß jederzeit Scouts in weitem Kreis von Norden nach Süden und wieder zurück patrouillierten. Diese Aufgabe hatte er den Delawaren übertragen. Jetzt lag es an Luke und Quint, so viele Büffel so schnell wie nur möglich zu erlegen, die Häute präparieren und das Fleisch trocknen zu lassen und schnellstens zu verschwinden.

Die Morgendämmerung brach herein. Ein kühler Nordwind blies. Quint hatte bereits zwei der drei Gewehre versteckt, die er benutzen wollte. Er hatte eine neue Mills Flinte, die ihm von Kit Carson empfohlen worden war, und ein altes, aber ausgezeichnetes J. Henry Gewehr, das von einem Steinschloßgewehr zu einer Perkussionswaffe umgebaut worden war.

Quint kroch auf allen vieren zu seinem ersten Stand, eine Mulde auf einem weiten, flachen Hügel. Von dort aus hatte er einen umfassenden Überblick über die Herde. Nach seinen Erfahrungen vom Vorjahr hatte er drei Regeln für einen guten Stand aufgestellt: Nicht zu schnell zu schießen, damit kein Gewehrlauf zu heiß wurde und sich übermäßig ausweitete; stets zu versuchen, die äußeren Büffel der Herde zu treffen; jeden Büffel zu erschießen, der davonzulaufen versuchte.

Er hielt sein berühmtes ›Auld Clootie‹ Hawken-Gewehr in der Armbeuge, als er in gerader Linie kroch, ohne nach links oder rechts auszuweichen. Büffel waren für ihr schwaches Sehvermögen bekannt, doch wenn sie auch nicht in der Lage waren, Einzelheiten zu erkennen, so konnten sie mit Sicherheit verdächtige Bewegungen wahrnehmen. Wachsame Wächterbullen kreisten ständig um die Herde. Wenn er gesehen oder gerochen wurde, dann gab es an diesem Tag keine Jagdbeute, wenigstens nicht von diesem Stand aus.

Quint fluchte lautlos, als er Brust, Bauch, Beine und den Kolben seines Hawken-Gewehrs durch einen dicken Haufen Büffelkot zog, der trotz der kühlen Luft noch warm war und leicht dampfte. Er konnte nicht zur Seite hin ausweichen, denn ein mißtrauischer Wächterbulle sah in seine Richtung. Quint blieb starr liegen und spürte, wie die warme Feuchtigkeit des Kots und Urins durch seine Jacke, das Hemd und die Leggings bis auf die Haut drang. Der Bulle trottete schließlich weiter. Er hielt die Nase am Boden, muhte leise und spuckte gekautes Futter aus, um es wiederzukäuen. Seine kleinen, schwachen Augen waren fast unter einer dicken Matte zottiger Haare verborgen, doch sein scharfer Geruchssinn diente ihm gut.

Quint glitt in die Mulde. Während er die Kletten herauspickte, die an seinen Händen und Knien klebten, überprüfte er seine Ausrüstung – das Fernrohr, ein paar *bois d'arc*-Stöcke, die als Gabel dienten, auf denen die Gewehrläufe aufgelegt wurden, drei große Pulverhörner, von denen jedes anderthalb Pfund Schießpulver enthielt, vorgeschnittene gefettete Pfropfen, einige Beutel mit Kugeln, einige Dosen mit teuren englischen Zündhütchen, die allerbesten, und ein Vorrat von hartem Biskuit und Dörrfleisch.

Er richtete das Fernrohr auf die Herde. Die nächsten Büffel waren ein paar Wächterbullen. Er schätzte, daß jeder eine Dreivierteltonne auf den Hufen hatte. Beide standen mit erhobenem Schädel da und sahen nach Norden, in die Richtung, in der Luke sich in doppelter Schußweite von Quints Position an seinem Stand vorbereitete.

Quint lud seine beiden zusätzlichen Gewehre. Der Himmel hellte sich auf. Die Prärie war mit Büffeln bedeckt, daß sie wie eine weite, dunkle, locker gewebte Decke aussah. Einige der Büffel fraßen, andere lagen am Boden und käuten wieder. Eine ständige Prozession von ihnen trottete zum See oder kehrte von dort zum Gras zurück. Es war die Jahreszeit, in der sich das Winterfell in eine Art Flaum verwandelte, wie es beim Fell des

Löwen der Fall ist. Vom späten November bis zum späten Dezember waren die Felle am prächtigsten. Dann waren die Büffel fett und wohlgenährt. Ihr dickes, glänzendes, dunkles Winterfell reichte im Farbton von dunklem Umbra bis zu einem Braun, das wie Leber glänzte. Die ausgewachsenen Bullen hatten viel dickeres Fell an Kopf, Nacken und Brustpartie. Der massige Schädel verlor zu keiner Jahreszeit das Stirnband und den Bart. Die Kälber waren hellbraun. Im Frühjahr und Frühsommer bleichte das Fell, und die Büffel sahen rostfarben und schäbig aus. Das abgestorbene Fell hing immer noch in zottigen, schmutzigen Fetzen an ihnen. Es dauerte Monate, bis die Büffel dieses von Ungeziefer befallene Fell verloren. Um es loszuwerden, rieben sie sich an Felsen, Bäumen oder Uferböschungen wie Schlangen, die sich häuten. Das neue Fell stieß das alte von Höcker und Schultern ab, wenn es wuchs, dunkel und gut entwickelt Anfang Juni, doch der Rest des Körpers war oftmals bis Mitte Juni kahl, daß er an ein verbrühtes Schwein erinnerte. Die Haut war dort grob, schorfig und weich, eine unwiderstehliche Lockung für Fliegen und Schwärme von Mükken, die wie Staubwolken um die feuchten Nasenlöcher und Augen und an den wunden Stellen der entblößten, sonnenverbrannten Haut hafteten. Die einzigen Gegenmittel gegen diese Plage waren Flucht oder der Rückzug zum nächsten Schlammloch, in dem sie sich dann wälzten wie sich ein Schwein suhlt. Schlamm sammelte sich in dicken Klumpen auf dem zottigen Fell von Brust, Kopf und Bart und schuf eine entsetzlich scheußliche Kreatur.

Quint schüttelte den Kopf. »Häßlich, bei Gott, ungeheuer häßlich, doch trotzdem wahrhaft großartig«, murmelte er.

Die Lichtverhältnisse waren richtig. Quint zerkrümelte etwas trockenes Gras und ließ es durch die Finger rieseln, um die Windrichtung zu prüfen. Er wählte den ersten Büffel aus. Es war eine große Kuh, die etwa 150 Meter entfernt langsam nordwärts trottete. Sie war ein Leittier. Hier und da erhoben sich einige Büffel schwerfällig, um ihr zu folgen.

Quint legte sein Hawken-Gewehr in die Gabelung der gekreuzten Stöcke und hielt sie mit der Linken fest, damit sie sich nicht trennten. Er zielte genau hinter das Schulterblatt unterhalb des Höckers, nur ein paar Zentimeter oberhalb des Bruststücks, die einzige wirklich verletzliche Stelle. Ein Büffel war nur schwer zu töten, wenn er nicht in Herz, Lunge oder Wirbelsäule getroffen wurde. Man konnte den ganzen Tag lang Kugeln an der breiten Stirn plattschießen oder ganz allgemein auf den gewaltigen Körper schießen, ohne ein anderes Resultat zu erzielen als den Verlust von einer Menge Blei und Schießpulver.

Quint feuerte. Das Krachen des schweren Gewehrs hallte über die Prärie und verklang in der Ferne. Ein weißes Rauchwölkchen trieb mit dem Wind davon. Die Kuh machte einen heftigen Satz vorwärts und blieb jäh stehen. Blut strömte aus ihren weiten Nasenlöchern. Sie schwankte, stolperte und versuchte auf den Hufen zu bleiben. Dann torkelte sie zur Seite und stürzte schwer. Ihr Körper zuckte ein wenig, und sie keilte aus, bevor sie sich versteifte und still liegenblieb. Die Büffel in der Nähe der verendeten Kuh rannten vielleicht zehn Meter fort und blieben dann so plötzlich stehen, wie sie losgelaufen waren. Ein junger Bulle stieß die Kuh mit den Hörnern an, mehr aus sexuellem Interesse als aus einem anderen Grund. Büffel sind dumm. ›Büffel-Intelligenz‹ ist nicht erkennbar, mit Ausnahme einer wichtigen Tatsache: Sie sind äußerst neugierig. Eine Gruppe von ihnen versammelte sich langsam um die Kuh, starrte und schnüffelte in großäugigem Staunen. Sie kauten, spuckten Kaubrei aus und käuten ihn wieder, während sie die ganze Zeit über muhten.

Lukes Gewehr knallte, und es klang dumpf wie das Zuschlagen einer entfernten Tür. Eine ältere Kuh zuckte zusammen. Sie stand mit gespreizten Beinen da, und ihre Augen wurden glasig, während sie langsam verblutete. Andere Büffel rochen das Blut und trotteten im Kreis um sie herum, versammelten sich bequem für den tödlichen, grünäugigen Schützen, der einen Büffel nach dem anderen abschoß, bis die gesamte Gruppe auf einer Fläche von kaum 20 Quadratmetern lag. Keines der Tiere hatte sich bemüht zu entkommen. Die Büffelkuh war die einzige, die litt, aber es dauerte nicht lange. Sie ging mit den Vorderbeinen zu Boden und schlug mit dem Schädel auf. Eine hellrote Flut schoß aus ihrem Maul und der Nase. Sie versteifte sich und lag still.

Quint erlegte fünf Büffelkühe und zwei Bullen. Er schüttete Wasser in den Lauf der Mills Flinte. Ein riesiger Bulle, ein Monarch seiner Gattung, der über eine Tonne wiegen mußte, war von den Schüssen und dem Geruch von warmem Blut rasend geworden. Er setzte sich mit wiegendem Gang in Bewegung, fiel in Trott und schließlich in einen schaukelnden Galopp.

»Bastard«, murmelte Quint. »Er wird sie alle in Stampede versetzen.«

Das alte J. Henry Gewehr donnerte als nächstes. Der Bulle krachte zu Boden, trat krampfhaft aus und begann dann auf den Vorderbeinen wegzukriechen, wobei er die gelähmten Hinterbeine nachzog. Eine Kugel aus dem Hawken-Gewehr stoppte ihn für immer.

Einige der Büffel in der Nähe drängten sich zusammen, die gewaltigen Schultern Seite an Seite. Ihre kleinen Augen rollten, und der Zorn klang tief aus ihren Kehlen. Zwei alte Bullen stampften mit den Hufen, wütend über den Gestank des Schießpulvers und den Geruch des plötzlichen Todes. Sie stießen ihre Hörner hierhin und dorthin, drohten dem Feind, den sie nicht sahen, und ihre langen, schlammbedeckten Bärte wackelten. Einige Kühe begannen ein andauerndes klagendes Muhen. Eine von ihnen ergriff die Flucht. Sie gewann an Schnelligkeit und führte andere Tiere an, die ihr verwirrt folgten. Quints Kugel schmetterte durch ihre Lunge und den unteren Teil ihres Herzens. Sie stoppte, peitschte mit dem Schwanz und ging alleine weiter. Ihr Kopf sank hinab, sie hustete Blut aus, fiel auf ein Knie, dann auf das andere, knickte plötzlich hinten ein, rollte zur Seite und verendete.

Quint stellte das Schießen ein, damit der angesammelte Pulverrauch forttrieb. Ein paar Wächterbullen waren wegen der Konzentration von Rauch neugierig geworden. Sie hoben ihre Schädel und starrten verständnislos. Sie brachten den Rauch nicht in Zusammenhang mit dem bleiernen Tod, der zwischen ihnen zuschlug. Lebende Büffel drängten sich stupide um die vielen toten Tiere, schnüffelten an dem warmen Blut und brüllten verwirrt. Quint lag flach auf dem Bauch und beobachtete sie. Sie taten alles außer dem, was sie hätten tun sollen – *fortlaufen*. Er schüttelte den Kopf über ihre große Dummheit. Doch in gewisser Weise tat es ihm leid, daß sie haufenweise starben, weil sie nicht wußten, wie sie mit der Gefahr fertigwerden konnten, die sie nicht sahen.

Die Sonne war aufgegangen. Jedesmal, wenn ein neuer Führer sich nach Norden in Bewegung setzte, streckte ihn eine Kugel nieder, und die Herde kam wieder zur Ruhe. So ging es den ganzen Tag lang, Stunde um Stunde, Schuß um Schuß, Büffel um Büffel. Der Gestank von Pulverrauch, frischem Blut und gewaltsamem Tod hing über der Prärie wie ein Pesthauch. Dreimal an diesem Tag wechselten Quint und Luke ihren Stand, und jeder von ihnen ließ dreißig oder vierzig tote Büffel bei jedem Stand zurück.

Die Abhäuter waren vom Camp heraufgekommen, das sich weiter creekabwärts befand. Dort hatten sie einen primitiven Damm errichtet, um das vom See abfließende Wasser zu stauen und sich so ein eigenes kleines Reservoir zu schaffen. Sie arbeiteten paarweise, häuteten die noch warmen, toten Büffel in zwanzig Minuten bis zu einer halben Stunde ab und schlachteten sie. Die *carretas* fuhren knarrend heran, um die frischen Häute und das Fleisch für den Transport zum Camp abzuholen. Ihre Crews spannten die Häute zum Trocknen und schnitten das Fleisch mit den Fasern in dünne Streifen, die auf Gestelle zum Trocknen gehängt wurden.

Die kühnen Wölfe und die feigeren, aber nicht weniger räuberischen Coyoten wagten sich an die blutigen Gerippe heran oder lungerten bei den alten, behinderten, schwachen und jungen Büffeln herum. Kälber, die nahe bei ihren erlegten Müttern blieben, wurden gerissen und manchmal halb verschlungen, bevor sie in schrecklichem Todeskampf starben.

Gegen Mittag waren die Aasvögel in voller Stärke da. Langschwänzige Elstern mit Rot und Weiß auf ihren Schwingen und Raben des Westens, die größer als die kleineren, lauteren Krähen waren, kamen in krächzenden Scharen. *Zopilotes* schwebten hoch am Himmel vor der Sonne. Sie hingen in der Luft und ließen sich mit dem Wind auf reglosen schwarzen Schwingen treiben, deren Spitzen weiß waren. Sie wirkten wie verkohlte Papierfetzen, die von einem Feuer aufgestiegen waren.

Das Schießen war so stetig und regelmäßig, daß sich die Büffel im Laufe der Zeit daran zu gewöhnen schienen, ohne zu wissen, daß es ständig die Herde dezimierte. Was machte es auch schon? Für jeden Bullen und jede Kuh, die dort fielen, gab es Tausende, die ihre Stelle einnahmen.

Es war später Nachmittag am letzten Tag der Jagd. Gegen Mittag hatten die Büffel begonnen, nach Norden zu ziehen. Der Schluß der Herde zog jenseits des Creek-Tals unter einer riesigen gelblichen Staubwolke dahin. Der Boden dröhnte vom Pochen tausender Hufe. Hunderte Wölfe platschten durch das, was vom See übriggeblieben war, jetzt mehr eine aufgewühlte, stinkende Masse, die fester als Wasser war. Wasser und Schlamm tropften von ihrem Fell. Sie jagten in langen Sätzen hinter der Herde her. Die Jagd war vorüber. Quint legte sein rauchendes, überhitztes Henry-Gewehr zur Seite. Der letzte Pulverrauch zerfaserte. Seine Augen schmerzten von der großen Hitze und dem grellen Sonnenschein, der von den weißen Salzflecken auf dem Talgrund reflektiert wurde. Er legte seinen dröhnenden, schmerzenden Kopf auf seine verschränkten Unterarme und schloß seine brennenden Augen. Seine rechte Schulter schmerzte unerträglich nach dem unablässigen schweren Rückstock der drei großkalibrigen Gewehre. Er hatte einen Geschmack von verrostetem Eisen im Mund. Sein Durst schien unstillbar zu sein. Quints Kleidung war steif von schalem Schweiß, getrocknetem Blut und Talg, wimmelte von juckendem Ungeziefer und war verseucht mit Büffelräude. Es war ihm von dem unablässigen Abschlachten todübel im geistigen Sinne. Wie Luke trocken am Ende des zweiten Tages des Schießens gesagt hatte: »Die Jagd aus dem Stand ist viel praktischer und gewinnträchtiger als die Büffeljagd zu Pferde, aber sie nimmt einem die Freude aus dem Leben.«

Der Wind trieb ein Schnauben und Brüllen heran. Quint hob den Kopf. Ein riesiger, alter Bulle war zwischen den reglosen Höckern der toten Tiere auf die Hufe gekommen, ein alter, einsamer Patriarch, der vielleicht ein Vierteljahrhundert alt war. Er war hager und steif vom Alter und mit vielen Narben bedeckt. Er stand herausfordernd da und rollte zornig die kleinen Augen in einem Kreis von Coyoten, die sich näherten. Vielleicht dachte er, er müßte immer noch die Toten ringsum beschützen. Er war fürchterlich wütend, stampfte auf der Erde auf und schleuderte Schlamm empor, der über seinen zottigen Höcker und den Rücken lief. Solange er auf den Beinen blieb, lebte er, und die toten Tiere in der Nähe waren vor Aasfressern sicher.

Die Coyoten waren gewiß nicht wegen seines Fleischs hinter

ihm her. Sie hatten sich die ganze Woche über sattgefressen. Dies war ein Sport für sie. Sie waren sicher, solange sie sich nicht zu nahe an ihn heranwagten. Sie reizten ihn, ließen ihm keine Ruhe, näherten sich hinter ihm, um spielerisch nach ihm zu schnappen, und wenn er dann zu ihnen herumfuhr, zogen sie sich mit fröhlichem Kläffen zurück. Dann griff ihn der Rest des Rudels von hinten an. Sie schnappten mit scharfen Fängen zu oder schlugen nach seinen Flanken und sprangen fort, bevor er sich drehen und angreifen konnte. Helles Blut tropfte von seinem betagten Körper. Er hatte keine Überlebenschance. Und selbst wenn er es gewollt hätte, wäre er nicht an ihnen vorbei gekommen, um sich dem Rest der Herde anzuschließen. Letzten Endes würden seine Peiniger gewinnen. Wenn er verletzt und erschöpft schwankte, ganz allein zwischen den toten Tieren, würden seine vielen Feinde über ihn herfallen, zubeißen und festhalten, um ihn hinabzuschleifen. Er würde lebendig in Stücke gerissen werden.

Quint legte sein Kinn auf die Unterarme und beobachtete den ungleichen, genau festgelegten Kampf. Die Haut des Bullen war nutzlos, sein Fleisch war zu zäh und faserig zum Dörren. Wieviel war er wirklich wert? Wenigstens eine Kugel von einer halben Unze Blei, 90 Gran Pulver und ein Zündhütchen.

Quint stand auf. Er nahm ›Auld Clootie‹ und lud schnell. Er spannte das Hawken-Gewehr, legte ein Zündhütchen auf, nahm den Kolben an die Schulter, zielte und feuerte in einem einzigen flüssigen Bewegungsablauf. Pulverrauch schoß aus der Mündung. Das dumpfe Echo des Schusses hallte über die Creek-Ebene und verklang vor der fernen Hügelkette. Der Bulle war tot, bevor er zu Boden prallte. Sofort war er unter einer Masse von knurrenden, zuschnappenden Coyoten begraben wie unter einer wimmelnden Masse von schmutzigen, gelblichbraunen Maden. Quint lud das Gewehr auf. Er sammelte seine Ausrüstung zusammen, schwang sich die drei Gewehre über die Schultern und wandte sich von der Stätte des Schlachtens ab. Abhäuter bewegten sich über die Prärie, um die letzten der Büffel zu bearbeiten. Einer von ihnen führte Quints Maultier, mit dem er zur Jagd geritten war. Quint saß auf, hieb dem Maultier die Hacken gegen die Rippen und ritt zum fernen Camp. Er blickte nicht zurück.

12

Die lange, auseinandergezogene Kolonne schwerbeladener *carretas* und Packmulis kroch über die Prärie durch den Hitzeschleier. Eine Wolke von feinem Staub stieg unter den Hufen und Rädern auf und wurde vom Nordwind fortgetrieben. Jenseits des Trecks war in der Ferne eine Antilopenherde zu sehen. Die weißen Hinterteile der gehörnten Säugetiere waren kaum im Dunst zu erkennen. Im Norden waren schwach die eingekerbten Vulkangipfel des Rabbit Ears Mountain zu sehen. Die Temperatur betrug 40 Grad.

Der Staub konnte über viele Meilen gesehen werden. Es war Kotsoteka-Land. Die Karawane war fünfzehn Meilen vom Carrizo Creek entfernt, der nächsten Wasserstelle, und acht bis zehn Meilen südlich des Cimarron Cut Off, der Abkürzung des Santa Fé Trails. Während des Juli und August waren der Carrizo und der Nebenfluß des Canadian langsam fließende Rinnsale, deren Wasser höchstens bis zur Hüfte reichte. Die Mexikaner sagten: »Wer das Ufer des Canadian oder seiner Nebenflüsse verläßt, muß einen guten Tagesmarsch unternehmen, um Nahrung, Wasser oder Gras zu finden.« Doch es war ein sehr trockenes Frühjahr gewesen. Würde der Carrizo Wasser führen? Wenn die Karawane erst einmal dorthin gelangte, war der Rio Brioso nur noch 80 Meilen westwärts.

Es ging auf den Nachmittag zu. Luke ritt neben Quint und zog sein staubiges Halstuch hinunter, das Nase und Mund bedeckt hatte. Er schob seinen Priem von einer Seite des Gaumens zur anderen und spuckte trocken aus. »Immer noch keine Comanchen, Big Red.«

Quint zuckte mit den Schultern. »Vielleicht hat sie etwas Wertvolleres als wir fortgelockt.«

Luke schnaubte. »Wochenlang waren wir in ihrem Land, schossen Hunderte von Büffeln, präparierten die Häute und trockneten das Fleisch, und dann kehrten wir um und zogen so weit nach Westen, und sie *wußten* nicht, daß wir hier waren? Was hat sie fortgelockt? Das ist nicht richtig. Da stimmt was nicht!«

Quint grinste, weil sich Luke so ereiferte, und zuckte zusammen, als seine aufgesprungene Unterlippe schmerzte. »Vielleicht ist einfach unsere Medizin zu gut.«

»Scheiße!«

Antonio Zaldivar stellte sich in seinen Steigbügeln auf. »*Mira! Mira!* Seht! Seht!« rief er.

Staub stieg auf der Ebene zwischen dem Treck und einem langen Hügelkamm auf dieser Seite des Rabbit Ears Moutain auf.

»Indianer! Indianer!« schrie Blas Galeras. »Sollen wir die *carretas* zu einer Burg auffahren, Don Quintin?«

Quint zügelte sein Maultier und zog sein Fernrohr aus dem Futteral. Er spähte zu dem Staub hin. »Zwei Reiter. Vermutlich die Delawaren.« Er stieß einen Arm hoch. »*Parada! Parada!* Halt! Halt!«

Die Kolonne hielt in Staub gehüllt an. Der frische Wind trug die Staubschwaden nach Süden.

Die Delawaren trabten auf ihren Mulis zu Quint und Luke. Moccasin wies nach Nordwesten. »Doch noch Comanchen. Auf dieser Seite vom Carrizo Creek. Fünf Meilen davon entfernt auf Hügelkamm. Von dort aus kann Cimarron Cutt Off sehen.«

Quint nickte. »Sie schauen in *diese* Richtung?« fragte er mit ruhiger Stimme. »Zu uns her?«

Moccasin schüttelte den Kopf. »Berge hinter ihnen nimmt Sicht auf uns.«

»Was ist mit unserem Staub?« fragte Luke.

»Wind blasen nach Süden, nicht? Außerdem haben kein großes Interesse, was hinter ihnen ist. Haben Interesse für etwas auf Cimarron Cutt Off.«

»Zum Beispiel?« fragte Quint. »Vielleicht ein anderer Treck?«

Moccasin sah über die Schulter zurück. »Nein. Sie warten auf Soldaten, kommen von Osten.«

Quint sah schnell zu Moccasin. »Soldaten? Was für Soldaten? Mexikaner?«

»Amerikaner. Ungefähr dreißig.«

»Als Eskorte eines Trecks?« fragte Luke.

»Kein Treck auf Cutt Off. Sie haben fünf Wagen. Werden von Muli gezogen. Und *caballada* von vierzig Mulis und Pferden.«

Quint und Luke tauschten verwundert einen Blick.

»Ein Erkundungstrupp?« überlegte Quint.

Luke schüttelte den Kopf. »Auf mexikanischem Territorium?«

»Wie viele Comanchen?« erkundigte sich Quint.

Joshua hielt einen kurzen Stock mit Kerben hoch. »Jede Kerbe mal zehn, Big Red.«

Quint zählte achtzehn Kerben. Er stieß einen leisen Pfiff aus.

Luke schob seinen Priem von einer Backe zur anderen und spuckte aus. »Jetzt wissen wir, wo wenigstens *einige* der Roten sind. Sie halten nach Beute auf dem Trail Ausschau.«

»Wenn diese Soldaten so weitermarschieren wie bisher, werden die ersten Comanchen, die sie sehen, die letzten in ihrem Leben sein«, sagte Joshua.

Moccasin nickte. »Sie haben keine Scouts. Nur zwei Soldaten reiten in Sichtweite von anderen voraus.«

»Was meinst du, Moc?« fragte Quint. »Wie sind ihre Aussichten?« Er konnte sich die Antwort denken.

»Sie haben keine Chance, Big Red.«

Der Staub war verweht. Die Fahrer und *ciboleros* kauerten im heißen Schatten der *carretas*. Mulis schrien, und durstige Ochsen muhten.

Quint schaute nach Westen. Er konnte im Hitzedunst so gerade den Umriß der Tafelberge erkennen, die Don Carlos Hills genannt wurden. Sie waren eine Grenzlinie für den Treck. Erst jenseits davon war die Kolonne völlig in Sicherheit, natürlich bei einiger Vorsicht. In diesem Land mußte man immer wachsam bleiben. Quint und die Leute von Rio Brioso und der Mora brauchten die Häute und das Trockenfleisch. Sie konnten sich den Verlust von Pferden, Maultieren und Ochsen nicht erlauben. Seine Männer beobachteten ihn angespannt. Er war der *patrón*, der Führer. Es war allein seine Entscheidung.

Quint sah Moccasin an. »Wie lange brauchen die Soldaten bis zum Creek?«

»Bis zum späten Nachmittag, Josh?« fragte Moccasin.

Joshua nickte. »Werden vielleicht bis zum Einbruch der Dämmerung brauchen.«

Quint formte im Geiste eine einfache Landkarte. Der Cimarron Cut Off und die Route der Karawane bildeten die Nord- und Südseiten eines stumpfen, gleichschenkligen Dreiecks.

Die Basis im Osten stellte die Nordsüdlinie dar. Das stumpfe westliche Ende bestand aus der Linie des Carrizo Creek und der Don Carlos Hills. Die Soldaten brauchten vielleicht fünf Stunden, um zum Creek zu gelangen und um Wasser und ein Biwak zu haben. Die Comanchen würden sie niemals bis dorthin kommen lassen.

»Wie weit sind die Comanchen vom Creek entfernt, Moc?« erkundigte sich Quint.

»Vielleicht drei Meilen. Sie können nicht näher verstecken an Creek. Nicht genug Deckung. Zuviel freie Fläche. Selbst ein Delaware findet keine Deckung.«

»Wann könnte unser Treck von den Comanchen entdeckt werden?«

»Vielleicht in paar Stunden. Zu diese Zeit viel Arbeit mit Töten von Soldaten und treiben weg von Beute. Dann nicht bemerken unseren Staub.«

Das Muhen der Ochsen, Schreien der Mulis und Wiehern der Pferde hatte zugenommen. Die Männer waren still, als erwarteten sie große Gefahr.

»Blas Galeras! Antonio Zaldivar!« rief Quint. Sie liefen herbei. »Ich werde mir diese verrückten amerikanischen Soldaten ansehen, die auf mexikanischem Territorium durch Comanchenland reiten, ohne Scouts vorauszuschicken«, erklärte Quint den beiden Männern. »Blas, du übernimmst das Kommando bei der Karawane. Antonio ist *segundo*. Schließt euch in zwei parallelen Kolonnen zusammen. Haltet Vorreiter zwischen der Karawane und diesem Hügelkamm im Norden. Wenn ihr Staub aufsteigen und in eure Richtung treiben seht, fahrt die *carretas* zu einer Wagenburg auf, bis ihr feststellen könnt, wer es ist. Wenn das nicht passiert, zieht weiter zum Creek, so schnell ihr könnt, durchquert ihn, tränkt die Tiere auf der anderen Seite und setzt den Weg nach Rio Brioso fort. Kampiert unter keinen Umständen zur Nacht. Gewaltmarsch die ganze Nacht hindurch. Dann wird die Gefahr vielleicht vorüber sein, und ihr könnt einen halben Tag rasten, bevor ihr weiterzieht. Alles verstanden?«

»Wie viele Männer werden Sie brauchen, Don Quintin?« fragte Blas.

»Nur meine Partner.«

Blas starrte ihn an. »Nur ihr vier? Um Gottes willen, Don Quintin! Es sind fast zweihundert Comanchen auf der anderen Seite dieser Hügelkette.«

Quint nickte. »Und dreißig amerikanische Soldaten. Ich will nicht die Karawane aufs Spiel setzen, indem ich irgendeinen Mann davon abziehe.« Er lächelte leicht. »Mach dir keine Sorgen, *compañero*. Wir werden nur tun, was wir können, aber wir müssen wenigstens *etwas* tun.«

Sie tauschten ihre Reitmulis gegen frische Mustangs von der *caballada*. Quint stieg auf ein *barrosa* Pferd mit lehmfarbenem Fell. Solch ein Zuchttier stand in dem Ruf, besonders ausdauernd zu sein. Sie ritten nach Norden.

»Die müssen nicht ganz richtig im Kopf sein«, sagte Blas Galeras bekümmert.

Antonio Zaldivar zuckte mit den Schultern. »Gott oder der Teufel wacht über Don Grande Rubio. Er wird zurückkehren.«

Als der Treck weiterzog, stieg wieder Staub auf, doch der Nordwind hielt an und trieb die Staubwolke nach Süden, fort von der fernen Hügelkette. Quint stellte nutzlose Spekulationen darüber an, was die Wahl der Comanchen sein würde, wenn sie den Staub und den Treck sahen. Würden sie sich für die Soldaten mit ihren feinen Waffen, Pferden, der *caballada* und der Beute auf den Wagen entscheiden oder für den Treck? Die Häute und das Dörrfleisch waren für sie von geringem Wert. Eher würden sie die Pferde und Mulis und die Waffen der *ciboleros* haben wollen.

Es wäre leichter und sicherer für die Comanchen, den Treck zu überfallen. Die Soldaten waren normalerweise gute Schützen und würden bis zum Tod kämpfen. Andererseits brachten die Comanchen den Leuten aus New Mexico nichts als Verachtung entgegen. »Die Mexikaner züchten für *uns* Pferde und Maultiere«, war ihre arrogante Prahlerei. Sie hatten es gut über die Jahrhunderte hinweg getan.

Joshua sah auf. »*Zopilote*«, sagte er mit ruhiger Stimme.

Der Himmel war an diesem Tag wolkenlos wie eine umgekehrte Schüssel aus dunstigem metallenen Blau. Hoch über dem Cimarron Cutt Off schien ein schwarzer Fleck wie ein Fetzen verkohlten Papiers scheinbar reglos zu hängen. Der große Bussard schwebte auf ausgebreiteten, reglosen Schwingen auf dem Wind und bewegte nur die weißen, fingerartigen Federn an der Spitze der Schwingen, um die Position zu halten. War es ein Vorbote? Wie konnte er wissen, daß er zu diesem Zeitpunkt dort sein sollte? Die Delawaren hatten nicht berichtet, daß es irgendeinen Toten oder Sterbenden auf dem Cimarron Cutt Off gab, der solch einen Aasfresser anlockte. *Wie konnte er es wissen?*

13

Comanchen!

Der Cimarron Cutt Off war ein pfeilgerader Trail durch eine trockene, grasbewachsene Ebene. Der Carrizo Creek befand sich drei Meilen westlich und war von einer niedrigen Linie staubiger Bäume gesäumt. Südlich des Trails erstreckte sich eine niedrige Hügelkette aus kahlem, vulkanischem Gestein über ein paar Meilen bis zum Creek. Unterhalb der Hügelkette kräuselte der Wind das scheinbar endlose Gras wie Wellen, die gegen einen Strand aus schwarzem Sand und Fels brandeten.

Die Kolonne der Soldaten mit ihren fünf Wagen, die von Mulis gezogen wurden, und der *caballada* von Pferden und Maultieren, bewegte sich langsam in Richtung Creek und zog einen Schleier von pulvrigem Staub hinter sich her, der im Wind zerfaserte. Die rotweiße Regimentsfahne flatterte an der Spitze der Kolonne. Gelegentlich schimmerten poliertes Messing und Stahl durch den Staub. Reguläre Truppe, das war klar. Die Soldaten schienen die einzigen menschlichen Wesen auf Hunderten von Quadratmeilen zu sein, so weit und verlassen war die Prärie.

Luke beschattete mit seinem Hut Quints Fernrohr, um zu verhindern, daß der Sonnenschein auf dem Messing und der Linse reflektiert wurde und ihre Position verriet. Quint spähte zu der Kolonne. Luke und er lagen auf dem Bauch auf einer Anhöhe südlich des Trails. In einer Mulde unterhalb von ihnen hielt Moccasin die Pferde. Eine halbe Meile westlich, versteckt in einer tiefen, breiten Spalte am nördlichen Hang der Hügelkette waren fast zweihundert Comanchen mit Kriegsbemalung versammelt. Nicht weit von ihnen entfernt befand sich Joshua und beobachtete sie.

Zwei Soldaten ritten der Kolonne eine halbe Meile voraus. Zwei Flankenreiter trabten auf jeder Seite der Kolonne, etwa 300 Meter von ihr entfernt. Die *caballada* folgte den Wagen. Eine staubschluckende Nachhut von drei Soldaten ritt hinter der *caballada*. In respektvoller Entfernung, etwa außerhalb der Reichweite von Karabinern der Nachhut, liefen Wölfe hinter der Kolonne her und warteten auf Tote, Sterbende oder ausgefallene Pferde und Maultiere. Die Soldaten der Kolonne führten ihre Pferde, trotteten erschöpft dahin und hatten den Blick hoffnungsvoll auf die Linie der staubigen Bäume längs des Creeks gerichtet.

Die scharfe deutsche Teleskoplinse hob Einzelheiten hervor. Die Soldaten hatten die hagere und sehnige Art von erfahrenen Kavalleristen. Sie trugen engsitzende, dunkelblaue Uniformjacken mit einer Leiste von Messingknöpfen. Die Jacken waren mit gelben Tressen besetzt. Die Hosen waren hellblau und hatten einen gelben Streifen an den Außennähten. Die dunkelblauen Feldmützen hatten ein orangefarbenes Band. Gurte und Karabinerriemen bestanden aus weißem Leder. Die beiden Soldaten, die zu Fuß kurz vor dem Trupp marschierten, hatten zwei gelbe Streifen an den Hosennähten. Sie waren Offiziere.

»Nun?« fragte Luke.

»Dragoner der Vereinigten Staaten, Lukie?«

»Auf mexikanischem Territorium?«

»Ich würde sie eher für eine Eskorte einer Händlerkarawane halten, wenn es eine gäbe.«

»Es gibt keine.«

»Genau.«

»Sie marschieren geradewegs in einen Hinterhalt der Comanchen.«

Moccasin kroch neben Quint und Luke. »Welch eine Zielscheibe«, murmelte er. »Was unternehmen wir? Warnen wir sie?«

Quint schüttelte den Kopf. »Keine Zeit mehr. Wenn wir sie warnten, wären im nächsten Augenblick die Comanchen über ihnen und uns.«

»Und selbst, wenn wir sie warnten«, fügte Luke hinzu,

»bliebe ihnen keine Zeit mehr, die Wagen zu einer Burg aufzufahren und in Stellung zu gehen. Es wäre nur eine Sache von Sekunden, bis die Comanchen über sie herfallen und über *uns*, wenn wir dort unten wären.«

»Wir haben Kotsotekas zweimal fertiggemacht und kein einziges Mann verloren«, erinnerte der Delaware Luke. »Unsere Herzen waren groß. Unsere Medizin war gut.«

Luke wich seinem Blick aus. »Trifft das jetzt auch zu, Moc?«

Der Delaware gab keine Antwort darauf.

»Macht ihr beide mit?« fragte Quint.

Sie nickten.

»Moc, hol Josh«, ordnete Quint an. »Luke, hilf mir.«

Quint und Luke rupften trockenes Gras und banden die Bündel mit Fransen zusammen, die sie von ihren Jacken abgeschnitten hatten. Sie führten die Pferde in eine Mulde, die sich näher am Trail befand, und warteten auf die Delawaren. Der Nordwind frischte auf und brauste über die Mulde. Das Gras kräuselte sich und wogte unter dem Windstoß.

Moccasin und Joshua kamen zur Mulde.

»Wer hat das schnellste Pferd?« fragte Quint.

»Ich«, erwiderte Joshua.

»Wenn ich es dir sage, reitest du wie der Wind, um die Soldaten zu warnen. Schick sie zum Creek. Dort sollen sie zwischen den Bäumen in Stellung gehen.«

»Direkt vor den Comanchen? Das werden sie niemals schaffen, Big Red«, stieß Joshua ungläubig hervor.

Quint lächelte schmal. »Wir drei werden die Comanchen beschäftigen, während du die Soldaten warnst und sie auf dem Weg zum Creek sind.«

Luke musterte Quint. »Willst du mich und Moc einweihen, wie du das bewerkstelligen willst?«

Quint zog drei große Schachteln Schwefelhölzer aus seinem Proviantbeutel. »Wenn ich Josh das Kommando gebe, wird jeder von euch zwei Bündel trockenes Gras anzünden und mir folgen. Ich führe euch auf dem Weg zwischen dem Trail und der Position der Comanchen. Das Gras ist zundertrocken. Der Wind von Norden sollte ein höllisches Feuer direkt auf diesen Hang und die Comanchen und ihre Pferde zu treiben. Die Krieger werden natürlich versuchen, durch die Flammen zu reiten, doch sie werden niemals ihre Pferde dazu zwingen können. Es wird nicht lange dauern, bis das Gras abgebrannt ist, deshalb werden wir nicht viel Zeit haben. Wenn diese Kavalleristen dort unten auch nur einen Funken Verstand haben, dann werden sie Hals über Kopf zum Creek flüchten, und ich hoffe bei Gott, daß sie es schaffen, bevor die Comanchen sich wieder organisiert haben.«

Die drei Männer sahen Quint ziemlich entgeistert an. »Hast du dir das alles selbst ausgedacht, oder hat dir ein Wahnsinnsknabe dabei geholfen?« fragte Luke.

Quint schob Bündel des trockenen Grases in seine Jacke. »Oh, das hab ich mir ganz allein ausgedacht, Wandering Wolf«, erwiderte Quint grinsend.

Luke schüttelte den Kopf. »Trockenes Gras und Schwefelhölzer! Welch höllische Art, um fast zweihundert Comanchen zu bekämpfen, die gereizt sind wie Wespen!«

»Hast du 'ne bessere Idee, Lukie?«

Darauf gab Luke keine Antwort.

Die Kolonne war nun nur noch ein paar hundert Meter von der Stelle des Trails entfernt, an der sie auf gleicher Höhe mit dem Hinterhalt sein würde.

Dann und wann waren die Spitzen von Federhauben in der Spalte zu sehen, als die Comanchen aufsaßen und sich tief über ihre Ponys duckten.

Quint stieg auf sein Pferd. Er nahm die Zügel zwischen die Zähne und nickte Joshua zu. Josh war so schnell aus der Mulde heraus wie ein Stein, der von einer Schleuder abgeschossen wird. Quint zündete zwei Grasbündel an und hielt in jeder Hand eines. Er stieß dem Mustang die Sporen in die Flanken und schrammte sie vor und zurück. Das halbwilde Tier raste aus der Mulde. Der Wind erfaßte Pferd und Reiter.

Der *barrosa*-Hengst flog wie ein Pfeil dahin, und seine trommelnden Hufe schienen kaum den Boden zu berühren. Quint warf ein brennendes Bündel weit nach links und jagte weiter, bevor er das zweite Grasbündel etwa fünfzehn Meter nach dem ersten fortschleuderte. Das Gras schien aufzublitzen, als es Feuer fing. Der Wind erfaßte die kleinen Flammen und fächerte sie an, während er sie auf den Hang zutrieb. Luke und Moccasin folgten Quint in gestrecktem Galopp und warfen ihre brennenden Grasbündel turnusmäßig jenseits der Stelle, an der Quint das zweite seiner Bündel abgeworfen hatte. So zündeten sie eine fortlaufende Linie aus brennendem Gras vor der Front des bevorstehenden Comanchenangriffs an. Das Feuer fraß sich durch das trockene Gras wie in so manchem Altweiber- oder Indianersommer, wenn ein Präriebrand tobte, eine lange Linie von Flammen, die prasselten, daß es wie Schüsse von Tausenden Pistolen klang. Mit schrecklicher Geschwindigkeit trieb das Feuer hangaufwärts, und manchmal schossen Flammen meterhoch in die Luft wie die gespaltene Zunge einer Schlange.

Quint steckte zwei weitere Grasbündel in Brand und schleuderte sie so weit er konnte den Hang hinauf. Dabei weiteten sich seine Augen. »Jesus Christus!« stieß er hervor.

Der Rand des Spalts im Berg, der sich als Arroyo entpuppte, war mit einer Linie gefiederter Reiter ausgefüllt, die ihre halbwilden, bemalten Pferde heraustrieben. Ihre Gesichter und muskulösen Oberkörper waren rot, zinnoberfarben, ockerfarben, weiß und schwarz bemalt. Hauben mit Federn und Hörnern flatterten im Wind. Schilde leuchteten weiß. Sie waren aus der dicken gehärteten Haut vom Nacken des Büffelbullen hergestellt, langsam über Rauch getrocknet und mit Schichten von Leim gehärtet, der von Büffelhufen gekocht war. Die Schilde waren leicht und konnten einen Pfeil oder eine Lanze und sogar eine Kugel aus einer Muskete mit glattem Geschützrohr ablenken, wenn sie schräg gedreht wurden. Die hervorragenden Bogen der Comanchen bestanden aus geschichteten Knochen- und Hornstücken von Büffel, Elch und Bergschaf, die gespleißt, zusammengeleimt und in feuchte Büffelsehnen gehüllt wurden, die den Bogen eisenhart machten, wenn er trocknete. Lanzenklingen und polierte Ornamente von Messing und Silber glänzten und reflektierten den Sonnenschein. Die nervösen Mustangs waren mit grellbunten Streifen und mit Symbolen, Mustern und Flecken bemalt. Federn flatterten von ihren Mähnen. Skalps baumelten von ihrem Zaumzeug. Die Herren der Prärie – *Comanchen!*

Isa-tai – End of a Wolf – war ein großer Medizinmann der Kotsotekas. Er war einst aufgestiegen zum Großen Geist hoch über dem Himmel des Vaters des Weißen Mannes. Er konnte die Elemente beherrschen und Regen machen, Dürre verursachen und so viele Kugeln aus seinem Bauch hervorbringen, wie die Kotsotekas an diesem Tag brauchen würden. Seine schwarze Magie konnte die Waffen des Weißen Mannes so beeinflussen, daß sie die Comanchen nicht erschießen konnten. Er hatte jeden der Krieger mit etwas von seiner Zauberfarbe berührt, so daß sie nicht gesehen werden und nicht von einer Kugel des Weißen Mannes getötet werden konnten. An diesem Tag stand er nackt da, nur mit weißer Farbe bemalt. Vom Kopf bis zum Fuß hatte er geheime Zeichen auf seinem hageren Körper. Er trug nur eine Haube aus Salbeistengeln, als er rechts von der Linie der Comanchen stand und seine Beschwörungs- und Zauberlieder sang.

Eine zornige, schnelle Narbe von hellen Flammen fraß sich einen unregelmäßigen Weg den Hang hinauf, geradewegs auf die Krieger zu. Flammen, Funken und dichter Rauch trieben ihnen und ihren aufgeregten Pferden entgegen. Quint parierte hart seinen Mustang und warf seine letzten brennenden Grasbündel. Luke und Moccasin jagten auf ihn zu und duckten sich tief über ihre Pferde, während sie die letzten ihrer brennenden Grasbündel fortschleuderten.

Das ganze Gebiet zwischen dem Trail und dem Arroyo war eine flackernde, rauchende und lodernde Masse von brennendem Gras, das schwarze, schwelende Zerstörung hinterließ. Pferde laufen nicht auf Flammen zu, ganz gleich wie gut dressiert und diszipliniert sie sein mögen. Die vordere Linie der Krieger brach auseinander und drängte zurück gegen die Hauptmasse derjenigen, die immer noch ihre von Panik erfaßten Tiere antrieben, um aus dem Arroyo herauszukommen. Die vorrückenden Linien und die Flüchtenden prallten in einem wilden Durcheinander aufeinander.

»Jetzt!« schrie Quint und riß sein Hawken-Gewehr aus dem Scabbard, bevor er sein Pferd um die Hand zog und auf dem Weg zurückjagte, auf dem er gekommen war. Seine zwei brüllenden Gefährten folgten ihm.

Joshua hatte die Dragoner gewarnt. Er hatte deren vorgesetzten Offizier nicht überzeugen können, daß es das Beste war, so schnell wie möglich zum Creek zu verschwinden. Der Offizier bellte mit maschinenartiger Präzision Befehle. Die straffe Disziplin von Berufssoldaten zeigte sich. Die Wagen wurden zu einem unregelmäßigen Oval mit Lücken dazwischen aufgefahren. In allen vier Lücken hielt ein Mann die Pferde. Die restlichen Dragoner machten ihre Hall-Karabiner schußbereit und gingen in Verteidigungsstellung. Die Nachhut schloß auf und half, die *caballada* zusammenzutreiben. Einige der erschreckten Pferde und Mulis brachen aus und jagten in Panik davon, um vom Feuer fortzukommen.

Joshua stieß zu Quint und seinen Gefährten. Die vier eröffneten das Feuer durch den wallenden Rauch. Das Feuer hatte jetzt den Arroyo erreicht und züngelte hindurch, um auf der anderen Seite das Gras anzuzünden. Im Arroyo und davor gab es ein Chaos von gestürzten Pferden und Kriegern. Kugeln schwirrten wie Wespen durch den Rauch, trafen Fleisch oder prallten als Querschläger von Felsen oder hartem Boden ab.

Quint stand in den Steigbügeln und schwenkte sein rauchendes Hawken-Gewehr. »Schießt weiter, *compañeros!*« rief er. Er gab seinem Pferd die Sporen und preschte den Hang hinab auf die Wagen der Soldaten zu. Dort parierte er den Mustang, der Schaum vor den Nüstern hatte.

»Setzt diese verdammte Kolonne in Bewegung!« brüllte er. »Wenn sich die Comanchen neu organisieren, reiten sie euch in Grund und Boden! Macht euch auf den Weg zum Creek, verdammt! *Zum Creek mit euch!*«

»Ich habe hier das Kommando, Mister!« rief der Dragoner-Captain.

Quint bemühte sich, sein nervöses Pferd unter Kontrolle zu bekommen, das sich scheuend und bockend im Kreis bewegte. »Dann *kommandieren* Sie, gottverdammt! Haut ab! *Carajo! Carajo!*«

Der Offizier starrte Quint ein paar Sekunden lang an, als würde er ihn wiedererkennen. Dann bellte er Befehle. Eine Reihe berittener Dragoner formierte sich entlang der Wagen, zwischen ihnen und den Comanchen. Ein Kommando breitete sich fächerförmig vor den Wagen aus. Andere Dragoner versuchten, die in Panik geratene *caballada* hinter den Wagen her zu treiben.

Quint galoppierte auf die *caballada* zu. »Jeder von euch nimmt so viele Führstricke, wie er kann. Verschwindet von hier! Laßt den Rest der Tiere für sich selbst sorgen! Vielleicht folgen sie den anderen zum Creek!«

»Das ist Besitz der Regierung!« schrie ein Sergeant.

Quint schüttelte angewidert den Kopf. »Ihr alle werdet *toter* Besitz der Regierung sein, wenn ihr nicht eure Ärsche von hier fortbewegt! Wir können diese Comanchen nicht lange aufhalten! *Verschwindet!*«

Die Comanchen kämpften sich aus dem Arroyo und formierten sich neu. Dann preschten sie den Hang hinab auf den Trail zu. Gewehrfeuer blitzte und krachte an der Linie der Dragoner entlang. Das Feuer der Hawken-Gewehr und Hall-Karabiner zeigte Wirkung bei den Kriegern.

Doch die Comanchen waren jetzt in ihrem Element. Sie warfen sich über die vom Gegner entfernte Seite ihrer Pferde, klammerten sich an die zu Zöpfen geflochtenen Mähnen und hakten die Hacken über ihre Kruppen, während sie unter den Hälsen der Pferde hervor Musketen oder Pfeile abschossen.

»Schießt auf die Pferde!« schrie Quint. In diesem Augenblick traf eine Comanchenkugel sein Pferd genau in die Stirn. Quint warf sich aus dem Sattel, rollte sich ab und rannte weiter, während sein *barrosa* zu Boden krachte. Ein Trupp Comanchen schwenkte zu ihm ab. Einige von ihnen hatten ihn vielleicht wiedererkannt wegen seiner Größe, des rotbraunen Barts und der Narbe auf seinem Gesicht. Sie kannten ihn seit langem. Vor sieben Jahren war er zweimal Nemesis gewesen, die strafende Gerechtigkeit. Sie vergaßen die Beute von Wagen, Pferden, Mulis, Waffen und Skalps. Bei diesem Mann einen *coup* zu erzielen, war eine weitaus größere Trophäe.

Weitere Comanchen quollen aus dem Arroyo hervor. Vielleicht spürten sie den Sieg. Quints *compañeros* galoppierten durch den Rauch und Staub, der sie fast verhüllte, während sie wiederholt feuerten. Sie wußten nicht, daß sein Pferd getroffen worden war.

Eine Kugel schmetterte gegen Quints Pulverhorn. Das Pulver flutete zu Boden und entzündete sich sofort an den glimmenden Funken. Eine Stichflamme versengte Quints linken Mokassin und einen Teil seiner Leggings. Er schlang sein Hawken-Gewehr am Riemen über die Schulter und zog seine Colts. Dichter Pulverrauch hüllte ihn ein. Er wich nicht von der

Stelle hinter seinem toten Pferd. Comanchen jagten auf ihn zu, hielten die Lanzen zum Stoß gesenkt, und rasiermesserscharfe lange Klingen blitzten im Sonnenschein.

Quint hob seine Colts und eröffnete das Feuer.

Scharfe, stakkatoartige Befehle ertönten hinter ihm. »Dragoner? Karabiner – um! Pistolen und Säbel – zieht! Mir folgen! *Attacke*!«

Der Dragoner-Captain donnerte so dicht an Quint vorbei, daß sein linker Steigbügel Quints Ellbogen streifte. Die Zügel hielt er zwischen den Zähnen. Der blitzende Säbel war in seiner rechten Hand, eine Pistole in seiner linken. Dichtauf folgten ihm ein halbes Dutzend Dragoner. Sie hielten ebenfalls die Zügel zwischen den Zähnen, hatten schwere Säbel mit Messinggriff, sogenannte ›Handgelenk-Brecher‹, in der Rechten und einschüssige Aston-Pistolen in der Linken. Sie griffen brüllend die dreifache Übermacht der Krieger an. Die großen Dragoner-Pferde krachten gegen die kleineren Ponys der Comanchen. Dragoner parierten Lanzenhiebe oder schlugen gegen Lanzenschäfte. Pistolen knallten. Säbel stießen vor und trafen. Es war zuviel für die Comanchen. Dies war nicht ihre Art Krieg. Die Überlebenden gaben auf und ergriffen die Flucht. Ein weiterer Comanchentrupp formierte sich zum Angriff.

Der Offizier war von einer Lanze an der Uniformjacke gestreift worden. Das Futter einer Tasche war aufgeschlitzt, und die Tasche hing heraus und baumelte, als er auf Quint zuritt und seinen angewinkelten rechten Arm ausstreckte. Quint schob schnell seine rauchenden Colts hinter den Gürtel.

Gerade als der Offizier heran war, fiel ein kleines, dunkles Objekt aus der zerschnittenen Tasche und segelte genau auf Quint zu, der es geschickt auffing. Dann umklammerte Quint mit der rechten Hand den Arm des Offiziers, hielt sich an seinem Säbelgehänge fest, sprang hinter ihm auf und landete auf der Deckenrolle hinter dem Sattel. Sie ritten hinter den Wagen her, gefolgt von den Dragonern, Luke und den Delawaren.

Der Offizier sprach über seine Schulter. »Alles in Ordnung, Sir? Keine Verletzungen?« Seine Stimme hatte einen weichen Virginia-Klang. Sie kam Quint irgendwie bekannt vor.

»Aye, mir geht's prächtig, Captain«, erwiderte Quint. »Kenne ich Sie?«

»Und ob, Quintin Kershaw. Ich bin Captain Shelby Calhoun, First United States Dragoons, zu Ihren Diensten.«

Quint nickte. »So sieht man sich wieder. Sie haben mir das Leben gerettet, Sir.«

Shelby schüttelte den Kopf. »Alles in Ausübung meiner Pflicht. Sie schulden mir nichts. Sie haben mein Kommando heute vor einer sicheren Niederlage und einem Massaker gerettet. Darüber hinaus werden Sie sich erinnern, daß Sie vor acht Jahren meiner Frau und mir das Leben gerettet haben, als uns die Pawneers am McNee's Creek überfielen. Erinnern Sie sich?«

»Aye, ich erinnere mich.«

Die Comanchen verfolgten sie eine Zeitlang, doch sie wurden durch Gewehr- und Karabinerfeuer zurückgehalten, bis sie sich schließlich zurückfallen ließen und anhielten.

Shelby zügelte seinen Braunen in Deckung der Bäume und rief nach seiner Ordonnanz. Er wandte sich Quint zu, als der absaß. »Die Roten werden keine gutbewaffneten Dragoner angreifen, die aus der Deckung heraus schießen. Ich werde meinen Second Lieutenant zurück zu den Pferden und Maultieren schicken, die in Panik davongelaufen sind. Kann ich Ihre Männer zur Unterstützung bekommen?«

Quint lächelte leicht. »Wir sind nur zu viert, Captain.«

»Wollen Sie damit sagen, daß Sie uns zu vier Mann gegen Hunderte von Comanchen zu Hilfe gekommen sind?«

Quint zuckte die Achseln. »Mehr waren und sind wir nicht.«

Shelby musterte ihn. »Es heißt, Sie seien jetzt so etwas wie eine lebende Legende in New Mexico.«

Quint grinste. »Wo haben Sie dieses interessante Märchen gehört?« fragte er trocken.

»Wir haben uns über Sie genau auf dem laufenden gehalten, Quint.«

»Zweifellos durch den guten Doktor Byrne.«

Shelby nickte. »Es geht wenig in New Mexico vor, über das wir nicht Bescheid wissen.«

Quint schaute über die raucherfüllte Ebene. Die Sonne war untergegangen. »Wenn Sie Ihre Männer dort rausschicken, werden Sie sie nie mehr wiedersehen – lebend, meine ich.«

»Die Comanchen sollten bis dahin verschwunden sein.« Shelbys Stimme klang hart. Er war es gewohnt zu befehlen.

Quint schüttelte den Kopf. »Sie werden nach Einbruch der Dunkelheit zurückkommen, um Ihre davongelaufenen Tiere zusammenzutreiben. Sie müssen etwas Profit aus diesem für sie katastrophalen Tag vorweisen können, um nicht das Gesicht zu verlieren.«

»Verdammt! Diese Tiere sind Eigentum der Regierung! Ich bin verantwortlich dafür!«

»Jesus Christus!« stieß Quint kopfschüttelnd hervor. »Wollen Sie einige Ihrer geliebten Dragoner und deren Pferde verlieren, nur um zu beweisen, daß Sie recht haben könnten? Ich sage Ihnen, Calhoun, wenn Sie die Männer dort rausschicken, werden Sie keinen davon und kein Pferd auf dieser Seite der Hölle wiedersehen!«

Shelby rieb sich übers Kinn. Er zupfte an seiner aufgeschlitzten Jacke. »Vielleicht haben Sie recht«, gab er nach einer Weile widerwillig zu. »Schließlich sind Sie der erfahrenere Indianerkämpfer.« Er zog seine Stulpenhandschuhe aus und schob sie hinter seinen Gurt. »Jean spricht manchmal von Ihnen«, fügte er hinzu.

Jean war es gewesen, die Quints Schicksal vor all diesen Jahren vorausgesagt hatte. *»Du wirst in New Mexico eine Zukunft haben, Quintin Ker-Shaw«,* hatte sie gesagt.

»Wir erfuhren natürlich, daß Sie dieses hübsche mexikanische *rico* Kind geheiratet haben, Quint«, sagte Shell Calhoun. »Ich kann mich nicht an ihren Namen erinnern.«

»Sie kannten sie nur als Lupita. Sie ist Guadalupe de Vasquez.«

»Sie haben Kinder?«, erkundigte sich Shelby.

Quint war fest überzeugt davon, daß Shelby über die Kinder Bescheid wissen mußte. In den letzten sieben Jahren hatte es viele geheime, verschlüsselte Korrespondenz zwischen Doktor Tomas Byrne und Senator Alexander Allan gegeben. Allan war Jean Calhouns Vater, ein ehemaliger Colonel der First Dragoons und jetzt Senator von Kentucky und eine Macht in der Regierung der Vereinigten Staaten. Die Korrespondenz hatte dazu gedient, die Vereinigten Staaten über die politische, ökonomische und militärische Situation in New Mexico zu informieren. Quint wußte, daß er und seine Aktivitäten in diesem Schriftwechsel oftmals eine Rolle gespielt hatten.

»Ich habe drei Kinder, Shelby«, sagte Quint. »Meinen ältesten Sohn David, der jetzt neun ist, und die Zwillinge, ein Junge und ein Mädchen, Francisco und Rafaela, jetzt sieben.«

Shelby zog die Lider zusammen. »Der älteste Junge ist neun?« Eine unausgesprochene Neugier war in seinem Tonfall.

»Guadalupe ist nicht seine Mutter«, erklärte Quint. »Sie haben einen Sohn, wie ich hörte.«

»Alexander. Er ist acht. Er weiß viel über Sie von seiner Mutter und seinem Großvater. Sie haben einen ziemlichen Helden aus Ihnen gemacht. Der Junge hält mehr von Ihnen als von Ihrem großen Zeitgenossen und Freund Kit Carson.«

»Das ist gewiß eine große Ehre für mich«, murmelte Quint.

Shelby nickte. »Er redet von nichts anderem, als ein Dragoner zu werden und in den Westen zu ziehen, um gegen Indianer und Mexikaner zu kämpfen.«

»Gegen Mexikaner? Warum gegen Mexikaner? Vielleicht hört er von Ihnen und seinem Großvater zuviel über diese heikle Sache?«

»So ist es. Er ist der Liebling seines Großvaters.«

»Sie haben meine Frage nicht beantwortet«, hakte Quint nach.

»Weshalb Alexander gegen die Mexikaner kämpfen will? Das liegt doch jetzt auf der Hand, nicht wahr?«

Quint war verwirrt. »Nicht für mich, Shelby.«

»Aber – der *Krieg!* Haben Sie nichts vom Krieg gehört?«

Quint starrte ihn an. »Krieg? Wir waren seit Mai östlich des Llano Estacado auf Büffeljagd.«

»Mein Gott! Kein Wunder! Am 13. Mai erklärte der Kongreß Mexico den Krieg. Mein Kommando hier ist ein Aufklärungstrupp für die Westarmee unter dem Befehl von Colonel, Stellvertretender Brigadegeneral Stephen Watts Kearny, First United States Dragoons, bei dem ich die Ehre habe, Adjutant zu sein. Meine Einheit ist die erste Streitmacht der Vereinigten Staaten, die in die Provinz von New Mexico einmarschiert.«

Es kam Quint vor, als wäre es auf einmal viel stiller zwischen den Bäumen, doch er wußte, daß es nur eine Täuschung war, die aus Shelby Calhouns Worten resultierte. Der Krieg war nach New Mexico gekommen!

Die Abenddämmerung hatte sich über das Biwak gesenkt, in

dem Feuerschein mit den Schatten spielte. Der scharfe Geruch von brennendem Holz vermischte sich mit dem von kochendem Kaffee, gebratenem Schweinefleisch, frischem Pferdemist und dem Ammoniakgeruch der Reittiere. Noch vor Sekunden hatte die Szenerie normal gewirkt, routinemäßig, eine Armee-Einheit, die das Essen zubereitet und für die Nacht biwakiert. Jetzt war es irgendwie anders, bedeutungsvoller, als stünde ein großes Ereignis bevor, sogar bei diesem kleinen Biwak von dreißig Dragonern, das verloren in der unermeßlichen Weite der Prärien war. Seit Jahren war der Krieg fast erwartet worden. Jetzt war er da. *Es war Krieg!*

»Ich muß mich um mein Kommando kümmern, Quint«, sagte Shelby. »Sie werden heute abend mit mir essen. Ich habe einige wichtige Papiere bei mir, die Ihnen nach Rio Brioso zugestellt werden sollten. Ich denke, Sie werden sie interessant finden, um es mal milde auszudrücken.« Er schritt in die Schatten davon, eine große, schlanke Gestalt, jeder Zoll ein idealer Dragoner.

Erst als Shelby gegangen war, erinnerte sich Quint an das kleine Objekt, das aus der aufgeschlitzten Jackentasche des Offiziers gefallen war. Er zog es unter seinem Hemd hervor. Es war ein kleines, grünes Samtetui, das von einer winzigen goldenen Haspe verschlossen war. Er öffnete es. Darin befand sich die Daguerrotypie einer Frau, eines jungen Mädchens und eines Jungen. Quint erkannte die Frau sofort. Ihre großen, blauen Augen verrieten wache Intelligenz und einen angeborenen Sinn für Humor. Ihr weich aussehendes, üppiges Haar hatte die Farbe von Mais. Das Gesicht war hübsch, oval geformt mit ebenmäßigen Zügen. Er rief sich in Erinnerung, daß es sommersprossig und von der sengenden Sonne des Santa Fe Trails getönt gewesen war, als er diese Frau damals gesehen hatte. Ihre Nase war leicht keck, der Mund breit, mit perfekten Zähnen und weichen, vollen Lippen. Jean Calhoun, geborene Jean Louise Allan, war wie ein strahlender Sonnenschein im Vergleich zu der sanften, dunklen Mondschein-Schönheit von Lupita. Quint erinnerte sich, wie Luke einst die beiden jungen Frauen verglichen hatte: »*Zu verdammt schade, daß Big Red Badger sie nicht beide nehmen kann. Gutaussehende Frauen. Eine hell wie Sonnenschein, eine dunkel wie Mondlicht. Der Sonnenschein hat 'ne*

Menge Geld; Mondlicht 'ne Menge Land. Beide geben vielleicht 'ne Menge Liebe. Machen das Tipi schön und warm in kalten Winternächten. Wagh!«

Quint rieb ein Zündholz am Daumennagel an und schirmte die Flamme mit der Hand ab, um die Gesichtszüge des Jungen und Mädchens zu mustern. Das Mädchen schien ein wenig älter als der Junge zu sein, vielleicht höchstens ein Jahr. Sie versprach eine Schönheit der zierlichen Art zu werden, mit blassem Teint und dunkler Haar- und Augenfarbe. Sie kam Quint irgendwie vertraut vor. Langsam erinnerte er sich. Vor acht Jahren hatte Jean Allan ihre ältere, schwangere Schwester Catherine nach Santa Fé begleitet, damit das Kind dort in Anwesenheit von Catherines Mann Charles, einem Kaufmann und Händler, geboren werden konnte. Die zerbrechliche Catherine war bei der Geburt des Babys gestorben. Charles hatte keinen Säugling aufziehen wollen. Jean hatte gerade Shelby Calhoun geheiratet und war im Begriff gewesen, mit ihm nach Washington zurückzukehren. Sie hatte sich bereiterklärt, das Baby Catherine mitzunehmen und es in passendem Milieu aufzuziehen. Ein paar Jahre später war Charles Williston vom übermäßigen Trinken gestorben. Es gab für Quint keinen Zweifel daran, daß es sich bei dem Mädchen auf dem Bild um die junge Catherine Williston handelte.

Der Junge war ein hübscher Kerl, der ein kühner Mann zu werden versprach. Er hatte feines, helles Haar wie seine Mutter, eine kräftige Nase und ein ausgeprägtes Kinn. Doch es waren seine Augen, die einen in den Bann zogen und darin hielten. Und es gab keinen Zweifel an *ihrer* Herkunft.

Quint blies das Zündholz aus. »Mutter Gottes«, murmelte er.

14

»Möchtest du 'ne Tasse Kaffee, Quintin Kershaw?« fragte eine unverkennbar irische Stimme hinter Quint.

Quint wandte sich um. »Mike Quinn! Lange nicht gesehen!«

Der Sergeant grinste, als er Quint einen Schinken von Hand entgegenstreckte. »Bent's Fort. Mai '42. Ich war dort mit Captain Cooke auf Eskorten-Dienst, als du auf deinem Weg nach Saint Looey dort durchkamst.«

Luke nickte. »Da haben wir uns allesamt besoffen und anschließend einen Tag verloren.«

Mike reichte ihnen zwei Becher Kaffee. Er warf einen Blick über die Schulter und zog dann eine schwarze Flasche aus der Innentasche seiner Uniformjacke. »Ein bißchen von dem Stoff, um die Nachtkälte zu vertreiben«, raunte er. Er gab einen Schuß Branntwein in den Kaffee. »Der Captain selbst trinkt nichts Scharfes, besonders nicht auf dem Schlachtfeld, Jungs.«

Ein Schuß krachte, als ein Dragoner sein verletztes Pferd von seinen Qualen erlöste. Shelbys Stimme ertönte. Er stauchte einen Soldaten zusammen, weil er vor dem Essen seine Waffen nicht ordentlich gereinigt hatte.

»Ein scharfer Hund, was, Mike?« fragte Luke.

Mike nickte. »Nur Pferde, Muli, Waffen, Wagen und Dragoner bedeuten ihm etwas – in dieser Reihenfolge. Doch er ist ein verdammt guter Soldat. War Drittbester in seiner Klasse auf der Akademie. Diente in Ehren und Würden drei Jahre lang in den Plains. Wenn einer ihn kennt, dann ich. Ich war nämlich in diesen Jahren Corporal in seinem Zug. Das Regiment beschenkte ihn damals mit einem Paar prächtiger, silberverzierter Pistolen für seinen Dienst.« Er sah Quint mit seinen blauen Augen an. »Ich hab' mich schon oft gefragt, was aus ihnen geworden ist.« Er grinste.

»Sie gehören jetzt einem Pawnee-Häuptling«, sagte Luke. »Big Red Badger hier hat sie ihm als kleine Aufmerksamkeit geschenkt.«

Quint zuckte mit den Schultern. »Calhouns Leben und das seiner zukünftigen Frau stand auf dem Spiel.«

Mike nickte. »Ich kenne die Geschichte. Das war '38. Er war auf dem Weg nach Santa Fé und Chihuahua, angeblich auf Krankheitsurlaub von der Armee.«

»Doch in Wirklichkeit, um sich den Santa Fé Trail, New Mexico und Chihuahua anzusehen, mit dem Hintergedanken, daß eines Tages die Vereinigten Staaten dort Truppen, Artillerie und Versorgungszüge bewegen möchten«, fügte Luke trocken hinzu.

»Hat er deshalb das Kommando über diesen Erkundungstrupp erhalten?« fragte Quint.

»Es gibt keinen besseren Mann für den Job, Quint.«

»Ist er deshalb um ein Haar in einen Hinterhalt der Comanchen geritten, ohne Scouts vorauszuschicken?« fragte Luke.

Mike hob kurz die breiten Schultern. »Er weigerte sich in Fort Leavenworth, einige Pawnee- und Delawaren-Scouts mitzunehmen. Sagte, er käme selbst zurecht. Man sagte ihm, daß die Comanchen allen Weißen den Krieg erklärt haben, weil sie von einer Seuche heimgesucht wurden, die ihrer Meinung nach von den Soldaten eingeschleppt wurde. Die Roten sagen, die Soldaten blasen kranken Atem auf ihre Kinder. Bullenscheiße! Sie wollen nur leichte Beute machen, wie die Kiowas und Pawnees es bereits taten. Jedenfalls kann man dem Captain nicht viel sagen, wenn er sich mal etwas in den Kopf gesetzt hat.«

»Er erzählte mir, Colonel Kearny befehlige eure Armee im Westen. War Kearny nicht letztes Jahr der kommandierende Offizier eines Erkundungstrupps am South Paß?« fragte Quint.

»Aye. Der feinste Offizier in der ganzen verdammten Army! Stephen Watts Kearny! Offizier und Gentleman. Befehlshabender Offizier von Fort Leavenworth und der großartigen Ersten Dragoner, dem Elite-Regiment der Armee. Ein Mann aus New Jersey. 52 Jahre alt. Ausgezeichnet wegen Tapferkeit bei Queenston Heights am Niagara River, als er Lieutenant in der 13. Infanterie im Krieg von 1812 war. 34 Jahre im Dienst. Ein Soldat von einem Soldat ist das! Ein richtiger Profi und Meister in seinem Job. Einige sagen, er wäre so gut wie Winfield Scott und Zachary Taylor. Ich sage, er ist besser als die beiden zusammen.«

»Was ist Calhouns Mission?«

»Ein Auftrag von Kearnys Stab. Einige sagen, er bekam den Captains-Rang und den Posten im Stab der Westarmee durch seinen Schwiegervater, Senator Allan. Vor dieser Berufung war er in Washington stationiert, im Generalstab als Berater für das Komitee für militärische Angelegenheiten.«

»Es hilft, Verwandte und Freunde in hohen Positionen zu haben«, bemerkte Luke. »Wie nennt man das noch mal, Big Red?«

»Vetternwirtschaft. Sowohl Washington als Santa Fé sind damit verseucht.«

Mike zuckte mit den Schultern. »Trotz allem hätte Kearny

ihn nicht als Captain für seinen Stab akzeptiert, wenn er kein erstklassiger Soldat wäre.«

Shelby Calhoun hatte sich dazu gezwungen, sich nicht besser zu verpflegen als die gemeinen Soldaten, wenigstens im Felde. Das Essen der Offiziere wurde auf verbeulten Blechtellern und der starke Kaffee in angeschlagenen Steingutbechern serviert. Calhouns Stellvertreter war der junge Lieutenant Claiborne Griffin, ein Pionier-Offizier aus Pennsylvania, der erst vor einem Jahr die Militärakademie verlassen hatte. Er war ein blonder, grauäugiger junger Mann, der oft lächelte. Die Offiziere und ihre beiden Gäste saßen auf gefällten Baumstämmen und balancierten ihre Teller auf den Knien.

»Wie viele Männer haben Sie in Ihrer Westarmee?« fragte Quint im Plauderton.

Shelby stellte seinen leeren Teller ab. »Nichts für ungut, Quint, doch Sie könnten als ein loyaler mexikanischer Bürger betrachtet werden.«

»Und wenn ich einer bin?«

Clay Griffin warf einen schnellen Blick zu Quint. »Dann besteht die Möglichkeit, daß Sie eine solche Information unabsichtlich den mexikanischen Behörden verraten.«

Shelby nickte zustimmend.

Quint lächelte leicht. »Wenn Ihr Krieg seit Anfang Mai im Gange ist, glauben Sie, dann wüßten die mexikanischen Behörden nicht, daß Ihre Westarmee auf dem Weg ist, wie stark sie genau ist, über wieviel Artillerie sie verfügt und wie groß der Wagentroß ist?«

Luke fügte hinzu: »In den Wochen, in denen Sie sich in Fort Leavenworth vorbereiten, haben Reisende und Händler davon erfahren, deren Ziel Santa Fé war. Schlechte Nachrichten reisen schnell auf den Prärien. Indianer nennen sie ›Mokassin-Nachrichten‹.«

»Sie sagten, ich *könnte* als loyaler mexikanischer Bürger betrachtet werden«, sagte Quint. »Sie hatten anscheinend Zweifel. Warum?«

»Meine Antwort auf diese Frage hängt davon ab, ob Sie den Anspruch der ehemaligen Republik Texas akzeptieren oder nicht, daß der Rio Grande del Norte ihre westliche Grenze ist, im Gegensatz zu der Ansicht Mexikos, die den Nueces als

Grenze betrachtet. Ein Unterschied von rund 250 Meilen von Ost nach West. Sie wissen natürlich, daß die Republik Texas jetzt ein Teil der Vereinigten Staaten ist, nach dem Krieg gegen Mexiko und der Annexion von Texas. Nach der Annexion New Mexicos wird allen mexikanischen Staatsbürgern ein Jahr lang erlaubt werden, Bürger der Vereinigten Staaten zu werden. Wenn sie das nicht wollen, werden sie aufgefordert, Texas zu verlassen, das heißt die frühere Provinz New Mexico, die dann ja wieder ein Teil von Texas ist. Folglich, Quint, wenn Sie die Voraussetzungen akzeptieren, daß die westliche Grenze der Republik Texas der Rio Grande del Norte ist, bedeutet das, daß Sie nicht länger ein Staatsbürger Mexikos, sondern vielmehr einer der Vereinigten Staaten sind.«

Luke stieß einen leisen Pfiff aus. »Bei Gott! Wenn der Rio Grande die westliche Grenze der Republik Texas *ist*, und Texas ist ein Teil der Vereinigten Staaten, dann schließt das deine *hacienda* El Cerrillo im Taos Valley ebenso ein wie den Besitz am Rio Brioso.«

Quint nickte. »Vergiß nicht, daß es ebenso Santa Fé, Albuquerque, El Paso Del Norte und an die fünfzigtausend Leute von New Mexico einschließt.«

Shelby lächelte. »Genau. Sie sehen also, daß es überhaupt keine richtige Invasion ist, sondern nur eine Besetzung von Territorium durch die Vereinigten Staaten, das seit der Annexion von Texas rechtmäßig uns gehört.«

»*Manifest Destiny!*« murmelte Quint. »Das Schicksals-Manifest.«

»Wir denken das gleiche, Quint.«

Quint schüttelte den Kopf. »Nicht ganz. Mexiko hat nie den Rio Grande als westliche Grenze von Texas anerkannt. Für mich scheint es mehr eine Sache der Einigung zwischen den beiden Regierungen zu sein, als Krieg, Invasion und Besetzung.«

Lieutenant Clay widersprach: »Zu spät. Die Westarmee ist bereits auf dem Weg, um New Mexico und Kalifornien in Besitz zu nehmen.«

Quints Augenbrauen ruckten hoch. »*Kalifornien*? Das ist verdammt weit *westlich* vom Rio Grande.«

Clay schürte das Feuer um den Kaffeekessel herum. »*Manifest Destiny*, Quint. Ihre eigenen Worte.«

»Ich sagte nicht, daß ich damit einverstanden bin.«

Clay sah auf. »Aber Sie können nicht viel dagegen tun, oder?« fragte er kühl.

Shelby nickte. »Die Mexikaner werden vermutlich keinen Widerstand leisten. Sie haben nicht die Truppen, Waffen und den Willen, um zu kämpfen. Wenn sie verrückt genug sind, Widerstand zu leisten, werden wir sie zur Seite fegen wie Strohpuppen.«

»Manuel Armijo ist kein Feigling. Ebensowenig sind es die mexikanischen Staatsbürger New Mexicos. Sie werden kämpfen, wenn sie gut geführt werden.«

Shelby schüttelte den Kopf. »Selbstmord. Wir wissen fast bis auf den Mann genau, wie viele Soldaten er hat, einschließlich eines gewissen Subteniente Quintin Kershaw, Commander der Rural Mounted Militia von Rio Brioso und der Mora. Kurz gesagt, Kershaws Kompanie.« Er lächelte. »Jeder Widerstand ist Selbstmord. Wenn Sie ziemlich sicher sind, daß die Mexikaner unsere Stärke kennen, die Qualität unserer Truppen und die Zahl unserer Waffen, dann sehe ich keinen Grund, weshalb ich Sie nicht ebenfalls informieren kann. Wir haben eine hervorragende kleine Armee, die in New Mexico einmarschiert, um einen hervorragenden kleinen Krieg zu machen. Drei Schwadronen der Ersten Dragoner. Das Erste Berittene Freiwilligen-Regiment Missouri. Die Laclede Ranger, eine Ersatztruppe Kavallerie von Saint Louis, die den Ersten Dragonern angeschlossen ist. Zwei Kompanien Berufs-Infanterie. Ein Bataillon Freiwilligen-Infanterie von Missouri. Zwei Artillerie-Kompanien, zu einem Leichten Artillerie-Bataillon mit 6-Pfünder-Geschützen und 12-Pfünder-Haubitzen zusammengeschlossen – sechzehn Geschütze insgesamt, die Kanonen-, Schrapnell- und Kartätschenfeuer schießen können. Captain Fischers Artillerie-Kompanie wurde aus deutschen Emigranten rekrutiert, die in Saint Louis leben. Dann gibt es die üblichen Stabstruppen, eine Abteilung Pioniere und fünfzehn Delawaren- und Shawnee-Scouts, insgesamt über 1700 Mann. Zwei weitere Einheiten werden gebildet, eine Kavallerie, eine Infanterie. Die Kavallerie besteht aus Freiwilligen der Zweiten Missouri, die sich nun in Fort Leavenworth formiert. Die Infanterie wird ungewöhnlich sein, um es mal milde auszudrücken.«

»Fünfhundert Mormonen«, murmelte Clay Griffin ironisch. »Mein Gott...«

»Heilige?« fragte Luke ungläubig.

Shell Calhoun nickte. »Brigham Young befahl ihnen, den Vereinigten Staaten zu dienen. Colonel Kearny war nicht scharf darauf, sie zu bekommen, doch wir sind kopflastig mit Kavallerie und knapp an Infanterie. Die ›Pukes‹, die Missourier, weigern sich, zu Fuß zu gehen, wenn sie reiten können. So waren wir gezwungen, die Heiligen zu nehmen.«

»Vielleicht haben Sie Probleme, mit ihnen zurechtzukommen«, sagte Luke.

Shell Calhoun lächelte. »Der Colonel kümmert sich darum. Er schickte ihnen einen seiner besten Offiziere als Commander. Captain James Allen von den Ersten Dragonern. Wenn jemand die Mormonen zu einigermaßen annehmbaren Soldaten machen kann, dann er.«

Luke schüttelte den Kopf. »Wie werden sie mit den Missouriern zurechtkommen? Es war nie eine große Liebe zwischen ihnen.«

»Sie hassen einander mehr, als sie die Mexikaner hassen«, sagte Clay. »Die Armee Gottes marschiert mit uns nichtjüdischen Sündern! O mein Gott!«

Shell Calhoun neigte sich zu Quint. »Erinnern Sie sich an die interessante Unterhaltung, die wir in Doktor Byrnes Bibliothek in Santa Fé hatten, als wir '38 dort waren?«

»Ich habe sie nie vergessen«, sagte Quint. Das hübsche Gesicht von Jean Calhoun tauchte plötzlich vor seinem geistigen Auge auf. Sie war bei diesen hochinformativen Sitzungen dabei gewesen.

»Zu dieser Zeit«, fuhr Shell Calhoun fort, »schien es bei Ihnen und solchen Amerikanern wie Doktor Byrne, Ceran St. Vrain, den Bent-Brüdern und vielen anderen keinen Zweifel daran zu geben, daß die Vereinigten Staaten New Mexico annektieren sollten und müßten.«

Quint füllte seinen Kaffeebecher auf. Damals hatte Quint keinen Penny besessen. Er war in Schottland geboren, in Kanada aufgewachsen, im amerikanischen Westen als Mountain Man, als Trapper, erwachsen geworden, und er hatte sich als Amerikaner betrachtet, ohne sich offiziell einbürgern zu lassen. Sowohl William Bent als auch Ceran St. Vrain hatten ihm New Mexico für seine Zukunft empfohlen. Ihre Schätzung, wieviel Zeit die Vereinigten Staaten brauchten, um New Mexico auf die eine oder andere Weise zu übernehmen, hatte zwischen fünf und sieben Jahren gelegen, gewiß nicht mehr als zehn. Das war im Juni 1838 gewesen. Jetzt war es Juli 1846. Acht Jahre waren vergangen seit diesen Gesprächen über die Zukunft New Mexicos.

»Es gibt einige wichtige Fakten hinsichtlich Ihrer Position in New Mexico, und ich bin mir ziemlich sicher, daß Sie darüber bereits im Bilde sind«, sagte Shell Calhoun.

»*Meine* Position?« Quint lächelte matt. »Hat die etwas mit der Annexion New Mexicos durch die Vereinigten Staaten zu tun?«

Shell Calhoun nickte. »Ihr Rio Brioso-Besitz ist ein entscheidender strategischer Punkt für die Invasion, mit Zugang nach Westen durch die Pässe der Sangre de Cristos, durch das Taos Valley und angrenzend an den Santa Fé Trail mit seiner Route nach Santa Fé. Ihre *hacienda* und Siedlung könnte als vorübergehendes Fort und als Basis dienen, bis die Vereinigten Staaten ständige Anlagen errichten können. Sie haben gewaltige Schaf- und Rinderherden, Pferde, Maultiere und Ochsen und ebenfalls Zugang zu dem Vieh des Mora Valleys. Die körperlich fähigen Männer würden ausgezeichnete irreguläre berittene Truppen von Schützen sein, wenn sie in die Dienste der Vereinigten Staaten treten. Da gibt es auch noch andere Gesichtspunkte, wenn es Sie interessiert.«

»Fahren Sie nur fort«, sagte Quint trocken.

Shell Calhoun öffnete seine Meldetasche und zog zwei Papiere hervor. »Dies sind offizielle Dokumente zu Ihrer Erwägung. Eines verfügt die Requirierung von Proviant, Zugtieren und Futter von Ihrem Besitz am Rio Brioso. Das andere Dokument ist ein vorübergehendes Patent als Lieutenant der Freiwilligen Berittenen Schützen in der Armee der Vereinigten Staaten. Es ist unterzeichnet vom Kriegsminister. Es ist noch kein Name in dieses Patent eingetragen. Ich bin von Colonel Kearny ermächtigt, Ihren Namen einzutragen und Sie auf den Dienst für die Vereinigten Staaten von Amerika zu vereidigen. Was sagen Sie dazu, Quintin Kershaw?«

Quint schaute sich die Papiere einen Augenblick lang an. Dann sah er zu Shell Calhoun auf. »Sie wissen, daß Rio Brioso ein lebenswichtiger Teil der Verteidigungsmaßnahmen für die nordöstliche Grenze der Provinz ist. Tatsache ist, daß es die *einzige* Verteidigungsmaßnahme an dieser Grenze ist. Nach mexikanischem Gesetz, wenigstens nach der Meinung von Gouverneur Armijo, bin ich ein *subteniente* der Rural Mounted Militia und unter Eid verpflichtet, die Provinz im Kriegsfall zu verteidigen. Ich habe mich zu dieser Funktion gesetzlich verpflichtet, was einer Anerkennung dieses Amtes und der Verantwortung für die Verteidigung der nordöstlichen Grenze gleichkommt. In diesem Fall kann ich keine Funktion in Diensten einer ausländischen Regierung annehmen.«

Clay starrte Quint an. »Sie betrachten die Vereinigten Staaten als *ausländische* Regierumg, Sir?« fragte er kalt.

Shell gebot Clay mit erhobener Hand Einhalt. »Das ist die gleiche Frage wie zuvor, Clay: Ob Mister Kershaw die Souveränität der Vereinigten Staaten in New Mexico bis zum Rio Grande anerkennt oder nicht.«

Quint lächelte. »Sie haben mir noch keine Zeit gelassen, diese Sache zu überdenken, Shell.«

Shell Calhoun nickte. »Stattgegeben. Ich nehme an, das gilt auch für die Requirierung?«

»Sie wissen gewiß aus Ihren zuverlässigen Informationsquellen, daß mir Rio Brioso überhaupt nicht ganz gehört. Ich bin nur einer von vier Partnern, wenn auch der einzige aktive, der in den letzten sieben Jahren als *hacendado* fungiert.«

Clay blickte verwirrt drein. »Das wußte ich nicht.«

Shell Calhoun sah den jungen Lieutenant an. »Die anderen Partner sind Doktor Byrne, Gouverneur Armijo und Gertrudis Barcelo, bekannter als La Tules, die berühmte Monte-Spielerin von Santa Fé.«

»Und alle drei sind mexikanische Staatsbürger«, fügte Quint hinzu. »Selbst wenn Tom Byrne und ich zustimmten, könnte La Tules dagegen sein, und Armijo wäre mit Sicherheit nicht einverstanden. Überdies muß der Gouverneur inzwischen wissen, daß seiner Provinz eine Invasion bevorsteht. Er hat vermutlich schon eine Requirierung von Rio Brioso verfügt und meine Befehle für den aktiven Dienst geschickt.«

Shell zuckte mit den Schultern. »Mir scheint, wir sind also wieder genau da, wo wir angefangen haben. Bei der Frage nach der westlichen Grenze des neuen Staates Texas.«

Quint nickte. »Der Kreis schließt sich, Shell.«

»Ich muß Sie daran erinnern, daß wir nicht viel Zeit haben. Die Invasion New Mexicos findet im August statt. Rio Brioso wird von der Westarmee besetzt werden. Das, Sir, ist *absolut sicher*!«

Die Entscheidung lag allein bei Quint. Es gab niemand, an den er sich um Rat wenden konnte.

»Jeder Widerstand ist sinnlos«, fügte Shell hinzu. »Weitere Truppen werden kommen. Sie werden unbesiegbar sein. New Mexico und dann Kalifornien werden uns gehören. Amerikanische Siedler, die begierig auf Land sind, werden zu Hunderttausenden kommen. Harte Siedler, die sich wie eine Lawine im Südwesten ausbreiten werden. In zwanzig Jahren werden die Vereinigten Staaten den Westen vom Mississippi bis zum Pazifischen Ozean und von Kanada bis zur mexikanischen Grenze völlig besetzt haben.«

Clay erhob sich. »*Manifest Destiny!*« rief er dramatisch. Er war sehr jung. Er sah die zwei zynisch lächelnden Männer der Berge und errötete tief.

Shell Calhoun stand ebenfalls auf. »Wollen Sie nicht Ihre Entscheidung abwägen und dieses Offiziers-Patent annehmen, Quint?«

Luke war außerhalb von Quints Gesichtsfeld. Er machte Shell auf sich aufmerksam, schüttelte den Kopf und formte lautlos Worte mit den Lippen: »Geben Sie ihm Zeit.«

Shell Calhoun nickte. »Ich glaube, ich verstehe Ihre Situation, Quint. Es ist eine bedeutende Entscheidung, vielleicht die größte, die Sie je im Leben treffen müssen. Wenn Sie dieses Offiziers-Patent annehmen und wenn die Westarmee von den Mexikanern besiegt wird, gewiß eine entfernte Möglichkeit, werden Sie als Staatsverräter betrachtet und verlieren alles, vielleicht sogar Ihr Leben.«

Quint erhob sich. »Sie glauben nicht wirklich an die entfernte Möglichkeit, daß Sie besiegt werden, oder?«

»Ich hoffe, daß es nicht geschehen wird.«

»Meine Entscheidung würde nicht auf solch einer entfernten

Möglichkeit beruhen. Es ist nicht mein Besitz oder mein Leben, die zur Debatte stehen. Es ist eine Frage des Prinzips, vielleicht sogar der Ehre, Sir.«

Quint erkannte plötzlich, wie scheinheilig diese Worte waren. Niemals während dieser acht Jahre in New Mexico hatte er je etwas anderes gedacht, als daß die Vereinigten Staaten irgendwann New Mexico besitzen würden. Er mußte an Guadalupe und die Kinder denken. Er war nach New Mexico gekommen mit nichts als seiner schottischen Entschlossenheit, Mut, Ehrgeiz und seinem Hawken-Gewehr. Jetzt war er Don Quintin Kershaw, Besitzer von El Cerrillo und *hacendado* von Rio Brioso. Er konnte ohne den Besitz auskommen. Wohlstand als solcher bedeutete ihm wenig. Es gab weiteres Land, das er haben konnte. Doch er konnte nicht ohne seine Frau und die Kinder leben. In Wahrheit galt seine Sorge nicht einmal so sehr den Kindern, sondern Guadalupe. Die Kinder waren zu jung, um sich auf die Dauer viel daraus zu machen, ob sie nun Mexikaner oder Amerikaner waren. Bei Guadalupe war das anders. Sie war mit Herz und Seele eine Staatsbürgerin New Mexicos, eine direkte Nachfahrin von Rodrigo de Vasquez, einer von Onates 130 ›Waisen‹.

»Ich werde Ihnen einen meiner Delawaren als Scout überlassen, Shell«, bot Quint an. »Der junge Joshua wird nicht als mexikanischer Staatsbürger akzeptiert, nicht einmal als amerikanischer, doch Sie werden keinen besseren und treueren Mann finden.« Er lächelte leicht.

Shell Calhoun nickte. »Vielen Dank. Heißt das, daß Sie uns in Rio Brioso keinen Widerstand leisten werden?«

»Das heißt nichts anderes, als daß ich um Ihre Sicherheit und die Ihres Kommandos besorgt bin«, erwiderte Quint lächelnd. »Bis jetzt habe ich noch keinerlei Befehle von meiner Regierung erhalten.«

»Die Befehle könnten da sein, wenn Sie in Rio Brioso eintreffen«, gab Shell zu bedenken.

»Möglich. Lassen wir das Problem mal auf uns zukommen.«

Sie drückten sich die Hände und sahen einander in die Augen. Sie achteten sich gegenseitig, auch wenn sie keine Freunde waren und es unwahrscheinlich war, daß sie jemals welche werden würden.

Quint, Luke und Moccasin ritten durch die Dunkelheit davon und folgten der Reihe der Bäume, die den Creek säumten.

Luke bedachte Quint mit einem Seitenblick. »Er hat recht, weißt du.«

Quint stützte eine Hand auf den Sattel und schaute zurück zum Biwak.

»Es mußte so kommen, Big Red«, sagte Luke.

Quint wandte sich wieder um und schaute über die dunkle Prärie. »Ich weiß, Luke«, sagte er mit ruhiger Stimme. »Ich *weiß*...«

15

Die Sonne des späten Nachmittags blitzte auf etwas glänzend Poliertem. Ein schwacher Staubschleier verwehte. Eine Trompete ertönte schwach in der Ferne.

Quint stieß seinen rechten Arm hoch. »*Parada! Parada!*« rief er. Die Kolonne hielt in eine Staubwolke eingehüllt. Sie war weniger als fünf Meilen von Rio Brioso entfernt und auf dem letzten Tagesmarsch vom Carrizo Creek aus.

Luke stellte sich in den Steigbügeln auf und beschattete die Augen gegen die Sonne. »Soldaten, Big Red. Doch das können *noch* keine Amerikaner sein.«

Quint zog das Fernrohr aus dem Futteral und richtete es auf die entfernte Kolonne. Sie bewegte sich jetzt schneller. Das schwache Trommeln von Hufschlag war zu vernehmen. Abermals schmetterte die Trompete. Ein Trupp Soldaten galoppierte der Kolonne voraus und bildete eine Schützenlinie.

»Was zur Hölle ist da los?« fragte Luke.

Die nahenden Reiter bewegten sich einen langen, sanft abfallenden Hang hinab auf ein weites, ausgetrocknetes Flußbett zu. Durch die starke Teleskoplinse waren jetzt Einzelheiten zu erkennen. Die Soldaten trugen hellblaue Uniformjacken mit scharlachroten Kragen und Manschetten, dunkelblaue Hosen mit tiefroten Streifen an den Nähten und Lederhalbstiefel. Ihre Tschakos waren aus mattschwarzem Leder und hatten oben purpurrote Pompons. Eine rot-weiß-grüne Fahne flatterte im Wind.

Quint schob das Fernrohr zusammen. »Die Santa Fé Kompanie der Aktiven Miliz Kavallerie. Unter dem Kommando von Captain Diego de las Casas, Adjutant von Gouverneur Armijo, Vetter ersten Grades von meiner Frau mütterlicherseits und ein arroganter Hurensohn. Sein Anblick kotzt mich an.«

»Was tut er hier draußen?«

»Rate mal.«

Quint schaute zurück über die staubige Kolonne. Seine *ciboleros* hatten zwei höllische Monate überlebte, die Texas-Herde aufgespürt, Büffel abgehäutet und die Häute präpariert, das dürftige Fleisch getrocknet, und jetzt kam eine Kompanie mexikanischer Kavallerie, bevor sie auch nur zu Hause waren. Es gab für Quint keinen Zweifel, *weshalb* die Kavallerie der Karawane entgegenkam. Diego de las Casas wollte die Mittel des nordöstlichen Grenzlandes und besonders der Rio Brioso beschlagnahmen, um der bevorstehenden amerikanischen Invasion Widerstand leisten zu können. Darüber hinaus war er gekommen, um die Loyalität eines gewissen Don Quintin Kershaw zu überprüfen.

»Calhoun und seine Dragoner könnten in ein paar Tagen hier sein«, erinnerte Luke Quint. »Netter Empfang.«

»Dann solltest du besser auf unserer Fährte zurückreiten, Luke. Sorg dafür, daß sie außer Sicht bleiben, bis die Mexikaner verschwunden sind oder wenigstens, bis Calhoun große Verstärkung erhalten hat. Ich will keinen Kampf am Rio Brioso, wenn ich ihn verhindern kann. Jedenfalls jetzt noch nicht.«

Luke nickte. »Hast du dich entschieden, auf welcher Seite du kämpfen wirst?«

»Warum?«

»Wenn de las Casas herausfindet, daß du mich zurückgeschickt hast, um Calhoun zu warnen, dann ist das so etwas wie Verrat an Mexiko, oder nicht, Big Red?«

»Nun, Wandering Wolf, es hängt immer noch von der wichtigen und entscheidenden Tatsache ab, ob die westliche Grenze von Texas der Nueces oder der Rio Grande ist oder nicht.«

»So?«

Quint sah Luke von der Seite an. »Das ist eine gute Frage. Ich bin froh, daß du sie gestellt hast. Und jetzt verschwinde höllisch schnell!«

Luke zog seinen Mustang um die Hand, trat ihm hart mit den Hacken in die Flanken und preschte an der langen Kolonne entlang, daß die Hufe trommelten und dünner Staub aufstieg.

Die Trompete schmetterte. Kolonne und Schützenlinie der Mexikaner hielten. Ein Offizier auf einem prächtigen Rapphengst ritt vor, gefolgt vom Trompeter und Fahnenträger. Die Sonne funkelte auf dem silberbeschlagenen Sattel und dem Säbelgriff des Offiziers.

Captain de las Casas bot einen imponierenden Anblick mit einem himmelblauen Umhang über seinen Schultern, der hellblauen Uniformjacke mit scharlachroten Manschetten und Kragen und Epauletten. Seine Hose war dunkelblau. Sie hatte doppelte, dunkelrote Streifen an den Außennähten und war an der Sitzfläche und den Innenseiten der Oberschenkel mit Antilopenleder besetzt. Er trug die scharlachrote Seidenschärpe eines Stabsoffiziers. Er war der Adjutant von Gouverneur Armijo. Sein langer Säbel mit dem kunstvoll gearbeiteten Griff und der roten Quaste hing an der linken Seite seines Sattels. Zwei Pistolen steckten in Sattelholstern.

Diego hob lässig seine rechte Hand zum steifen Messingschirm seines mattschwarzen Leder-Tschakos mit der dreifachen Kokarde in den Nationalfarben, Rot, Grün und Weiß und dem Nationalwappen Mexikos. Oben auf dem Tschako thronte ein blutroter Pompon.

Quint hob seine Rechte zum Gruß. »Eine angenehme Überraschung, Diego de las Casas«, sagte er.

Diego war auf hochmütige Weise hübsch. Er hatte eine aristokratische Nase, schwarze Augen, dünne Lippen und dunkle, pockennarbige Haut.

Er blickte zu der dünnen Staubfahne, die hinter Lukes galoppierendem Pferd aufstieg. »Seien Sie gegrüßt, Quintin Kershaw«, erwiderte er. »Wer ist dieser Reiter?«

Es hatte keinen Sinn zu lügen. »Luke Connors, Diego«, antwortete Quint.

Diego sah ihn schnell an. »Der *Montero Americano*? Der mit dem Aussehen eines hungrigen Wolfes?« Er lächelte, doch es war ein aufgesetztes Lächeln, das seine Augen nicht erreichte.

»Er hat etwas im letzten Nachtcamp vergessen«, sagte Quint. »Er reitet zurück, um es zu holen.«

»Am Carrizo?«

»So weit wären wir seit dem Morgengrauen von dort aus nicht gekommen.«

Die schwarzen Augen musterten Quint. Wieviel wußte Diego wirklich? Diego schaute zu der Kolonne der Wagen. »Die Jagd war gut?« erkundigte er sich.

»Sie können sich selbst davon überzeugen.«

»Gab es irgendwelchen Ärger mit den Comanchen?«

Quint wäre fast in die Falle getappt. »Nur wenig«, gab er zu. »Sie waren zu beschäftigt mit der Jagd, um uns zu behelligen.«

»So? Ist das nicht ungewöhnlich?«

Quint zuckte die Achseln. »Wer weiß? Unsere Medizin war gut, Diego. Hier sind wir wieder, gesund und munter.«

»Sie wissen von dem Krieg?«

»Ja.«

»Wer hat Ihnen davon erzählt?« fragte Diego wie aus der Pistole geschossen.

»Einige Comancheros auf ihrem Weg nach Bent's Fort«, erwiderte Quint lässig. »Ist der Krieg der Grund für das Vergnügen, hier Ihre Gesellschaft zu haben, Cousin?«

Diego de las Casas sah Quint forschend an. Dessen narbiges Gesicht wirkte ohne Falsch. Doch man konnte diese verdammten *gringos* nie durchschauen, diese gräßlichen *Montero Americanos*. Sie konnten einem offen ins Gesicht lügen und einen glauben machen, daß sie die Wahrheit sagten. Ganz gleich, später würde er die *ciboleros* von der Mora heimlich fragen. Es war sinnlos den *ciboleros* von Rio Brioso Fragen zu stellen, ebenso irgendeinem der Leute der Siedlung. Ihre Treue zu ihrem *patrón* stand außer Frage.

Diego de las Casas lächelte dünn. »Ich war in Rio Brioso mit dem Befehl von Seiner Exzellenz Gouverneur Armijo, die Ressourcen der Rio Brioso und der Mora heranzuziehen, um einer erwarteten Invasion New Mexicos durch die Streitkräfte der Vereinigten Staaten, der sogenannten Westarmee, Widerstand zu leisten.«

Quint nickte. »Das war zu erwarten.«

»Ich habe ebenso einen vom Gouverneur unterzeichneten Befehl, Don Quintin Kershaw, der Sie vorübergehend zum Captain der Aktiven Berittenen Miliz der Provinz von New

Mexico befördert. Sie haben außerdem die Verantwortung und die Pflicht, eine Kompanie berittener Schützen aus tauglichen Männern von Rio Brioso und der Mora aufzustellen, um die nordöstliche Grenze der Provinz zu verteidigen.«

»Wann erwartet man das von mir, Diego?«

»Sofort.«

»Aber ich war über zwei Monate auf der Jagd! Ich muß mich um die Verteilung der Häute und des Fleisches zwischen Rio Brioso und der Mora kümmern. Ich muß auf den *haciendas* nach dem Rechten sehen. Sie waren in guten Händen, aber man weiß doch, daß manches vernachlässigt wird und die Leute ein wenig lasch werden, wenn der *patrón* nicht da ist und...«

Diego de las Casas unterbrach ihn bei seinen Einwänden. »Um diese Dinge können Sie sich kümmern, ob Sie nun Ihre Beförderung und die Mobilmachung der Miliz-Kompanie akzeptieren oder nicht. Außerdem habe ich den Befehl vom Gouverneur, Pferde, Mulis, Ochsen, gewisse Nahrungsmittel, Futter für die Tiere und jede überschüssige Waffe zu requirieren.«

Jetzt erkannte Quint schlagartig, weshalb Diego de las Casas von Rio Brioso aus dem Treck entgegengeritten war. Sein Trupp war den *ciboleros* zahlenmäßig unterlegen, und es war leichter, seine Forderungen bei Quint durchzusetzen, als wenn Quint in Rio Brioso gewesen wäre, umgeben von seinen eigenen, völlig loyalen Leuten. Der Gouverneur hatte Diego vermutlich vor dieser Tatsache gewarnt. Manuel Armijo war an Rio Brioso beteiligt und ein Freund von Quint. Doch er war nicht so naiv, um zu glauben, daß in Kriegszeiten diese Partnerschaft und Freundschaft ausreichten, um sich Quints Loyalität zum Gouverneur und Mexiko zu sichern.

Quint versuchte Zeit zu schinden. »Ich werde mir Ihre Requirierungsbefehle ansehen, wenn ich zu Hause bin, Diego«, versprach er in herzlichem Tonfall. »Die Pferde, Mulis und Ochsen sind kein Problem, wie es bei Lebensmitteln und Futter der Fall ist. Mit den Waffen ist das auch so eine Sache.«

»So? Es ist allgemein bekannt, daß die Leute von Rio Brioso die am besten bewaffneten in der Provinz sind. Sie sind sogar besser bewaffnet als die Soldaten in New Mexico.« Er lächelte schmal. »In Wirklichkeit habe ich bereits genügend von Ihren

Vorräten an Feuerwaffen, Pulver, Zündhütchen und Kugeln beschlagnahmt, um meine Kompanie auszurüsten.«

»Ich hoffe, Sie haben genug zurückgelassen, um meine auszurüsten«, sagte Quint kühl.

Diego war nicht zu überlisten. Er wies zu der Kolonne der Wagen. »Ihre *ciboleros* werden vermutlich das Gros Ihrer Kompanie bilden, nicht wahr? In diesem Fall sind sie bereits gut bewaffnet. Außerdem tauschte ich meine Ersatzwaffen gegen Ihre beschlagnahmten Feuerwaffen.«

»Haben Sie einen Befehl dazu?« fragte Quint.

Die Miene des Mexikaners verhärtete sich. »Verdammt! Nein! Der ist nicht nötig!«

Quint schüttelte den Kopf. »Ich befürchte, da muß ich Ihnen widersprechen, Diego. Solange Sie keinen Requisitionsbefehl haben, der vom Gouverneur unterzeichnet ist, verlange ich die Rückgabe meiner Feuerwaffen. Wir werden Ihnen gern Ihre Ersatzwaffen zurückgeben.« Er hätte fast ›Schrottwaffen‹ gesagt.

Diego sah über die Schulter zu seinen jetzt gutbewaffneten Soldaten. »Möchten Sie versuchen, sich diese Waffen mit Gewalt zurückzuholen, Cousin?« fragte er mit ruhiger Stimme. Er drehte sich wieder um und sah Quint in die Augen. »Denn ich versichere Ihnen bei Gott, daß Sie genau das tun müßten.«

Es war still bis auf das Raunen des Windes, das Stampfen eines Pferdes und das gelegentliche Klirren einer Gebißkette.

Quint tippte sein Pferd mit den Hacken an und lenkte es mit Schenkeldruck von Diego fort. Er wandte sich im Sattel um und schaute an der langen Reihe der Wagen und wartenden Männer entlang. Dies war weder der richtige Zeitpunkt, noch der richtige Ort, um einen Privatkrieg mit Diego de las Casas zu führen. Quint war von ihm gründlich ausmanövriert worden. Es konnten weitere Soldaten in Rio Brioso sein, viele von ihnen. Es war nicht der richtige Zeitpunkt, um etwas Feindseliges zu unternehmen.

»Nun, Cousin?« fragte Diego hämisch. Seine schwarzen Augen blickten leicht triumphierend.

Quint hob seinen rechten Arm und stieß ihn auf und ab und vorwärts. »*Adelante! Adelante!*« rief er.

Die Kolonne setzte sich langsam in Bewegung und zog den langen Hang hinab. Quint würdigte Diego keines Blickes, als er zur Spitze des Trecks ritt. Er befürchtete, daß er etwas Unbedachtes sagen oder tun könnte.

Diego lächelte. Er wandte sich an seinen Trompeter. »Zum Sammeln blasen, Perez!« befahl er.

Die Trompete schmetterte. Die Kompanie ritt den Hang hinauf am Treck vorbei und versammelte sich hinter ihrem Offizier. Als die Karawane das trockene Flußbett durchquert hatte und der Staub vom Wind davongetragen worden war, folgte ihr die Kompanie nach Rio Brioso.

»Wie hat Don Grande Rubio die Befehle aufgenommen, Captain?« fragte Lieutenant Hernan Calvillo. »Nicht gut, könnte ich mir denken.«

Diego de las Casas nickte. »Ich hoffe fast, er würde sich widersetzen«, sagte er grimmig.

»Hätten Sie dann Gewalt angewendet?«

»Wenn es nötig gewesen wäre.«

»Er ist ein gefährlicher Mann, dieser *Montero Americano*«, sagte der Lieutenant.

»Man kann mit ihm fertigwerden.«

»Nicht ohne einen Preis dafür zu zahlen.«

»Dafür sind wir Soldaten, Hernan.«

»Was glauben Sie, auf welche Seite diese *gringo*-Katze springt, wenn erst die amerikanischen Soldaten hier eintreffen?« fragte der Lieutenant.

»Wer weiß. Ich bin nur im Begriff, dafür zu sorgen, daß ihm einige Zähne gezogen werden. Wenn er Widerstand leistet, kann er wie jeder andere *gringo* getötet werden.«

Als sich die Kolonne der Wagen der Siedlung näherte, jagten zwei kleine Gestalten auf ihren Eseln den sanft abfallenden Hang herab. Quint lächelte. Rafaela und Francisco. Rafaela hielt einen leichten Vorsprung vor Francisco. Der Junge war immer der wildere und rücksichtslosere Reiter, während Rafaela besonnener und überlegter und somit besser ritt.

Eine Reiterin, die im Damensattel einer prächtigen Rappstute saß, tauchte um die Ecke der ausgedehnten *hacienda* auf. Sie ritt mit ruhiger Würde hinter den Zwillingen den Hang herab. Quints Herz schien einen Freudensatz zu machen, und er atmete tief durch. Es gab keinen Zweifel. *Lupita!* Sie war aus Santa Fé zurückgekehrt, um ihn zu Hause willkommen zu heißen!

Francisco erreichte Quint als erster und glitt aus dem Sattel, bevor der Esel anhielt. Er sprintete zu Quint und zog und hangelte sich an Quints linkem Bein hoch. Er schlang seine kräftigen, kleinen Arme um Quints Hals und drückte seine weiche Wange gegen Quints narbiges Gesicht. Rafaela zügelte ihren Esel dicht neben Quints Pferd. Er griff mit der rechten Hand hinab und zog das Mädchen an sich.

Die Kolonne der Wagen passierte sie auf ihrem Weg in die Siedlung, und die Reiter und Treiber grinsten beim Anblick ihres harten *patrón* und seiner beiden hübschen Kinder, die auf ihn einplapperten.

»Vater, du riechst wie ein alter Ziegenbock im Regen«, kreischte Rafaela und hielt sich die kecke Nase mit Daumen und Zeigefinger zu.

»Er riecht gut ... wie ein *Mann* riechen sollte«, rief Francisco.

»Wo ist David?« fragte Quint.

Francisco wich ein bißchen von ihm zurück. Er senkte den Kopf, und seine Unterlippe schob sich leicht vor. Er warf einen Blick zur *hacienda* und sah dann schnell fort.

»Da ist er«, sagte Rafaela und wies auf eine kleine, einsame Gestalt, die etwa hundert Meter entfernt auf einem scheckigen Pony saß. »David ist schüchtern. Er möchte dich begrüßen, wenn ihr beide allein seid.«

Quint sah auf sie hinab. »Hat er dir das gesagt?«

Rafaela schüttelte den Kopf. »Ich *weiß* es einfach«, erwiderte sie geheimnisvoll.

Diego war an Quints Seite geritten. »Es liegt wahrscheinlich an seinem Indianerblut«, sagte er, ohne Quint dabei anzusehen.

David zog gerade sein Pony um die Hand. Er ritt an Guadalupe vorbei, passierte die *hacienda* und hielt auf die niedrigen Hügel im Süden zu.

Guadalupe zügelte ihr Pferd neben Quint und sah ihn mit ihren großen, schwarzen Augen fragend an. Er neigte sich zu ihr, um ihren Kuß zu erwidern. Gott, war sie schön! Ihre Augen waren etwas verschleiert, leicht verschwommen im Vergleich zu dem klaren Blütenblumenrosa und Weiß ihrer makellosen Haut. Als sich ihre Lippen trafen, stieß sie die Spitze ihrer rosigen Zunge zwischen seine trockenen, aufgesprungenen Lippen, so schnell, wie die Zunge einer Gecko-Eidechse vorschnellt, die eine Fliege wegschnappt. So klein diese Geste auch war, so groß war das Versprechen, das sie enthielt.

Guadalupe zog sich zurück und umarmte Quint immer noch mit den Blicken. »Willkommen daheim, Mann«, murmelte sie.

Er streckte seine harte, schwielige Rechte aus und berührte ihre weiche Wange. In diesem Augenblick fand er keine Worte, so stark waren seine Gefühle für sie.

Sie ritten zusammen zum Haus. Diegos Ordonnanz kam und übernahm seinen Rappen. Diego zog seine weißen Stulpenhandschuhe aus und klopfte damit den Staub von seiner schönen Uniform.

»Ich habe Vetter Diego unsere Gastfreundschaft angeboten, solange er hier im Dienst ist, mein Mann«, sagte Guadalupe, als Diego ihr die Hand reichte, um ihr beim Absitzen behilflich zu sein. Quint nickte. Er ließ die Zwillinge, die sich nur widerstrebend von ihm trennten, zu Boden gleiten und stieg vom Pferd. Dann nahm er Rafaela und Francisco an die Hand. »Das erwartet man, Frau«, sagte er. Er sah Diego an. »Mein Haus ist Ihr Haus, Cousin.«

Guadalupe lächelte. Vielleicht hatte Quint doch noch seine Abneigung gegen Diego vergessen oder sie wenigstens für den Augenblick verdrängt. »Ich werde veranlassen, daß ein Bad vorbereitet und frische Unterwäsche und Kleidung für dich bereitgelegt werden, mein Mann.«

Quint schaute ihr nach, als sie graziös wie ein Reh auf das Haus zuschritt. Bei Gott, wie viele Monate war es her, seit sie leidenschaftlich miteinander geschlafen hatten?

Diego sah sich das herrliche Panorama an. »Sie haben hier Wunder vollbracht, Cousin. Doch ich kann Guadalupes Standpunkt verstehen.«

Quints Augen verengten sich. »Was heißt das?«

Diego lächelte, ein Lächeln nur mit seinen Gesichtsmuskeln, nicht mit den Augen und gewiß nicht mit der Seele. Er war nicht zu einem echten, herzlichen Lächeln fähig. »Man muß zugeben, daß Rio Brioso nicht El Cerrillo ist.«

Quint sah ihn an. »Und El Cerrillo ist nicht Rio Brioso. Ich ziehe es hier vor, Diego.«

Diego lachte. »Der Vergleich kann ziemlich fürchterlich sein, wenigstens für einen de Vasquez, das muß man zugeben. Meine selige Mutter liebte El Cerrillo über alles. Ah, El Cerrilo de Vasquez! Ein Juwel unter den *haciendas* New Mexicos! Als ich ein Kind war, blieben wir oftmals viele Monate hintereinander dort. Ich frage mich, warum Sie El Cerrillo nicht diesem halben Grenzfort hier vorziehen.«

Guadalupe hatte wieder herumgeredet. Stets versuchte sie auf die eine oder andere Weise und auf Umwegen darauf hinzuarbeiten, daß Quint nach El Cerrillo zurückkehrte. »Ohne Rio Brioso gäbe es kein El Cerrillo mehr, wenigstens keines im Besitz der de Vasquez und ihrer Vielzahl von Verwandten«, erinnerte Quint.

Diegos Miene nahm einen angespannten Zug an. »Schließt das die Familie de las Casas ein?« fragte er schnell.

Quint zuckte mit den Schultern. Er nahm sein Hawken-Gewehr aus dem Scabbard und band die Deckenrolle los. »Ich habe im Laufe der Jahre nur wenige von ihnen gesehen, Cousin. Sie glaubten anscheinend, El Cerrilo wäre Ihr Recht und Privileg. Ich hatte einige Mühe, ihre Ansichten zu korrigieren.«

Diego klatschte seine Stulpenhandschuhe in die Handfläche der anderen Hand. »Ihr Ton gefällt mir nicht, Sir. Letzten Endes sind *Sie kein* de Vasquez. Ich bin mir ziemlich sicher, daß es nicht der Wunsch meiner werten Kusine Guadalupe war, daß meine Familie von El Cerrillo ausgeschlossen wird, um es mal milde auszudrücken.«

Quint schaute über seine Schulter zurück. »Warum fragen Sie nicht Ihre Kusine?« schlug er vor.

»Ihr Tonfall ist beleidigend!«

Quint drehte sich langsam zu Diego de las Casas um. »Cousin, Ihr Tonfall war beleidigend, seit wir uns heute getroffen haben.«

Diego war kein Feigling. »Ich habe mir in den letzten Jahren mehr als einmal vorgenommen, Sie eines Tages um Genugtuung zu fordern. Wären nicht dieser verfluchte Krieg, den Ihre *gringo*-Freunde über dieses Land gebracht haben, und meine gegenwärtige Position und meine Pflichten, dann würde ich Sie jetzt und hier fordern.«

Quint lächelte. »Wir *gringos*, Sir, lassen uns nicht von einer kleinen Sache wie einem Krieg daran hindern, persönliche Differenzen zu regeln. Wenn jemand wie Sie mit einem wie mir etwas auszumachen hat, dann kommen sie einfach überein, sich jenseits des Corrals zu treffen und es dort auf der Stelle auszutragen.«

Diegos Augen weiteten sich bei diesen Worten, die für ihn eine Beleidigung waren. »Verdammt! Sie sind bewaffnet! Meine Waffen sind auf meinem Pferd!«

Quint zuckte die Achseln. »Dann holen Sie sie, Cousin. Als ich ein Treffen hinter dem Corral vorschlug, dachte ich jedoch nicht an einen Kampf mit Waffen. Mit bloßen Händen, Diego, mit bloßen Händen, es sei denn, Sie ziehen es vor, Zähne und Stiefel ebenso einzusetzen.«

»Nur *gringos* kämpfen auf eine solch barbarische Weise«, schnaubte Diego.

»Sie halten Messer für kultivierter, was?« fragte Quint trokken.

Diego de las Casas wußte viel über diesen Mann. Quintin Kershaw kämpfte nur, wenn er bis zum Äußersten gereizt wurde. Und wenn er kämpfte, dann stets um zu töten. So hatte er es gehört.

»*Cobarde!* Feigling!« stieß Diego in heißem Zorn hervor.

Eine große, sommersprossige Hand schoß vor und packte Diego an seinem Uniformkragen und zugleich am Kragen des gefältelten Batisthemdes darunter. Quint drehte seine Hand hart zur Seite, und der Stoff spannte sich so um Diegos Kehle, daß er kaum noch Luft bekam. Quint riß ihn an sich heran, bis Diegos verzerrtes Gesicht dicht vor ihm war.

»Du Hurensohn von einem Greaser!« knirschte Quint. »Ich habe von dir seit Jahren genug und jetzt ist Sense! Schwing dich auf deinen Luxusgaul und verdufte höllisch schnell mitsamt deinen Spielzeugsoldaten!«

Diego starrte zurück in diese kalten, grauen Augen, die wie mit einer Eisschicht überzogen wirkten, und ein kalten Schauer erfaßte ihn. Einen peinigenden Augenblick lang glaubte er, sich naß zu machen, beide Beine, und sich für immer vor diesem *gringo* zu entehren.

Quint lockerte seinen Griff und stieß Diego zurück. »Und nun«, sagte er mit leiser, harter Stimme. »Hol dir deine Waffen, wenn du willst. Ich werde hier auf dich warten. Wenn du nicht binnen zehn Minuten hier bei mir zurück bist, bewaffnet und zum Kampf bereit, dann werde ich dich suchen, und du solltest bei Gott darauf vorbereitet sein.«

Diego war schwer erschüttert. Er zog seinen Kragen zurecht. Er ging ein paar Schritt davon, außer Quints Reichweite, und drehte sich dann um. »Das vergesse ich nicht«, drohte er. »Sie haben einen Offizier der Republik Mexico in Ausübung seiner Pflicht angegriffen. Das werde ich Seiner Exzellenz melden.«

Quint zuckte gelassen mit den Schultern. »Vergiß nicht, ihm zu sagen, daß du einen guten Freund von ihm gereizt hast, den Mann, der ihm das Leben rettete, als mein Schwager, dein Cousin und großer Freund Bartolomé de Vasquez versuchte, ihn umzubringen. Was glaubst du, wem Armijo glauben wird? Er hat dir nie wirklich vertraut, Diego de las Casas.«

In Diegos Gesicht arbeitete es. Er war sprachlos.

»Nebenbei gesagt«, fügte Quint hinzu, »ich habe Gerüchte gehört, daß du nach Verbindung mit dem lieben Cousin Bartolomé hast. Wo ist er jetzt, Vetter? Schmiedet er immer noch ein Rachekomplott gegen den Gouverneur, während er sich in Chihuahua versteckt, oder ist es in Texas?«

Diego machte auf dem Absatz kehrt und stolzierte davon, ganz das Bild völlig verletzter Würde.

Quint mußte unwillkürlich grinsen, als er auf die Veranda der *hacienda* trat. Dann verharrte er abrupt. Guadalupe stand in der offenen Tür, starrte ihn mit weit aufgerissenen Augen an und hielt eine Hand an die Kehle. »Mutter Gottes! Was hast du getan!« stieß sie hervor.

»Hast du gehört, wie er mich bezeichnete?« fragte Quint.

Guadalupe machte kehrt und knallte die Tür hinter sich zu.

»Gut gemacht, Vater«, sagte eine leise Stimme hinter Quint.

Quint wandte sich um und sah auf seinen älteren Sohn hinab.

»Ich kann diesen Hurensohn von einem Greaser ebenfalls nicht ausstehen«, sagte David.

»Warum nicht?«

»Er nennt mich immer Halbblut, wenn du nicht da bist. Ist es schlimm, ein Halbblut zu sein, Vater?«

Quint musterte das ernste, kleine Gesicht mit den hohen

Wangenknochen und der dunklen Haut, den klaren, grauen Augen und dem rötlichen Haar. »Nicht für mich, Davie-Junge. Warum bist du nicht gekommen, um mich zu begrüßen?«
»Die anderen waren dort.«
»Macht das was?«
David zuckte mit den Schultern. »Nicht bei Rafaela.«
»Immer noch Francisco?«
David nickte.
»Ich sah, daß du deiner Mutter ausgewichen bist. Warum?«
»Sie ist nicht meine Mutter.«
»Doch sie ist meine Frau, Davie, und die Mutter der Zwillinge. Hat sie dich nicht immer gut behandelt?«
David sah offen in die Augen seines Vaters, die seinen eigenen so sehr glichen. »Das hat sie früher. Aber nicht mehr, seit Francisco größer wurde und ich diesen Kampf mit ihm hatte, als er mir eine Narbe zufügen wollte, wie du eine hast.«
»Du bist nicht eifersüchtig auf ihn, oder?«
David schüttelte den Kopf. Plötzlich preßte er sich gegen Quint. »Wenn du das nächste Mal auf Büffeljagd gehst, nimm mich mit, Vater, bitte! Mir gefällt es hier nicht.«
»Es ist unser Zuhause.«
»Nicht mit diesen anderen hier. Abgesehen von Rafaela. Sie kann mit uns kommen. Können wir nicht in die Berge reiten und Biber fangen wie du und Luke es getan hast?« Er hatte mit stockender Stimme gesprochen.
»Getan *habt*«, korrigierte Quint automatisch. Er zog Davids Kopf zurück und sah in das ernste Jungengesicht. Er hatte gedacht, der Junge weine, doch das war nicht der Fall. Er konnte sich nicht erinnern, wann David das letzte Mal geweint hatte. »Dies ist dein Heim, Junge. Es ist ein guter Platz, dieses Rio Brioso. Hier gibt es alles, was du willst oder hier brauchen wirst. So habe ich es für dich und die anderen geplant. Verstehst du das nicht? Komm jetzt, laß uns ins Haus gehen, und während ich bade, erzähle ich dir von der Büffeljagd und davon, wie Moccasin um Regen und Büffel betete, als keines von beidem da war.«
»Was geschah dann?« fragte David neugierig.
»Dann gab es einen Wolkenbruch, einen der stärksten, den wir je erlebt haben. Am nächsten Morgen kamen Tausende

von Büffeln von Süden. Wir mußten im Wald in Stellung gehen und sie so schnell niederschießen, wie wir konnten, um nicht von ihnen niedergewalzt zu werden.«

David hörte mit großen Augen zu. »Gottverdammt! Ich wünsche, ich wäre mit meinem Gewehr dort gewesen!«

Quint grinste. »Nun, es war nicht gerade ein Picknick. Es ging gerade noch einmal gut.« Er drehte sich um und öffnete die Tür.

»Vater«, sagte David.

Quint sah den Jungen an. »Ja?«

»Du sagtest, es wäre unser Heim. Daß es ein guter Platz ist. Daß wir hier alles haben, was wir wünschen und brauchen.«

»Und?«

»Was wird geschehen, wenn die amerikanischen Soldaten herkommen?«

»Wer hat dir gesagt, daß sie kommen?

Der Junge zuckte die Achseln. »Es ist Krieg, nicht wahr? Die Amerikaner wollen doch New Mexico haben, nicht wahr? Vetter Diego sprach viel über den Krieg, bevor du heimkamst. Er sagte, wir aus New Mexico könnten jeden *gringo*-Soldaten fertigmachen, der sich herwagt. Stimmt das?«

»Abwarten und Tee trinken, Junge.«

David zögerte, bevor er fragte: »Wirst du im Krieg kämpfen, Vater?«

»Ja, wenn es sein muß.«

»Auf welcher Seite, Vater?«

Quint schaute über den Kopf des Jungen hinweg über die Prärie, die dunstig im Sonnenschein des späten Nachmittags lag. Außer Sicht warteten dreißig Dragoner auf den Vormarsch nach Rio Brioso, während hinter ihnen irgendwo auf dem Santa Fé Trail weitere zweitausend Soldaten der Vereinigten Staaten waren – die Westarmee.

»Vater?« fragte David.

»Ich kann das im Augenblick nicht beantworten.«

»Doch, das kannst du«, beharrte der Junge tapfer.

Quint lächelte leicht. »Ich schlage vor, du sagst es mir, wenn du soviel weißt.«

»Es wird nicht auf der Seite der gottverdammten Mexikaner sein.«

Die Kavallerie-Trompete schmetterte, als Diego de las Casas sich darauf vorbereitete, Rio Brioso zu verlassen. Er würde bestimmt wiederkommen, und dann mit viel mehr Soldaten. Rio Briosi war eine Schlüsselstellung in der Verteidigung des nordöstlichen New Mexico. Wenn die Amerikaner sie einnahmen, gab es wenig, was sie bis kurz vor dem Glorieta Paß stoppen konnte, der Pforte nach Santa Fé.

Quint trat über die Türschwelle. »Kommst du, Junge?« fragte er.

»Ich muß mein Pony in den Corral bringen, Vater. Du hast immer noch nicht auf meine Frage geantwortet.«

Quint sah David einen Augenblick lang nachdenklich an. »Das brauche ich nicht, Davie. Ich glaube, du kennst die Antwort bereits.« Er schloß die Tür hinter sich.

Auf der *hacienda* hatte sich nicht viel verändert. Guadalupe hatte einige kleinere Teppiche, einige Nippsachen und verschiedene Möbelstücke aus Santa Fé mitgebracht. Tom Byrne hatte ein paar Kisten mit Büchern für Quint geschickt. Das war das einzig Neue. Doch es gab trotzdem einen bedeutenden Unterschied: Cristina war nicht mehr da.

Guadalupe erwähnte nicht, weshalb sie weg war, und auch von den Zwillingen war nichts zu erfahren. David erzählte Quint schließlich, daß Guadalupe kurz nach ihrer Rückkehr aus Santa Fé Cristina nach El Cerrillo zurückgeschickt hatte. Außer Guadalupe kannte niemand auf der *hacienda* den Grund. Am Tag ihrer Ankunft aus Santa Fé war Cristina da gewesen, glücklich, die Zwillinge und die *patrona* wiederzusehen, und am nächsten Tag war sie fort gewesen. In der Nacht zuvor hatte sie eine lange vertrauliche Unterredung mit Guadalupe gehabt. Als sie sich von Guadalupe getrennt hatte, hatte sie nicht wie üblich die Kinder ins Bett gebracht.

Ein paar Tage lang nach seiner Rückkehr vermißte Quint das Lächeln von Cristina, doch nach und nach verblaßte die Erinnerung bei der Freude über den herzlichen und sinnlichen Empfang, den Guadalupe ihm zu Hause bereitet hatte. Dennoch erfüllten ihn manchmal beim Geschlechtsakt mit Guadalupe Gedanken an Cristina, bis er sie verdrängte.

16

Wiederholt hämmerte jemand gegen das Tor, und das Pochen hallte dumpf durch die *hacienda*. Eine Männerstimme schrie etwas, doch die Worte waren durch das Tor und die dicken Adobewände nicht zu verstehen.

Quint warf die Decke zurück, rollte sich auf die Seite und stieg aus dem Bett, während er instinktiv einen der Colts vom Nachttisch nahm. Er riß am Daumennagel ein Schwefelholz an und warf einen Blick auf seine Sprungdeckeluhr, die aufgeklappt auf dem Tisch lag. Es war kurz vor 22 Uhr. Er zündete eine Kerze an und schritt nackt zur Tür.

»Um Gottes willen, was ist, Geliebter?« rief Lupita vom Bett her.

Quint hob den Querbalken aus den Halterungen. Das Hämmern gegen das Tor wurde lauter. Er öffnete die Tür. Die Stimme war jetzt deutlicher zu vernehmen. »Es ist Luke Conners«, sagte er über die Schulter. »Er ist von Bent's Fort zurückgekehrt.«

Luke war nirgendwo in der Nähe von Bent's Fort gewesen, doch Quint hatte seiner Frau zuvor gesagt, daß Luke nach der Büffeljagd dorthin geritten wäre, anstatt nach Rio Brioso. So wie sie über Truppen der Vereinigten Staaten auf mexikanischem Territorium dachte, konnte er ihr kaum erzählen, daß Luke zum Carrizo Creek geritten war, um die Dragoner dort vor der Anwesenheit mexikanischer Soldaten in Rio Brioso zu warnen.

Quint trat in den dunklen Patio hinaus. Ein kalter Abendwind fegte von den Bergen herab. Er erschauerte. »Tomas, du fauler Hurensohn!« brüllte er. »Wo zur Hölle steckst du?«

»Hier, *patrón*«, rief der Mann auf Nachtwache, als er auf das Tor zurannte.

»Gottverdammich!« röhrte Luke heiser. »Willst du, daß ich das Tor eintrete, Tomas?«

Quint grinste. Er entspannte den Colt.

»Deine Hose, Mann«, erinnerte ihn Lupita.

Quint kehrte ins Schlafzimmer zurück. Er zog Unterhose und Hose an.

»Hätte er nicht wenigstens bis zum Morgen warten können?« fragte Lupita verdrossen.

»Es könnte wichtig sein, *querida*.«

»Er hat keine Manieren, aber was kann man schon von einem Kerl wie ihm erwarten. Hämmert zu dieser Stunde an die Tür des *patrón*, während du mit deiner Frau im Bett bist! Wohin führt das noch alles!«

Quint knöpfte sein Hemd zu. »Ich habe es dir oft genug gesagt – ich bin nicht sein *patrón*«, erinnerte er sie. »Er ist mein Freund und Partner, Lupita.«

Sie setzte sich abrupt auf. »Er ist ein *Diener*, nicht mehr. Überdies ist er nicht von *unserem* Stand! Wie *er* ein Partner sein? Und noch eines – warum muß er in *unserem* Haus wohnen? Auf El Cerrillo will ich ihn nicht im Haus haben! Er wird mit dem Hut in der Hand zum Dienstboteneingang kommen müssen, wenn er dich sprechen will!«

Quint sah auf, während er seinen zweiten Stiefel anzog. »Nicht, solange *ich* der *patrón* bin!« sagte er mit fester Stimme.

»Das werden wir sehen!«

Er betrachtete sie einen Augenblick lang, wie sie mit ihrem dichten, bläulichschwaren Haar, das über ihre glatten, weißen Schultern fiel, auf dem Bett saß. Sie sah wie eine kostbare Perle in einer geöffneten Muschel aus. Er war versucht, ihre unfähigen, faulen und bis auf den letzten Penny abgebrannten Vettern und anderen Verwandten zu erwähnen, die sich oftmals wie Schmarotzer auf El Cerrillo eingenistet hatten, doch er verzichtete darauf. Trotz der körperlichen Wärme ihrer Begrüßung nach seiner Rückkehr von der Büffeljagd war da noch eine geistige Kälte in ihr, die er nicht mit seinem sexuellen Feuer hatte auftauen können. Er spürte, daß mehr hinter ihrer Kälte steckte als der Groll über seinen Streit mit Diego.

»Hast du nicht den Mut, ihm zu sagen, daß er hier unerwünscht ist?« fragte sie hitzig.

Als er fertig angezogen war, ging er um das Fußende des Betts herum an Guadalupes Seite und zog seine Frau an sich. Sie wandte ihr Gesicht von ihm fort. Er umfaßte ihr Kinn und drehte ihr Gesicht, bis es ihm zugewandt war. Dann drückte er sanft seine Lippen auf ihre. Sie widersetzte sich, doch nicht allzu lange, bis sie reagierte wie immer, ganz gleich, wie kalt ihre Gefühle für ihn sein mochten. Er drückte sie hinab, bis ihre Schultern auf dem großen Kissen ruhten. Sie zog ihn auf sich, suchte seinen Mund und wölbte ihm ihren Leib entgegen. Sie küßte ihn wieder und wieder, und dann schob sie langsam eine Hand hinab zu seinen Genitalien.

Quint löste sich von ihr. »Jetzt nicht, Lupita«, sagte er ruhig.

Querido«, flehte sie. *Mi vida. Mi corazón. Alma de mi alma!«*

Sie wand sich ein wenig, als hätte sie Schmerzen, die nur er mit seinem Körper auf ihrem lindern könnte.

War es, weil sie wirklich seine Liebe begehrte, oder wollte sie ihn nur bei sich behalten und von Luke fernhalten? Sie hatten am Abend zuvor genug Sex gehabt, soviel wie jeder von ihnen erwarten oder erhoffen konnte. Für ihn war es jedenfalls hervorragend gewesen. Doch trotzdem war da ihre geistige Zurückhaltung gewesen.

Quint blies die Kerze aus. »Schlaf«, schlug er vor. »Es ist nicht nötig, daß du jetzt aufstehst.«

Guadalupe sagte nichts. Er schloß leise die Tür hinter sich.

Luke wartete im Patio. »Wollte dich nicht im Schlaf stören, Big Red, aber es ist wichtig.«

Quint nickte. »Dachte ich mir. Was ist los?«

Luke wies zum Tor. »Besuch, Quint.«

»Wie geht es, Big Red?« sagte einer der vier Männer, die im Innenhof beim Tor standen, mit dröhnender Stimme.

Quint grinste. »*Hola*, Santiago! Jim Magoffin! Als ich dich das letzte Mal vor zwei Jahren sah, brachst du auf, um in Independence, Missouri, zu siedeln!«

Um die großen Augen des Mannes aus Kentucky bildeten sich Falten, als er und Quint sich in dem üblichen *abrazo* umarmten und sich gegenseitig auf den Rücken klopfen. James Santiago, Wiley Magoffin war ein prominenter Händler aus Santa Fe und Chihuahua und der Konsul der Vereinigten Staaten in Chihuahua. Er hatte Mary Gertrude Valdez geheiratet, verwandt durch Heirat mit Gouverneur Manuel Armijo. Vor zwei Jahren hatte er New Mexico verlassen, um seine sechs Kinder in den Vereinigten Staaten aufzuziehen. Dort war seine Frau am Fieber gestorben.

»Ich möchte dir José Gonzales, Händler aus Chihuahua, vorstellen, Quint«, sagte Santiago. »Captain Shelby Calhoun kennst du ja bereits. Dieser andere Offizier ist Captain Philip St. George Cooke von den Ersten Dragonern der Vereinigten

Staaten. Captain Cooke, dies ist der berühmte oder berüchtigte, je nach Beurteilung, Don Quintin Kershaw, dem Rest von uns *Gringos* auch als Big Red bekannt.«

Quint nickte Shelby Calhoun zu. Er reichte Captain Cooke die Hand. »Ich erinnere mich an Sie von Bent's Fort her, Sir. '43 war das, glaube ich. Ich kam dort auf dem Weg nach Saint Louis vorbei. Sie und Ihr Kommando waren zu dieser Zeit Eskorte einer Transportkolonne. Sie werden sich nicht an mich erinnern.« Quint kannte ihn als erstklassigen Soldaten, als einen strengen Zuchtmeister, der in dem Ruf stand, pedantisch zu sein.

Der Offizier nickte. »Jetzt erinnere ich mich, Sir. Ich habe seither viel über Sie gehört, gewiß mehr als sie über mich.«

Quint ergriff Shelbys Hand. »So sieht man sich wieder. Haben Sie die Westarmee mitgebracht, Shell?«

Shelby Calhoun schüttelte den Kopf. »Nur zwölf meiner Dragoner als Eskorte für Captain Cooke und Mister Magoffin. Sie sind in offiziellem Auftrag auf dem Weg nach Santa Fé.«

Quint kniff die Augen zusammen. »Mit zwölf Dragonern?«

»Wir reiten unter einer Parlamentärflagge«, erklärte Cooke. »Ich überbringe einen Brief von Colonel Kearny, der ausdrücklich erklärt, daß die Regierung der Vereinigten Staaten die Einheit und Verbesserung der Bedingungen für die Bevölkerung New Mexicos erlangen will.«

»Kurz gesagt, Sir, eine Warnung vor einer drohenden Invasion, Unterwerfung und Besetzung«, sagte Quint mit ruhiger Stimme.

»Sind Sie dagegen, Sir?« fragte Cooke ein bißchen steif.

Quint lächelte matt. »Ich bin nicht gegen Sie und Ihre Begleiter, Captain Cooke. Was Ihre Mission anbetrifft, so befinde ich mich im Augenblick in der unglücklichen Lage, neutral sein zu müssen.«

Shelby Calhoun schüttelte den Kopf. »Unmöglich. Sie sind entweder für uns oder loyal zu Mexiko. Eine andere Möglichkeit gibt es nicht für Sie, Quint.«

Quint sah ihn einen Augenblick lang nachdenklich an. »Vielleicht nicht, doch die Entscheidung liegt bei mir, nicht wahr? Unterdessen hatten Sie einen langen, kalten Ritt durch den Abend. Sie müssen müde und hungrig sein. Mein Haus ist Ihr

Haus, wie wir in New Mexico sagen. Ich biete Ihnen meine Gastfreundschaft an.« Er wandte sich um. »Tomas, weck Josefina und laß eine Mahlzeit für diese Gentlemen zubereiten. Ich möchte, daß in der Bibliothek serviert wird. Es wird zwölf weitere Gäste geben, Soldaten, die in der Küche beköstigt werden. Kümmer dich darum, daß die Pferde unserer Gäste in den Corral kommen und versorgt werden.«

»Meine Männer werden die Pferde selbst versorgen«, warf Shelby hastig ein. »Die Hälfte von ihnen wird Wache bei den Pferden halten, während die anderen essen.«

Captain Cooke klopfte mit seinen Stulpenhandschuhen den Staub von seiner Uniform. »Mir scheint, Quint, wenn Sie uns Ihre Gastfreundschaft anbieten, Offizieren und Soldaten einer Nation, die mit Mexico Krieg führt, könnte man Sie anschuldigen, dem Feind Hilfe und Unterstützung gewährt zu haben. Daraus schließe ich, daß Sie mit der Sache der Vereinigten Staaten sympathisieren.«

Quint öffnete die Tür zur Bibliothek, während er über die Schulter antwortete. »Da Sie mit einer Parlamentärflagge reisen, bin ich sicher, daß mein Akt der Gastfreundschaft nicht als Verrat oder Kollaboration betrachtet werden kann, und ich versichere Ihnen, wie ich meinen guten Freund Couverneur Manuel Armijo kenne, wird er Ihnen die gleiche Hilfe und Unterstützung gewähren, wenn Sie in Santa Fé eintreffen.«

»*Madre de Dios!*« stieß Santiago Magoffin ehrfürchtig hervor. »Der reinste Rechtsanwalt!«

Quint zündete die dicken Kerzen in den großen Kandelabern aus gehämmertem Eisen an, die sich diagonal in gegenüberliegenden Ecken des großen Raums befanden. In den anderen beiden Ecken waren die bienenkorbartigen Kamine. Der zunehmende Lichtschein fiel auf die goldenen Lettern auf den Buchrücken vieler ledergebundener Bände, die in den Bücherregalen an der hinteren Wand standen. Andere Regale enthielten Töpferwaren aus Pueblo und verschiedene Kunstgegenstände. Über einem der Kamine hingen eine herrliche Comanchen-Lanze und ein Kriegschild aus Büffelhaut. Eine eingebaute Adobe-Bank war mit feinen Navajo-Decken bedeckt. Die Möbel waren schwer und solide aus gebeiztem, dunklem Holz. Auf dem Tisch standen ein eiserner Kandelaber und eine kleine Kirchenglocke, die in vielen Jahren Patina angesetzt hatte.

Shelby Calhoun band sein langes Uniformcape los und legte es auf eine Kommode. Er musterte das hagere, narbige Gesicht Quints im Kerzenlicht. Vor einigen Jahren hatte er erfahren, daß Quint der wahre Vater seines Sohnes Alexander war, der jetzt acht war. Die Ähnlichkeit war offensichtlicher geworden, je älter der Junge geworden war und je mehr sich seine Gesichtszüge entwickelt hatten. Alexander hatte das blonde Haar und die helle Haut von Jean, doch seine Augen waren grau. Sowohl Jeans als auch Shelbys Augen waren blau, während er dunkelbraunes Haar hatte. Jean war ehrlich genug gewesen, zuzugeben, daß Quint ihren Sohn gezeugt hatte.

Quint kniete sich vor einen der Kamine, schlug Feuerstein auf Stahl und zündete ein Feuer an. Das harzige Anmachholz aus Kiefern fing schnell Feuer. Im Auflodern der Flammen waren Quints markante Gesichtszüge deutlich zu sehen. Wenn man Alexander älter machte, sein Haar zu einem rötlichen Braun färbte und ihn mit einer Narbe auf der linken Wange versah, würde er eine Kopie von Quint Kershaw sein.

Quint sah zu Shelby auf. »Die Nächte sind hier sogar im Sommer kalt«, sagte er lächelnd.

Bei Gott! Das Lächeln machte alles perfekt.

»Machen Sie es sich bequem, Gentleman«, lud Quint ein. »Luke, *compañero,* du weißt, wo was zu trinken ist.«

Luke hatte Shelby Calhoun beobachtet. Er nickte. »Natürlich, Big Red.«

Shelby sah an der Reihe der Bücher entlang. Milton, Chaucer, Shakespeare, viele andere Klassiker, Burns natürlich. Dann gab es eine Abteilung militärischer Werke – Clausewitz, Jomini und Napoleon unter anderen, weniger bekannten. Texte über Taktiken, Waffen, Reitwesen, Artillerie, Infanterie, Kavallerie und Pioniere. Die Bibliothek enthielt außerdem Bücher über Astronomie, Geologie, Zoologie und andere Wissenschaften. Geschichte, Philosophie, Literatur und Religion waren ebenfalls vertreten. Jim Magoffin sprach über Shelbys Schulter. »Es ist die beste Bibliothek in der Provinz nach der von Tom Byrne und Padre Martinez, doch keiner von ihnen hat so viele militärische Werke, schon gar nicht Martinez.«

»Sie ist beeindruckend für einen Mann mit wenig Bildung oder nur Grundbildung«, gab Shelby zu.

Luke reichte ihnen die Drinks. »Sein Vater war Lehrer in Schottland und Kanada«, erklärte er. »Ein Volkslehrer oder so etwas.«

»Volksschullehrer«, korrigierte Quint. Er lächelte. »Ein gelehrter Mann, der nicht mit dem kanadischen Grenzland fertig wurde. Die Liebe zu Büchern und Lernen war eines seiner Vermächtnisse an mich, Gentlemen. Wenn ich auf ihn gehört hätte, wäre ich vielleicht im Red River Country in Kanada geblieben und in seine Fußstapfen getreten.«

»Und was hat Sie davon abgehalten, Quint?« fragte Cooke.

Quint hob kurz die Schultern und ließ sie wieder sinken. »Ich war zwischen der Liebe zu Büchern und der zur Wildnis hin- und hergerissen. Meine Mutter und meine Schwester starben jung. Mein Vater lebte nicht viel länger. Als er starb, verließ ich Kanada für immer.«

»In welchem Alter?«

»Mit sechzehn, Captain.«

»Und sie kehrten nie dorthin zurück?«

»So ist es. Es gab zu viele unglückliche Erinnerungen für mich. Ich hatte keine Familie mehr. Das war immer ein anderer Paß zu überqueren, immer ein anderer Fluß, an dem ich Fallen stellte, und ein Horizont, der mich ständig neugierig machte.«

Quint wandte sich zum zweiten Kamin und zündete dort ebenfalls ein Feuer an. Er merkte nicht, daß die Blicke der beiden Offiziere noch immer auf ihn gerichtet waren.

Guadalupe kleidete sich eilig, doch sorgfältig an. Als sie fertig war, betrachtete sie sich prüfend im Spiegel. Gegen die dünnen Sorgenfältchen an ihrer Stirn, an den Seiten der Nase und an den Mundwinkeln konnte sie wenig tun. Kosmetik, ganz gleich wie dick und geschickt aufgetragen, konnte diese Falten oder die dunklen Ringe unter ihren Augen nicht wegzaubern. Doch sie sah für ihr Alter immer noch schön aus.

Die Nacht war kühl. Sie entschloß sich, eine Stola überzuwerfen. Sie öffnete den Kleiderschrank und tastete nach der Stola. Eines von Quints dicken Wollhemden war im Weg. Sie zog es zur Seite, und dabei spürte sie irgendein kleines, hartes

Objekt in einer der Brusttaschen. Neugierig knöpfte Guadalupe die Tasche auf und fand ein kleines Samtetui mit einem winzigen goldenen Verschluß. Sie öffnete es. Es enthielt die Daguerrotypie einer Frau, eines jungen Mädchens und eines kleinen Jungen. Ihre Augen verengten sich. Das Licht war zu schwach, um deutlich die Gesichtszüge erkennen zu können. Sie ging zur nächsten Kerze und hielt das Bild nahe ans Licht.

Die Frau fand sie mehr hübsch als wirklich schön. Ihr helles, fülliges Haar schien weich zu sein. Ihr Gesicht war oval, ebenmäßig, mit einer leichten Stupsnase und einem breiten, weich wirkenden Mund. *Madre de Dios!* dachte Guadalupe. Es ist Jean Allan, die Quint vor acht Jahren am McNee's Creek vor den Pawnees rettete! Daraus hatte sich eine starke Beziehung zwischen den beiden entwickelt, doch Jean hatte Santa Fé und New Mexico als Frau von Lieutenant Shelby Calhoun verlassen. Guadalupe hatte später von Doktor Byrne erfahren, daß sie einen Sohn geboren hatte. Es war ein hübscher Junge, vielleicht sieben Jahre alt, mit dünnem, hellem Haar wie das seiner Mutter, einer ausgeprägten Nase und einem kräftigen Kinn. Es waren die Augen, die besonders ihre Aufmerksamkeit anzogen, die Augen und etwas an den Gesichtszügen des Jungen, das ihr irgendwie vertraut vorkam, obwohl sie sich dieses Gefühl nicht erklären konnte. Langsam, ganz langsam kam sie dann darauf. »Mutter Gottes!« sagte sie laut. Die Augen schienen fast identisch mit denen von David zu sein und vielleicht, in geringerem Maße, mit denen von Rafaela, doch zusammen mit den Gesichtszügen des Jungen war klar, daß es die gleichen Augen waren wie die Quintins.

Guadalupe blies die Kerze aus und schob das Etui in den Ausschnitt ihres Kleides. Einen Augenblick lang stand sie da und klammerte sich an der Tischkante fest. Sie schloß die Augen, und eine große Furcht und Schwäche krochen kalt in ihr empor.

Josefina öffnete die Tür der Bibliothek für Guadalupe. Guadalupe blieb auf der Türschwelle stehen, allem Anschein nach wegen der dramatischen Wirkung. Sie trug ein schwarzes Seidenkleid mit einer Spitzenstola über den Schultern. Ihre Kleidung war ziemlich förmlich für einen solch zwanglosen Anlaß, doch irgendwie wirkte sie an ihr nicht fehl am Platze.

»Don Quintin«, sagte sie, »bitte überlaß das Feueranzünden den Dienern.« Sie lächelte und rauschte herein, streckte ihre Rechte, wunderbar geformt und mit zarten Fingern, zu Jim Magoffin und Jose Gonzales hin. »Willkommen in unserem Haus, Gentlemen«, murmelte sie. Sie warf einen Blick zu den beiden Offizieren. »Wer sind diese Gentlemen?«

Quint stand am Kamin auf. *Por Dios!* War sie schön!

Shelby Calhoun verneigte sich leicht aus der Hüfte. »Erinnern Sie sich nicht an mich, Doña Guadalupe?« fragte er in fehlerfreiem Spanisch, das er auf der Militärakademie gelernt hatte. »Darf ich Ihre Erinnerung auffrischen? Wir sahen uns zum erstenmal 1838 auf dem Cimarron Cut Off, und wir lernten uns im gleichen Jahr ein wenig in Santa Fé kennen.«

Guadalupe starrte Shelby an. Sie wurde ein wenig blaß. »Ja, so war es. Ich erinnerte mich, daß mein Mann Sie und eine Lady vor den Panees rettete. Ich komme im Augenblick nicht auf ihren Namen«, log sie.

»Jean Allan«, sagte Shelby. »Sie ist jetzt meine Frau. Sie werden sich vielleicht nicht erinnern, daß wir 1838 in Santa Fé heirateten, kurz bevor wir in die Vereinigten Staaten zurückkehrten.«

Guadelupe erinnerte sich sehr gut. Sie hatte Jean Allan nie vergessen. Sie sah fragend zu Philip Cooke.

»Captain Philip St. George Cooke, zu ihren Diensten, Madame«, sagte Cooke. Er hatte einst vage Gerüchte gehört, daß etwas zwischen Jean Allan und Quint Kershaw gewesen wäre. Man hatte erzählt, daß die beiden eine starke Anziehungskraft aufeinander ausgeübt hätten. Einige sagten, daß Jean sich mehr zu Quint hingezogen gefühlt hätte als er zu ihr. Cooke hatte sich gefragt, welcher verdammte Narr Jean Allan einen Korb geben würde. Als er jetzt Guadalupe des Vasquez gegenüberstand, konnte er Quints Entscheidung verstehen.

Guadalupe war die perfekte Gastgeberin, ein Ergebnis ihrer Abstammung von der *gente fina*. Da wurde während der Mahlzeit nicht über Geschäftliches geredet, auch nicht trotz der späten Stunde und der offensichtlichen Dringlichkeit von Captain Cookes Mission. Als der Kaffee, Brandy und Zigarren zum Tisch gebracht wurden, erwartete Quint, daß sich Guadalupe aus der Bibliothek zurückziehen und die Besprechung den

Männern überlassen würde, wie es Sitte war. Doch Guadalupe war vollkommen Dame des Hauses und bezauberte die Offiziere, Señor Gonzales und Jim Magoffin mit ihrem Charme, während sie Luke wie Luft behandelte.

Philip Cooke sah zu Quint, als wollte er fragen: »Ist es korrekt, über Geschäftliches in Anwesenheit der Lady zu diskutieren?«

Quint nickte, während er seine Zigarre anzündete. »Womit kann ich Ihnen dienen, Gentlemen?« fragte er.

Guadalupe senkte den Kopf ein wenig, als wollte sie den leichten Ausdruck von Triumph auf ihrem Gesicht verbergen. Diese Offiziere waren nicht nur zu einer Rast auf dem Weg nach Santa Fé nach Rio Brioso gekommen. Was auch immer der Grund ihres Besuchs war, sie wollte alles mit anhören, denn sie war davon überzeugt, daß das Ergebnis ihre Familie stark betreffen würde.

»Die Regierung der Vereinigten Staaten schätzt sehr die Dienste, die Sie und Ihre Partner Captain Calhoun und seinem Trupp in der Gegend des Carrizo Creeks erwiesen haben, Quint«, begann Cooke, »und später die Warnung vor den mexikanischen Truppen hier in Rio Brioso, die Luke Connors überbrachte. Es hätte einige Mißverständnisse und einen Konflikt zwischen den beiden Parteien geben können. Ich . . .« Er verstummte, als er den harten Blick sah, mit dem Guadalupe ihren Mann bedachte. »Habe ich etwas Falsches gesagt?« fragte er.

Quint schüttelte den Kopf. »Fahren Sie fort«, drängte er und ignorierte Guadalupes angespanntes Starren.

Cooke konnte die plötzliche Kälte zwischen Guadalupe und Quint spüren, doch es blieb ihm keine andere Wahl. »Ich habe einen Brief von Colonel Kearny an Gouverneur Armijo bei mir. Ich war auf dem Weg nach Santa Fé, als wir am Carrizo Creek eintrafen. Ich hatte nicht erwartet, Calhoun dort noch vorzufinden, weil er auf ihren Rat hin dort blieb, anstatt den Erkundungsritt fortzusetzen, der ihm von Colonel Kearny befohlen worden war. Jedenfalls sahen die ursprünglichen Befehle vor, daß er auf dem Santa Fé Trail umkehren und uns treffen sollte, um uns auf unserer Mission nach Santa Fé zu eskortieren. Daraufhin befahl ich Captain Calhoun, mich mit einem Dutzend seiner Dragoner bis hierhin zu begleiten. Mister Magoffin war Colonel Kearny in einem Brief vom Kriegsministerium, auf den Wunsch von Präsident Polk hin, sehr empfohlen worden. Seine Erfahrung während seiner Zeit als Händler in New Mexico, Chihuahua und anderen Provinzen Mexikos und seine gründliche Kenntnis von Land und Leuten kann von außerordentlichem Nutzen für die Vereinigten Staaten bei unserem militärischen Feldzug gegen Chihuahua sein. Außerdem kann Mister Magoffin von großem Nutzen bei der Beschaffung notwendiger Lebensmittel und Reit- und Zugtiere für die Westarmee bei ihrer Ankunft in New Mexico sein. Mister Magoffin seinerseits empfahl Sie sehr, Quint, als unseren Begleiter nach Santa Fé, auf Grund Ihrer Kenntnisse von Land und Leuten und ihrer Freundschaft mit Gouverneur Armijo.«

»Weshalb soll mein Mann Sie begleiten?« fragte Guadalupe mit ruhiger Stimme.

Die beiden Offiziere sahen sie überrascht an. Sie hatten den Eindruck gehabt, daß Frauen in New Mexico sich nicht in die geschäftlichen Angelegenheiten ihrer Männer einmischten, wenigstens nicht offen.

»Captain Cooke?« fragte Guadalupe abermals.

Cooke schaute zu Quint. Quint zuckte kaum wahrnehmbar mit den Schultern.

Guadalupe neigte sich vor. »Mein Mann ist ein naturalisierter Staatsbürger von Mexiko, ein Mann mit Besitz und ein Geschäftspartner und enger Freund von Gouverneur Armijo und Doktor Tomas Byrne von Santa Fé.«

Cooke lächelte leicht. »Natürlich wissen wir das, Madame. »Bitte klären Sie mich über Ihren Standpunkt auf.«

»Sie verlangen, daß mein Mann in einem Krieg Partei ergreift, den Mexiko nicht gewollt hat. Wenn er Sie nach Santa Fé begleitet, um Ihnen bei Ihrer Mission behilflich zu sein, wird das als Beweis ausgelegt werden, daß er mit den Vereinigten Staaten sympathisiert und deshalb ein Verräter seines Wahllandes Mexiko ist.« Cooke wurde es unbehaglich zumute. Das hatte er nicht erwartet. Er sah Quint an und suchte einen Weg aus dem Dilemma.

»Darf ich den Brief an Gouverneur Armijo sehen?« fragte Quint. Er schaute Guadalupe nicht an.

Der Offizier nahm den Brief aus der Meldetasche und schob ihn über den Tisch zu Quint. »Lesen Sie laut vor«, schlug er mit einem Seitenblick zu Guadalupe vor.

Quint zog eine Kerze näher heran und begann zu lesen:

Hauptquartier der Westarmee in Camp Upon the Arkansas, Fort Bent, 1. August 1846

An Seine Exzellenz Gouverneur und Befehlshabender General Don Manuel Armijo, Santa Fe

Sir: Durch die Annexion von Texas durch die Vereinigten Staaten bildet nun der Rio Grande von seiner Quelle bis zum Delta die Grenze zwischen ihnen (den Vereinigten Staaten und Mexiko), und ich komme auf den Befehl meiner Regierung hin, um das Land in Besitz zu nehmen, von dem Ihnen ein Teil als Gouverneur untersteht. Ich komme als Freund und mit dem Befehl und der Absicht, alle Mexikaner und anderen Bewohner als Freunde zu betrachten, wenn sie sich ruhig verhalten und sich friedlich in ihren Wohnungen um ihre eigenen Angelegenheiten kümmern. Alle solche Personen werden von keinem derjenigen, die unter meinem Befehl kommen, weder bezüglich ihrer Person noch ihres Besitzes noch ihrer Religion behelligt werden. Ich bürge für die Erfüllung dieser Versprechen.

Ich komme in diesen Teil der Vereinigten Staaten mit einer starken militärischen Streitmacht, und eine noch stärkere wird uns als Verstärkung folgen. Ich habe mehr Truppen, als ich brauche, um jeden Widerstand zu brechen, den Sie uns möglicherweise entgegensetzen. Aus diesem Grund und um der Menschlichkeit willen rate ich Ihnen sich in Ihr Schicksal zu fügen und mich mit den gleichen Gefühlen von Frieden und Freundschaft zu betrachten, die ich habe und Ihnen und denjenigen unter Ihrer Regierung versichere. Sollte Eure Exzellenz dies tun, wäre es von äußerstem Nutzen für Ihre Interessen und die all Ihrer Landsleute, und Sie werden deren Segen und Gebete erhalten. Sollten Sie dagegen anders entscheiden und sich zu Widerstand entschließen und mit den Soldaten angreifen, die Sie mobilisieren können, dann weise ich darauf hin, daß das Blut, das vergossen werden wird, die Leiden und die Not, die folgen werden, auf Ihr Konto gehen, und statt des Segens Ihrer Landleute werden sie deren Verdammung erhalten, denn ich werde alle diejenigen, die Eure Exzellenz bewaffnet gegen uns aufbieten wird, als Feinde betrachten, und sie werden dementsprechend behandelt werden.

Ich schicke Ihnen dieses Schreiben durch Captain Cooke von meinem Regiment, und ich empfehle ihn und ebenso seine kleine Gruppe von zwölf Dragonern Ihrer Freundlichkeit und Aufmerksamkeit.

*Hochachtungsvoll
Ihr sehr ergebener*
S. W. Kearny, Colonel
First Dragoons

Quint sah auf. »Auf den Punkt genau«, erklärte er mit ruhiger Stimme.

»Werden Sie uns begleiten?« fragte Cooke.

»Diese Männer sind nicht als Besucher oder Gesandte gekommen, Mann«, stieß Guadalupe ärgerlich hervor. »Sie sind die Vorboten einer Eroberungshorde von *gringos!*«

Quint hob besänftigend eine Hand, doch er wußte, daß diese Geste Guadalupe nur weiter erzürnen würde. »Ich entschuldige mich für den Zornausbruch meiner Frau, Captain Cooke«, sagte er. »Sie ist ein bißchen durcheinander. Wie Sie zweifellos wissen werden, ist sie eine direkte Nachkommin der de Vasquez-Familie, die seit Generationen in New Mexico lebte und hier siedelte, bevor die Pilgerväter zum erstenmal Plymouth Rock sahen. Natürlich geht ihr diese beabsichtigte Besetzung von New Mexico sehr nahe. Ihre Treue zu Mexiko steht außer Frage.«

»Wenn deine nur die gleiche wäre, Mann!« stieß Guadalupe hervor.

»Sie brauchen sich nicht zu entschuldigen, Quint«, sagte Cooke. Er schaute Guadalupe an. »Ich entschuldige mich für irgendwelche Mißverständnisse, die ich bei Ihnen hervorgerufen haben könnte, Doña Guadalupe.«

Guadalupe erwiderte nichts darauf. Ihr Gesicht war bleich und angespannt. Fältchen zeigten sich an den Mundwinkeln und der Stirn. Ihre Hände waren unter den Brüsten zu Fäusten geballt. In der Stille, die Cookes Entschuldigung folgte, knackte Holz in einem der Kamine, und das Geräusch von einem der Füße Guadalupes, der auf den Boden stampfte, klang genau wie das Scharren einer Maus in einem der Kornsilos der *dispensa.*

Eine innere Stimme schien mit Quintin zu sprechen: »*Manifest Destiny! Das Schicksal New Mexicos wird manifestiert, Quintin Ker-Shaw. Du bist jetzt ein Teil dieses Schicksals. Nutze es zu deinem Vorteil. Laß dir die gebotene Gelegenheit nicht für immer entgehen. Jetzt oder nie!*«

Das waren 1838 in etwa die prophetischen Worte von William Bent an Quint gewesen. Es hatte 1938 eine andere solche Prophezeiung gegeben, die von Jean Allan: »*Deine Zukunft ist hier in New Mexico, Quintin Ker-Shaw.*«

Philip Cooke war ein entschlossener Mann, der einen einmal gefaßten Vorsatz bis zum Ende verfolgte, ganz gleich, was immer ihm im Wege stehen mochte. »Werden Sie uns begleiten, Quint?« wiederholte er.

Quint schaute auf. »In welcher Eigenschaft, Captain?«

Cooke war leicht überrascht. »Nun, darüber habe ich noch nicht nachgedacht, Quint.«

»*Ich* aber«, sagte Quint trocken. »Wenn zufällig der Invasion Widerstand entgegengesetzt und Ihre Armee besiegt wird, dann wäre ich in einer höllischen Klemme. Mein Besitz würde konfisziert, und ich könnte sogar wegen Landesverrats erschossen werden.«

Cooke sah Quint prüfend an. »Haben Sie irgendwelche Zweifel daran, daß die Vereinigten Staaten siegen werden?

»Ehrlich gesagt, sehr wenige, doch die Möglichkeit einer Niederlage kann man nie völlig ausschließen.«

Luke trank seinen Brandy. Er wischte sich mit dem fettigen Hemdsärmel über den Mund und ignorierte Guadalupes angewiderten Blick. Er grinste. »Das erinnert mich an die Zeit vor sieben Jahren, als Quint, ich, drei Delawaren, ein *cibolero* und sogar die hier anwesende Lady aus einer Stellung hinter toten Maultieren heraus über zweihundert Comanchen abwehrten.«

Shelby Calhoun lächelte schwach. »Sie wollen doch nicht diese legendäre Tat mit der Position New Mexicos und der Stärke der Westarmee vergleichen, Luke, oder?«

Mit einem Achselzucken schenkte sich Luke von neuem Brandy ein. »Ich wollte Sie nur daran erinnern, daß solche Dinge möglich sind, vorausgesetzt, ihre Medizin ist gut, sie sind alle treffsichere Schützen und ihre Herzen sind groß.«

»Glauben Sie, daß uns die Mexikaner besiegen können, Luke?« fragte Cooke.

Das war zuviel für Luke. Er lachte schallend. »Diese Greaser mit ihren Zirkusuniformen und ihren rostigen *escopetas,* die innen glatte Rohre haben? Ich lach mich gleich weg!«

Quint konnte sich nicht zurückhalten, trotz Guadalupes Anwesenheit nicht, denn der gute Brandy zeigte Wirkung und brachte es heraus. »Sie könnten besser mit ihren Lanzen für die Büffeljagd und mit Pfeil und Bogen zurechtkommen«, sagte er.

Shell Calhoun sprach schnell, um weitere Unstimmigkeiten zu verhindern. »Quint, Sie müssen eine Entscheidung fällen. Wir kennen Sie als einen Mann mit Entschlußkraft. Wenn Sie das Angebot ablehnen, eine führende Rolle bei der Annexion New Mexicos durch die Vereinigten Staaten zu übernehmen, könnten sie es später bereuen. Ich versichere Ihnen, daß nichts im Himmel oder der Hölle uns daran hindern kann, genau das zu tun.«

Luke bekam einen Schluckauf. »Er hat recht, Big Red. Wenn ich mir's richtig überlege, hat der alte Shell *immer* recht.«

Shell Calhoun ignorierte Lukes Bemerkung. »Wenn Sie sich Sorgen um Ihre Position machen«, fuhr er fort, »so habe ich diese beiden offiziellen Schreiben, die mir von Colonel Kearny anvertraut wurden. Eine detaillierte Requirierungsliste von Nahrungsmitteln und Zugtieren von Rio Brioso für den offiziellen Gebrauch der Streitkräfte der Vereinigten Staaten und ein Patent als Lieutenant der freiwilligen berittenen Schützen in der US-Armee. Ich bin ermächtigt, Ihren Namen auf dieses Offiziers-Patent einzutragen und Sie auf den Dienst für die Vereinigten Staaten zu vereidigen.«

Es war für Quint wirklich keine Frage, daß die Vereinigten Staaten New Mexico einnehmen und halten konnten. Sein Rio Brioso würde immer noch sicher in seiner Hand sein. Er hatte diese Tatsache nicht in Frage gestellt. Er sah über den Tisch hinweg zu Guadalupe. Von ihr hing die Sache ab.

»Erwartest du, daß *ich* deine Entscheidung treffe, Mann?« fragte Guadalupe eisig.

»Nerv mich nicht vor diesen Gästen, Guadalupe«, warnte Quint ruhig.

Guadalupe sah schnell Shell Calhoun an. »Captain Calhoun, darf ich fragen, wer dieses Offiziers-Patent für meinen Mann veranlaßt hat?«

Shell war überrascht. »Nun, der Kriegsminister.«

Guadalupe war nicht zurückzuhalten. »Und wer, darf ich weiter fragen, empfahl meinen Mann dem Kriegsminister?«

Shell konnte nicht Doktor Byrnes geheime Rolle als Untergrund-Agent für die Vereinigten Staaten preisgeben, die er in den letzten zehn Jahren gespielt hatte.

»Nun, Captain?« fragte Guadalupe ungeduldig.

»Senator Alexander Allan, Vorsitzender des militärischen Ausschusses im Kabinett des Präsidenten.«

Guadalupes Augenbrauen ruckten hoch. »So? Ich wußte nicht, daß mein Mann den Senator kennt oder je kennengelernt hat.«

Der sonst so gelassene und kühle Shelby war leicht verwirrt. »Nun«, sagte er schnell, um seine Verlegenheit zu verbergen, »Der Senator ist mein Schwiegervater und hörte viel durch mich über Ihren Gatten.«

Guadalupe witterte den Sieg. Ein kümmerlicher Sieg, doch es war ihrer. »Von Ihnen, Captain? Oder vielleicht von Ihrer Frau, der früheren Jean Allan?« fragte sie mit einer Mischung aus Schärfe und Süße.

Quint starrte sie an. *Verdammtes Weib!* Sie hatte es nie vergessen! Kein einziges Mal in den sieben Jahren ihrer Ehe hatte sie je ihre Eifersucht auf Jean gezeigt, doch irgendwie hatte Quint stets gespürt, daß seine frühere Beziehung mit Jean immer noch in ihr fraß. Sie hatte immer noch das Gefühl, nur zweite Wahl nach Jean Allan gewesen zu sein, obwohl Quint es nie so empfunden hatte.

Quint trank sein Glas leer und füllte es von neuem mit Brandy. »Ich werde Sie nach Santa Fé begleiten, Captain Cooke. Ich kann Ihr Vorauskommando als Anfang mit etwa 200 Scheffel Mais und Hafer versorgen. Ebensoviel Heu ist vorhanden. Ich kann Ihnen sofort zwanzig Zugpferde liefern, die gleiche Anzahl Kavallerie-Pferde und etwa dreißig gute California-Packmulis. Ich habe fünf Doppelgespanne Ochsen, wenn Sie Bedarf an ihnen für Ihre Artillerie haben.« Er erhob sich. »Sie können mich nun vereidigen, Captain.«

Guadalupe stand auf. Ihre Miene war ausdruckslos. Sie war arg in Versuchung, die Daguerrotypie auf den Tisch vor Shelby zu werfen und ihm zu erzählen, wo sie sie gefunden hatte. Sie hatte keine Ahnung, wie Quint daran gekommen war, doch das war auch gleichgültig. Tatsache war, *daß* er sie hatte. Doch sie konnte es nicht über sich bringen, das zu tun.

Die Offiziere, Jim Magoffin und Luke erhoben sich am

Tisch. Guadalupe machte auf dem Absatz kehrt, verließ die Bibliothek und knallte die Tür hinter sich zu. Quint hatte sie noch nie so wütend erlebt. In diesem Augenblick verspürte er ein vages, doch starkes Gefühl, etwas verloren zu haben, einen Teil seines Lebens, der nie wieder so sein würde, wie er gewesen war.

»Heben Sie die Hand und sprechen Sie mir nach, Quintin Kershaw«, sagte Shell Clahoun.

Quint hob die Rechte. *Es konnte jetzt kein Zurück mehr geben.* Dieser Gedanke ging durch Quints Kopf, während er mechanisch den Schwur wiederholte, der ihn gleichzeitig zur Staatsbürgerschaft und zum Militärdienst der Vereinigten Staaten verpflichtete.

Der Brandy wirkte gut in ihm, als Quint den Innenhof überquerte, nachdem er dafür gesorgt hatte, daß die Dragoner im Dorf einquartiert worden waren, und nachdem er seine Gäste zu ihren Zimmern begleitet hatte. Eine schwache Linie von Licht zeigte sich unter der Tür seines Schlafzimmers. Er öffnete die Tür. Guadalupe saß auf dem Bett in ihrem langärmeligen Nachthemd, das am Hals und an den Ärmeln mit Spitze besetzt war.

Quint trat die Tür hinter sich zu und legte den Querbalken vor. »Es ist hier kalt wie in einer Gruft«, sagte er im Plauderton. Und er dachte: Wenn Guadalupe keine Antwort gibt, dann ist es hier auch so *still* wie in einer.

Er ging neben das Bett und war gerade im Begriff, seine Jacke auszuziehen, als er das geöffnete Samtetui mit der Daguerrotypie auf dem Tisch liegen sah. *Madre de Dios!* Das hatte er völlig vergessen.

»Erkennst du sie wieder?« fragte Guadalupe in süßem Tonfall.

Er sah sie an. »Natürlich.«

»Wie lange hast du das geheimgehalten?« fragte sie.

Er ging zum Barschrank und öffnete ihn.

»Hattest du nicht genug?« fragte sie.

Er schüttelte den Kopf und schenkte sich reichlich ein.

»Du hast meine Frage nicht beantwortet, Mann.«

Er schaute sie an. Er wußte, in welcher Stimmung sie war. Ganz gleich, was er sagte, sie würde ihm nicht glauben, denn in der perversen Art einiger Frauen hatte sie sich schon dazu entschlossen, nur das zu glauben, was sie glauben wollte.

Quint ließ sich auf einen Stuhl sinken. »Ich bezweifle, daß du glauben wirst, wie es dazu kam, daß ich das habe.«

Sie lächelte gekünstelt. »Stell mich auf die Probe.«

Er tat es. Sie glaubte ihm nicht.

»Es ist die Wahrheit«, beschwor er sie.

Sie zog die Augenbrauen hoch. »Sagte ich das Gegenteil?«

»Das brauchst du nicht, Lupita.«

Sie sah ihn prüfend an. »Du bist vereidigt worden?«

»Ja.«

»Wolltest du das wirklich, oder sprach da der Brandy?«

Er schüttelte den Kopf. »Du kennst mich besser.«

»Nun, da du ein Lieutenant der Armee der Vereinigten Staaten bist, hast du zugestimmt, den Feind mit unseren Lebensmitteln, Futter und Tieren zu versorgen und ihn außerdem nach Santa Fé zu begleiten.«

Quint nickte.

»Ohne auf meine Wünsche und die Zukunft der Familie Rücksicht zu nehmen?«

»Ich bin das Oberhaupt der Familie«, sagte er ernst. »Was deine Wünsche anbetrifft, so mußte ich diese Entscheidung für mich allein treffen. Die Annexion New Mexicos ist eine längst beschlossene Sache. Er ist besser, die Kinder haben einen Vater, der für die Vereinigten Staaten gedient und gekämpft hat, statt einen, der einem besiegten Mexiko gedient und vielleicht alles verloren hat, einschließlich sein Leben.«

Sie lächelte starr. »Verräter!« sagte sie.

Er trank den Brandy auf einen Zug aus und musterte sie.

»Denkst du das wirklich?«

»Ja.«

Er erhob sich. »Wir brechen morgen früh auf, Lupita. Ich weiß nicht, wann ich zurück sein werde, vielleicht in zehn Tagen oder zwei Wochen, vielleicht auch eher.«

»Wenn du nicht geschnappt und als Verräter hingerichtet wirst.«

Quint schüttelte den Kopf. »Wir reiten unter der Parlamentärflagge.«

»Die Offiziere und Santiago tun das. Sie sind Bürger der

Vereinigten Staaten. *Du* bist *keiner*. Es zählt nicht, daß Texas behauptet, seine westliche Grenze wäre nicht der Neces, sondern der Rio Grande, was dich automatisch zu einem Bürger der Vereinigten Staaten machen würde.«

»Und dich auch«, sagte er trocken.

Sie schüttelte heftig den Kopf. »Niemals.«

»Du hast ein Jahr Zeit, um dich zu entscheiden.«

»Nein!« schrie sie.

Quint zog seine Jacke an. Er nahm seine beiden Colts und das Hawken-Gewehr. Er ging zur Tür und wandte sich dort noch einmal um. »Ich werde wie gesagt in zehn Tagen oder zwei Wochen zurück sein.«

»Wie kommst du darauf, daß ich dann noch hier bin?« fragte sie.

Er sah sie nachdenklich an. »Das solltest du besser sein«, warnte er sie. »Ich sage es dir nicht noch einmal.«

Sie sprang über das Bett, packte das Etui mit der Daguerrotypie und schleuderte es nach ihm. »Hier! Nimm das mit!« schrie sie. Die Kante des Etuis schlug gegen seinen linken Mundwinkel, der zu bluten begann. Das Etui fiel auf den Boden und klirrte wie splitterndes Glas. Einen Augenblick lang sah er sie hart und grimmig an, und Blut sickerte hinab in seinen kurzen Bart. Dann wischte er das Blut fort, hob das Etui auf, steckte es in seine Jackentasche und machte auf dem Absatz kehrt. Er stieß den Querbalken vor der Tür aus den Halterungen, daß er zu Boden krachte, verließ das Zimmer und schlug die Tür hinter sich zu.

Sekundenlang saß Guadalupe entgeistert da. Dann brach sie in Tränen aus. »Maria Santissima«, murmelte sie. »Was habe ich getan? *Was habe ich getan?*«

17

Als die Kavalkade mit Captain Cooke, James Magoffin, Señor Gonzales, Luke, Quint und zwölf Dragonern einschließlich eines Trompeters die Anhöhe erreichte, sahen sie in der Ferne die Königliche Stadt des Heiligen St. Franziskus – Santa Fé – in 2300 Meter vor dem gewaltigen Hintergrund der Sangre de

Cristo Mountains. Santa Fé war die Hauptstadt der enorm großen Provinz New Mexico. Es war das Verwaltungszentrum von vielen kleineren Siedlungen von El Vado de San Miguel in der Nähe von Las Vegas bis Jemez. Es war wie Rom in der Alten Welt: Alle Wege führten dorthin. Santa Fé war der Mittelpunkt der Trails. Der Chihuahua Trail erstreckte sich von Vera Cruz am Golf von Mexico über zweitausend Meilen nach Santa Fé. Der Spanish Trail reichte von Santa Fé bis nach Los Angeles, neunhundert Meilen westlich an der Pazifikküste. Der Santa Fé Trail führte über 1500 Meilen von Missouri nach Santa Fé.

Aus der Ferne sah die Stadt wie ein wirrer Komplex aus Bausteinen aus. Die kastenförmigen, braunen, goldfarbenen und weißen Adobehäuser, eingeschossige Gebäude mit flachem Dach, standen am Rand eines weiten Plateaus, das sich nach Westen zum Tal des Rio Grande del Norte hin erstreckte. Westlich des Flusses erhoben sich die Jemez und Sandia Mountains in bläulichem Dunst. Das Plateau war gespickt mit spitzen Hügeln und getupft mit grüner Vegetation. Besondere Lichtverhältnisse erweckten den Eindruck, am Grund eines gewaltigen Sees entlang zu sehen, eine unwirkliche und geheimnisvolle Empfindung für die Augen eines Fremden.

Der Morgenwind trug den schwachen, dumpfen Klang von Glockengeläut heran. Ein Horn erklang. Die Straße voraus war voller Leute, die zur Plaza im Zentrum der Stadt eilten.

Trotz ihres imposanten Namens und ihrer Bedeutung in der Provinz war die Stadt nur klein und gruppierte sich wie zufällig um einen kahlen, von der Sonne festgebackenen Platz. Die Straßen waren gewunden, schmal, unbefestigt und schmutzig. Besucher der Stadt bahnten sich einen Weg durch einen Staubschleier, halbnackte Kinder, gackernde Hühner und unzählige magere, wolfartige Hunde, die kläfften und ihre Fänge entblößten. Katzen, Hunde, Schweine, Hühner und Esel wanderten zuhauf herum und wühlten in Abfallhaufen, die sich in verschiedenen Stadien der Fäulnis befanden. Das reine, klare, kühle Bergwasser, das in den *acequias,* den Bewässerungsgräben, heruntergeleitet wurde, war von Abfall und Mist verschmutzt.

Je mehr sich der kleine Trupp Amerikaner der Plaza näherte,

desto voller wurden die engen Straßen mit Leuten zu Fuß oder zu Pferde, auf Maultieren und Eseln, und alle strebten in dieselbe Richtung wie die Amerikaner. Ihre Mienen waren nicht sehr freundlich, doch zugleich gab es viele, die lächelten oder überhaupt keine Gefühle zeigten.

Die *plaza publica,* der öffentliche Platz, La Plaza de la Constitucion – so benannt, weil 1821 die Flagge der neuen Republik Mexiko auf dem Palast des Gouverneurs gehißt worden war – war baum- und schattenlos, eine riesige Fläche von Lehm, die bei trockenem Wetter in der Sonne hart wurde und sich bei nassem Wetter in einen Morast von Schlamm verwandelte, der stark mit Mist und Dung vermischt war. Der Placic, der Gouverneurspalast, beherrschte die Nordseite des Platzes. Er war über hundert Meter lang und bildete die Südseite eines Platzes von zehn Acres, der von hohen, verfallenen Mauern umgeben war, die sich fast dreihundert Meter nach Norden erstreckten. Innerhalb des Platzes befanden sich der Palast, Quartiere für die Militärgarnison und der gefürchtete *calabozo,* das Gefängnis. Es gab Corräle, einen kleinen *campo santo* oder Friedhof, einen Exerzierplatz oder *plaza de armas* und eine Kapelle für das Militär. Andere wichtige Gebäude um die Plaza waren die Casa Consistorial der Alkalden oder Bürgermeister, die Capilla de los Soldados, die Kapelle der Soldaten, einen *cratorio,* eine kleine Kapelle, das Zollamt und die Parroquia oder Pfarrkirche. Häuser einflußreicher Bürger und einige Geschäfte standen Wand an Wand um den Platz und füllten die Lücken zwischen den öffentlichen Gebäuden. Sie hatten hölzerne *portales* oder *corredores,* Vordächer mit Stützpfeilern, die der Bürgerschaft Schutz vor Sonne und Regen boten. Der *mercado,* der Markt unter freiem Himmel, befand sich entlang der äußeren Seite der Westwand des Palastes und erstreckte sich über die volle Länge des Platzes bis zu den offenen Feldern, auf denen Pferdehändler verkauften, kauften und Tauschhandel trieben.

Auf der Plaza drängten sich fast Schulter an Schulter Soldaten und Landbewohner, die offenbar zur Verteidigung der Provinz mobilisiert worden waren. Es war fast unmöglich für den amerikanischen Trupp, sich durch die Masse der Leute einen Weg zu erzwingen, um zum Palast zu gelangen, doch es gab nur wenig Proteste und keiner versuchte, sie absichtlich zu behindern.

»Vielleicht sind sie sich nicht sicher, weshalb wir hier sind«, grunzte Luke, während er sich auf seinem Pferd einen Weg durch die Menge bahnte.

Quint grinste leicht. »Bist du dafür oder dagegen?« Er sah zu Captain Cooke. »Vielleicht sollten wir ihnen eine Vorstellung von der Bedeutung unserer Mission geben, Sir.«

Cooke nickte. Er band sein weißes Taschentuch an die Spitze seines Säbels und hielt ihn hoch. Die Menge teilte sich allmählich und ließ die Amerikaner zum Gouverneurspalast passieren.

»*Hola*, Don Quintin! Sind Sie jetzt ein *gringo*-Soldat?« rief ein Mann. Es war José, Tom Byrnes Stallknecht und ein halber Comanche.

Quint lächelte. »Sag Doktor Byrne, daß ich hier bin, ja, José? Ich möchte mit ihm reden, wenn wir unseren Job hier erledigt haben.«

Captain Cooke zügelte seinen Braunen. »Trompeter«, sagte er über die Schulter. »Blasen Sie zum Verhandeln.«

Trompeter O'Hearne setzte schwungvoll seine glänzend polierte C-Trompete an und blies das Signal. Das Schmettern hallte von den Gebäuden rings um die Plaza wider. Das Stimmengewirr verstummte, als hätten plötzlich alle die Sprache verloren.

Minuten vergingen. Keiner in offizieller Eigenschaft ließ sich blicken. Dann schritt ein Offizier langsam unter dem langen *portale* entlang und blieb neben einem der riesigen Stützpfeiler des Vordaches stehen. Es war Diego de las Casas.

»Vertreten Sie Seine Exzellenz Gouverneur Armijo, Sir?« fragte Captain Cooke Diego in förmlichem Militärakademie-Spanisch.

Captain Diego de las Casas schüttelte den Kopf, ohne auch nur eine Sekunde den Blick von Quint abzuwenden, und wies mit dem Daumen über die Schulter. »Capitan Ortiz, Mayor de Plaza, kommt«, erwiderte er knapp.

»Diesem kaltäugigen Hurensohn solltest du besser nicht den Rücken zuwenden, Big Red«, raunte Luke aus dem Mundwinkel heraus.

Quint nickte. »Aye.«

Jim Magoffin grinste. »Es ist jedenfalls immer nett, daß die

Verwandten deiner Frau dich mit solch einer Wärme und Herzlichkeit empfangen.«

Captain Ortiz, ein großer Mann mit rosiger Gesichtsfarbe, tauchte schließlich auf. »Zu Ihren Diensten, Captain«, sagte er förmlich. »Was kann ich für Sie tun?«

»Ich bin Captain Philip St. George Cooke, Dragoner der Vereinigten Staaten. Ich habe eine Botschaft für Ihren Gouverneur von Colonel Stephen Watts Kearny, Armee der Vereinigten Staaten, Befehlshabender Offizier der Westarmee, gegenwärtig in der Nähe von Las Vegas auf dem Weg zu dieser Stadt hier, Sir«, erwiderte Captain Cooke.

Captain Ortiz verneigte sich. »Haben Sie oder Ihr vorgesetzter Offizier, dieser Colonel Kearny, eine Erlaubnis, bis an die Zähne bewaffnet den heiligen Boden von Mexiko zu betreten?«

Captain Cokke verneigte sich seinerseits. »Wie Sie sehen können, Sir, reiten meine Leute und ich unter Parlamentärflagge.«

Diego de las Casas schnaubte verächtlich. »Ein Fetzen an einem Säbel. Lassen Sie *mich* denen einen gebührenden Empfang bereiten, Captain Ortiz.«

Der *mayor de plaza* schüttelte den Kopf. »Wir müssen die Gepflogenheiten beachten, Captain. Wir sind keine Barbaren.« Er machte auf dem Absatz kehrt und ging in den Palast zurück.

Quint sah Cooke von der Seite an. »Wie ich Armijo kenne, weiß er längst, daß wir hier sind und warum.«

»Und die exakte Zahl der Soldaten und Waffen, über die Colonel Kearny verfügt«, fügte Jim Magoffin hinzu.

»Verräter«, sagte Diego deutlich und starrte immer noch Quint an.

Quint schaute gelassen in die Runde, zu den vielen Soldaten und der Menge der Zivilisten auf der Plaza und zurück zu Diego. »Würdest du mir das hinter dem Corral ins Gesicht sagen, Cousin? Oder fühlst du dich hier sicherer in der Öffentlichkeit, bei der Unterstützung deiner Leute und einem schnellen Fluchtweg in den Palast?«

Diegos Augen weiteten sich. Er lief rot an. Er legte die Rechte auf den Griff seines Säbels.

»Um Gottes willen, Kershaw!« zischte Captain Cooke aus

dem Mundwinkel. »Können Sie Ihre verdammte Fehde nicht zu einem anderen Zeitpunkt austragen? Wenn er den Säbel zieht, ist hier die Hölle los!«

»Könnte interessant sein«, bemerkte Luke trocken.

»Gott sei Dank«, sagte Jim Magoffin. »Da kommt Ortiz.«

Ortiz führte Captain Cooke, Señor Gonzales, Jim Magoffin und Quint in den Palast. Luke verschwand in der Menge auf seinem Weg zu Tom Byrnes *casa*. Die Dragoner-Eskorte wartete draußen in der heißen Sonne.

Gouverneur Manuel Armijo saß an einem Tisch in einer großen, hohen Halle, deren irdener Boden mit Teppichen belegt war. Acht militärische und zivile Offizielle standen in der Nähe des Gouverneurs herum.

Manuel Armijo war ein großer, gutaussehender Mann Anfang 50. Sein dunkelhäutiges Gesicht war etwas gerötet. Er trug einen blauen Gehrock aus feinem Tuch mit Stehkragen und den Schulterklappen eines Generals. Seine blaue Hose war mit goldener Tresse besetzt. Sein ziemlich großer Bauch wurde mit einer roten Seidenschärpe verziert. Er erhob sich, als Captain Ortiz ihm Captain Cooke vorstellte. Die anderen drei Besucher kannte er bereits seit langem. Er bedachte Quint mit einem kurzen Lächeln. Sie waren Freunde, seit Quint ihm bei Bartolomé de Vasquez' Mordversuch im Jahre 1838 das Leben gerettet hatte. Quint hatte eine Narbe unterhalb der linken Rippen davongetragen, als Bartolomé ihn mit dem Messer getroffen hatte. Fast wäre der Stich tödlich gewesen. Armijo hatte das nicht vergessen. Außerdem war er zu einem Viertel an Rio Brioso beteiligt, zu seiner großen Zufriedenheit, besonders weil Quint es geschafft hatte, soviel Gewinn zu erwirtschaften. Manuel Armijo war nicht nur Gouverneur oder Soldat, sondern hauptsächlich ein gewiefter Geschäftsmann.

Nachdem Captain Cooke den Brief überreicht hatte, den ihm Colonel Kearny für den Gouverneur mitgegeben hatte, erhob sich Armijo abermals. »Diese Angelegenheit wird einige Beratungen zwischen mir und meinen militärischen und zivilen Beamten erfordern, Gentlemen. Es stehen Quartiere für Sie im Palast zur Verfügung, ebenfalls für Ihre Eskorte. Meine Soldaten werden sich um Ihre Pferde kümmern und sie in der Nähe der Stadt grasen lassen, weil zu dieser Zeit nur wenig Körnerfutter erhältlich ist. Ich hoffe, die Gentlemen werden hierbleiben, solange es ihnen beliebt. Sie werden informiert werden, wenn ich zu einer Entscheidung in dieser Angelegenheit gelangt bin.«

Als sich Quint später einen Weg über die Plaza bahnte, auf der es immer noch von Menschen wimmelte, um zu Tom Byrnes feiner, großer *casa* zu gehen, traf er Luke, der gerade aus einer *cantina* auftauchte. »Hast du ihn gesehen?« rief Luke.

»Wen?« fragte Quint. »Den Gouverneur? Ja.«

Luke schüttelte den Kopf. Er schaute sich sichernd um und sprach mit gesenkter Stimme. »Deinen lieben Schwager, diesen Hurensohn Bartolomé de Vasquez.«

»Wo hast du ihn gesehen?«

»Gerade als ich die Plaza überquerte. Er bemerkte, daß ich ihn genau ansah und verschwand in der Menge.«

»Bist du sicher, daß er es war?«

»Völlig, und er war nicht allein.«

»Was meinst du damit?«

»Kiowa war bei ihm.«

Quint fuhr herum und sah sich um.

»Du wirst sie jetzt nicht mehr finden«, sagte Luke. »Sie müssen uns gesehen haben, als wir mit Cooke in die Stadt kamen. Sie können uns gar nicht übersehen haben. Ich folgte ihnen ein Stück, doch dann verlor ich sie aus den Augen. Später *glaube* ich, gesehen zu haben, daß Bartolomé mit deinem lieben Cousin Diego de las Casas gesprochen hat, doch als ich mich näher an die Stelle heranmachte, an der sie sprachen, waren beide verschwunden.«

Quint nickte. »Du hast recht. Wir werden sie jetzt nicht mehr finden. Schau dich mal in der Stadt um und versuch, etwas herauszufinden. Ich würde es selbst tun, doch sie würden mich auf der Stelle entdecken. Ich bezweifle, daß Bartolomé hier in Santa Fé irgend etwas gegen mich unternimmt, denn dann würde er sich ja selbst gefährden. Aber bei Kiowa ist das anders. Der würde alles riskieren, um mich zu erledigen, genau wie ich es tun würde, um ihn zu schnappen. Es überrascht mich aber, daß Bartolomé es riskiert, ins nördliche New Mexico zurückzukehren. Wie ich ihn und seinen Cousin Diego kenne, sind die beiden an irgendeinem Komplott beteiligt, um von dieser neuen Situation zu profitieren. Es könnte ihre Chance sein. Ich muß zugeben, daß die beiden trotz ihrer Fehler Patrioten sind. Und damit sind sie nicht allein in der Familie.«

»Lupita?«

»Ja, und sie ist in diesem Punkt vielleicht die treueste Anhängerin Mexikos.«

»Was ist mit Kiowa?« fragte Luke.

Quint sah ihn an. »Das ist eine persönliche Sache zwischen ihm und mir. Der Mann ist ein mörderischer Ausgestoßener, der einen Pakt mit dem Satan schließen würde, wenn Profit und Frauen im Spiel sind.«

Tom Byrne begrüßte Quint an seiner Haustür mit dem *abrazo*, ergriff ihn mit seinen kräftigen Armen an den Schultern und klopfte ihm auf den Rücken. »Bei Gott, Quintin«, rief er, »du wirst jedesmal größer und häßlicher, wenn ich dich sehe! Wie machst du das nur?«

Quint grinste. »Das ist ganz einfach, Tom, wenn du den richtigen Dreh heraus hast. Was das anbetrifft, so scheinst du da auch keine allzugroßen Schwierigkeiten zu haben.«

Luz Garcia, Toms Genizara-Frau, kam zu ihnen und streckte ihre schlanken, zarten Hände aus, um Quints große Hände zu ergreifen. Immer wenn sie das tat, hatte Quint das Gefühl, riesige, schwielige Pranken zu haben. Luz war erst fünfzehn Jahre alt gewesen, als er sie '38 das erste Mal gesehen hatte, eine Kindfrau mit beeindruckender, dunkler Schönheit, die fast etwas Madonnenhaftes hatte. Luz Garcia war nicht ihr richtiger Name. Ihre Mutter stammte aus New Mexico, aus Abiquiu, nordwestlich von Santa Fé am Chama. Sie war von Kotsoteka Comanchen entführt worden, und einer von ihnen hatte sie zu seiner Squaw gemacht. Sie war im Dorf der Comanchen bei der Geburt ihrer Tochter gestorben. Männer aus New Mexico hatten das Dorf angegriffen und die Kotsotekas besiegt, wobei der Vater von Luz getötet worden war. Sie hatten das kleine Mädchen mit nach Abiquiu genommen. Tom hatte sie gekauft, als sie vierzehn gewesen war, und er hatte sie Luz – Licht – genannt, denn sie brachte tatsächlich Licht in sein leeres, einsames Leben. Sie hatten nicht geheiratet. Man sagte, daß Tom vor Jahren eine Frau in Irland zurückgelassen hatte, doch er sprach nie von ihr. Er und Luz liebten einander innig trotz des großen Altersunterschieds.

Tom und Quint zogen sich mit Brandy und Havannas in die Bibliothek zurück. Die Bibliothek enthielt die beste private Bücherei nördlich von Chihuahua, wenn nicht sogar von Mexiko City bis nach Saint Louis. Durch Tom hatte sich Quint gründliche Kenntnisse über die Geschichte der Provinz New Mexico angeeignet, sowohl über die weltliche als auch über die kirchliche. Es war zum Teil auf Toms Einfluß zurückzuführen, daß Quint kurz nach seiner Ankunft in New Mexico die mexikanische Staatsbürgerschaft so leicht erhalten hatte, und mit der Fürsprache des mächtigen Manuel Armijo war ihm sogar erlassen worden, daß er erst zwei Jahre lang seinen Wohnsitz in New Mexico haben mußte, wie es für alle Bewerber gesetzlich vorgeschrieben war. Als Tom eine Beteiligung an dem großen Besitz der de Vasquez am Rio Brioso erlangt hatte, mit Armijo und La Tules als Partner, war auf sein Betreiben hin Quint ein Viertel angeboten worden im Tausch für die Leitung und Verwaltung der zukünftigen Besiedlung dort, zusammen mit einer langfristigen Option auf den Kauf des El-Cerrilo-Besitzes, der an Tom verpfändet gewesen war. Quint haßte es, bei jemandem Schulden zu haben, selbst bei den kleinsten Summen, doch wenn er irgend jemandem seinen phänomenalen Aufstieg zu Erfolg in New Mexico zu verdanken hatte, dann Tom Byrne.

»Du hast das Offiziers-Patent also angenommen, wie?« fragte Tom.

Quint nickte. »Nach einiger Überlegung«, gab er zu.

»Warum? Es ist beschlossene Sache, daß New Mexico jetzt ein Teil der Vereinigten Staaten ist. Warum mußtest du da noch lange überlegen?«

Quint nippte an dem starken Brandy. Er sah Tom an. »Lupita«, sagte er nur.

»Sie besteht hartnäckig darauf, daß New Mexico mexikanisch bleibt, ich weiß. Ich bin etwas überrascht. Sie ist eine intelligente Frau. Überdies liebt sie dich sehr, Quint, obwohl es mich oft verwundert hat. Sie hat alles zu gewinnen und nichts zu verlieren, wenn sie die Annexion New Mexicos durch die Vereinigten Staaten akzeptiert. Die Grenze des Rio Grande ist eine unumstößliche Tatsache.«

»Ziemlich zweifelhaft, oder nicht?«

Tom zündete seine Zigarre von neuem an und sprach, während er paffte. »Gehen wir jetzt nicht weiter darauf ein. Kearny ist mit der Westarmee auf dem Weg hierher. Er wird lange genug hierbleiben, um New Mexico zu sichern, und dann Colonel Doniphan und sein Erstes Regiment der Missouri-Freiwilligen nach Chihuahua schicken, damit sie auf die Truppen der Vereinigten Staaten stoßen, die von Osten durch das nördliche Mexico marschieren. Kearny wird dann eine Garnisonstärke hier in New Mexico lassen und selbst nach Westen marschieren, um Kalifornien den Vereinigten Staaten zu sichern.«

»Da ist immer noch ein Faktor, der Kearnys Pläne über den Haufen werfen könnte, wenigstens für einige Zeit. Mal angenommen, Armijo leistet der Invasion Widerstand?« fragte Quint.

Tom Byrne zuckte die Achseln. »Das kann er sehr leicht tun. Er behauptet, er hätte fünf- oder sechstausend verfügbare Soldaten und sieben Artilleriegeschütze, vorwiegend Vierpfünder. Mit einer solchen Streitmacht könnte er Kearny gewiß aufhalten, wenn er den richtigen Platz dafür wählt.«

»Apache Canyon. 150 gut bewaffnete und entschlossene Männer mit ein paar Kanonen könnten dort leicht die Westarmee stoppen.«

Tom nickte. »Leonidas hielt an den Thermopylen die Perser auf.«

Quint lächelte. »Armijo und seine Männer sind nicht gerade wie die Spartaner. Glaubst du, er wird Widerstand leisten?«

»Nein, das glaube ich nicht. Er macht vielleicht 'ne Schau oder leistet möglicherweise sogar zum Schein Widerstand, doch ich bezweifle, daß er bis zum Ende kämpfen wird.«

»Das klingt, als wärst du dir da sehr sicher, Tom.«

»Hast du dich schon gefragt, weshalb Santiago Magoffin mit Captain Cooke gekommen ist?«

»Ja. Er ist ein guter Bekannter von Armijo. Vielleicht kann er den Gouverneur überzeugen, die Tatsache hinzunehmen, daß New Mexico bereits an die Vereinigten Staaten verloren ist. Santiago kann einer Schlange die Schuppen wegzaubern, wenn er das will.«

»Armijo hat mit an Sicherheit grenzender Wahrscheinlichkeit den Verlust New Mexicos akzeptiert. Ich erfuhr zufällig, daß er seinen Besitz im nördlichen New Mexico auflöst. Warum nicht? Hier gibt es nichts mehr für ihn zu bestellen, wenn New Mexico ein Teil der Vereinigten Staaten wird. Sein Gouverneursposten, der Generalsrang, Schiebung und Korruption werden nicht länger dazu dienen, seine Geldtruhen zu füllen.«

»Was ist mit seiner Viertelbeteiligung an Rio Brioso?«

»Die hat er bereits verkauft, an La Tules – ebenso seine Beteiligung an ihrer Monte *sala.*«

Quint stieß einen leisen Pfiff aus. »Er *muß* bereit sein, sich abzusetzen.«

»Santiago hat seine Mission offenbar vor jedem geheimgehalten. Vor Monaten traten die Senatoren Thomas Hart Benton von Missouri und Alexander Jamieson Allan an ihn heran, und durch sie traf er sich mit Präsident Polk und dem Kriegsminister Marcy. Polk war darauf aus, die nördlichen Provinzen von Mexiko ohne Blutvergießen zu sichern. Santiago hat ihm anscheinend größtmögliche Hilfe dabei versprochen. Welch ein besserer Mann hätte für den Job gefunden werden können? Sie statteten ihn mit gewissen Briefen für Armijo aus und hoffen, Armijo und seine Offiziere damit zu überreden, zu überzeugen und/oder zu bestechen, sich friedlich zu fügen. Vielleicht schafft er seine Mission bei Armijo, doch Colonel Diego Archuleta, Armijos Stellvertreter, könnte ein Problem sein.«

»Wie ich ihn kenne, wird er eher kämpfen, als die Provinz friedlich abzutreten.«

»Vielleicht. Doch ich vermute, daß Santiago es schaffen kann einen Handel mit ihm zu machen, gesondert von dem, was er Armijo anbieten wird.«

»Zum Beispiel?«

Tom lächelte. »Er wird Archuleta zusichern, daß er die Kontrolle über New Mexico *westlich* des Rio Grande übernehmen kann.«

Quint starrte Tom an. »Aber das bedeutet...« Seine Stimme versagte für einen Moment. »Mein Gott...«

Tom nickte. »Genau. Wenn der Handel erst perfekt ist und die Vereinigten Staaten die Kontrolle über New Mexico bis zum Rio Grande haben, wird Kearny den Rio Grande auf dem

Weg zur Eroberung Kaliforniens durchqueren, was natürlich alles Land westlich des Rio Grande bis zum Pazifik einschließt.«

Quint schüttelte den Kopf. »Ich möchte nicht gerne pokern mit Polk Allan, Benton, Marcy, Magoffin, und ich befürchte, auch nicht mit *dir*.«

»Du würdest todsicher dein letztes Hemd verlieren, Big Red«, stimmt Tom selbstzufrieden zu.

»Dann sieht es so aus, als wäre die Besetzung schon beschlossene Sache, vorausgesetzt, Armijo geht auf den Handel ein.«

»Das wird er. Ich glaube, er wird froh sein, von hier zu verschwinden. Und die Leute werden mehr als froh sein, ihn gehen zu sehen. Du kennst den Spruch New Mexicos.«

Quint nickte. »*Dios en el cielo y Armijo en la tierra.*«

»Gott herrscht im Himmel und Armijo auf der Erde.«

Sie hoben ihre Gläser darauf.

»Nun haben wir bei Rio Brioso nur noch La Tules als Partnerin«, murmelte Quint. »Sie besitzt jetzt die Hälfte. Ich habe immer gedacht, sie vertraut nichts anderem als Gold und Silber. Ich frage mich, wieviel sie Armijo für seinen Anteil geboten hat.«

»Eine Menge weniger, als er wert ist. Doch Gold spricht eine mächtige Sprache, besonders wenn es statt Versprechungen angeboten wird. Armijo hatte kaum eine Wahl, oder er hätte alles verlieren können. Sie ist eine gerissene, harte Geschäftsfrau.«

Quint sah Tom prüfend an. »Und sie hält nicht viel von Land als Investition, besonders nicht in diesen unruhigen Zeiten. Was bedeutet, daß sie sich sehr gut irgendein vernünftiges Angebot anhören wird, um ihren Anteil an Rio Brioso abzustoßen. Stimmt's, Tom?«

Tom sah von seinem Glas auf. »Das ist möglich«, gab er zu.

»Habt ihr beide darüber geredet?«

Tom nickte.

»Und was war das Ergebnis?«

»Sie wird ihre Hälfte an mich verkaufen.«

»Was bedeutet, daß du dreiviertel von Rio Brioso besitzen wirst.« Quint schwieg einen Augenblick lang und neigte sich dann vor. »Du hast kein Interesse an dem Land, Tom. Du bist kein Mann der Siedlungsgrenze. Ich könnte mir drei Möglichkeiten denken, die du bezüglich Rio Brioso planst.«

»Sprich weiter«, drängte Tom.

»Ich kann weiter Manager des Besitzes sein, mit einem Vorkaufsrecht, um deine Anteile aufzukaufen, wenn ich genug Geld zusammen habe. Du kannst mich aufkaufen und den Besitz für dich allein behalten und mich möglicherweise als Manager mit Gehalt und Gewinnbeteiligung behalten. Oder du kannst mich ausbezahlen und dann den gesamten Besitz an eine interessierte Partei verkaufen. Was das letzte anbetrifft, so kann ich mir denken, wer diese Partei sein könnte.«

Tom lehnte sich auf seinem Stuhl zurück und musterte Quint. »Du bist kein schlechter Geschäftsmann für einen, der eine große Zeit seines Lebens damit verbracht hat, in den Bergen Biber zu fangen und eine *estancia* im Grenzland zu führen.«

Quint nickte. »Und ich bin ein Mann, der ohne dich keine Chance gehabt hätte, einen Viertelanteil an Rio Brioso zu bekommen.«

Tom winkte ab. »Rio Brioso wäre noch eine völlige Wildnis, heimgesucht von Comanchen, wenn wir dich nicht als *Hacendado* ausgewählt hätten, Quint.«

»Dann sind wir wenigstens in diesem Punkt quitt.«

»Ja, es war ein guter Handel für alle Betroffenen.«

»Wie wird es also sein?«

»Ich bezweifle, daß du je genug Bargeld haben wirst, um mich ausbezahlen zu können, selbst bei einem langfristigen Vorkaufsrecht. Ich habe kein Interesse daran, dich auszubezahlen und den Besitz für mich selbst zu halten. Ja, ich wäre bereit, dich auszubezahlen und möglicherweise den ganzen Besitz zu verkaufen. Doch was letzteres anbetrifft, so könnte es arrangiert werden, daß ich die neuen Besitzer als Manager behalten, bis sie über die Zukunft von Rio Brioso entscheiden. Somit ist die dritte Möglichkeit, die du angeführt hast, die praktischste und wahrscheinlichste.«

»Angenommen, ich weigere mich, dir meinen Viertelanteil zu verkaufen?«

Tom starrte auf seinen Brandy und schwenkte ihn im Glas. Langsam sah er auf. »Ich glaube, du weißt so gut wie ich, daß das Geld, mit dem ich ursprünglich meinen Anteil kaufte und deinen Anteil ebenfalls aufbrachte, und daß die Mittel, die ich der Familie de Vasquez gegen El Cerrillo als Sicherheit vorstreckte, weit mehr waren, als ich allein hätte anhäufen können. Überdies war all mein persönliches Vermögen zu jener Zeit und sogar gegenwärtig in meinen Handelsgeschäften eingefroren.«

Quint nickte. »Dann besitzt jetzt in Wirklichkeit Senator Allan dreiviertel von Rio Brioso.«

»Ja, aber es ist nicht für ihn selbst. Er plant, schließlich den größeren Teil davon an die Regierung der Vereinigten Staaten zur militärischen Nutzung zu verkaufen und nur einen Teil davon für sich zu behalten.«

»Nach dem, was ich gehört habe, besitzt der Senator mehr Geld und Vermögenswerte, als er jemals ausgeben könnte. Ebenso bezweifle ich sehr, daß er je daran interessiert sein wird, Rancher in Rio Brioso oder in irgendeinem anderen Teil von New Mexiko zu werden.«

Tom nickte. »Vielleicht könnte ich ihn davon überzeugen, daß es zum großen Vorteil für Rio Brioso wäre, wenn du als Manager bleiben würdest.«

Quint zündete sich eine weitere Zigarre an. »Der Senator hat eine erstaunliche Weitsicht. Er kann einen großen Teil des Besitzes an die Regierung verkaufen und viel der besonders ausgewählten Gebiete behalten, um Rinder, Pferde und Maultiere zu züchten und Futter und Feldfrüchte anzubauen, um zukünftige militärische Einrichtungen zu versorgen, ein mächtig lukratives Geschäft nach allem, was ich gehört habe. Und besteht nicht die große Möglichkeit, daß viel von seinem Wohlstand aus Verträgen herrührt, die er mit der Regierung abschloß, während er Colonel der Ersten Dragoner und später Senator von Kentucky war?«

»Ich hoffe, du unterstellst ihm keine Machenschaften, Quint. Der Senator ist ein Ehrenmann.«

Quint winkte ab. »Das steht außer Frage. Doch ich bezweifle, daß ich einen Kuhhandel mit dem Senator von Kentucky machen möchte.«

Tom lächelte. »Das möchte ich auch nicht.«

»Verfolgen wir meinen Gedankengang weiter. Wenn Senator Allan Rio Brioso voll in Besitz nimmt, einen Teil davon der Regierung für militärische Nutzung verkauft und einen Teil behält, um daraus besagtes Militär zu versorgen, ohne selbst an einem solchen Unternehmen interessiert zu sein und ohne in New Mexiko zu leben, ist es dann möglich, daß er Rio Brioso als eine Investition für die Zukunft seiner Tochter und seines Schwiegersohns plant, wenn Shelby Calhoun aus der Armee ausscheidet und sich in diesem neuen Besitz der Vereinigten Staaten zur Ruhe setzt?«

Tom grinste. »Das war eine lange, verschachtelt formulierte umd komplizierte Frage, Quint.«

»Beantworte sie«, sagte Quint trocken.

»Darauf brauchen wir einen Drink«, sagte Tom. Er schenkte ein und trank schnell sein Glas leer. »In Beantwortung deiner Frage: Ja. Du hast es genau umrissen.«

»Und du hast den teuflischen irischen Nerv, mir vorzuschlagen, als Manager für Jean und Shelby Calhoun in Rio Brioso zu bleiben?« Quint schüttelte den Kopf. »Niemals!«

»Ich dachte mir, daß du damit nicht einverstanden bist.«

»Was zwei mögliche Alternativen läßt. Ich kann mich weigern, mich von meinem Anteil zu trennen und mich mit dem Senator herumzustreiten, oder ich lasse mich von ihm ausbezahlen und baue mir irgendwo anders etwas auf.«

»Im ersten Punkt kannst du nicht gewinnen. Ich habe bereits vorgeschlagen, daß du an mich verkaufst, denn es ist sein Geld, was ich dir anbiete. Quint, verkauf an mich. Nutz das Geld, um El Cerrillo zu entwickeln. Das ist das Beste für dich.«

»Nur wenn alle Stricke reißen.«

»Du bist starrköpfig wie ein Maultier.«

»Mag sein, aber ich bin auch mein eigener Herr. Ich betrachte El Cerrillo nicht wirklich als meinen Besitz.«

»Zum Schaden von allem Praktischen und Vernünftigen.«

Quint winkte ab. »Das mag sein, wie es will.«

Tom zündete eine Zigarre an. »Es gibt eine andere Alternative, über die ich sehr viel nachgedacht habe. Ehrlich gesagt, ich habe nur vorgeschlagen, daß du als Manager bleibst, weil ich mich in gewisser Weise verantwortlich für dich fühle, denn schließlich warst du von Anfang an dort. Doch wenn du dir etwas Neues aufbauen mußt und El Cerrillo dir nicht paßt, dann hätte ich etwas, was dich mehr als entschädigt für deinen Anteil an Rio Brioso und eine Herausforderung für dich darstellt, vielleicht genauso eine oder eine noch größere als Rio Brioso. Es sei denn, ich hätte dich völlig falsch eingeschätzt.« Tom heftete den Blick seiner scharfen, blauen Augen auf Quint.

»Erzähl mir von dieser Herausforderung.«

Tom zog eine Schreibtischlade auf und nahm eine Landkarte heraus. Er breitete sie auf dem Schreibtisch aus. »Sieh hier, Quint. Eine Landkarte von New Mexiko.« Quint schaute auf die Karte. Er stieß einen Pfiff aus. »Ein Kunstwerk. Die wurde nicht von einem Mexikaner angefertigt.«

»So ist es«, sagte Tom. »Sie wurde in Washington angefertigt. Auf Grund von Daten und Informationen, die von mir und Shelby Calhoun nach seinem Besuch hier im Jahre '38 geliefert wurden.«

»Für die Invasion.«

»Ja, und für die Errichtung zukünftiger Militärposten. Siehst du hier? Die Sterne markieren die Orte geplanter Posten. Fragezeichen bezeichnen mögliche Standorte.«

Ein Stern war sauber auf die Auflegemaske der Karte auf Rio Brioso und Quints fortartiges Haus gemalt. Ein weiterer prangte auf einem niedrigen Hügel, von dem aus Santa Fé zu überblicken war. Es gab weitere Sterne an strategisch wichtigen Punkten. Ein Fragezeichen befand sich an einem Punkt westlich von Socorro, etwa 75 Meilen südlich von Albuquerque und 185 Meilen nördlich von El Paso del Norte. Ein Fragezeichen gab es etwa 40 Meilen westlich von Socorro am nördlichen Ende der Ebene von San Augustine, die sich über etwa 50 Meilen von Südwesten nach Nordosten von den Tularosa Mountains bis zu den Gallinas und Datil Mountains erstreckte und im Durchschnitt fünfzehn bis zwanzig Meilen breit war.

Tom legte einen Finger auf das Fragezeichen. »Damit unsere Regierung dieses Gebiet kontrollieren kann, wird möglicherweise irgendwo in dieser Gegend ein Militärposten errichtet werden. Einst hatte die mexikanische Regierung die Bedeutung einer solchen strategisch wichtigen Stelle erkannt und versucht, dort eine *colonia* zu errichten. Sie scheiterte.«

Quint schaute Tom von der Seite an. »Es ist Land der Mimbreno-Apachen, nicht wahr?«

»Ja, mit den Mescaleros im Osten und Navajos im Norden. Hervorragendes Land für die Rinder- und Pferdezucht. Endlose Wälder. Viel Wasser. Gute Aussichten auf Bodenschätze verschiedener Art.«

»Und?«

»Vor einigen Jahren schuldete mir Manuel Armijo eine beträchtliche Geldsumme. Er wußte natürlich nicht, daß ich ein Agent der Vereinigten Staaten bin. Er besaß die Grundrechte an einem großen Stück Land in der Ebene von San Augustine. Die mexikanische Regierung wollte wie gesagt dort eine *colonia* errichten. Armijo konnte keinen finden, der bereit war, es zu riskieren, nachdem der erste Versuch gescheitert war. Das Land war zu abgelegen. Zu gefährlich. Jeder, der halbwegs in der Lage war, vorauszudenken, konnte sehen, von welch strategischem Wert eine befestigte Siedlung in diesem Gebiet ist. Die spanische Regierung war daran interessiert, später waren es die Mexikaner, und es steht fest, daß die Vereinigten Staaten ebenso daran interessiert sein werden. Das ist der Grund, weshalb ich einen Handel mit Armijo machte – geheim natürlich, da die Rechte an diesem Besitz auf ziemlich zweifelhafte Weise an ihn gefallen waren. Da jetzt Armijos Zeit hier abgelaufen ist und die Vereinigten Staaten hier einziehen, ist der Wert dieses Besitzes ins Unermeßliche gestiegen. Ich hatte vorgehabt, ihn zu einem guten Profit an die Vereinigten Staaten zu verkaufen, aus dem gleichen Grund, aus dem Senator Allan den Hauptteil von Rio Brioso verkaufen will. Jetzt biete ich dir anstatt Bargeld für deinen Viertelanteil an Rio Brioso den San Augustine Besitz an, ganz und ohne Schulden. Was sagst du dazu?«

Quint trank sein Glas leer. »Eine Frage: Sind Senator Allan und sein Schwiegersohn irgendwie an diesem Handel beteiligt?«

»Absolut nicht! Du hast mein Wort darauf«, betonte Tom nachdrücklich. »Du wirst es dir überlegen?«

Quint nickte.

»Dein Handschlag darauf?«

Sie schüttelten sich die Hände. »Ich werde jetzt zum Palast zurückkehren«, sagte Quint dann. »Als ein Offizier der Vereinigten Staaten muß ich mich daran gewöhnen, Befehle entgegenzunehmen.«

»Aye. Aber du wirst deine Sache gutmachen. Ich möchte

dich warnen, Lieutenant, denn ich habe das Gefühl, daß die Armee für immer deine Dienste haben will, wenn die Provinz besetzt ist.«

Quint ging zur Tür.

»Quint?« rief Tom.

Quint wandte sich um.

»Wenn da nicht die Möglichkeit bestanden hätte, daß Shell und Jean den Teil von Rio Brioso besitzen werden, der nicht an die Regierung verkauft wird, hättest du dann den Vorschlag angenommen, Manager zu bleiben?«

»Ich bin mir nicht sicher. Ich bezweifle es.«

»Aber du hättest auf keinen Fall zugestimmt, wenn sie Besitzer werden?«

Quint nickte.

»Wegen Jean und Shell zusammen oder wegen einem von beiden?«

»Ich respektiere Calhoun als Soldat und Gentleman. Ich kann nicht sagen, daß ich ihn besonders mag oder ihn als Freund betrachte.«

»Und die hübsche Jean?«

Quint musterte ihn einen Augenblick lang. »Manchmal glaube ich, du weißt zuviel, Tom. Reim es dir selbst zusammen.« Er schloß die Tür hinter sich.

Kurz vor Sonnenaufgang am 13. August erklangen das ohrenbetäubende Schmettern von Trompeten und der Trommelwirbel in Santa Fé, und das Echo hallte von den nahen Hügeln wider und weckte die Amerikaner, die im Gouverneurspalast schliefen.

»Die blasen zur Einberufung!« stieß Luke hervor.

Quint und Luke eilten von Toms Haus über die Plaza zum Palast. Bewaffnete Soldaten formierten sich zum Klang der Trompeten und Trommeln.

»Glaubst du, daß wir lebend hier wegkommen, Big Red?« fragte Luke.

Quint zuckte mit den Schultern. »Bei der Konferenz gestern abend gewann ich den Eindruck, daß Armijo plant, mit sechstausend Mann zum Apache Canyon zu marschieren, um die Amerikaner aufzuhalten.«

»Meinst du, daß er kämpfen wird?«
»Wer weiß? Ich bezweifle es. Ich glaube, daß Santiago Magoffin gestern abend irgendeinen Handel mit ihm gemacht hat. Er schickt einen Doktor Henry Connolly als seinen ›Gesandten‹ mit uns zurück zu Kearny. Connolly ist ein Virginier, doch in deiner Heimat Kentucky aufgewachsen. Er ist seit etwa zwanzig Jahren Händler in Chihuahua. Einer der ersten, die den Trip von Chihuahua über die Staked Plains nach New Orleans machten. Ich habe das starke Gefühl, daß die ganze Sache ein abgekartetes Spiel ist. Binnen einer Woche wird das Sternenbanner über Santa Fé flattern.«

Gouverneur Armijo ließ seinen Gästen köstliche heiße Schokolade, schaumig geschlagen, Biskuitkuchen und Weißbrot servieren, wie es nur die Mexikaner backen können. Alles wurde auf schweren Silbertabletts aufgetragen. Die Türen des Raums, in dem das Frühstück serviert wurde, waren mit Büffelfellen behängt, die bemalt waren, damit sie wie Holz aussahen. An den Wänden hingen viele Spiegel, und dazwischen gab es Girlanden von getrockneten Apachen-Ohren, Trophäen von Kriegern, die bei Überfällen getötet worden waren.

Gouverneur Armijo verneigte sich mit einem verräterischen gutgelaunten Lächeln vor seinen Gästen, als sie sich verabschiedeten. Er schaute ihnen nach, als sie in geschlossener Formation über die Plaza ritten, auf der es von Menschen wimmelte.

»Wird er kämpfen, Captain Cooke?« fragte Quint.

»Schwierig zu sagen, Lieutenant Kershaw«, erwiderte der Offizier. »Er ist gerade zum General ernannt worden. Er ist verdammt unsicher und unentschlossen. Er schwankt zwischen Loyalität zu seinem Land und dem Wunsch, den Gefahren des Kriegs zu entkommen. Er hat nur wenig oder keine militärische Erfahrung. Ein unwissender, habgieriger Mann. Ich glaube, er versucht Zeit zu schinden, doch ich kann mir nicht vorstellen, warum.«

Henry Connolly lächelte. »Gibt es da nicht einen großen Treck, der Ihrer Armee folgt? Ich vermute, er ist hin- und hergerissen zwischen dem Wunsch, zu flüchten und der Gier, Zoll von der Karawane zu kassieren. Ich hörte, daß dreiviertel der Waren des Trecks für Chihuahua und sogar darüber hinaus bestimmt sind. Er würde an diesem Zoll ein kleines Vermögen verdienen, Gentlemen.«

»Oder 'ne Kugel in seinen fetten Arsch bekommen«, bemerkte Luke.

Sie lachten immer noch, als sie jenseits der Stadt auf die Straße einschwenkten, die zum Apache Canyon und der nahenden Westarmee führte.

18

Die Straße nach Santa Fé führte fünf Meilen von Pecos entfernt durch den Apache Canyon. Die Berge zu beiden Seiten des Canyons ragten bis zu 700 Meter über der Straße auf. Den ganzen Tag lang hatte es ununterbrochen geregnet, und auch jetzt verhüllte ein Regenschleier eine klare Sicht auf den Paß und die Höhen zu beiden Seiten davon. Es war kein Anzeichen auf Leben im Paß oder auf den Anhöhen zu entdecken.

Lieutenant Quintin Kershaw von den Freiwilligen Berittenen Schützen saß unterhalb des Paßgipfels. Er wandte sich an Lieutenant Hammond, der mit zwanzig Dragonern die Vorhut der Westarmee bildete. »Sie steigen hier besser vom Pferd, Lieutenant«, rief Quint, während er sein Hawken-Gewehr aus dem Scabbard zog. »Wir sind ungefähr fünfzehn Meilen von Santa Fé entfernt. Wenn Armijo vorhat, unseren Vormarsch zu stoppen und Widerstand zu leisten, dann ist das die letzte mögliche Stelle, an der er das tun kann. Der Canyon ist die Pforte zu Santa Fé und zum nördlichen Tal des Rio Grande. Wenn er eine starke Verteidigungstruppe aufbietet, werden wir es höllisch schwer haben, durch den Paß zu kommen.«

Hammond sah zum regenverhüllten Gipfel des Passes hinauf. »Was ist die Alternative, Kershaw?«

Quint zuckte mit den Schultern. »Zurück zur Galisteo Road auf dieser Seite von Pecos. Die Straße achtzehn Meilen weit nach Süden bis Galisteo. Dann nach Westen weitere sieben Meilen über die Hügel, um eine Route auszuwählen, die nördlich nach Santa Fé führt, etwa fünfzehn Meilen bis zur Stadt. Das wären etwa vierzig oder mehr Meilen über schreckliche Straßen bei Regen und mit erschöpften Pferden und Mulis und müden Männern.«

»Nach einem Marsch von fünfzehn Meilen bis hierher«, überlegte Hammond. »Was bedeutet, daß der General heute nicht mehr Santa Fé erreicht, wie er es geplant hat.«

Luke schob seinen Priem von einer Wange in die andere und spuckte aus. »Nicht mal, wenn er über diese gottverdammten Hügel fliegt, Lieutenant.«

»Vielleicht sind die Mexikaner nicht da«, sagte Lieutenant Hammond.

Quint wandte sich um. »Jesus, halt die Pferde. Luke, Moccasin und Joshua, ihr folgt mir.« Er sah den Offizier an. »Wir werden es in ein paar Minuten wissen«, sagte er mit einem Lächeln.

Die vier Scouts verschwanden im dichten, nassen Gebüsch, das die Straße säumte. Sie bewegten sich wie Phantome den Paß hinauf, spähten zu den Höhen empor und erwarteten jeden Augenblick, daß Felsbrocken auf sie herabdonnerten. Quint war an der Spitze. Die einzigen Geräusche waren das Prasseln des Regens und das leise Raunen des Windes auf dem Paß. Wenn sich im Paß Mexikaner aufhielten, dann verhielten sie sich außerordentlich leise.

Sie erreichten den Gipfel. Niemand war dort. Luke wies auf eine primitive Verteidigungsstellung aus gefällten Bäumen. Die Stellung war unbesetzt. Keine Waffenmündungen zeigten sich zwischen den Zweigen. Keine Musketen waren angelegt und schußbereit. Die Höhen waren unbesetzt.

Die Scouts blieben trotzdem wachsam und rechneten mit einem Hinterhalt, als sie sich der Stellung näherten. Dort fanden sie nur Fußabdrücke und Hufspuren, die von Radspuren von Artillerie-Wagen durchzogen waren. Die Straße nach Santa Fé war weit offen für die Eroberer.

»Mein Gott«, murmelte Quint kopfschüttelnd. »Hundert Männer und ein paar Geschütze hier hätten unsere gesamte Armee aufhalten können. Sie hätten Felsen auf uns runterwerfen und leicht verhindern können, daß wir an ihre Geschütze herankommen. Die Stellung befindet sich am falschen Platz. Armijo wollte uns vermutlich erst durch den Canyon lassen, bevor er das Feuer eröffnen wollte. Doch statt einer uneinnehmbaren Position hat er eine gewählt, die leicht zu knacken gewesen wäre.«

Luke nickte. »Er hatte offensichtlich nicht vor zu kämpfen.« Er sah Quint von der Seite an. »Glaubst du, daß Santiago Magoffin ihn vielleicht geschmiert hat, damit er hier den Schwanz einzieht?«

»Ich bezweifle es nicht.« Quint wandte sich an Joshua. »Geh zurück und sag Lieutenant Hammond, daß der Weg frei ist. Bring unsere Pferde mit.«

Quint und Luke ritten dann weiter, während Hammond den Gipfel des Passes erreichte. Sie fanden einen schmalen Nebenweg, der nach Süden führte. Er war mit Hufabdrücken übersät und von Radspuren zerfurcht.

»Da zieht der alte Manuel Armijo dahin«, sagte Luke grinsend.

Sie ritten zum Haupttrail zurück. Hufe pochten auf dem nassen Boden. Lieutenant Hammond und seine Dragoner tauchten auf. Jenseits von ihnen war die Spitze der langen Kolonne der Westarmee zu sehen, die sich langsam aber unaufhaltsam auf Santa Fé zu bewegte, ihr Ziel nach knapp zwei Monaten auf dem Trail vom Missouri River zum Rio Grande, eine Entfernung von 821 Meilen. General Kearny – er war soeben befördert worden – war entschlossen, die Hauptstadt vor dem Sonnenuntergang zu erreichen, obwohl seine Armee noch 29 Meilen an diesem Tag zurücklegen mußte, um das zu schaffen. Die Straße war schlecht, die Pferde und Maultiere waren erschöpft, die Männer waren müde und die Armee war verzweifelt knapp an Lebensmitteln und Futter. Doch eine Rast kam nicht in Frage. General Kearny und jeder Soldat unter seinem Kommando wußten um den psychologischen Vorteil, wenn sie ihren Erfolg vorantrieben, bevor noch irgend etwas dazwischenkommen konnte.

Kurz nach Mittag stießen Lieutenant Hammond und seine zwanzig Dragoner mit Quint Kershaw und seinen Dutzend berittenen Schützen, die als Scouts dienten, auf den stellvertretenden Außenminister von New Mexico und einen anderen Mexikaner, der einen Brief an General Kearny von Lieutenant Gouverneur Juan Bautista Vigil y Alarid in Santa Fé bei sich hatte. Die Botschaft informierte den General über Armijos Flucht nach Süden mit seinen Dragonern und der Artillerie, verwies auf die Bereitschaft des stellvertretenden Gouverneurs, den General zu empfangen und bot ihm die Gastfreundschaft der Stadt an.

Um drei Uhr nachmittags bekam die Vorhut die Stadt zum erstenmal zu sehen. General Kearny ließ halten, damit der Rest der Armee aufschließen konnte. Der Regen ließ schließlich nach.

Um Viertel vor fünf bliesen die vier C-Trompeten der Dragoner und die tieferen G-Hörner der Infanterie zum letzten Vormarsch. Die Spitze der Kolonne, jetzt angeführt vom General und seinem Stab, gefolgt von den Ersten Dragonern, ritt um die letzte Biegung der Straße und die San Miguel Street hinab auf die Plaza zu, als die Sonne durch die Wolken brach, die sich um einen Berggipfel weit im Westen ballten.

Die Ersten Dragoner boten trotz ihres vom Trail ramponierten Äußeren einen schneidigen Anblick. Die Kompanie an der Spitze ritt Rappen, die zweite Abteilung Schimmel, die dritte Braune. Die Laclede Rangers, eine Ersatztruppe Kavallerie aus Saint Louis, waren den Dragonern angegliedert worden und folgten als nächste in der Kolonne.

Kershaws vielsprachige Handvoll Freiwilliger Berittener Schützen, Anglo-Amerikaner, Mischlinge und reinblütige Delawaren, ritten locker und lässig in ihren California-Sätteln hinter den Dragonern.

Der hünenhafte Colonel Alexander William Doniphan führte das Erste Berittene Freiwillige Regiment von Missouri hinter Kershaws Trupp. Zwei Kompanien Berufsinfanterie und ein Bataillon Freiwilligen-Infanterie Missouris marschierten als nächste in der Kolonne. Sie waren die langjährigen Infanteristen, die den berittenen Einheiten auf dem Santa Fé Trail davonmarschiert waren.

Major Meriwether Lewis Clark ritt an der Spitze seines Bataillons von Missouris Leichter Artillerie, die den Spitznamen ›Die Fliegende Pferdeartillerie von Saint Louis‹ hatte. Sie bestand aus zwei Batterien Pferde-Artillerie, so genannt, weil die Schützen wie die Fahrer alle beritten ware, damit sie mit Kavallerie-Einheiten zur Unterstützung mitreiten konnten. Batterie A wurde von Captain Richard H. Weightman befehligt, ein ausgesprochen populärer Offizier, der seine Batterie zum Elitekorps des Feldzugs gemacht hatte.

Die Artilleristen der A-Batterie trugen flache blaue Arbeitsmützen mit einem roten Band, das mit gekreuzten Kanonen aus Messing geschmückt war. Ihre kurzen blauen Uniformjakken hatten rote Stehkragen, und die blauen Hosen waren mit roten Streifen besetzt, einer für gemeine Soldaten, zwei für Offiziere. Die Jacken der Offiziere hatten goldene Tressen am Kragen.

Captain Woldemar Fischer, ein preußischer Bewohner von Saint Louis, hatte das Kommando der B-Batterie. Als das Bataillon der Pferde-Artillerie rekrutiert worden war, hatte es der B-Artillerie an Männern gemangelt, wegen der Popularität von Captain Weightman, unter dem jeder zukünftige Artillerist dienen wollte. Captain Fischer hatte eine Kompanie von Dragonern aus den deutschen Bewohnern von Saint Louis rekrutiert. Es gab bereits ein Übermaß an berittenen Einheiten. Die Armee war bereit zum Ausrücken. Um die Dinge zu beschleunigen, wurden Fischers Dragoner in die B-Batterie von Clarks Bataillon umgewandelt. Sie trugen hübsche Uniformen mit grauen Jacken aus Kentucky-Jeansstoff, grauen Hosen mit gelben Biesen und dazu Feldmützen. Die langen 6-Pfünder-Kanonen und die kurzläufigen 12-Pfünder-Haubitzen, Munitionswagen und Protzen wurden jeweils von vier Gespannpferden gezogen. Ein paar Versorgungswagen folgten, deren Fahrer es geschafft hatten, trotz der erschöpften Gespanne den Anschluß zu halten. Der Rest des Trosses und die Packmulis waren auf der Straße auseinander gezogen bis zum Apache Canyon.

Die Westarmee marschierte durch die schmutzigen, gewundenen Straßen, und jedes Banner, jeder Wimpel und jede Fahne flatterte in der frischen Brise des späten Nachmittags. Die Männer waren ausgelaugt, ihre Kleidung schmutzig und zerlumpt, ihre Pferde und Maultiere waren halb verhungert und erschöpft, doch ihre Waffen waren sauber und glänzten, und die Sonne blitzte auf dem auf Hochglanz polierten Messing von Hörnern, Trompeten, Abzeichen, Knöpfen und auf den Läufen von Kanonen und Haubitzen.

In der Stadt wurden diejenigen der Bewohner, die nicht in die Hügel geflüchtet waren, von Furcht und Trauer erfaßt. Frauen bedeckten ihr Gesicht, schluchzten laut und duckten sich aus Angst und Scham. Armijo und seine Speichellecker hatten ihnen prophezeit, daß die amerikanischen Soldaten, heidnische Barbaren bis auf den letzten Mann, auf sie losgelassen werden würden wie wilde Tiere aus ihren Käfigen, um zu plündern, zu vergewaltigen und zu töten. Die Armen und Ungebildeten waren überzeugt davon, daß jedem von ihnen das US-Zeichen auf beide Wangen gebrannt werden würde, genau wie es die Koppel der Soldaten trugen. Kirchen würden entweiht werden. Kinder würden als Sklaven in den Osten verschleppt und nie mehr wiedergesehen werden.

Die Armee marschierte ganz um die Plaza und formierte sich dann in Reih und Glied vor dem Palast des Gouverneurs. General Kearny saß ab und schritt mit ausgestreckter Hand zu dem *portale,* wo er vom stellvertretenden Gouverneur Vigil und zwanzig weiteren prominenten Bürgern und Regierungsbeamten erwartet wurde. Der stellvertretende Gouverneur bot Kearny und seinen Offizieren Wein und Brandy an, doch bevor der General die Einladung annahm, befahl er, daß ein provisorischer Flaggenmast auf dem Palastdach errichtet wurde. Als die Sonne hinter den westlichen Bergen unterging, wurde das Sternenbanner gehißt und wehte in der frischen Brise, während die Hornisten, Trompeter und Trommler der Armee ›To The Colors‹ intonierten. Offizierssäbel blitzten im Salut, während die Armee die Gewehre präsentierte. Eine Kanone auf einem der Hügel nordöstlich der Plaza schoß dreizehnmal Salut. Das Donnern der Kanonenschüsse echote in den nahen Hügeln, während dichter Pulverrauch über die Stadt zog. Zum erstenmal in der Geschichte hatten Amerikaner eine ausländische Hauptstadt erobert. Die Westarmee hatte genau das getan, wozu Präsident Polz ihr die Anweisung gegeben hatte: Sie hatte New Mexico eingenommen, ohne einen einzigen Schuß abzufeuern.

Der letzte Salutschuß verhallte. General Kearny hob eine Hand, um sich auf der Plaza Gehör zu verschaffen. Laut und bedächtig wandte er sich an die Bevölkerung. »Ich, Stephen W. Kearny, General der Armee der Vereinigten Staaten, habe im Namen der Regierung der Vereinigten Staaten die Provinz New Mexico in Besitz genommen. Im Namen dieser Regierung gebe ich den Bewohnern dieses Landes den Rat und die Anweisung, ihre Waffen abzuliefern und sich der Regierung der Vereinigten Staaten zu ergeben, in deren Namen ich diesem Land und seiner Bevölkerung verspreche, ihre Person, ihr Leben und ihren Besitz zu schützen und ihr Heim und ihren Besitz gegen jede wilden Stämme zu verteidigen. Denn diese Regierung ist sehr mächtig, um sie vor jedem Unheil zu schützen, und in diesem Sinne übernehme ich diese Provinz New Mexico für die Vereinigten Staaten.«

Dann trat der stellvertretende Gouverneur Vigil vor. »Es steht uns nicht zu, die Grenzen der Nationen zu bestimmen. Die Regierungen von Mexiko und Washington werden diese Differenzen klären. Wir müssen uns den geltenden Gesetzen beugen und sie respektieren, ganz gleich wie unsere privaten Ansichten sein mögen ... Niemand auf dieser Welt kann erfolgreich einer Macht Widerstand leisten, die stärker ist. Im Namen der gesamten Provinz gelobe ich, mich den Vereinigten Staaten zu fügen und ihre Gesetze und Autorität zu respektieren.« Es war ein Unterton von Pathos und Erniedrigung in seiner Stimme.

»Schicksals-Manifest, Lieutenant Quintin Douglas Kershaw«, sagte eine unverkennbar irische Stimme hinter Quint.

Quint wandte sich um. »Du hast deine Mission geschafft, Doktor Tomas Byrne«, sagte er mit ruhiger Stimme.

Tom nickte. »Mehr als ein Jahrzehnt Bohren von innen.«

»Irgendein Bedauern?«

Tom schüttelte den Kopf. »Und bei dir? Oder ist es zu früh, zu verarbeiten, was geschehen ist?«

Quint griff in seine Jacke und berührte die Wölbung in seiner Hemdtasche – die Daguerrotypie von Jean Calhoun, dem Sohn Alexander und der Nichte Catherine. »Ich weiß, Tom, ich weiß ...«, sagte Quint. Im Juli 1838, bei den Ruinen von Pecos, hatte Jean ihm prophezeit: »*Deine Zukunft ist hier in New Mexico, Quintin Kershaw.*« Das war auf den Monat genau vor etwas über acht Jahren gewesen.

Tom schaute zu Shelby Calhoun hin, der mit den anderen Stabsoffizieren unter dem *portale* des Palastes stand. »Das ist ein Mann, der New Mexico seinen Stempel aufdrücken wird«, sagte er nachdenklich.

»Ohne Frage«, stimmte Quint zu. »Er hat alle Trumpfkarten in der Hand – ein Offiziers-Patent der Regulären Armee, mäch-

tige politische Beziehungen plus eine reiche Frau, deren Vater einer der einflußreichsten Männer im Kongreß ist.«
»Zusammen mit Intelligenz, Ehrgeiz und Befähigung.«
Quint nickte. »Das auch.«
Tom zog seine Uhr hervor und warf einen Blick darauf. »Es wird bald dunkel sein. Hast du schon ein Quartier zugewiesen bekommen?«
»Nicht, daß ich wüßte.«
»Du bist willkommen in meinem bescheidenen Haus, Quint.«
»Ich muß mich um mein Kommando kümmern, Tom.«
»Wie viele Männer sind das?«
»Genau ein Dutzend.« Tom zuckte mit den Schultern. »Bring sie mit. Wir haben genug Platz.«
»Einige von ihnen sind Mestizen und Indianer. Du weißt, daß sie nicht über Nacht in der Stadt bleiben können.«
Tom trat einen Schritt zurück. »Na hör mal!« sagte er und wies zum Sternenbanner. »Siehst du das? Als Kearny diese Fahne hissen ließ, verschwanden viele der alten Gesetze und Tabus für immer.«
»Du meinst, es wird so in New Mexico bleiben?«
Sie sahen einander einen Augenblick lang an.
»Nun?« fragte Quint schließlich.
Tom klappte seine Sprungdeckeluhr zu. »Nein«, sagte er mit ruhiger Stimme. »Die Gesetze mögen im Inhalt verschieden sein, doch sie werden ebenso prohibitionistisch sein, jedenfalls soweit es die Indianer betrifft. Ich werde jetzt General Kearny meine Aufwartung machen.« Er lächelte leicht. »Es ist ein Tag, auf den ich lange gewartet habe, Quint.«
Er schritt auf den Palast zu, dann verharrte er, wandte sich halb um und schaute über die Schulter zurück. »Übrigens, Quint, hat man dich schon informiert, welche Pflichten du zu erfüllen hast, während du hier in Santa Fé bist?«
»Man hat mir nichts besonderes gesagt«, erwiderte Quint. »Ich bin sicher, daß wir nicht zu Garnisonsdienst eingeteilt werden. Vielleicht für Kurierdienste, Erkundung, vielleicht etwas Eskortendienst und so was. Weshalb fragst du?«
»Ich wollte nur wissen, wie lange du bei mir einquartiert sein wirst.«

»Ich habe keine Ahnung. Ändert das etwas an deinen Plänen?«

»Vor einigen Monaten erhielt ich einen verschlüsselten Brief von Senator Allan. Darin erwähnte er, daß er nach erfolgter Annexion und Besetzung New Mexicos dafür sorgen würde, daß Shelby Calhoun hier in Santa Fé als Mitglied des Garnisons-Stabs stationiert werden wird.«

»So?«

»Er erwähnte ebenfalls, daß bei Shelbys Stationierung hier Jean Calhoun wahrscheinlich mit dem ersten erreichbaren Treck hier eintreffen wird, um bei ihrem Mann zu sein. Wenn das geschieht, werden sie und ihr Mann natürlich in meinem Haus wohnen. Ich dachte, es wäre besser, du weißt das.« Er wandte sich um und ging weiter zum Palast.

Luke stieß einen leisen Pfiff aus.

»Vielleicht schließt sich der Kreis«, murmelte Quint.

»Was zur Hölle soll das heißen?« fragte Luke.

»Ich bin mir selbst nicht ganz sicher, Wandering Wolf.«

Lange nach Einbruch der Dunkelheit traf der Wagentreck in unregelmäßigen Abständen in Santa Fé ein. Die schwerbeladenen Wagen wurden über holprige Straßen auf Hügelkuppen gezogen, von denen aus die Stadt zu überblicken war. Die Armee hatte ihre wenigen Zelte ohne Ordnung auf den Feldern und nahen Hügeln aufgeschlagen. Es gab kein Futter für die hungrigen Pferde und Maultiere. Die meisten Soldaten bekamen kein Abendessen. Einige von ihnen hatten bis spät in die Nacht hinein keine Decken, bevor der Wagentreck eintraf. Viele der Soldaten füllten bald die Saloons und Hotels in der Stadt, bis Captain Cooke in der Eigenschaft als Kommandeur der Militärpolizei mit einer Einheit von fünfzig Männer die widerstrebenden Soldaten zurück zu ihrem Biwak trieb. Kearny und sein Stab schliefen in dieser Nacht auf dem Boden im Palast.

Am nächsten Morgen hatte der General die Bürger auf der Plaza versammelt. Er wiederholte seine Annexions-Erklärung, bekräftigte die friedlichen Absichten der Besatzungskräfte und ordnete an, daß alle gegenwärtigen Offiziellen ihre Ämter bis auf weiteres behalten würden, vorausgesetzt sie legten einen Treueeid auf die Vereinigten Staaten ab. Ein hoher Flaggenmast wurde auf der Plaza aufgestellt, um den vorübergehenden auf dem Palastdach zu ersetzen.

General Kearny befahl Lieutenant Gilmer von den Pionieren, eine starke Festungsanlage zu errichten, um die Stadt kontrollieren und notfalls verteidigen zu können. Der Platz, der ausgewählt wurde, war der Hügel, von dem aus der dreizehnschüssige Salut am Abend der Besetzung abgefeuert worden war. Es war dieselbe Erhebung, auf der die Häuptlinge der Pueblo Indianer 1680 bei ihrer erfolgreichen Rebellion ihr Hauptquartier aufgeschlagen hatten. Der Hügel befand sich nur eine Drittelmeile nordöstlich der Plaza. Geschütze in einer solchen Festungsanlage konnten jeden Teil der Stadt beherrschen und waren außer Schußweite von den Hügeln in der näheren Umgebung. Der Platz wurde am 22. August festgelegt und kartographisch erfaßt, und am 24. begannen über hundert Arbeiter mit der Errichtung des Forts. Es war geplant als ›Star Fort‹, als eine sechseckige Konstruktion, wegen der unregelmäßigen Form des Bauplatzes, und es sollte von einem tiefen Graben umgeben werden. Es würde eine Zitadelle werden, die ein Munitionsdepot, eine Geschützbatterie, Brustwehre, zwei Blockhäuser, ein Lagerhaus und Quartiere für die Garnison enthalten sollte. Es war geplant, daß das Fort von tausend Soldaten und vierzehn Kanonen verteidigt werden würde.

Pueblo-Indianer kamen aus ihren kleinen Dörfern in den Hügeln nach Santa Fé. Sie waren stattliche, verwegen aussehende Leute, die im allgemeinen scheu und freundlich waren. Sie wollten den großen Krieger sehen, der von dort gekommen war, wo die Sonne aufging, und wie durch Zauberei das alte Spanisch-Mexikanische Gesetz über den Haufen geworfen hatte, das sie seit Generationen gefürchtet und gehaßt hatten. Es war prophezeit worden, daß es so einen Krieger geben würde. Er würde weiß sein und von Osten kommen und Armijo und Unterdrücker wie ihn von dem Land jagen. Bald leisteten die Pueblos den Treueeid und versprachen, zu den besten und friedlichsten Bewohnern New Mexicos zu zählen, um Schutz vor den räuberischen Apachen und Navajos zu haben.

Die Navajos kamen ebenfalls, diese wilden Räuber und Plünderer, die von den Mexikanern und Pueblos gleichermaßen gefürchtet wurden. Sie verbrachten ihre Zeit in der Stadt mit essen, trinken und herumlungern, und sie beobachteten scheinbar wenig, doch in Wirklichkeit schätzten sie General Kearnys ›große Medizin‹ ab. Sie hatten Gerüchte gehört, daß er strikte Gesetze gegen ihr altes und ererbtes Recht, zu rauben, zu plündern und Mexikaner und Pueblos zu töten, erzwingen wollte.

Fünf Tage nach der Besetzung machte Kearny eine weitere Bekanntmachung, die nicht ganz so entgegenkommend wie die vorherigen war. Er rief alle Bewohner auf, die aus Furcht vor den Amerikanern noch nicht zu ihrem Heim zurückgekehrt waren, das auf der Stelle zu tun, denn sonst würden sie als Feinde betrachtet und es drohten ihnen harte Strafen und die Beschlagnahme ihres Besitzes. Ein paar Tage später verkündete er die Beschlagnahme von *ganz* Mexiko, um so die schwachen Ansprüche, daß der Rio Grande del Norte die westliche Grenze von Texas war, zu verstärken. Das geschah auch, um jeden Anspruch von Colonel Diego Archuleta zunichte zu machen, dem früheren Stellvertreter Armijos, die er als Gouverneur westlich des Flusses hätte stellen können. Colonel Archuleta, ein fanatischer Patriot, der über tausend Soldaten befehligte, hätte den Amerikanern am Apache Canyon Widerstand leisten können, wenn – wie Tom Byrne Quint erklärt hatte – Santiago Magoffin ihn nicht überredet und ihm versichert hätte, daß die Vereinigten Staaten nur an der Rio Grande Grenze interessiert seien. Magoffin hatte überhaupt keine Befugnisse zu einer solchen Zusicherung gehabt, doch es hatte hervorragend geklappt. Darüber hinaus gab es nichts, was jetzt getan werden konnte.

Manuel Armijo war nach Süden, nach Albuquerque, geflüchtet und hatte knapp hundert seiner Dragoner mitgenommen. Er hatte seine Artillerie-Geschütze abgeprotzt und bei Galisteo, 27 Meilen südlich von Santa Fé, zurückgelassen. Die Amerikaner nutzten nun den Galisteo Creek, um ihre Pferde, Muli und Rinder weiden zu lassen, denn in dieser Gegend gab es Wasser und Gras in Hülle und Fülle. Captain Fischer vom Artillerie-Bataillon brachte Armijos aufgegebene Geschütze nach Santa Fé. Unter den Geschützen gab es drei 4-Pfünder-Kanonen aus Bronze, gegossen 1758 in Barcelona, Spanien, und eine 5-Pfünder-Haubitze aus dem Jahr 1778. Eine prächtige 6-Pfünder-Kanone trug den Namen von Präsident Lamar von der Republik Texas. Sie war bei der texanischen ›Santa Fé‹-Expedition im Jahre 1841 von den Mexikanern erbeutet worden. Die Geschütze wurden der Star Fort Batterie einverleibt, die jetzt den Namen William L. Marcy von New York trug, zu Ehren des Kriegsministers der Vereinigten Staaten.

Zwei Wochen nach der Besetzung New Mexicos erhielten Lieutenant Quintin Kershaw und Sergeant Luke Connors von den Freiwilligen Berittenen Schützen New Mexicos den Befehl, auf Erkundung in die San Augustine Plains zu reiten, um festzustellen, ob die Errichtung eines Militärpostens zum Zweck der Kontrolle über die Mimbreno Apachen möglich war. Am Tag nach ihrem Abmarsch aus Santa Fé traf ein Treck von Independence, Missouri, in der Stadt ein. Einer der Postsäcke enthielt einen Brief für Captain Shelby Calhoun von seiner Frau Jean, in dem sie ihm mitteilte, daß sie Anfang Oktober in Santa Fé eintreffen würde.

19

Die kalte Dunkelheit schien aus feinem, schwarzem Samt zu sein. Der fast volle Mond würde in einer Stunde aufgehen, doch noch war keine Spur davon am östlichen Himmel zu sehen. Ein schwacher Wind wehte von den Gallinas herab auf den Grund des weiten Tals. Er hob leicht die Schicht feiner Asche auf der fast erloschenen Glut der Feuerstelle. Die Glut begann zu erglühen wie die scharfen Lichter eines Raubtiers.

Luke hob den Kopf. Er legte eine Hand auf sein Hawken-Gewehr. »Da kommt jemand. Ein Mann zu Fuß. Humpelnd, glaube ich.«

Quint nickte. »Du hast Ohren wie ein Wolf.«

Luke grinste und zog seine dünnen Lippen von seinen langen, gelblichen Zähnen, wodurch er wirklich an einen jagenden Wolf erinnerte. »Ich *bin* ein Wolf, Big Red.«

Luke erhob sich mit dem Gewehr in der Hand. Er trat Dreck über das Feuer.

Quint schüttelte den Kopf. »Nicht. Es könnte Anselmo Campos sein.«

»Und wenn nicht?«

»Du sagtest, *ein* Mann.«

»Es könnten noch andere kommen. Apachen hört man nicht.« Quint wies mit dem Daumen zu den hohen Kiefern, von denen ihr verstecktes Camp in einer flachen Felsenmulde umgeben war. »Dann sieh dich mal um. Vorher gibst du ja doch keine Ruhe. Bei Gott, wenn es Apachen sind, dann laß keinen an mich heranschleichen, Lukie.«

Luke verschwand so lautlos, wie der Feuerrauch zwischen den Bäumen den Hang hinabtrieb.

Die Pferde waren ein paar hundert Meter vom Camp entfernt angepflockt. Es war Land der Mimbreno-Apachen und ebenso gut bekannt bei ihren Vettern, den Mescaleros, die das Gebiet im Osten und jenseits des Rio Grande häufig aufsuchten. Die Navajos kamen gelegentlich von Norden herab, um den Mimbrenos Pferde zu stehlen. Sie waren dem Weißen Mann alles andere als freundlich gesonnen. Es war ein äußerst gefährliches Gebiet.

Quint spannte das Hawken-Gewehr, das auf der Navajo-Decke neben ihm lag. Einer seiner Colts steckte hinter dem Gurt, und der andere befand sich in einem Lederholster, das in die linke Innentasche seiner Elchlederjacke genäht war. Er legte die rechte Hand auf den Griff des Colts.

Er senkte ein wenig den Kopf und gab vor, in das rauchende Feuer zu blicken, doch in Wirklichkeit hob er den Blick und spähte unter seinen dichten, rötlichen Augenbrauen hervor. Es gab nicht viel zu befürchten, wenn es sich tatsächlich nur um einen Mann handelte. Luke irrte sich selten in solchen Dingen. Er hatte die scharfen Sinne eines Indianers in der Wildnis und obendrein noch einen tierhaften Instinkt und ein fast übernatürlich scharfes Gespür für Gefahren jeder Art.

Die schattenhafte Gestalt kam lautlos durch die Dunkelheit und blieb halb verdeckt hinter einer Kiefer stehen, nur schwach erhellt von den winzigen tanzenden Flammen, die aufzüngelten, als der Wind durch die Glut strich. Quint konnte fast körperlich spüren, daß der Mann ihn angespannt anstarrte.

»Entweder bist du ein tapferer Mann oder ein verdammt sorgloser oder ein völlig verrückter, wenn du solch ein Feuer machst, dessen Glut des Nachts in diesem Land zu sehen ist, Mister«, sagte der Mann auf spanisch.

Quint zuckte mit den Schultern. »Vielleicht bin ich ein bißchen von allem.«

»Ich gebe zu, daß ich das Feuer zuerst nicht sah, doch der Wind trug den Geruch von Holzrauch zu mir. So fand ich dich.«

»Gut. Ich wollte gefunden werden, jedenfalls von dir, wenn du der Mann bist, den ich suche. Bist du Anselmo Campos?«

Ein kurzes Zögern. »Das kommt darauf an«, sagte der Mann dann langsam.

Quint grinste. »Vielleicht suchen andere nicht so freundlich nach dir?«

»Das ist möglich. Doch ich kenne dich. Du kommst von Norden. Der *Montero Americano* namens Big Red, oder ziehst du vielleicht Don Quintin vor?«

Quinkt winkte mit der linken Hand ab. Die Rechte hielt er weiterhin auf dem Griff des Revolvers.

»Ich bin Anselmo Campos«, sagte der Mann aus dem Dunkel. »Du kannst jetzt deine versteckte Waffe loslassen, Don Quintin.«

Anselmo humpelte leicht, als er sich näherte. Er blieb auf der anderen Seite des Feuers stehen, lehnte sich auf sein Gewehr und musterte Quint. »Was willst du von mir?« fragte er.

»Da sind erst mal Essen und Kaffee mit einer *copita* oder mehr Pass-Brandy.«

»Ich bin hungrig und durstig, doch sag erst deinem Gefährten, daß er nicht mehr mit seinem Gewehr zwischen meine Schulterblätter zielen und sich zu uns gesellen soll.«

Anselmo war in New Mexico geboren worden. Er war ein großer Mann und obwohl er die schlanke Gestalt eines Reiters hatte, waren seine Schultern breit, und seine Bewegungen hatten etwas Pumahaftes trotz des Humpelns. Er war einer dieser Männer des Grenzlands, die aus Wagenfeder-Eisen und Leder zusammengesetzt zu sein schienen, das mit festem Fleisch und Sehnen und Muskeln bedeckt war. Anstatt eines Huts trug er ein Wildlederband um den Kopf, um seine dichte, schwarze Haarfülle zurückzuhalten. Der Blick seiner jettschwarzen Augen zuckte unablässig hin und her wie der eines wachsamen Tiers. Aus seinem breiten, olivfarbenen Gesicht mit den hohen Wangenknochen und winzigen Pockennarben ragte eine stolze

Nase. Obwohl er einen dünnen Schnurrbart trug wie ein Dandy aus Chihuahua, war das Indianische stark in ihm ausgeprägt. Seine Kleidung bestand aus abgetragenem Leder. Sein Schuhwerk war Apachenarbeit, die *n'deh b'keh,* dickbesohlte Wüstenmokassins mit stumpfer Spitze, die bis zu den Oberschenkeln reichten und jetzt herabgerollt und gerade unterhalb der Knie festgebunden waren. Anselmo war vielleicht 25 Jahre alt und dem Hörensagen nach am Middle Fork des Gila River geboren und aufgewachsen, etwa 75 Meilen von hier entfernt.

Quint stellte die Kaffeekanne auf die Glut. Er reichte Anselmo Dörrfleisch und harten Biskuit. Anselmo kauerte sich hin und begann das harte Fleisch zu verschlingen, als hätte er lange gefastet.

»Anselmo Campos ist Ihr Mann«, hatte Rodrigo Gallegos, der *alcalde* von Socorro, Quint und Luke informiert. »Keiner kennt die Ebenen von San Augustine und die Berge in der Umgebung besser als er. Er kennt sich fast so gut aus wie die Mimbrenos, obwohl das kaum möglich ist, wissen Sie, wenn man kein Mimbreno *ist.* Niemand sonst und schon gar keiner aus Socorro würde bereit sein, Sie in diesem Gebiet zu führen.«

»Wo können wir diesen Anselmo Campos finden?« hatte Quint gefragt.

»Wer weiß. Er ist ein Geschöpf der Berge. Außerdem ist er hier in Socorro unerwünscht und darüber hinaus in der Provinz New Mexico und in Mexiko selbst. Es ist ein Kopfgeld auf ihn ausgesetzt. Männer, die in die Berge westlich von hier zogen, verschwanden spurlos. Einige sagen, die Mimbrenos hätten sie getötet. Andere behaupten, sie wären von Anselmo Campos ermordet worden. Vielleicht macht er mit den Mimbrenos gemeinsam Überfälle. Keiner weiß es genau. Da ist ein Berg westlich von hier, jenseits des Passes zwischen den San Mateos und den Galinas. Man sagt, er ähnelt Maria Magdalena, und so wurde er von den *conquistadores* genannt, obwohl ich zugeben muß, daß ich keine Ähnlichkeit erkennen kann. Gehen Sie dorthin und warten Sie. Ich werde bekanntmachen, daß Sie Anselmo Campos zu sprechen wünschen. Dann liegt es an ihm, ob er kommt oder nicht. Es kann Tage dauern oder vielleicht Wochen.«

»Wir haben Zeit und werden warten, Don Rodrigo«, hatte Quint dem *alcalde* versichert.

Don Rodrigo hatte verstohlen über seine Schultern geblickt, als könnte Anselmo Campos in Hörweite sein. »Er ist ein gefährlicher Mann, Don Quintin, und ziemlich unberechenbar.«

Quint hatte gelächelt. »Nun, das sind wir auch, Don Rodrigo, das sind wir auch.«

Don Rodrigo hatte in dieses hagere, narbige Gesicht und die eisigen, grauen Augen geblickt, und ein kalter Schauer war ihm über die Wirbelsäule gekrochen. Erst als die *gringos* fort gewesen waren, hatte er es gewagt, sich dreimal zu bekreuzigen.

So hatte sich das zugetragen. Sie hatten zwölf Tage lang auf dem Berg der Maria Magdalena gewartet, hatten ihr verstecktes Camp jede Nacht verlagert, abwechselnd Wache gehalten und sich tagsüber hingelegt und über die gelbbraune Ebene von San Augustine geschaut, die sich weit unter ihnen 70 Meilen bis zum dunstigen Horizont im Südwesten und 25 bis 30 Meilen von Ost nach West erstreckte.

Anselmo fuhr herum, als Luke lautlos zwischen den Kiefern hervortrat. »Jesus Christus«, murmelte er. »Du schleichst des Nachts herum wie der jagende Wolf, *hombre*.«

Quint grinste. »Er *ist* ein Wolf, Anselmo. Wende ihm nicht den Rücken zu, es sei denn, sein Magen ist voll, und dann sei doppelt vorsichtig.«

»Ich sollte mich lieber ein bißchen umsehen, Big Red«, sagte Luke. »Wer weiß, wer ihm bis hierhin gefolgt ist.«

Anselmo griff nach der Kaffeekanne. »Nicht nötig, Wolf-der-geht-wie-ein-Mann. Mir sind keine Mimbrenos gefolgt, und wenn sie mir gefolgt wären, würden sie nicht auf diesen Berg kommen.«

»Warum nicht?« fragte Luke. »Warum ist der Berg anders als alle anderen in der Umgebung?«

Anselmo zuckte die Achseln. »Wer weiß das wirklich. Die *viejos*, die ersten Franziskaner-Padres hier, hatten den Eindruck, daß dieser sonderbar geformte Berg wie Maria Magdalena aussieht. Als sie ihm diesen Namen gaben, wußten sie es nicht, doch dieser Berg gilt bei den Mimbrenos und anderen Apachen als verzaubert. Viele Menschen wurden von ihnen getötet, von den San Mateos im Westen bis über die Ebenen von San Augustine und von den Datils und Gallinas im Norden bis zu den Mimbres im Süden, doch *niemals* auf diesem Berg Maria Magdalena.«

Luke sah Quint an. »Trotzdem sehe ich mich um. Ich halte nicht viel von diesem Aberglauben.«

Anselmo schüttelte den Kopf. »Du kannst mir auf dem Rückweg mein Pferd mitbringen, *por favor*.« Er beobachtete, wie Luke in der Dunkelheit verschwand. »Du hast recht, *patrón*. Er ist mißtrauisch wie ein Wolf; ein Wolf in Menschengestalt.«

Quint nickte. »Die Kotsoteka-Comanchen nennen ihn Isa-Conee oder Wandering Wolf. Er lebte einst bei ihnen. Mußte sie in aller Eile verlassen. Sie suchen ihn noch immer.«

Anselmos Miene zeigte Respekt, als er einen Biskuit in seinen stark gezuckerten Kaffee tunkte. »Den Kotsotekas zu entkommen und zu überleben, um es erzählen zu können ...« Er ließ den Rest unausgesprochen.

Quint gab einen Schuß Pass-Brandy in den Kaffee. »Du bist von weither gekommen?«

»Die Mimbrenos jagten südlich von hier. Ich mußte den weiten Umweg über Caballo Springs nehmen. Ich hörte, daß zwei Fremde, *gringos* vom Norden, mich sprechen wollen.«

»Doch du mußt mißtrauisch vor Fremden sein. Es ist ein Kopfgeld auf dich ausgesetzt. Warum bist du das Risiko eingegangen und hergekommen? Vielleicht sind wir Kopfgeldjäger.«

Anselmo winkte ab. »Don Rodrigo würde nicht sein Leben aufs Spiel setzen, indem er mich in eine Falle lockt. Ich weiß, daß er mich als Führer empfohlen hat. Keiner kennt dieses Gebiet besser als ich. Ich bin hier geboren worden und aufgewachsen. Ich kenne das Land, das Leben in der Wildnis und die Mimbrenos besser als jeder in New Mexico. Kein Spanier oder Mexikaner war je in der Lage, in diesem Tal Fuß zu fassen, obwohl es viele versucht haben und entweder verjagt wurden oder hier starben.«

Er scharrte etwas Erde vermischt mit Kiefernnadeln zusammen und hielt sie auf seiner rechten Handfläche. Er wog es nachdenklich. »Es ist ein guter Platz, doch solange es Mimbreno-Land ist, kann kein Mexikaner es für sich nehmen oder halten. Wer auch immer das versucht, wird feststellen, daß sie seine Bemühungen zunichte machen und ihn und seine Familie töten.« Er atmete tief durch. »Jetzt bist *du* gekommen, *patrón*«, fügte er leise hinzu.

»Du nennst mich *patron*. Warum? Ich bin als Soldat hergekommen, um dieses Gebiet auf eine Eignung als Militärposten für die neue Regierung von New Mexico zu erkunden. Es besteht ebenfalls die Möglichkeit, daß ich vielleicht hier auf zugewiesenem Land siedeln werde. Aber das wird erst in einiger Zeit der Fall sein.«

Anselmo grinste schief. »Es ist mehr als eine Möglichkeit, *patrón*, und das weißt du genau. Es ist die Aufgabe der neuen Regierung, dafür zu sorgen, daß dieses Gebiet unter ihrer Kontrolle ist, wie es die Spanier und Mexikaner unter ihre Kontrolle bringen wollten und dabei scheiterten. Deshalb bist du gekommen. Deine Vorgesetzten *kennen* dich, Don Quintin. Sie wissen, daß du vielleicht hierhin kommen und einen guten Platz zum Leben daraus machen wirst. Es wird gefährlich und schwierig sein, doch du wirst es schaffen. Es ist dein Schicksal. Es wird viel Blutvergießen geben. Viele werden sterben. Doch du wirst nicht getötet oder verjagt werden. Du wirst hier wie eine Klette an einer Satteldecke haftenbleiben, weil es in New Mexico wohlbekannt ist, daß das deine Art ist.« Er hob eine Hand. »Frag mich nicht, woher ich das weiß, aber ich *weiß* es. Du bist hergekommen, um die Hilfe von Anselmo Campos zu bekommen. *Bueno!* Ich bin dein Mann. *Deshalb* nenne ich dich *patrón!*«

Es war sehr still bis auf das Rauschen des Windes in den hohen Kiefern.

»Aber warum?« fragte Quint.

Anselmo schüttete die trockene Erde und die Kiefernnadeln von einer Handfläche auf die andere. Er sah auf. »*Yo tengo raices aqui* – ich habe hier Wurzeln«, erwiderte er ruhig.

Quint ergriff Anselmos rechte Hand. Etwas von der Erde und den Kiefernnadeln wurde hart zwischen den schwieligen Handflächen gepreßt. Es war ein unausgesprochener Pakt zwischen ihnen. Zu diesem Zeitpunkt ahnten sie nicht, daß er ihr Leben lang andauern würde.

Ein Huf klapperte auf Stein. Luke führte einen erschöpften

grullo-Mustang in den Feuerschein. »Der arme Bastard ist zu hart geritten worden«, sagte er. »Er ist erledigt.«

Anselmo schüttelte den Kopf. »Der wird sich erholen. Ich hatte es höllisch eilig. Ich ritt bei Nacht und versteckte mich am Tag. Alle Mimbrenos hassen mich, doch keiner so sehr wie ihr Kriegshäuptling, dem wir in New Mexico den Spitznamen *Cuchillo Roja*, Red Knife, gegeben haben. Sein Messer hat die Farbe von Menschenblut. Altes Blut hat wenig Zeit zu trocknen, bevor es von weiterem Blut aufgefrischt wird. Er ist ein Teufel in Menschengestalt.«

Luke hockte sich neben das Feuer und drehte sich eine Zigarette. Er reichte Quint Tabaksbeutel und Papier. »Nach allem, was wir gehört haben, scheinst du verdammt 'ne Menge über die Mimbrenos zu wissen«, sagte er.

Ein harzhaltiger Ast knackte im heruntergebrannten Feuer, und ein kleiner Funkenregen stieg auf. Das Säuseln des Windes in den Wipfeln der Kiefern nahm zu.

Quint drehte zwei Zigaretten und reichte eine Anselmo. Er zündete beide Zigaretten mit einem glimmenden Ast an. Dann füllte er Zinnbecher mit Brandy und gab sie Anselmo und Luke.

Anselmo hielt seinen Becher hoch. »*Salud y pesetas*«, sagte er.

Quint prostete ihm ebenfalls zu.

»Du hast meine Frage nicht beantwortet, Anselmo«, sagte Luke.

Anselmo sah überrascht drein. »War das eine Frage?« Er schaute von Luke zu Quint. »Verstehe«, sagte er dann ruhig. »Don Quintin, wenn wir zusammen arbeiten, darf es keine Geheimnisse zwischen uns geben.«

Quint nippte an seinem Brandy. »Ich habe keine Geheimnisse vor dir, Anselmo.«

Anselmo paffte genüßlich an seiner Zigarette. »Ich habe schon seit Wochen keinen Tabak mehr.« Er trank einen Schluck von dem kräftigen Brandy. »Da war einst ein braver Soldat von Mexiko, ein Eusebio Campos, Sergeant Major der Provinz-Dragoner, der seinem Land zwanzig Jahre lang diente und dreimal in Kämpfen gegen die Chiricahua-Apachen von Sonora und Chihuahua verwundet wurde. Er war kein *mestizo*, der etwas Indianerblut in sich hat, muß man sagen. Er war ein

Spanier aus guter Familie in Estremadura, der in die Neue Welt gekommen war, um das Glück zu suchen. Als Unteroffizier stieg er hoch auf, doch er konnte nicht das Offizierspatent erlangen, auf das er versessen war, obwohl er es viele Male verdient hatte. Sein Regiment war 1810 eines der ersten, das sich für die Unabhängigkeit von Spanien entschied.

Im Alter von 40 Jahren, als er an seinen Verwundungen und den vielen Jahren der Strapazen in der Siedlungsgrenze litt, wurde er in den Ruhestand versetzt und erhielt für seine Dienste ein Stück Land zugewiesen, wie es damals üblich war. Dieser Grundbesitz war hier in den Ebenen von San Augustine. Das Jahr war 1817. Socorro wurde neu angesiedelt. Er wurde vor den Gefahren dieses furchtbaren, doch feindlichen Landes gewarnt. Doch Eusebio Campos fürchtete weder Tod noch Teufel und vielleicht nicht mal Gott.

Er war vierzig Jahre alt, doch er sah aus wie 60. Er humpelte von einer alten Verletzung und konnte seinen linken Arm kaum benutzen. Seine Familie kam mit ihm in die Ebenen von San Augustine. Seine Frau, drei Söhne, eine Tochter, einer seiner Brüder und drei Brüder seiner Frau mit ihren Kindern und vielen Dienern und indianischen Sklaven. Die Diener waren Opata Indianer aus Mexiko, doch die Sklaven waren Chiricahuis, ein gefährliches Volk. Es war immer üblich gewesen bei der Gefangennahme solcher wilden Leute, die erwachsenen Männer zu töten und nur die jüngeren Frauen und Kinder zu nehmen. Doch *nie* war erlaubt, sie innerhalb hundert Meilen ihrer Heimat und in großen Gruppen zu halten. Eusebio Campos lachte über diese Sitte. Die Siedler waren gut bewaffnet und von ihm geschult. Sie erbauten ein großes Haus aus Stein und Adobe mit einem *torreón* oder Verteidigungsturm an einer Seite. Felder wurden gepflügt, Bewässerungskanäle gegraben, Feldfrüchte angebaut, Schafe und Rinder gezüchtet. Die Siedlung begann zu erblühen.

Die Mimbrenos warteten auf den richtigen Augenblick. Als eines Tages die meisten der körperlich tauglichen Männer die Rinder zusammentrieben, lag Eusebio krank im Bett. Mimbrenos in großer Zahl griffen im Morgengrauen an. Eusebio stand aus dem Bett auf, um das Kommando zu übernehmen. Er befahl einen Rückzug vom *torreón* in der Hoffnung, sich dort halten zu können, bis seine Männer von den Weiden zurückkehrten. Er und die anderen wußten nicht, daß die Männer beim Round-up angegriffen und bis auf den letzten Mann getötet worden waren. Als diejenigen, die in der Siedlung geblieben waren, zum *torreón* rannten, stellten sie fest, daß die Tür des Turms von innen verrammelt war.«

Anselmo starrte in die Glut. Quint füllte die Becher wieder auf.

»Die Mimbrenos hatten geheimen Kontakt mit den Chiricahui-Frauen aufgenommen«, fuhr Anselmo fort. »Die Frauen waren vor dem Morgengrauen in den *torreón* gegangen und hatten die Tür verbarrikadiert. Die Mimbrenos massakrierten die Männer, die älteren Jungen und die Frauen. Die jüngeren Frauen und Kinder nahmen sie gefangen. Der *rancho* wurde in Brand gesteckt. Die reifenden Feldfrüchte wurden verbrannt. Das Vieh wurde fortgetrieben. Die Brunnen wurden mit den Leichen der Getöteten verseucht.

Eusebio hatte eine Tochter namens Luz. Sie war zur Zeit des Massakers vierzehn Jahre alt. Der Mimbreno-Häuptling nahm sie als eine seiner Frauen. Sie gebar ihm einen Sohn. Als der Junge zwölf war, kamen viele mexikanische Soldaten zur *rancheria* der Mimbrenos, um alle mexikanischen Sklaven zurückzuholen, die sie hatten. Der Häuptling ermordete seine Frau, anstatt sie aufzugeben. Der Junge wurde als Waise betrachtet. Er wurde in die Obhut der Franziskaner-Padres von Chihuahua gegeben, um als Laien-Diener der Kirche erzogen und unterrichtet zu werden. Er hatte eine wilde Ader. Schließlich war er ein Genizaro, ein halber Mimbreno. Er riß bei den Padres aus und versuchte zu den Mimbrenos zurückzukehren. Sie betrachteten ihn mit Mißtrauen. Es fand ein großes *tiswin*-Gelage auf ihrer *rancheria* statt. Ein jüngerer Sohn des Häuptlings, ein reinblütiger, nannte den älteren Jungen ein dreckiges Halbblut. Sie kämpften mit Messern. Der Mimbreno-Junge starb. Der Junge, der ihn getötet hatte, wurde mit einer Kugel aus einer *escopeta* im Bein vom Stamm verjagt. Sein Vater, der Häuptling, schwor, daß er ihn töten werde, sobald er ihn zu Gesicht bekommen werde . . .« Seine Stimme brach. Er starrte blicklos in die Glut.

»Du warst der Junge«, stellte Quint fest.

Anselmo nickte.

»Und der Mimbreno-Häuptling?«

Anselmo sah auf. »Cuchillo Roja, Red Knife«, antwortete er.

Der Wind drehte sich und wirbelte Asche vom Feuer. Das schwache Licht des aufgehenden Mondes färbte den Himmel im Osten jenseits der Berge östlich vom Tal des Rio Grande del Norte. Irgendwo weit unten an den Hängen des Berges heulte ein Cojote.

Während der nächsten beiden Wochen führte Anselmo Campos Quint und Luke über eine zerklüftete Ausdehnung von salbeibewachsenen Ebenen und Bergen, die unter dem tiefblauen, mit Wolken getupften Himmel im Dunst bläulich schimmerten. Es war eine weite Einsamkeit, ein pastellfarbener Landstrich, der typisch für New Mexico war. Die Ebenen von San Augustine waren riesige Prärien, bestes Grasland, das mit Herden von Antilopen, wilden Pferden und Eseln gesprenkelt war. Dies war Prärieland im wahrsten Sinne des Wortes. Die dunstverschleierten Berge, von denen die Ebenen auf allen Seiten begrenzt wurden, sahen wie gewaltige geduckte Bären im Winterschlaf aus. Im Osten ragten die San Mateos auf mit den niedrigeren Magdalenas nordöstlich davon. Zwischen ihnen erstreckte sich ein weiter Paß nach Osten, nach Socorro und ins Tal des Rio Grande del Norte, während sich im fernen Norden die Gallinas Mountains mit den Datils westlich davon befanden. Im Westen, entlang der gewaltig aufragenden, gezackten Wirbelsäule der Continental Divide, waren die Gallo Mountains mit den Tularosas im Süden und noch weiter südlich den zerklüfteten Mogollons. Die Lücke zwischen den Mogollons im Westen und den San Mateos im Osten schlossen die Elk Mountains und die Black Range mit den Mimbres Mountains weiter im Süden.

Die unteren Hänge und Vorberge waren getüpfelt mit spinnenartigen Cholla-Kakteen, Kandelaberkakteen, Salbei, Krüppelkiefern, Pinien und Wacholderbäumen, während über ihnen dunkle Nadelbäume in dichten Phalanxen die Berghänge hinaufmarschierten. Canyons und Arroyos voller grüner Büsche drehten und wanden sich in die steinernen Flanken ihrer Höhen. In den höheren Lagen gab es Millionenschätze von erstklassigem Nutzholz, überwiegend Kiefern, Koniferen und Fichten. In noch höheren Lagen ragten die prächtigen Ponderosa-Kiefern dunkel in den Himmel. Reißende Flüsse mit kaltem Wasser strömten hinab in die Ebenen. Klare, kalte Quellen sprudelten aus unterirdischen Tiefen und bildeten Seen. An einigen Stellen blubberten und schäumten heiße Quellen und gaben Zeugnis vom vulkanischen Ursprung des Terrains. Ein weiterer Beweis waren die dunklen Verwerfungen von vulkanischem Gestein. In den Bergen wimmelte es von Rot- und Damwild, Bären, Bibern und Truthühnern.

Anselmo Campos hatte diesen weiten, unberührten Landstrich nicht für sich beansprucht; ebensowenig hatte er sich von den Mimbrenos und Mexikanern davon vertreiben lassen. In gewissem Sinne dachte er darüber wie ein Indianer, der alles und doch nichts davon besaß. Er war ein Nomade, völlig im Einklang mit der Wildnis, wie es Quint und Luke gewesen waren, als sie Biber gefangen hatten. Er nahm sich nur, was er brauchte von diesem großen Land, das er mit einer Leidenschaft liebte, die weit über die sexuelle Liebe zu einer Frau hinausging. Er hatte alles, was er brauchte. Es gab Gras für die Pferde, unbegrenzt Wasser und Brennholz, und die Ebenen und Berge waren voller Wild. Es wirkte fast unheimlich, wie er sich ungesehen durch diesen Landstrich bewegte, der von Apachen bewohnt wurde, die zu den besten Spurenlesern und Jägern auf dem amerikanischen Kontinent zählten.

Es war später Nachmittag am Ende der zweiten Woche in den Bergen und Ebenen. Die Sonne war fast hinter den gewaltigen Höhen im Westen untergegangen. Lange Schatten senkten sich schnell von den baumbewachsenen Höhen und den niedrigen Hängen hinab, um Mulden und Vertiefungen zu schwärzen. Auf den Ebenen von San Augustine gab es immer noch viel Licht. Der ständige Wind kräuselte das trockene Gras und erweckte manchmal den Eindruck, als wogten Wellen auf einer gelbbraunen See, während die dunstverhangenen, bläulich-purpurnen Berge um die Ebenen wie geheimnisvolle Inseln wirkten, an deren Ufer die See brandete. In all dieser Weite war kein Anzeichen auf Mensch oder Tier zu sehen. Kein Vogel stieg durch das verblassende Sonnenlicht in die Lüfte auf. Es war fast wie eine Mondlandschaft, so leblos wirkte sie. Doch da gab es auf einmal doch ein Anzeichen auf Menschen – ein dünner zarter Rauchfaden, der vor einem kahlen Berggipfel inmitten der Höhen genau südlich von Caballo Springs aufstieg.

Es war nichts Freundliches an diesem Rauch. Quint wußte, daß er nur einen Ursprung haben konnte, wenn er tatsächlich von Menschenhand heraufbeschworen worden war. Quint lag flach auf dem Bauch hinter einer vom Blitz gefällten Kiefer auf einer sattelartigen Anhöhe oberhalb der Quellen. Anselmo und Luke tränkten unten an den schattigen Quellen die erschöpften Pferde und füllten die Feldflaschen. Sie waren den ganzen Tag lang schnell geritten, hatten sich nahe am Fuß der Tularosas gehalten und jede nur mögliche Deckung genutzt. Oftmals hatten sie die Pferde über kahlen, felsigen Boden oder harte Erde geführt, um keine Spuren zu hinterlassen. In Intervallen war einer von ihnen auf der Fährte zurückgeritten und hatte die Spuren verwischt. Einmal waren sie ein paar Meilen durch das Bett eines seichten Flusses geritten. Sie waren von einem glatten Felsen, der zum Fluß hin abfiel, ins Wasser geritten und hatten es später an einer Stelle verlassen, an der sie ebenfalls keine Spuren hinterlassen hatten. In dieser Trockenheit würde das Wasser, das von den Hufen der Tiere getropft war, schnell verdunsten. Bis Caballo Springs hatten sie gehofft, daß ihnen niemand gefolgt war. Doch das war offenbar eine trügerische Hoffnung gewesen. Das Rauchsignal, wenn es eines war, strafte sie Lügen.

Der Platz für das Feuer war klug gewählt, so daß der Rauch vor dem kahlen Berggipfel aufstieg und nur sichtbar für jemand war, der damit rechnete, in diesem Gebiet Rauch zu sehen. Nur mit seinem starken Fernrohr hatte Quint den Rauch entdecken können. Er suchte das Terrain im Süden ab und sah keinen anderen Rauch. Vielleicht hatte das Feuer doch nichts zu bedeuten? Bei diesem Gedanken schüttelte er den Kopf. Kein Apache, der halbwegs vernünftig war, würde seine Position durch ein solches Feuer verraten, auch nicht in seinem eigenen Gebiet. Es *mußte* ein Signal sein.

Es blieben noch einige Stunden Tageslicht. Der Trail in Richtung Norden nach Gallos würde sie erst lange nach Einbruch der Dunkelheit zu einem von Anselmos besseren Verstecken bringen. Quint hatte entgegen den Wünschen von Anselmo und Luke darauf bestanden, daß sie den Zugang zur südwestlichen Ecke der Ebenen erkundeten. Dieses Gebiet war der Rand des Kernlands der Mimbrenos. Solange ein Mimbreno lebte, konnte kein Weißauge, ein Amerikaner, und kein Nakai-Yes, ein Mexikaner, in diesem Gebiet überleben. Für einen Mimbreno war es heilig. Quint hatte darauf bestanden, es sich mit eigenen Augen anzusehen, bevor er seine endgültige Entscheidung traf, ob er das Land annahm.

Quint spähte nach Norden und Osten, wo er vielleicht seinen *rancho* errichten würde. Seine Haltung versteifte sich, und er kniff die Augen zusammen. Ein dünner Rauchfaden, kaum sichtbar für jemand, der kein Indianer oder Mountain Man war, stieg hoch in die klare Luft, bis der Wind in höheren Lagen ihn verwehte wie eine Staubwolke. Quint schaute schnell nach Norden. Sein Magen schien sich zusammenzukrampfen. *Rauch* ...

Quint zog sich lautlos zurück und glitt mit dem Hawken-Gewehr am Riemen über der Schulter den Hang hinab. »*Vamonos!*« stieß er hervor.

Er brauchte keine Erklärung abzugeben. Luke und Anselmo banden die vollen Feldflaschen an die Sättel und führten die Pferde in Deckung der Bäume. Quint verwischte mit einem Blätterzweig die Mokassin- und Hufspuren, als er sich in den Wald zurückzog. Luke und Anselmo banden den Pferden Lederlappen um die Hufe, als Quint sie einholte. Sie führten die Tiere den Hang hinauf auf den schattigen Schlund eines Canyons zu. Als sie ein paar Meilen von den Quellen entfernt waren, kehrte Anselmo auf der Fährte zurück, um alle Spuren auszulöschen und nach Anzeichen auf Mimbrenos Ausschau zu halten. Luke kauerte sich neben die Pferde und kaute einen Priem von süßem Tabak. »Hast du je daran gedacht, daß uns das Halbblut aufs Kreuz legen könnte und daß es jetzt die beste Chance dazu hat?« fragte er.

Quint zuckte die Achseln. »Das hätte er fast jederzeit in den letzten beiden Wochen tun können.«

»Vielleicht hat er nur auf den richtigen Zeitpunkt gelauert.«

»Warum? Warum sollte er sich die Mühe machen, uns erst durch das ganze Gebiet zu führen?«

Luke kaute auf seinem Priem herum. »Könnte sein, daß er nur darauf gewartet hat, bis unser Proviant und Schnaps zu Ende gehen.« Er blickte mit seinen grünen Augen zu Quint auf.

Quint lehnte sich zurück gegen sein Pferd. »Du blöder Bastard! Glaubst du, er würde sein Leben für zwei Wochen Proviant und Schnaps riskieren, wenn du mißtrauisch mit diesem Killerausdruck in den Augen hinter ihm stehst?«

Sie grinsten einander an.

Luke schob seinen Priem unter die andere Wange. Er hob einen flachen Stein auf und spuckte darunter. Dann bedeckte er den Tabaksaft mit dem Stein, um die Spur zu verbergen. »Ich bin mir trotzdem nicht sicher, Big Red.«

»Was sagt dir deine Medizin?«

»Nichts«, bekannte Luke. »Vielleicht hast du doch recht. Nun, wie dem auch sei, wir werden nicht lange warten müssen, bis wir sicher sind, daß er *nicht* mit den Roten gemeinsame Sache macht.«

»Heute nacht?«

Luke nickte.

Anselmo tauchte lautlos und schnell aus dem Dunkel des Waldes auf wie aus einer Wolke treibenden Rauchs. Er machte rasch die Zeichensprache der Präriendianer: *Beeilung!*

Es war nicht nötig, dem Halbblut Fragen zu stellen. Apachen hatten das Gehör von Tieren, und sie waren jetzt offenbar nahe genug, um das leiseste Geräusch zu hören.

In dieser Nacht würde Vollmond sein. Schwache Spuren seines Aufgangs zeigten sich kurz nach dem Sonnenuntergang am östlichen Himmel. Wenn der Mond seinen Zenit erreichte, würde die Landschaft in Licht getaucht sein, als wäre es fast taghell.

Anselmo hielt an. Er wandte sich um. Er hielt die geschlossene rechte Hand vor und ein wenig unterhalb seiner rechten Schulter und bewegte die Hand dann ein Stück hinunter – *hier bleiben!*

Sie befanden sich hoch auf einer Bergleiste, gerade unterhalb eines quer vorlaufenden unebenen Trails der Natur, der in die Canyonwand gemeißelt zu sein schien. Sie waren aus der tiefen Dunkelheit des Canyongrunds hinaufgestiegen in das

Halbdunkel der Felsleiste, kurz bevor der Mond aufgegangen war.

Anselmo führte die drei Pferde in die Dunkelheit. Der Wind hatte aufgefrischt wie immer, wenn sich die Dunkelheit über das Canyonland senkte. Bald würde der Wind aufhören, doch wenn der Mond aufging, würde der Wind hangabwärts wehen, wie es immer der Fall war, wenn sich die Luft abkühlte.

Anselmo schlich wie eine Katze von seinen Gefährten fort. Sie suchten Deckung in einer Mulde im Hang, die von Felstrümmern umgeben war. Von dort aus hatten sie freies Schußfeld den Berghang hinab. Keiner konnte einen Angriff auf freier Fläche von solch einer Position aus überleben, wenn sie von drei erfahrenen Schützen besetzt war wie jetzt. Hinter der Vertiefung erhob sich eine steile Felswand vielleicht 30 Meter hoch.

»Gibt es einen Rückzugsweg?« flüsterte Quint.

Anselmo sah ihn an, als wollte er sagen: »Was zur Hölle ist mit dir los? Natürlich! Denkst du, ich wollte uns in eine Falle manövrieren?«

Quint grinste leicht. Er ergriff Anselmo an der Schulter und nickte ihm zu.

Eine unheimliche Stille herrschte im Canyon. Das leiseste Geräusch, das Atmen oder das Reiben von Kleidung oder Leder gegen Fels schienen maßlos verstärkt zu werden. Der gemischte Geruch von schalem Schweiß, ungewaschenen Haaren, schmutziger Kleidung, staubigem Leder und das allgegenwärtige Waffenöl wirkte stärker als sonst.

Minuten vergingen. Es war totenstill.

Dann raschelte etwas im kargen Gestrüpp. Ein scharfes, jämmerliches Piepsen ertönte und endete so plötzlich, wie es begonnen hatte. Irgendeine kleine, nächtliche Kreatur war plötzlich unter den Klauen eines größeren Raubtiers gestorben. Lastende Stille folgte. Einen Augenblick später stieg eine Eule mit ihrem Opfer in stählernen Krallen aus dem Gebüsch empor und schwebte auf samtenen Schwingen lautlos in die Dunkelheit davon.

Quint hob den Kopf. Er war sich nicht sicher, ob er etwas *gehört* hatte, doch er war fest davon überzeugt, daß er etwas *gespürt* hatte. Jahre des Lebens in Gefahr hatte diesen sechsten Sinn in ihm geschärft.

Sie waren unten im Canyon.

»*Escuche*«, wisperte Anselmo. »Hört!«

Es war nicht nötig, die beiden Gefährten zu warnen. Sie wußten bereits Bescheid.

Apachen ...

Apachen – ein mulmiges Gefühl stieg in Quint auf. Der Gedanke ans Sterben war schlimm genug; doch noch schlimmer war der Gedanke an die *Art* des Todes durch Apachenhand, wenn man lebend geschnappt wurde. Sie kannten Möglichkeiten, einen Gefangenen am Rand des Todes in äußerster Qual am Leben zu erhalten.

Der Canyon schien von einer tödlichen Bedrohung erfüllt zu sein. Sogar die Luft schien die drei Männer niederzupressen, als wollte sie ihr Leben ersticken.

Der östliche Himmel war von einem schwachen, silbrigen Schimmer überzogen.

Ein Nachtvogel zwitscherte schläfrig in den Tiefen des Canyons. Einen Augenblick später antwortete ein anderer Vogel auf den Schrei des ersten. Diesmal schien das Geräusch genau von unterhalb des Canyonrands zu kommen, wo der Trail an der Felswand entlangführte. Quint warf Anselmo einen Blick von der Seite zu. Anselmo schüttelte den Kopf. Das waren keine Vögel gewesen, sondern Apachen.

Ein schwaches, pochendes Geräusch stieg aus dem Canyon auf, als ob mit Leder umwickelte Hufe Felsen berührt hätten. Drei Gewehrhähne klickten leise in der Mulde, als sie gespannt wurden.

Der Trail war nicht mehr als zwanzig Meter von der Mulde entfernt. Von einer Sekunde zur anderen tauchte ein rundes Objekt auf und zeichnete sich vor dem schwachen Licht des aufgehenden Mondes ab. Kein Zweifel. Ein hutloser Kopf. Ein dichtbehaarter Kopf mit einem Band im Haar. Nur Weißaugen und Nakai-Yes trugen Hüte in diesem Land. Der Kopf hob sich, dann waren Schultern, ein Oberkörper und der hochgeworfene Kopf eines Pferdes zu erkennen. Schließlich hob sich der berittene Krieger deutlich auf dem Trail ab. Er zügelte sein Pferd und drehte den Kopf, um genau auf die Mulde zu sehen. Die weiße Farbe, mit der er den Nasenrücken und die Wangenknochen bemalt hatte, bildete einen gespenstischen Kontrast zu dem dunklen Gesicht und der schwarzen Haarfülle. Er verharrte einen Augenblick lang und ritt dann weiter über den Saumpfad und außer Sicht. Er hatte keine Geräusche verursacht. Er war fast wie ein Phantom aus der tiefen Dunkelheit des Canyons aufgetaucht.

Abermals herrschte Totenstille.

Luke stieß einen leisen Zischlaut aus.

Eine kalte Schweißperle löste sich unter Quints ledernem Hutband. Sie lief an seiner linken Schläfe hinab und folgte dem gezackten Verlauf der Narbe auf seiner Wange, bis sie am Mundwinkel hängenblieb. Er streckte seine Zunge aus und schmeckte Salz. Kalter Schweiß begann an seinen Seiten hinabzusickern und zu jucken.

Wie von einem meisterhaften Marionettenspieler in Bewegung gesetzt, tauchte ein berittener Apache nach dem anderen an der höchsten Stelle des Trails auf und verschwand nach Norden in der Dunkelheit. Die Köpfe der Krieger bewegten sich ständig von einer Seite zur anderen, zurück und voraus, dann wieder nach rechts und links, nur um die Prozedur in unablässiger Wachsamkeit zu wiederholen, der Preis des Überlebens in diesem Land. Apachen fürchteten Überraschungen mehr als sonst etwas.

24 berittene Krieger passierten einer nach dem anderen die drei beobachtenden Männer. Zweidutzendfacher Tod. Dann war der letzte Krieger verschwunden und ließ einen schwachen Geruch von Schweiß und Rauch zurück.

Keiner bewegte sich.

Ein Pferd schnaubte auf dem Trail. Der Kopf eines Pferdes und Reiters tauchte auf wie aus einem schwarzen Teich.

Anselmo bewegte sich. Ein Stein kollerte gegen einen anderen.

»Hast du je daran gedacht, daß uns das Halbblut aufs Kreuz legen könnte und daß es jetzt die beste Chance dazu hat!« hatte Luke Quint gefragt.

Der Apache hatte sein Pferd gezügelt. Er starrte genau zu den drei Männern hin, die den Atem anhielten. Es war unmöglich, daß er sie sah, das wußten sie, und doch hatten sie das Gefühl, daß er sie wahrnahm.

Quint schloß die Augen für einen Moment, um sie nach der

Anspannung auszuruhen. *Jesus, er hat unseren verdammten Gestank gerochen,* dachte er. Ein Schuß, und der Krieger würde siebzig Meter tief auf den Grund des Canyons stürzen. Aber ein Schuß würde auch 23 blutrünstige Krieger zurückbringen.

Der Mond war aufgegangen. Sein Licht schimmerte auf den fettigen Schlingen einer Wasserflasche des Apachen, ein vom Wasser geschwollener Pferdedarm, den der Krieger am Widerrist des Pferdes angebunden hatte. Das Mondlicht schien auf seinen mit Hirschfett polierten Karabiner und seine weiße Gesichtsbemalung. So verharrte er einen Augenblick lang, sah auf den Trail hinunter und zurück und trieb dann sein lehmfarbenes Pferd mit den Hacken an und ritt weiter.

Finger entspannten sich an den Abzügen. Aufgestauter Atem wurde ausgestoßen. Schmerzende Augen wurden geschlossen. Keiner der drei Männer war in der Lage, sich zu bewegen, zu reden oder zu denken.

Eine halbe Stunde verging langsam. Der Mond stieg höher. Anselmo kroch über die Felsen und duckte sich dort lauschend. Luke verlagerte sein Gewicht. Er schob sein Green River Messer zurück in die Lederscheide. Sein Blick traf sich mit dem Quints. Er brauchte nichts zu erklären. Wenn Anselmo ein weiteres Geräusch gemacht hätte, hätte er Lukes Messer in sich gehabt bis zum Green River. Anselmo sah das kleine Zwischenspiel nicht. Er schlich lautlos wie eine Katze bis zum Beginn des Trails, ließ sich auf alle viere nieder und kroch zum Rand des Saumpfads, um in den Canyon hinabzuspähen. Dann kroch er zurück, erhob sich und winkte Quint und Luke, ihm zu folgen. Sie bahnten sich einen Weg in eine breite Felsspalte, die man kaum als Seitencanyon bezeichnen konnte und die mit Dornengestrüpp bewachsen war, das mit unzähligen, winzigen, gebogenen Stacheln an ihrer Kleidung und der schwitzenden Haut riß. Sie führten die Pferde zum Trail. Luke ging zu Fuß voraus, um den Weg zu erkunden, der zum Canyongrund hinabführte. Quint und Anselmo führten die Pferde die Hälfte des Weges hinunter und hielten dann an. Ein Nachtvogel zwitscherte vom Canyongrund her, eine genaue Imitation des Mimbreno-Signals, das sie zuvor gehört hatten. Anselmo antwortete auf Lukes Signal. Der Weg war frei.

Ein seichter Bach, der von einer Quelle gespeist wurde, floß mitten durch das weite Tal. Weiden und vereinzelte Balsampappeln säumten den Wasserlauf. Die dunstverschleierten Berge im Norden bildeten den Hintergrund. Im Süden öffnete sich das Tal und gab den Blick auf die weiten, lohfarbenen Ebenen frei. Im Osten gab es weitere Berge, die niedriger als die im Norden waren. Auf beiden Seiten des Baches war der Boden mit schwachen, parallelen Linien in einem geometrischen Muster durchzogen, die durchsetzt von tieferen Furchen in einem weit ausgedehnten Gitter über den schwächeren Linien lagen. Auf den fernen, östlichen Hängen des Tals befand sich eine Ansammlung von etwas, das auf den ersten Blick wie eine sonderbare würfelförmige Felsformation aussah. An einer Seite der Formation erhob sich eine gerundete Säule von verwittertem, graubraunen Material, das mit schwarzen Streifen versehen war.

Anselmo zügelte seinen *grullo*. Er wies hin. »Dort«, sagte er leise. Er warf einen Seitenblick zu Quint. »Dort sind Geister, *patrón*. Man kann ihre Stimmen im Nachtwind hören.«

»Die Leute deines Großvaters?«

Anselmo nickte. »Niemand hat dort gelebt außer mir, und das war selten in den vergangenen 25 Jahren. Die Mimbrenos meiden diesen Ort wegen der rachsüchtigen Geister derjenigen, die sie getötet haben. Die Mexikaner wissen, daß es dort spukt.«

Sie ritten den langen, sanft abfallenden, grasbewachsenen Hang hinab und platschten durch den seichten Bach. Jetzt entpuppten sich die sonderbare Felsformation und die Säule als das, was sie wirklich waren – die vom Feuer geschwärzten Stein- und Adoberuinen dessen, was einst ein fortähnliches Ranchhaus mit einem Turm an der Südwestecke gewesen war. Auf einem sanft ansteigenden Hügel jenseits der Hausruine befanden sich viele schiefe und verfallene Holzkreuze, die von den Elementen in den letzten 25 Jahren grau und brüchig geworden waren.

Anselmo zügelte sein Pferd. Er legte die verschränkten Unterarme aufs Sattelhorn. »Die Kreuze tragen keine Namen«, sagte er wie im Selbstgespräch, »weil die Leichen verstümmelt und schlimm verwest waren, als die Soldaten hier von Socorro aus eintrafen. Außerdem hatten sich die Coyoten und *zopilotes* darüber hergemacht. Die Leichen wurden in einem Massengrab beigesetzt. Der Padre ließ so viele Kreuze wie Leichen machen. Mehr konnte er nicht tun.«

Anselmo und Luke tränkten die Pferde, während Quint zu der Ruine ging. Eusebio Campos hatte gut im kombinierten Stil seiner Heimat Estremadura und Chihuahua gebaut. Die Wände waren aus gewachsenem Fels errichtet, einen Meter zwanzig hoch, und dann mit Lehmziegeln verkleidet. Sie waren fast einen Meter dick. Die Fenster waren klein, die äußere Öffnung war breiter als die Innere, wie Schießscharten in einer Burgwand. Rostige Eisenstäbe schützten immer noch die Fenster, doch die dicken Holzläden waren verbrannt, als die Indianer Feuer gelegt hatten. Zwischen den Fenstern gab es Schießscharten. An jeder Ecke des Hauptgebäudes befanden sich Erker mit Schießscharten, damit ein Schütze mit Flankenfeuer ein nahes Herankommen von Angreifern an die Wände verhindern konnte. Das Hauptgebäude war in Form eines offenen Quadrats errichtet, das einen gepflasterten Hof einschloß, in dem sich ein Brunnen befand. Die vielen Räume waren mit verbrannten Trümmern der zusammengebrochenen Dachbalken und der dicken Schicht hartgebackener Erde bedeckt, von denen sie überzogen gewesen waren. Der obere Teil der Außenwände hatte sich vier Fuß über das Dach hinaus erstreckt und eine mit Schießscharten versehene Brustwehr gebildet. Vom Dach aus hatten Gewehrschützen freies Schußfeld in alle Richtungen gehabt. Der *Torreón* war abseits vom Haus errichtet worden, damit Angreifer, die das Haus eingenommen hatten, nicht von dessen Dach aus auf den Turm springen konnten oder umgekehrt, wenn der Turm zuerst eingenommen wurde. Der Turm war oben ebenfalls mit einer Brustwehr und mit Schießscharten versehen gewesen.

Es hatte viele Nebengebäude gegeben, doch sie waren ebenfalls verbrannt und nun ohne Dach und halb zugeschüttet mit Trümmern. Der Corral war groß und von Wänden aus Stein und Adobe eingezäunt. Die Wände waren drei Meter hoch, und ihre trogförmigen Spitzen waren mit Erde gefüllt und dicht mit stachligen Chollas bepflanzt gewesen, um zu verhindern, daß jemand hinüberkletterte. Das große und dicke Doppeltor war mit Nägeln beschlagen und mit Dutzenden von schweren, handgeschmiedeten Eisen versehen, um Kugeln, Pfeilen und Feuer zu widerstehen, doch es war von den Mimbrenos aus den Angeln gerissen worden und lag nun vor der klaffenden Öffnung am Boden.

Quint kletterte über die Trümmer in den Räumen und betrat den von Unkraut überwucherten Innenhof. Der Schutt und die Trümmer konnten beseitigt werden. Das Dach konnte erneuert werden. Er sah hinab in den tiefen Brunnen und glaubte, die gebleichten Gebeine eines Skeletts zu sehen, doch er war sich nicht sicher. Vermutlich war eine Leiche von den Apachen in den Brunnen geworfen worden, um das Wasser zu verseuchen, und die Soldaten hatten den Toten übersehen. Vielleicht gab es ein weiteres namenloses Kreuz auf dem Hang hinter dem Haus.

Quint schaute durch ein Schießschartenfenster. Es gab einen zweiten Brunnen in der Nähe der Nebengebäude. Das Ackerland zeigte noch Spuren von Furchen, die gepflügt worden waren, und von den tieferen Rinnen der *acequias* oder Bewässerungsgräben, die vom Bach abgeleitet waren. Der Bach trocknete laut Anselmo selten im Sommer aus, doch wenn notwendig, konnten bachaufwärts Dämme angelegt werden, um eine Reihe von *charcos* oder Teiche zu schaffen, mit denen das Vieh getränkt werden konnte.

Quint ging zum *torreón*. Die Tür war aus den dicken, handgeschmiedeten Angeln gerissen worden und lag vor der Schwelle am Boden. Sie bestand aus zwei dicken Schichten aus sehr hartem Holz mit einer Eisenplatte dazwischen, die Schutz gegen Kugeln und Pfeile bot. Die Außenseite war mit Nägeln beschlagen.

»Der alte Eusebio dachte an alles bis auf eines«, bemerkte Luke trocken hinter Quint.

Quint nickte. »Seine Chiricahui-Sklaven.«

Sie kochten sich Essen und brühten Kaffee am grasbewachsenen Ufer des Baches, als die Sonne hinter den Bergen im Westen unterging.

Anselmo drehte sich nach dem Essen eine Zigarette. »Hast du dich schon entschlossen, *patrón*?« fragte er.

»Noch nicht, Anselmo.«

»Aber wenn du es tust, wirst du mich hier dulden?«

»Es könnte noch einige Zeit dauern. Wir haben Krieg. Ich bin im Dienst. Wenn ich mich entscheide, könnte es ein Jahr oder so dauern, bis ich hier einen *rancho* errichten kann. Ich glaube, daß es mit deiner Hilfe geschafft werden kann.«

»Das ist eine große Ehre für mich, *patrón*. Ich werde für den Rest meines Lebens in deiner Schuld stehen«, sagte Anselmo bewegt.

Quint schüttelte den Kopf. »Wir werden in deiner Schuld stehen.«

»Dann nimmst du mich also?«

Quint nickte.

»Aber ich bin nur *ein* Mann, *patrón*.«

Quint lächelte. »Nun, ich bin auch nur einer.«

Sie reichten sich über das erlöschende Feuer hinweg die Hände.

Quint und Luke sattelten dann für den Nachtritt nach Socorro. Anselmo drehte sich bedächtig eine Zigarette, während er neben der Asche des Feuers kauerte.

Quint zog den Sattelgurt fest und sah über seine Schulter zu Anselmo. »Kommst du nicht mit uns? Du kannst dich nicht in diesen Bergen verstecken, bis ich zurückkomme. Es könnte Monate dauern, vielleicht Jahre. Oder ziehst du dieses einsame Leben vor, das du führst?«

Anselmo starrte Quint verständnislos an. »Du machst dich über mich lustig, *patrón*. Willst du wirklich, daß ich mit dir nach Norden reite?«

Quint nickte. »Ich brauche Rekruten für meine Kompanie von Freiwilligen Berittenen Schützen New Mexicos. Außerdem werde ich jemand brauchen, der mir die Sprache der Mimbrenos beibringt. Interessiert?«

Anselmo warf seinen Sattel auf den *grullo*. Er wandte sich um und schaute Quint einen Augenblick lang nachdenklich an. »Warum willst du das lernen?« fragte er neugierig.

Quint zuckte mit den Schultern. »Man muß soviel wie möglich über seine Freunde und Feinde wissen.«

»Du willst dir die Mimbrenos zu Freunden machen?«

»Ich kann es nur versuchen. Dies ist ihr Land. Ich werde der Fremde hier sein. Wenn ich ihre Sprache lerne und ihnen

Freundschaft anbiete, erleichtert das die Dinge in den kommenden Jahren. Ist das abgemacht?«

Anselmo nickte. »Ja, aber nur, wenn ich einen Handel machen kann.«

»Zum Beispiel?«

»Bring mir als Gegenleistung Englisch bei.«

»Das werde ich tun, Anselmo, doch du wirst mit dem Akzent der *escocéses* sprechen.«

»Wer ist das?«

Luke grinste. »Die Schotten. Der Stamm, der vielleicht schlimmer ist als die Apachen, wenn es zum Guerilla-Krieg kommt.«

Anselmo war immer noch verwirrt, als sie über den Trail, der von Unkraut überwuchert war, zur lange unbenutzten Straße nach Socorro ritten. Kurz bevor die Ranchruine außer Sicht war, ritt Quint ein paar hundert Meter zurück. Er zügelte das Pferd und schaute durch das verlassene Tal. Der Bach war wie ein gewundenes silbernes Band unter dem Mondschein. Trotz der tragischen Geschichte wirkte das Tal von tiefem Frieden erfüllt. Vielleicht war es eine Illusion. Es hatte ein anderes Tal gegeben, vor fast einem Jahrzehnt, hoch in den Colorado Rokkies, in das er damals hatte zurückkehren wollen, um vielleicht für den Rest seines Lebens dort zu bleiben. Daraus war dann nichts geworden. Wie lautet das Sprichwort: Der Mensch denkt, Gott lenkt.

Quint zog sein Pferd um die Hand und ritt weiter. Er warf nochmals einen Blick zurück. »Dies wird der Platz sein«, murmelte er.

Er hatte 1837 genau das gleiche gesagt.

20

Die Bevölkerung von Santa Fé hatte sich seit der amerikanischen Besetzung verdreifacht, und viele weitere Amerikaner waren auf dem Weg dorthin. Tagsüber war die Stadt erfüllt mit aufgeprotzter Artillerie, Bagage- und Munitionswagen, Treckwagen, Packmuli-Kolonnen, Schaf- und Rinderherden. Vermischt mit der einheimischen Bevölkerung befand sich ein buntes Durcheinander von amerikanischen Soldaten, Händlern, Besuchern, Nachzüglern, Trappern, Mexikanern von Norden und Süden und Pueblo-Indianern mit ihren Frauen und Kindern in der Stadt. Rudel von Hunden nahmen buchstäblich die Straßen, die Plaza und die Umgebung in Beschlag, streunten überall herum, die Köpfe gesenkt und die Fänge entblößt, wenn sie sich bedroht fühlten. Das Tal war von Sonnenaufgang bis Sonnenuntergang von ihrem Kläffen, Heulen und Knurren erfüllt.

Das Glücksspiel war immer eine der Hauptbeschäftigungen der Leute in Santa Fé gewesen, selbst für kleine Kinder und die sehr Alten. Jetzt waren die Plaza und ihre Umgebung zu einem großen Spielmarkt geworden mit Dutzenden von Monte-Tischen in geschlossenen Räumen, auf den Seitenstraßen und unter den *portales*, von denen die Plaza umgeben war. Wo auch immer ein Kartengeber seine Decke und die Spielkarten ausbreitete, war sein Arbeitsplatz. Die Kartengeber waren überwiegend mexikanische Männer und einige Frauen. Die Wetter waren hauptsächlich Amerikaner.

Während Quint und Luke die Ebenen von San Augustine erkundet hatten, war vieles in Santa Fé geschehen. General Kearny hatte ein Gremium ernannt, das aus Colonel Alexander William Doniphan, Willard P. Hall und John T. Hughes von den Missouri-Freiwilligen bestand – alle von Beruf Anwalt – unterstützt von Francis P. Blair junior, das die bestehenden Gesetze New Mexicos studieren und Vorschläge machen sollte, welche Änderungen und Ergänzungen notwendig waren, um sie vereinbar mit amerikannischen Gesetzen und der Verfassung der Vereinigten Staaten zu machen und sie zu kodifizieren, um ein Grundgesetz für New Mexico zu schaffen. Der Ausschuß hatte seinen Bericht am 22. September fertig. Am selben Tag erließ General Kearny, der vom bloßen Rang eines militärischen Kommandeurs zum Staatsmann aufstieg, das Grundgesetz für das Territorium New Mexico, das auf den neu formulierten Gesetzen basierte. Es war sorgfältig von der Unabhängigkeitserklärung und dem Grundgesetz der Vereinigten Staaten abgeleitet und hatte starke Parallelen zu den Gesetzesbestimmungen des Staates Missouri. Eine alte Ramage-Druckerpresse wurde von Taos hinabtransportiert, und das frisch getaufte

›Kearny-Gesetz‹ wurde sowohl auf englisch als auch auf spanisch gedruckt und weit und breit verteilt. Ebenfalls wurde die Ernennung der Territorial-Verwaltung von New Mexico bekanntgegeben: Gouverneur: Charles Bent. United States District Attorney: Francis P. Blair Junior. Finanzminister: Charles Blumner. Wirtschaftsminister: Eugene Leitendorfer. Richter des Obersten Gerichtshofs: Joab Houghton, Antonio José Otero und Charles Beaubien.

Die Navajos, Apachen und Utes entschlossen sich, die neuen Eroberer auf die Probe zu stellen. Schließlich hatten sie seit mehr als zwei Jahrhunderten bei der Bevölkerung New Mexicos geraubt, gemordet und versklavt – es war ihr ererbtes Recht. Sie verdoppelten ihre Überfälle. Ein reicher *ranchero* allein verlor sechstausend Schafe an die Navajos. General Kearnys letzter Befehl an Colonel Doniphan, dem er das Kommando über Santa Fé und das Territorium übertragen hatte, bevor er am 25. September nach Kalifornien aufgebrochen war, bezog sich auf das Navajo-Problem. »Treiben Sie die Befriedung schnell voran«, hatte er ernst befohlen. »Marschieren Sie ins Navajoland ein. Befreien Sie alle Gefangenen. Holen Sie gestohlenen Besitz zurück. Flößen Sie den Indianern entweder Furcht ein oder zwingen Sie sie, sich zu unterwerfen.«

Kearny war mit dreihundert Dragonern losmarschiert, um Kalifornien zu erobern. Am 5. Oktober stieß er auf den neuernannten Lieutenant Kit Carson von den Berittenen Schützen, der einen Trupp von sechzehn Männern auf dem Weg nach Washington D. C. führte. Carson hatte Post und Amtspapiere bei sich. Er war Kurier für Flottillenadmiral Stockton, U. S. Navy, und Lieutenant Colonel Fremont, U. S.-Armee. Er berichtete, daß Kalifornien bereits unter ihrem Kommando im Besitz der Amerikaner und das Land frei von mexikanischer Kontrolle war. General Kearny befahl Carson, mit ihm als Führer auf dem Gila River Trail nach Kalifornien zurückzukehren. Carson hatte zuerst Einwände. Er hatte sich verpflichtet, nach Washington zu reiten. Seit vielen Monaten hatte er seine junge Frau Josefina nicht mehr gesehen. Kearny überredete ihn. Carson stimmte schließlich zu. Der General schickte zweihundert seiner Dragoner zurück und marschierte mit den verbleibenden hundert und Kit Carson nach Kalifornien. ›Ein Sprung in die Ungewißheit von tausend Meilen wilden Wüsten- und Berglands und in die Geschichte.‹

Colonel Sterling Price von Missouri traf in Santa Fé ein, um Colonel Doniphan von seinem Kommando abzulösen. Prices 1200 Soldaten des Zweiten Regiments der Berittenen Freiwilligen Missouris erreichten die Stadt kurz danach, gefolgt von dem langbeinigen Mormonen-Bataillon, das zu Fuß von Kansas in der Rekordzeit von 35 Tagen heranmarschiert war. Ihr Commander, Lieutenant Colonel James Allen von der Berufsarmee, war auf dem Marsch gestorben. Bevor Kearny New Mexico verließ, um nach Kalifornien zu ziehen, hatte der Captain Philip St. George Cooke den strengen, pedantischen Vorgesetzten aus Virginia, von seinem Posten abkommandiert, ihn zu einem Lieutenant Colonel befördert und ihn nach Santa Fé zurückgeschickt, um das Kommando über das Mormonen-Bataillon zu übernehmen und es weiter nach Kalifornien zu führen.

Guadalupe hatte Quint von Rio Brioso aus geschrieben. In dem Brief schrieb sie von der Verfassung der *hacienda*, fast als wäre sie ein Manager anstatt die Frau des *patrón*. Sie erwähnte natürlich die Zwillinge, doch sie schrieb nichts von David. Mit keinem Wort erwähnte sie die Unstimmigkeiten zwischen ihr und Quint vor seinem Aufbruch nach Santa Fé. Sie bezog sich nicht auf den Krieg und die Besetzung, als gäbe es sie nicht. Der Brief verwirrte Quint. Guadalupes förmlicher Briefstil mußte einen Grund haben. Er brachte den Brief zu Tom Byrne.

Tom las den Brief und schaute auf. »Was beunruhigt dich, Quint?«

»Ich kann es mir nicht genau erklären«, bekannte Quint. »Doch es ist fast, als verheimlicht sie etwas bei all diesem Geschwafel über die Ernte und die Herden von Rio Brioso.«

»Sie hat vielleicht wegen des Streits ein schlechtes Gewissen und ist zu stolz, um es zuzugeben.«

»Das ist es nicht.« Quint sah Tom forschend an. »Gibt es da etwas bezüglich ihrer körperlichen Verfassung, was du weißt und ich nicht weiß? Schließlich verbrachte sie im letzten Winter eine lange Zeit hier. Soweit ich das weiß, war das nicht besonders nötig für sie. Und zuvor, im Sommer, als ich von Rio Brioso nach El Cerrillo zurückkehrte, war sie wegen irgend etwas sehr beunruhigt. Padre Martinez deutete es an. Damals dachte ich, es wäre wegen meiner langen Abwesenheit von ihr und den Kindern gewesen.«

»Ein Grund, der gut genug ist, Quint.«

Quint schüttelte den Kopf. »Aye, aber da steckt mehr dahinter. Ich spüre allmählich, daß es ihre Gesundheit sein könnte. Dann war da dein Besuch, der angeblich der Teilnahme an dem Ball und dem Dinner galt, die Guadalupe zu meinen Ehren gab. Du hast sie nicht gründlich untersucht, als ich bequem aus dem Weg war?«

Toms Augen verengten sich. »Du weißt davon? Woher?«

»Cristina erzählte es mir später.«

»Das junge Dienstmädchen?«

Quint nickte. Er sah in Toms Augen und war sich sofort darüber im klaren, daß er von der Beziehung zwischen Cristina und ihm wußte. Guadalupe selbst mußte es ihm gesagt haben.

»Du willst also die Wahrheit wissen?« fragte Tom mit ruhiger Stimme. »Ich kann nicht das Vertrauen eines Patienten mißbrauchen. Ich bin zum Schweigen verpflichtet, wie du weißt.«

»Sie ist meine Frau«, sagte Quint.

Tom schenkte von neuem Brandy ein. »Du hattest in den letzten Jahren normalen Geschlechtsverkehr mit ihr?«

»Aye.«

»Du hast keine Anzeichen auf Schmerzen bei ihr bemerkt, keine Blutung? Irgend etwas Ungewöhnliches?«

Quint schüttelte den Kopf. »Sie war immer eng gebaut«, gab er zu.

»Einige Monate vor deiner Rückkehr nach El Cerrillo vor einem Jahr kam sie her, um sich von mir untersuchen zu lassen. Damals warnte ich sie vor weiteren Schwangerschaften. Ich sagte ihr, sie hätte genug Kinder geboren. Eine weitere Geburt wäre gefährlich und zuviel für sie. Gefährlich und vielleicht sogar fatal. Doch sie wollte ein weiteres Kind!«

»Aber warum?« fragte Quint.

»Sie glaubte, dich damit auf El Cerrillo halten zu können, betrachtete es vielleicht als eine Art Versicherung für den Fall, daß sie es nicht anders schaffte, dich dort zu halten.«

»Mein Gott! Warum hast du mir das nicht gesagt, Tom?«

»Es stand mir nicht zu, das zu sagen, selbst wenn ich es gern getan hätte. Ich warnte sie erneut, als ich nach El Cerrillo kam. Nein, es war in Wirklichkeit mehr als nur eine Warnung. Ich bestand darauf. Sie darf nicht das Risiko einer weiteren Schwangerschaft eingehen. Das Kind könnte totgeboren sein oder vielleicht körperlich oder geistig mißgebildet oder beides. Guadalupe selbst würde schrecklich leiden, möglicherweise ihre Gesundheit ruinieren oder sterben . . .«

Quint neigte sich vor. »Tom, ist sie jetzt schwanger?« fragte er leise.

»Ich weiß es nicht. Ich habe sie seit dem letzten Winter nicht mehr gesehen, und sie hat auch nicht darum gebeten. Wenn sie schwanger ist, wie kommt es, daß du nichts davon weißt?«

»Sie könnte es vor uns beiden verheimlichen.«

»Gott bewahre! Wenn ich es sicher wüßte . . .«

Quint schüttelte den Kopf. »Sie würde niemals einer Abtreibung zustimmen.« Er erhob sich. »Ich werde um Urlaub wegen einer dringenden familiären Angelegenheit ersuchen und so schnell wie möglich nach Rio Brioso zurückkehren.«

Doch im Laufe der nächsten Stunde erhielt Quint strikte Befehle, mit seiner Kompanie in Abiquiu am Chama River, 45 Meilen nordwestlich von Santa Fé, einzurücken. Dort hatte sich Major William Gilpin vom Ersten Regiment der Berittenen Freiwilligen Missouris mit fast 200 seiner Männer und 65 freiwilligen Mexikanern und Pueblos für den Dienst im Navajoland versammelt. Quint schickte sofort einen Brief an Guadalupe nach Rio Brioso.

Am 25. Oktober zog Gilpins Truppe zu einem Feldzug gegen die unablässig raubenden Navajos ins San Juan River Country. Colonel Donipha mit weiteren dreihundert Männern der Ersten Missouri hatte Santa Fé bereits verlassen und war auf dem Weg ins Navajoland. Seit September befand sich Colonel Congreve Jackson mit drei Kompanien in der Nähe von Cubero, etwa 50 Meilen westlich von Albuquerque. Doniphans Befehle an Gilpin und Jackson lauteten, sich an der Ojo del Oso oder Bear Spring, der Bären-Quelle, mit ihnen zu treffen, ungefähr 130 Meilen westlich von Albuquerque. Gilpins Truppe stand ein 150-Meilen-Marsch bei Winterwetter durch im Grunde genommen wegloses Land bevor, das von feindlichen Navajos unsicher gemacht wurde. Die Amerikanr waren zahlenmäßig tausendfach unterlegen. Lieutenant Quintin Kershaws Kompanie der Freiwilligen Berittenen Schützen New Mexicos führten auf dem Weg.

Fünf Tage bevor Gilpin mit seinen Truppen Abiquiu verließ, wurde der Postkurier von Santa Fé von Banditen am Vermejo Creek aus einem Hinterhalt heraus überfallen, 25 Meilen südlich von Rio Brioso. Der Mann wurde hinterrücks erschossen, und die Banditen nahmen ihm die Kleidung und die Waffen ab. Sie raubten sein Maultier und den Sattel. Der Postsack wurde aufgeschnitten und der Inhalt auf den verschneiten Boden geschüttet bei der gierigen Suche nach Geld oder Wertgegenständen. Später blies der Wind die weggeworfenen Briefe in den Vermejo, der sie rasch hinab in den Canadian River trug, wo sie für immer verschwanden.

21

Kershaws Kompanie der Freiwilligen Berittenen Schützen New Mexicos kehrte am frühen Abend des 20. Januar vom beschwerlichen, wenn auch ziemlich unblutigen Feldzug gegen die Navajos zurück, fast drei Monate, nachdem sie mit Major Gilpins Truppen Abiquiu verlassen hatten, um sich mit Colonel Doniphan am Ojo del Oso zu treffen. Von Abiquiu bis zum Ojo del Oso und schließlich auf dem Rückweg nach Santa Fé über Albuquerque hatten sie über 350 Meilen auf schwerem Winterterrain durch wegloses Land zurückgelegt, in dem feindliche Navajos hausten. Colonel Doniphan und seine Truppe waren Anfang Dezember von Albuquerque aus nach Süden zur Invasion von Chihuahua marschiert. Kershaws Kompanie zählte nicht zu den Invasionstruppen. Ihre sechsmonatige Dienstzeit würde im Januar enden, wenn sie den Befehl erhielten, nach Santa Fé zurückzukehren, um aus dem Militärdienst entlassen zu werden. Während des Dezembers und Anfang Januar hatten sie Dienst als Wagentreck-Eskorte geleistet, ein Job, den sie gründlich verabscheuten. Sie betrachteten sich als ›Kämpfer‹! Colonel Doniphan und seine Erste Missouri hatten am Brazito eine große Streitmacht der Mexikaner vernichtend geschlagen, genau nördlich von El Paso del Norte und am

Nachmittag des ersten Weihnachtstages. Drei Tage später besetzten die Amerikaner El Paso del Norte, ohne auf Widerstand zu stoßen.

Sterne glitzerten wie Eisstücke am dunkelblauen Firmament. Es war sehr kalt. Gefrorener Schnee knirschte unter den Füßen. Trotz der Kälte waren die Plaza, die *portales* ringsum und die Seitenstraßen voller amerikanischer Soldaten und Zivilisten, die Monte spielten oder die vielen *cantinas* besuchten. Ständig torkelten betrunkene Amerikaner aus den *cantinas*. Die meisten der Soldaten gehörten zu Colonel Sterling Prices Zweitem Regiment der Berittenen Freiwilligen Missouris. Einen ernüchternden Anblick boten die aufgeprotzten Artillerie-Geschütze unter starker Bewachung, die in Position standen, um die Plaza und die Straßen zu bedecken, die auf den Platz mündeten. Sie standen dort wie die Nachgeburt der gescheiterten mexikanischen Revolte vom Heiligen Abend. Die Artillerie-Wachen waren stocknüchtern.

Quint verließ seine Kompanie vor dem Gouverneurspalast und machte Meldung bei Lieutenant Boone, dem Offizier vom Dienst. »Unser sechsmonatiger Dienst ist morgen zu Ende, Lieutenant Boone«, sagte er.

Boone nickte. »Wir werden dafür sorgen, daß Sie morgen ausgemustert werden. Es sei denn, Sie wären an einem weiteren halben Jahr Dienst interessiert. Wir können Sie gewiß gebrauchen!

Quint zuckte mit den Schultern. »Ich selbst hätte nichts dagegen. Es ist gut möglich, daß die meisten meiner Männer verlängern würden. Doch keiner von uns hat seit einem halben Jahr die Familie und die Heimat gesehen. Der Krieg scheint hier oben zu einem Stillstand gekommen zu sein. Die Dinge haben sich anscheinend genug beruhigt, mit Ausnahme dieses Mobs betrunkener Amerikaner draußen auf der Plaza.«

»Wir haben es höllisch schwer, sie unter Kontrolle zu halten«, gab Boone zu. »Aber letzten Endes sind es alles Freiwillige, die tausend Meilen von der Heimat entfernt sind und für die es hier nicht viel zu tun gibt. Tag und Nacht nur spielen, trinken und raufen. Das Arrestlokal ist überfüllt. Ich hatte auf irgendeine Aktion gehofft, um die Männer aus diesem verdammten Loch von Laster und Korruption herauszubekommen. Außerdem haben uns die Mexikaner satt, Quint. Haben Sie von der versuchten Revolte am Heiligen Abend gehört?«

Quint nickte. »Ein wenig.«

»Es ist wie ein Wunder, daß sie nicht damit durchgekommen sind. Glücklicherweise erhielten wir einen Tip. Ich bezweifle, daß wir weitere Probleme dieser Art haben werden. Haben Sie ein Quartier für die Nacht?«

»Ich wohne sonst bei Doktor Byrne, wann immer ich in der Stadt bin, doch ich hörte, daß Captain Calhoun und seine Frau jetzt dort einquartiert sind.«

»So ist es. Doch Captain Calhoun ersuchte darum, mit Colonel Doniphan an der Invasion Chihuahuas teilzunehmen und brach vor kurzem auf, um am Brazito zu kämpfen.«

»Ist Mrs. Calhoun immer noch in Santa Fé?« fragte Quint mit ruhiger Stimme.

Boone schüttelte den Kopf. »Sie besucht einige andere Soldatenfrauen in Albuquerque. Sie verließ die Stadt ein paar Tage vor Weihnachten. Ich nehme an, sie wollte Doktor Byrne nicht zur Last fallen.«

»Aber wieso . . .?«

»Haben Sie nicht vom Tod seiner Frau gehört?«

Quint starrte den Offizier an. »Sie meinen – Luz ist gestorben?«

Boone nickte. »Sie war in der Nacht der versuchten Revolte zur Christmette in der San Miguel Church. Am nächsten Morgen wurde ihr Leibwächter erstochen aufgefunden. Ihre Leiche wurde erst zwei Tage später in dem Quartier eines Mannes gefunden, der einer der Verschwörer sein soll. Sie wurde geschändet und schrecklich verstümmelt.«

»Wie hat Tom es aufgenommen?«

»Er wurde sehr krank, als er die Nachricht bekam. Seither hat er das Haus nicht mehr verlassen.«

»Wo kann ich meine Männer bis morgen einquartieren?«

»Es ist Platz in den Baracken hinter dem Palast. Sie können sich hier ebenfalls einquartieren, wenn Sie möchten.«

Quint schüttelte den Kopf. »Ich sehe jetzt nach Tom Byrne.« Er ging zur Tür, verharrte und schaute zurück. »Wer war der Mann, der im Verdacht steht, Luz ermordet zu haben?« fragte er leise.

»Er hat nur einen Namen. Ein Mischling.«
»So?«
»Der Name lautet Kiowa.« Boone war vorübergehend verwirrt wegen des eisigen Ausrucks, den Quints Miene annahm. »Kennen Sie ihn?« fragte er verwundert.
»Ja. Ich kenne ihn.« Quint schloß die Tür hinter sich.

Luke lehnte an seinem Pferd, als Quint den Palast verließ. Er war allein. Kein Mitglied der Kompanie war zu sehen.

»Wo sind sie, Wandering Wolf?« fragte Quint, obwohl er die Antwort schon wußte.

Luke umfaßte mit einer Handbewegung die Plaza, die *cantinas* und Spielsäle. »Wie lauten die Befehle, Big Red?« erkundigte er sich.

Quint grinste. »Sie sollen in den Baracken hinter dem Palast Quartier beziehen. Wir werden morgen entlassen.«

»Wir werden alle zur Stelle sein, Quint. Wohin gehst du?«
»Zu Tom Byrne.«

»Ich dachte, dein heldenhafter Captain Calhoun und seine Frau wohnen dort.«

»Nicht mehr«, erwiderte Quint. »Calhoun zog mit Doniphan nach Süden, um zweifelhaften Ruhm zu erlangen und seine Karriere zu fördern. Jean besucht Freundinnen in Albuquerque.«

»Dann können wir vielleicht bei dem guten Doc bleiben, bis sie wiederkommt?«

»Vielleicht. Tom ist sehr mitgenommen. Luz wurde Heiligabend ermordet. Sie fanden ihre geschändete und verstümmelte Leiche zwei Tage später. Seither ist Tom nicht mehr derselbe. Du weißt, was die beiden einander bedeutet haben.«

»Jesus! Weiß man, wer es getan hat?«

Quint nickte. »Ein Mann namens Kiowa«, erwiderte er mit ruhiger Stimme.

»Hat man ihn gefunden?«

»Noch nicht. Doch *ich* werde ihn finden. Ich breche sofort nach der Entlassung auf, um ihn aufzuspüren.«

»Nicht ohne mich.«

»Kommst du mit mir zu Tom?«

»Sprich ihm mein Beileid aus. Ich nutze die Zeit, um etwas über Kiowa herauszufinden. *Irgend jemand* sollte wissen, wo er sich aufhält.«

Vincente, der Hausdiener, ließ Quint in Doktor Byrnes großes Haus ein, das zur Plaza blickte. »Der *patrón* döst in der Bibliothek, Don Quintin.«

Quint öffnete die Tür der Bibliothek. Ein Feuer aus Kiefernscheiten prasselte im Kamin. Tom saß schläfrig in seinem großen Sessel. Eine bunte Navajo-Decke bedeckte seine Beine.

Quint lehnte sein Hawken-Gewehr in eine Ecke und legte seine beiden Colts auf einen Tisch daneben. Er zog seinen dicken Büffelfellmantel und die Elchlederjacke aus und streifte die Mokassins ab. Dann schenkte er sich *aguardiente* in ein Glas und trank ihn auf einen Zug. Der starke Branntwein schien die Kehle hinabzubrennen und in seinem Magen zu explodieren. »*Wagh!*« murmelte er. Er setzte sich vor den Kamin und streckte behaglich seine großen Füße mit den abgetragenen Socken aus und krümmte die Zehen.

»Was zur Hölle ist das für ein verdammter Gestank?« fragte Tom.

Quint wandte den Kopf. »Bei Gott, Tom, ich dachte, du wärst schon zur Beerdigung aufgebahrt.«

Tom schüttelte den Kopf. Er streckte Quint die Rechte hin. »Noch nicht, Junge.« Er sah Quint prüfend an. »Du bist erst heute abend aus dem Navajoland zurückgekehrt?«

»Aye.«

»Wie war es?«

Quint zuckte die Achseln. »Kennst du die Hölle des Nordens, Tom? Eis und Frost statt Fegefeuer und Rauch?«

»Ja, die kenne ich.«

»So ist das Navajoland im Winter.« Quint musterte ihn. »Alles in Ordnung mit dir, Tom?«

Tom nickte. »Ich habe es gelernt, ihren Verlust hinzunehmen. Gott helfe mir! Sie war ein Schatz und eine Freude für mich in meinen alten Tagen.«

»Du weißt natürlich, wer es getan hat?«

»Ja! Diese Bestie namens Kiowa. Er lebt immer noch nach all seinen Verbrechen. Es gibt keine Gerechtigkeit, Quint.«

Quint schaute auf sein Hawken-Gewehr, auf die Colts und auf sein rasiermesserscharfes Bowiemesser. »Keine Gerechtigkeit, aber Rache. Luke und ich suchen ihn morgen.«

»Aber du bist noch im Dienst.«

»Wir werden morgen entlassen.«
»Und du reitest nicht zuerst nach Rio Brioso?«
»Nicht bevor wir Kiowa zur Strecke gebracht haben.« Quint füllte sein Glas von neuem und schenkte für Tom ein. »Diesmal werde ich ihn finden. Das verspreche ich dir. Komm, besauf dich mit mir, Tom. Das sind wir uns schuldig, alter Freund.«

Tom hob sein Glas an. »Möge der Teufel erst eine halbe Stunde später erfahren, daß du tot bist, wenn du es bis zum Himmel geschafft hast, Junge.«

»Was ist aus Kearnys glorreichen Besatzungs-Versprechen geworden, Tom. Es sieht aus, als hätten die meisten Eingeborenen New Mexicos kein Vertrauen in ihn.«

»Einen großen Teil der Schuld hat die Santa Fé Garnison – die Zweite Missouri. Colonel Doniphan und seine Erste Missouri mit den Regulären haben die Einheimischen nicht gegen sich aufgebracht. Doniphan hat seine Männer besser unter Kontrolle als Price. Price scheint es an Führungsqualitäten zu mangeln. Die Zweite Missouri hat Santa Fé zu einer gesetzlosen Stadt gemacht. Sie ist zu einem ungehorsamen, halbmilitärischen Mob geworden, der ständig gegen Gesetz und Ordnung verstößt. Täglich beleidigen und kränken sie die Bevölkerung. Sie sind fast durchweg anmaßend und tyrannisch. Sie verletzen den Stolz der Mexikaner. Sie sind nichts als dreckiger Pöbel von Säufern, Raufbolden und Prahlern, die selten kämpfen. Nachdem Kearny und Doniphan die Stadt verlassen hatten, wurde bald eine äußerst erbitterte und entschlossene Feindseligkeit bei den Mexikanern offenkundig. Sogar die Offiziere haben den Besatzungsdienst zu einem großen Ausflug gemacht und suchen Tag und Nacht das Vergnügen und Laster. Es vergeht kaum eine Nacht, in der du sie nicht in den *fandangos*, Spiel-*salas* und den besseren *cantinas* antriffst. Sie wissen nicht, was ihre Männer treiben, und noch schlimmer, es scheint sie nicht zu interessieren.«

»Wer stand hinter der Verschwörung am Heiligen Abend?«
»Die Reichen, die örtlichen Führer unter der mexikanischen Regierung. Ich meine, die Amerikaner glauben, sie hätten die Bevölkerung New Mexicos genügend unterworfen. Sie vergessen, daß der Krieg noch im Gange ist und daß viele patriotische

Mexikaner die amerikanische Herrschaft nicht akzeptiert haben. Das ist den meisten Amerikanern natürlich unbegreiflich. Wer würde nicht die amerikanische Regierung der mexikanischen vorziehen? denken sie. Das war und ist ihr großer Fehler.«

Er nippte an seinem Branntwein.

»Archuleta führte die Revolte an. Er war nicht bereit, stillzuhalten, als er erkannte, daß Kearny nicht am Rio Grande stoppen würde.«

Quint nickte.

»Außer Archuleta waren viele bedeutende Leute New Mexikos an der Verschwörung beteiligt«, fuhr Tom fort. »Tomas Ortiz, unter Armijo *alcalde* von Santa Fé, war sein Stellvertreter. Padre Juan Felipe Ortiz reiste zum Fest der Heiligen Jungfrau von Guadalupe am zwölften Dezember nach Norden bis La Joya, angeblich um Gottesdienste abzuhalten, doch in Wirklichkeit, um die Leute von Rio Arriba und Taos gegen die Amerikaner aufzuwiegeln. Es waren viele andere Persönlichkeiten New Mexicos an dem Komplott beteiligt – Domingo Baca, Miguel Pino, Antonio Trujillo, Antonio Ortiz von Arroyo Seco und viele andere. Keiner dieser bedeutenden Männer hat die Aufgabe des Apache Canvon durch Armijo gebilligt. Außerdem stehen sie alle durch Verwandtschaft oder Heirat miteinander in Beziehung.«

Quint stieß einen leisen Pfiff aus. »Das klingt wie eine Aufzählung der Auserwählten New Mexicos.«

Tom nickte. »So ist es. Du kannst noch Bartolomé de Vasquez und Diego de las Casas dazuzählen. Die Verschwörung wurde unter völliger Geheimhaltung geplant und gut organisiert. In der Nacht des 19. Dezember trafen sie sich in der Pfarrkirche und blieben dort versteckt. Andere wurden aus der Umgebung in die Stadt gebracht und verbargen sich in Häusern in der Nähe der Kirche. Das Signal war das Läuten einer einzigen Kirchenglocke um Mitternacht. Sie sollten einen Ausfall machen, sich auf der Plaza sammeln, sich dort der Kanone bemächtigen und damit die Hauptzufahrtsstraßen unter Kontrolle halten. Spezialtrupps sollten den Palast stürmen und Colonel Price und all seine Offiziere gefangennehmen. Leute im gesamten nördlichen Teil des Territoriums waren bereits mo-

bilgemacht. Sobald sie von der Revolte erfuhren, sollten sie sich an dem Aufstand beteiligen. Alles schien günstig zu sein. Die Amerikaner schöpften keinen Verdacht. Noch bei einem Aufschub zu einem letzten Treffen wurden die letzten Zweifler leicht überzeugt. Doch dann setzten sich die Ängstlichen durch. Sie meinten, sie brauchten mehr Zeit für die Vorbereitungen. Der Zeitpunkt wurde auf Heiligabend verschoben. Dann würde die Disziplin der Amerikaner gelockert sein. Die Soldaten würden feiern und in Saloons, Spielsälen und *fandangos* verstreut sein. Nur wenige von ihnen würden im Dienst sein, und die Dienstfreien würden kaum nüchtern sein. So konnten sie leicht getötet oder gefangengenommen werden. Der Aufschub erwies sich dann als verhängnisvoll.«
»Jemand verriet sie?«
»Ja. Man sagt, eine Mulattin, die mit einem der Verschwörer verheiratet ist. Andere behaupten, es wäre Augustin Duran gewesen, einer der Verschwörer. Einige sagen, es wäre La Tules gewesen.«
Er tauschte einen Blick mit Quint, bevor er fortfuhr: »Ich glaube, in Wirklichkeit war es die Tatsache, daß das Geheimnis zu lange von zu vielen Leuten geteilt wurde. Da mußte einfach etwas durchsickern. Sie hätten am 19. Dezember zuschlagen sollen, anstatt die Sache aufzuschieben. Colonel Price handelte schnell. Er nahm einige der Verschwörer fest, doch den Rädelsführern gelang es, zu entkommen. Diego Archuleta und Tomas flüchteten nach Süden und Mexico City.«
»Was ist mit den de Vasquez, mit de las Casas und Kiowa?«
»Wer weiß? Gerüchte besagen, daß sie oben im Norden in La Canada und sogar in Taos gesehen wurden. Keiner weiß was Genaues.«
»Und jetzt ist alles ruhig?«
»*Quién sabe?* Ich glaube immer noch, daß da im Gebiet von Taos eine Rebellion unter der Oberfläche schwelt. Die Pueblos sind unzufrieden mit den amerikanischen Gesetzen. Sie hatten eine Prophezeiung, daß sie durch hellhaarige Eroberer aus dem Osten von den mexikanischen Unterdrückern befreit werden würden. Sie glaubten, das müßten die Amerikaner sein. Sie waren enttäuscht. Ich glaube, wenn sie die Amerikaner ausgelöscht hätten, würden sie sich als nächstes gegen ihre mexika-

nischen Verbündeten wenden und vielleicht ihr Land für sich selbst wiedergewinnen.«
»Was man ihnen kaum verdenken könnte«, sagte Quint.
Tom stimmte ihm zu. »Ich mache mir Sorgen um Gouverneur Bent. Er bestand darauf, nach Taos zu reisen, um seine Familie zu sehen. Er hatte das Gefühl, daß er etwas von der Unzufriedenheit hier verringern könnte. Er wurde wiederholt vor der Reise gewarnt. Sie könnte gefährlich sein. Aber er lehnte sogar eine Eskorte von Soldaten ab. Er nahm nur fünf Leute mit – Sheriff Steven Lee, Präfekt Cornelio Vigil, Rundreiserichter James Leal und zwei jüngere Männer, Narciso Beaubien, der Sohn von Richter Beaubien, und Pablo Jaramillo, Charles Bents Schwager.«
»Du meinst, es könnte gefährlich sein?« fragte Quint.
Tom zuckte mit den Schultern. »Charles hat zwanzig Jahre lang in Taos gelebt. Er glaubt fest daran, daß ihm die Leute dort kein Haar krümmen.«
»Und was glaubst du?«
»Er ist ein gottverdammter Narr, weil er dorthin reist!«
Später als Tom eingenickt war, sah Quint ein Bild aus der Vergangenheit vor seinem geistigen Auge: 1838 – dieselbe behagliche Bibliothek, Tom in dem großen Sessel wie jetzt, doch mit der fünfzehnjährigen Luz Garcia zu seinen Füßen.
Das Feuer brannte herab. Quint hob Tom auf die Arme und trug ihn in sein Zimmer. Er entkleidete ihn und legte ihn aufs Bett. Dann ging er in die große Küche und erhitzte Wasser auf dem Herd. Er badete und zog saubere Kleidung an, die er im Haus zurückgelassen hatte. Anschließend kehrte er in die Bibliothek zurück, entfachte von neuem ein Feuer im Kamin, füllte sein Brandyglas und zündete sich eine Havanna an. Er sah sich die Rücken der vielen Lederbände in den Bücherregalen an, die fast völlig die Wände bedeckten. Tom Byrne wußte einen Raum einzurichten.
Vincente hatte sich in sein Quartier zurückgezogen. Das Haus war verlassen bis auf Quint und Tom. Die *aguardiente*-Flasche war leer. Luke würde vielleicht bald kommen. Quint ging zur *dispensa* und holte zwei weitere Flaschen. Er passierte den Raum in dem er immer gewohnt hatte, wenn er in Santa Fé gewesen war. Es war das Zimmer, in dem er sich von der Messer-

wunde erholt hatte, die er 1838 durch Bartolomé de Vasquez erlitten hatte. In diesem Zimmer hatten er und Jean sich leidenschaftich geliebt, bevor sie sich getrennt hatten. Sie hatte Shelby Calhoun geheiratet und war in den Osten zurückgekehrt, während er nach Norden geritten war, um Guadalupe de Vasquez zu umwerben.

Er öffnete die Tür. Er glaubte den schwachen Duft von Frühlingsblumen zu riechen, das Parfum, das Jean immer benutzt hatte im Gegensatz zu dem sinnlichen und berauschenden französischen Parfum, das Guadalupe bevorzugte. Er zündete eine Kerze an. Als erstes fiel sein Blick auf ein genaues Duplikat der Daguerrotypie, die ihm während des Kampfes mit den Comanchen am Carrizo Creek zugefallen war. Er öffnete eine der Kleiderschranktüren. Der Duft wurde noch stärker. Ihre Kleider hingen dort. Die Uniform irgendeines Dragoner-Offiziers war an der Seite in den Schrank gezwängt.

Der bienenkorbartige Kamin war mit Pinienscheiten bestückt, bereit zum Anzünden, wenn Jean von Albuquerque zurückkehrte. Er öffnete die oberste Schublade einer Kommode. Sie war gefüllt mit parfümierter Spitzenunterwäsche feinster Qualität und Seidenstrümpfen. Quint schloß schnell die Schublade. Der Duft erregte ihn.

Er ging in die Bibliothek zurück, legte Holz im Kamin nach, schenkte sich Brandy ein, steckte sich eine Zigarre an und setzte sich in Toms großen Sessel. Er blies die Kerzen aus und genoß die Stille und den Frieden und die Duftmischung von gutem Tabak, köstlichem Brandy und den brennenden Pinienscheiten. Morgen würde er Kiowa suchen und töten und dann nach Rio Brioso zu Guadalupe und den Kindern zurückkehren. Es war gut. Er hatte die Ruhe verdient.

Die Uhr schlug zehn.

Quint öffnete die Augen beim letzten Schlag. Ein pochendes Geräusch klang schwach durch die große *casa* von der Vordertür her. Wahrscheinlich Luke, dachte Quint. Er nahm einen seiner Colts und ging zur Tür. »*Quién es?*« rief er.

»Vincente?« erwiderte ein Mann. »Ich bin's, Adolpho, der Kutscher. Mach auf! Es ist kalt hier draußen!«

Quint schob den Colt hinter seinen Gürtel, löste die Kette und hob den schweren Querbalken aus der Halterung. Er nahm den großen Schlüssel vom Haken neben der Tür und drehte ihn im Schloß. Die schwere Tür schwang knarrend auf, und ein eisiger Schwall drang in die Halle. Ein Kutschwagen stand vor dem Haus. Adolpho befand sich neben den Pferden. Eine verhüllte Gestalt stieg aus der Kutsche und schritt anmutig durch winzige, glitzernde Schneeflocken auf die Tür zu.

Quint kniff die Augen zusammen. Eine Frau, die ihm irgendwie vertraut vorkam. »*Quién es?*« rief er.

»Erkennst du mich nicht, Quintin Ker-Shaw?« fragte sie mit melodischer Stimme. Sie warf die Kapuze zurück und enthüllte goldenes Haar, auf das winzige, sternenartige Schneeflocken fielen, um wie glitzernde Miniatur-Diamanten liegenzubleiben.

Quint blinzelte. »Jean«, sagte er weich.

Sie lächelte. »Darf ich hereinkommen? Es war eine lange, kalte Viertagesreise von Albuquerque. Gelegentlich war die Straße blockiert. Die Unterkünfte waren meistens überfüllt. Wir verloren ein Rad in der Nähe von Bernalilo.« Sie wandte sich um. »Adolpho! Du kannst jetzt gehen!«

Sie war hübscher, als Quint sie in Erinnerung hatte. Wie alt war sie jetzt? Kaum mehr als 26. Frauliche Reife hatte ihre mädchenhafte Schönheit von vor acht Jahren eher verstärkt als beeinträchtigt.

Sie betrat die Halle, dicht an Quint vorbei, und sah mit diesen großen, blauen Augen zu ihm auf, die Männer überwältigten. Quint schloß geistesabwesend die Tür und verriegelte sie.

»Ich hatte nicht erwartet, dich hier anzutreffen, Quint«, sagte Jean.

Er wandte sich ihr zu. »Ich hatte dich nicht zurückerwartet. Ich bin nur für die Nacht hier.«

»Du warst dienstlich im Navajoland, nicht wahr?«

Er nickte. »Bin erst heute zurückgekommen.«

Sie lächelte. »Um eine Weile zu bleiben?«

Er schüttelte den Kopf. »Wir werden morgen entlassen. Unsere sechsmonatige Dienstzeit ist vorbei.«

»Du wirst nicht verlängern?«

Quint hob kurz die Schultern an. »Vielleicht später. Ich habe seit Monaten meine Frau und Familie nicht mehr gesehen. Doch ich muß vor meiner Rückkehr nach Rio Brioso eine Aufgabe für Tom Byrne und mich erfüllen. Wenn die erledigt ist, geht's heim.«

Sie fröstelte. »Es ist kalt, wenn wir hier herumstehen.«

»Verzeih mir!« Er nahm sie am Arm und führte sie in die Bibliothek. Sie zog ihren Reisemantel aus und hängte ihn auf. Sie trug ein feines Reisekleid aus samaragdgrünem Samt, das ihr Haar und den cremefarbenen Teint betonte. Unwillkürlich sah Quint auf ihre prallen Brüste, die gegen den Stoff stießen. Von dort aus schaute er auf in ihre Augen. Einen Moment lang glaubte er einen wissenden Ausdruck darin zu erkennen, doch er war sich nicht ganz sicher.

»Bist du hungrig?« fragte er.

Sie schüttelte den Kopf. »Ich hatte einen riesigen Korb mit Essen aus Albuquerque. Brandy wird ausreichen.«

Er füllte die Gläser.

»Ich möchte auch eine Zigarette«, fügte sie hinzu.

Er lächelte. »Ziemlich gewagt für eine Angloamerikanerin, findest du nicht?«

Sie zuckte mit den Schultern. »Wenn ich in New Mexiko bin, tue ich, was die Frauen New Mexikos tun.«

Er drehte schnell zwei Zigaretten, schob eine zwischen ihre Lippen und gab ihr Feuer. Er sah dabei tief in diese prächtigen blauen Augen. Er dachte daran, daß er diesen üppigen Körper und diese vollen Lippen mit einer Leidenschaft und Vollendung besessen hatte, an die er sich noch lebhaft erinnern konnte.

Sie setzte sich und wärmte die Hände am Kaminfeuer. »Du hast dich sehr verändert«, stellte sie fest.

»Es ist ein hartes Leben hier im Grenzland. Ich bin jetzt fast zwanzig Jahre hier.«

»Aber es gefällt dir.«

Er nickte. »Ich liebe es, wäre treffender formuliert, Jean!«

»Die größte Rivalin einer Frau zu der Liebe von Quintin Douglas Ker-Shaw«, bemerkte sie wissend.

»Wenn du versuchst, mir Unbehagen zu bereiten, so hast du einen bewundernswerten Erfolg.«

»Du hättest mit mir in den Osten zurückkehren können, Quint. Du wärst jetzt ein bedeutender Mann.«

»Warum erwähnst du das jetzt? Wenn ich heute die freie Wahl hätte, wäre meine Antwort dieselbe wie vor acht Jahren.«

»Liebst du Lupita immer noch so sehr?«

»Aye, und auch die Kinder. Liebst du Shelby immer noch so sehr?«

Sie zog ihre Unterlippe zwischen die Zähne und schaute schnell weg. »Du hast drei Kinder, nicht wahr?« fragte sie, um das Thema zu wechseln. »Den älteren Jungen David und die Zwillinge Francisco und Rafaela.«

»Ja, in Rio Brioso. Du kamst im letzten Herbst dort durch. Du hättest sie sehen können.«

Sie schüttelte den Kopf. »Ich sah deine *hacienda* nur von weitem. Sie sagen, du hast mit dem alten de Vasquez-Besitz Wunder vollbracht. Der erste *patrón*, der das Land gegen die feindlichen Indianer halten konnte.«

»Nur um alles zu verlieren, Jean. An die Armee der Vereinigten Staaten, an Senator Alexander Jamieson Allan und an Captain und Mrs. Shelby Calhoun, wie ich hinzufügen sollte.«

»Ich habe nichts damit zu tun, Quint. Doch du könntest als *hacendado* bleiben. Das sollte ein Teil der ursprünglichen Abmachung sein.«

Quint schüttelte den Kopf. »Niemals.«

»Aber wohin willst du? Nach El Cerrillo?«

»Nicht, wenn ich es verhindern kann. Du mußt von den San Augustine Plains wissen. Du scheinst mehr über mich zu wissen als ich über dich. Auf jeden Fall wurde der Handel zwischen mir und Tom abgemacht. Ich bin dort gewesen. Es ist gutes Land; wildes Land der Siedlungsgrenze. Hervorragend für Rinder-, Pferde- und Maultierzucht.«

»Aber gefährlich. Ist das nicht Land der Mimbreno-Apachen?«

»Aye, aber ich werde nichts Feindliches gegen sie unternehmen. Eines weiß ich genau – es wird *mein* Land sein. Kershaws Land! Keiner der de Vasquez wird einen Anspruch darauf haben und ebensowenig solche Anglo-Amerikaner wie du, dein Mann und dein Vater, die zur Siedlungsgrenze kamen, um abzustauben, was andere mit ihrem Schweiß und Blut erarbeitet haben!«

Sie lächelte leicht. »Die schottische Art und Weise zu reden. Direkt und zur Sache. Du mußt gewußt haben, daß es unausweichlich so kommen würde. Schicksals-Manifest! Erinnerst du dich?«

Quint füllte von neuem die Gläser. »Dann hast du also keinen von meiner Familie gesehen?« fragte er, um das heikle Thema zu wechseln.

»Nur einen kleinen und sehr einsamen Jungen. Wir passierten die *hacienda* in ein paar Meilen Entfernung, als er vorbeiritt, um uns zu beobachten. Wir sprachen miteinander. Er ritt eine Zeitlang neben der Kutsche her. Er sagte, sein Name wäre David Kershaw. Weißt du, Quint, es gibt gewisse Leute, mit denen man sofort ein enges Verhältnis hat. Wir spürten anscheinend beide, daß wir uns gut verstehen.« Sie musterte Quint. »Ist er der Junge, dessen Mutter eine Shoshoni war?«

Quint nickte. »Aye.«

»Ich hatte den Eindruck, ihn sofort zu kennen. Es waren seine Augen, Quint. Sie sind unverkennbar.«

Quint griff in seine Hemdtasche und zog die Daguerrotypie hervor, die er am Carrizo Creek erhalten hatte. Er öffnete das Etui und hielt es ihr hin.

Sie war überrascht. »Du hast dies aus meinem Zimmer genommen?«

Er schüttelte den Kopf und erzählte ihr, wie er daran gekommen war.

»Shelby sagte, daß er es auf dem Trail verloren hat. Warum hast du es ihm nicht zurückgegeben?«

Er zuckte die Achseln. »Zuerst vergaß ich es. Später fand Lupita es in meiner Kleidung und konfrontierte mich damit, und ich nahm es mit zum Dienst. Aus irgendeinem unerfindlichen Grund behielt ich es.«

Sie sah ihn forschend an. »Wieso aus einem unerfindlichen Grund? Ich verstehe nicht.«

Er sah auf die Daguerrotypie. »Das Mädchen ist deine Nichte, nicht wahr?«

»Catherine Williston. Shelby und ich adoptierten sie.«

»Und der Junge?«

Ihre Augen leuchteten auf. »Alexander Jamieson Calhoun! Ist er nicht hübsch, Quint!« sagte sie fast verzückt.

Ihre Blicke trafen sich. Sie schaute fort. Sofort wußte er Bescheid.

»Er ist der Liebling seines Großvaters«, sagte Jean. »Der Enkel, den er sich immer gewünscht hat. Er wird ein Soldat wie sein Vater und Großvater werden, sagt er. Er denkt an nichts sonst. Sein Großvater hat ihn für eine Militärakademie einschreiben lassen und will dafür sorgen, daß er in West Point aufgenommen wird, sobald er alt genug ist.« Sie trank schnell ihr Glas leer und hielt es zum Auffüllen hin. Der Brandy schimmerte feucht auf ihren Lippen, ein warmer Farbton im Schein des Kaminfeuers.

Sie wandte sich langsam Quint zu und sah ihm in die Augen. »Du weißt es, nicht wahr?« Es war keine Frage, sondern die Feststellung einer Tatsache.

»Bist *du* dir sicher?«

Es gab kein Zögern. »Absolut sicher.«

»Weiß Shelby Bescheid?«

Sie nickte.

»Wie fand er es heraus?«

»Ich sagte es ihm einfach.«

»Hat es eure Beziehung verändert?«

Sie zuckte mit den Schultern. »Es war nie die wahre Liebe zwischen uns. Er bekam, was er wollte: Die einzige Tochter von einem der reichsten und mächtigsten Männer im Kongreß. Jeder Skandal hätte ihn auf der Karriereleiter zurückgeworfen, und er wäre der vergleichsweise Unbekannte geblieben, anstatt den Ruhm zu erlangen, nach dem er sich sehnt. Eine Frau als solche bedeutet Shelby nicht viel. Wir haben eine Art Abkommen getroffen. Wir leben noch als Mann und Frau zusammen wegen seines Ehrgeizes und seines Verlangens nach Wohlstand und Ruhm, doch es ist nichts mehr zwischen uns geblieben.« Sie sah Quint in die Augen. »*Nichts*, sage ich. Verstehst du?«

Der Brandy zeigte Wirkung bei Quint. Er schuf ein angenehmes Glühen und putschte seine Sinne auf. Es waren nur ein paar Schritte bis zu ihrem Zimmer, das sie einst geteilt hatten, um ihren Sohn Alexander zu zeugen. Sie waren praktisch allein im Haus. Die Nacht gehörte ihnen, ihnen allein ...

»Aber das verstehst du nicht«, fügte Jean leise hinzu. »Ist zwischen dir und Guadalupe alles in Ordnung?«

»Manchmal«, gab er zu.

»Du liebst sie?«

»Erinnerst du dich, wie wir vor acht Jahren von Liebe gesprochen haben? Liebe? Ich sagte dir damals und sage dir heute, daß ich mir nie sicher über die wahre Bedeutung des Wortes gewesen bin.«

»Ich gefiel dir damals. Gefalle ich dir jetzt nicht mehr?« fragte sie leise.

Er war sich völlig bewußt, wie sehr sie ihn erregte, dieses schöne weibliche Geschöpf, das ihn jetzt anscheinend brauchte wie damals, bevor sie ihn verlassen hatte, um die Frau eines anderen zu werden. Jetzt war sie durch eine verrückte Laune des Schicksals in sein Leben zurückgekehrt.

Sie erhob sich. »Quint?«

Das Feuer war herabgebrannt. Ein kalter Hauch kroch in den Raum. Jean fröstelte leicht. »Ich heize besser in meinem Zimmer«, sagte sie und warf Quint einen Seitenblick zu.

Er ging zur Tür. »Ich werde das tun, Kleines«, bot er an.

»Soll ich den Brandy mitbringen?« fragte sie mit ruhiger Stimme.

Er wandte sich zu ihr um. »Wirst du ihn brauchen?« Es war eine dumme Frage.

»*Wir* werden ihn brauchen«, erwiderte sie.

Er zündete das Feuer in dem alten vertrauten Schlafzimmer an. Die Flammen züngelten an den Pinienscheiten empor, und bald erfüllte ein warmes, behagliches Glühen den Raum.

Jean stand auf der Türschwelle. »Erinnerst du dich an die Ruinen von Pecos, Quint?«

»Unsere erste richtige Begegnung.«

»Du hättest dort mit mir geschlafen.«

»Aye, aber du batest mich um Bedenkzeit.«

»Du hast ein gutes Gedächtnis.«

Er lächelte. »Das war nicht so leicht zu vergessen.«

Sie schloß die Tür hinter sich und stellte die Brandyflasche und zwei Gläser auf den Nachttisch. Sie schenkte in die Gläser ein. »Dann kam ich eines Nachts in dieses Schlafzimmer und sagte dir, daß ich mich entschieden hätte.«

»Und?«

Sie trank ihr Glas auf einen Zug leer und wandte sich zu ihm um. Sie lehnte ihre Hüfte gegen den Tisch, legte ihre Hände flach auf die Tischplatte und reckte ihre Brüste.

Er ging zu ihr. »Das war deine Antwort.«

»Ich weiß«, murmelte sie, schloß die Augen und hob ihren Mund seinem entgegen. Seine harten, vom Winter rissigen Lippen und ihr Mund mit den weichen, vollen Lippen vereinigten sich voller Leidenschaft. Sie stieß ihre Zunge gegen seine, preßte ihre Lenden gegen ihn und spürte seine wachsende Erektion. Es konnte jetzt kein Zurück mehr geben.

»Zieh mich jetzt aus wie damals«, sagte sie atemlos.

Er knöpfte ihr Kleid am Rücken auf und zog es mit dem warmen Flanell-Petticoat über ihre schwellenden Hüften hinab. Er hakte ihr spitzenbesetztes Mieder auf und warf es quer durch das Zimmer. Sie küßten sich leidenschaftlich, während er Kleid und Petticoat bis zu den Knöcheln hinabstreifte. Sie trat daraus, hielt ihn immer noch umklammert, küßte ihn und schmeckte nach Brandy und Süße. Schließlich trat er zurück und sah sie abschätzend von oben bis unten an. Ihre Brüste waren voll, cremefarben, mit rosigen Spitzen, warm, fantastisch geformt und einladend. Er neigte sich über sie, und seine Lippen spielten mit den Brustwarzen, bis sie steif wurden. Dann ließ er sich auf die Knie nieder und küßte ihren warmen, weichen Leib. Er streifte ihre feinen Seidenstrümpfe herunter. Sie trat ihre hochhackigen Schuhe fort und hob ihre wohlgeformten Arme hoch über den Kopf, völlig nackt. Ihre Züge hatten eine Art gierige Lüsternheit angenommen, als dürstete sie nach ihm und seiner sexuellen Liebe.

»Bei Gott«, murmelte er. Wie einen Blitz sah er plötzlich Lupita vor seinem geistigen Auge, die sich scheinbar zwischen ihn und Jean schob, doch er verdrängte den Gedanken an sie. Sie hatte ihn im Grunde genommen von Rio Brioso fortgetrieben. Seit Monaten hatte er nichts mehr von ihr gehört. Es hatte eine Zeit gegeben, als sie Cristina dazu erzogen hatte, ihre Stelle einzunehmen. Welchen Unterschied machte es jetzt, wer die Frau war, mit der er schlief?

»Quint«, wisperte Jean mit belegter Stimme.

Er zog sich aus, zog die Bettdecken zurück, nahm Jean auf die Arme und legte sie aufs Bett. Er füllte von neuem die Gläser und sah eine Weile auf Jean hinab, auf den weißen Körper mit den cremefarbenen Brüsten, den rosigen Nippeln und der weichen Matte von goldenen, gekräuselten Haaren zwischen ihren Beinen über diesen langen, schlanken, wunderbar geformten Beinen.

Er hielt ein Glas an ihre Lippen. Sie legte die Hände um seine und trank gierig von dem starken *aguardiente*.

Dann legte sie sich mit halbgeschlossenen Augen zurück und sah träge zu ihm auf wie eine satte Katze. »Erinnerst du dich, was du in jener Liebesnacht vor acht Jahren zu mir sagtest?« fragte sie.

»Ich bin mir nicht ganz sicher.«

»Du sagstest, jetzt würde es kein Zurück mehr geben.«

Er nickte. »Das wußtest du nur zu gut, Kleines.«

»Weißt du noch, was ich erwiderte?«

Er schüttelte den Kopf.

Sie griff mit einem Arm zu ihm hinauf, während sie mit der anderen Hand sein steifes Glied streichelte. »Gefalle ich dir?« fragte sie. Sie lächelte. »Das war es, was ich sagte.«

Es gab nur ein kurzes Vorspiel. Sie waren zu lange getrennt gewesen, und sie brauchten es nicht. Das konnte später kommen, beim zweiten Mal in dieser Nacht, denn für Quint war völlig klar, daß dies erst der Anfang war. Er stieß heftig in sie hinein, und sie nahm ihn ebenso wild in sich auf. Seit sechs Monaten hatte er keine Frau mehr gehabt; sie hatte vielleicht dieselbe Anzahl von Jahren keinen Mann mehr gehabt, vielleicht sogar noch länger nicht. In dieser kalten Winternacht waren sie darauf aus, einander gründlich zu befriedigen. Sie verschafften sich den größten Orgasmus in perfekter Übereinstimmung, und dann sanken sie erschöpft und schweißgebadet voneinander.

»Mein Gott«, sagte Jean schwer atmend, »ich hatte nicht gewußt, wie sehr ich dich vermißt habe und wie sehr ich das brauchte.«

Er sah sie fragend an. »Nach acht Jahren?« fragte er ungläubig.

Sie lachte glücklich. »Konntest du dir das nicht denken, du großer Hengst von einem Mann?«

Er füllte abermals die Gläser. Sie lagen jetzt Seite an Seite. Sie löschten die Realität aus – Lupita und Shelby, Santa Fé und New Mexico, den Krieg und die Zukunft, alles außer sich selbst und ihrer Leidenschaft. Es war fast genau wie vor acht Jahren, ein starkes gegenseitiges Verständnis und eine überwältigende körperliche und sexuelle Anziehungskraft.

Das Feuer im Kamin brannte herab. Quint stand auf und legte frische Scheite vertikal auf die Feuerstelle. Dann schaute er zu, wie die Flammen die neue Nahrung angriffen und im starken Zug vom Kamin hungrig emporzüngelten.

Jean erhob sich auf einen Ellenbogen. »Was denkst du?« fragte sie.

Er schaute über die Schulter zu ihr. »Erinnerst du dich an den Aberglauben der Leute in New Mexiko, von dem ich dir erzählte, als wir das letzte Mal in diesem Zimmer zusammen waren?«

Sie nickte. »Wenn das Kiefernfeuer auflodert, sobald es zum erstenmal angezündet wird und wenn die Scheite aufrecht stehen, bis sie verkohlt sind, werden sich Geliebte treu bleiben.«

Er drehte sich zu ihr um. »So war es mit dem Feuer in unserer ersten Nacht.«

»Ja. Glaubst du daran?«

Sie war schön, warm, einladend und alles, was er je von einer Frau gewünscht hatte.

»Quint?« fragte sie.

Er nickte. Gott hilf mir, dachte er. Er konnte ihr nicht widerstehen. Er legte sich neben sie, nahm sie in die Arme, küßte sie sanft und murmelte ihr zärtliche Liebesworte ins Ohr.

Das Feuer knackte. Wärme erfüllte den Raum. Es war, als wären sie in einer eigenen privaten Welt, fern von allem und jedem außer ihrer neuerwachten, verzehrenden Leidenschaft füreinander. Sie rollte sich zurück und spreizte die Schenkel, um ihn von neuem zu empfangen.

Quint hob lauschend den Kopf. »Was ist das?«

Ein dumpfes Klopfen hallte durch das Haus.

Er war sofort auf den Füßen, zog seine Hosen an und schlüpfte in sein Hemd. Er hielt seinen Colt bereit, als er aus dem Zimmer in die dunkle Halle tappte. Etwas Metallisches pochte wiederholt gegen die Vordertür.

»*Quién es?*« rief Quint.

»Quint? Ich bin's, Luke!« rief Luke mit heiserer Stimme. »Um Gottes willen, mach auf! Die Hölle ist los!«

Quint öffnete die Tür. »Was zum Teufel ist passiert?« fragte er.

Luke schob sich an ihm vorbei und durch die Halle. Er

schaute schnell ins Schlafzimmer, als er es passierte, und erhaschte einen Blick auf Jean, die sich auf dem Bett aufgesetzt hatte, und auf deren nacktem Körper der rötliche Schein des Kaminfeuers schimmerte. Jesus Christus, dachte er. Die treiben es wieder miteinander!

Luke ging zur Bibliothek und griff zur Brandyflasche. Er trank einen kräftigen Schluck. »Ich war vor einer halben Stunde in Jim Beckwourth's Saloon. Charley Towne aus Taos kam auf einem zuschanden gerittenen Pferd nach Santa Fé. Die Pueblos und einige Mexikaner haben dort oben eine Revolte angefangen. Gouverneur Bent wurde in seinem Haus ermordet. Sheriff Steve Lee, Präfekt Cornelio Vigil, Anwalt James Leal, der junge Narciso Beaubien und Pablo Jaramillo wurden auf den Straßen getötet. Diejenigen Amerikaner und ihre mexikanischen Freunde, die nicht umgebracht wurden, sind aus der Stadt gejagt worden. Turleys Mill und Arroyo Hondo sind in Flammen aufgegangen. Tausende von Pueblos und Mexikaner formieren sich, um von Taos nach Santa Fé hinunter zu marschieren, um Santa Fé einzunehmen und jeden Amerikaner zu töten, den sie zu Gesicht bekommen. Das ist richtiger Krieg, Quint!«

»Was ist dagegen unternommen worden?« erkundigte sich Quint.

»Colonel Price stellte bereits eine Truppe auf. Er hat Ceran St. Vrain gebeten, einen Scout-Trupp aus uns Männern der Berge und einigen Bürgern für dreißig Tage Dienst aufzustellen. Deshalb bin ich hier. Ceran will dich als Offizier der Scouts haben.«

»Hast du ihm gesagt, daß ich komme?«

»Natürlich.«

»*Bueno*. Trommle den Rest der Kompanie zusammen. Ich denke, daß sich alle verpflichten lassen. Ich werde Meldung machen, sobald ich kann.«

»Das dachte ich mir.« Luke sah Quint von der Seite an. »Erinnerst du dich an Jesus Tafoya? Er ist der Anführer der Rebellen. Nennt sich ›Der Santa Ana des Nordens‹, sagte Charley.« Luke grinste. »General Tafoya«, fügte er hinzu.

»Dem werden wir den Arsch versohlen, Lukie. Er ist kein Soldat.«

»Das ist er nicht, doch er hat einige Hilfe.«

Quint schaute Luke gespannt an. »Wen?«

»Bartolomé de Vasquez und Diego de las Casas, wie Charley sagte. Beide haben die Militärakademie in Mexiko City absolviert, nicht wahr?«

Quint nickte. »Diego blieb bei der Armee. Bartolomé schied aus, doch er hat viel Erfahrung im Kampf gegen Apachen und Navajos.«

Luke trank von neuem. Er ließ die Flasche sinken, wischte sich über den Mund und ging mit der Flasche zur Tür. Dort wandte er sich noch einmal um. »Das vergaß ich ganz, dir zu sagen. Wir haben endlich Kiowa aufgespürt. Charley sah ihn in Taos mit de Vasquez und de la Casas.« Er grinste wie ein jagender Wolf.

Quint kehrte ins Schlafzimmer zurück. »Hast du's gehört?« Sie nickte. »Er hat mich gesehen. Weiß er über uns Bescheid?«

»Seit '38. Doch er wußte nicht, daß du heute nacht hier bist.«

»Du wirst reiten?« Sie wußte, daß es eine sinnlose Frage war.

»Es ist meine Pflicht.«

Er füllte ihre Gläser. »Wir haben noch ein wenig Zeit«, sagte er.

Sie warf hastig die Bettdecke von sich. Diesmal fehlte die heiße Gier der ersten Begegnung. Statt dessen liebten sie sich mit einer Zärtlichkeit und Hingabe, die weitaus genußvoller war.

Sie wartete dann im Bett, während er sich ankleidete. Er ging zu ihr, bereit für den Trail, mit den Colts und dem Bowiemesser am Gurt und dem Hawken-Gewehr in der Hand. Als er sich zu ihr hinabneigte, streichelte sie sanft über die Narbe an seiner Wange. Er küßte sie zärtlich, machte auf dem Absatz kehrt und ging zur Tür. Er sah noch einmal zu ihr zurück, vielleicht zum letztenmal, und er hatte das Gefühl, daß noch kein anderer Mann sie so gesehen hatte, wie sie in diesem Augenblick aussah.

Sie wies zum Kamin. »Die Scheite sind verkohlt und stehen immer noch aufrecht«, sagte sie leise.

Er schaute sie an und verließ dann schnell das Zimmer. »*Vaya con Dios*«, murmelte er, bevor er die Tür schloß.

Jean setzte die Brandyflasche an ihre Lippen. Sie trank den restlichen Inhalt der Flasche aus. Dann schleuderte sie die Flasche mit voller Wucht in den Kamin. Die verkohlten Pinienscheite brachen zu einem schwarzen, rauchenden Haufen zusammen. Ihr ersticktes Schluchzen konnte jenseits der verschlossenen Tür nicht gehört werden.

22

David Kershaw erwachte in seinem Bett auf der *hacienda* Rio Brioso. Etwas hatte ihn geweckt und gewarnt. Er warf die Navajo-Decken und das Grizzlyfell von sich. Das Zimmer war dunkel und kalt wie eine Gruft. Er fröstelte, während er sich ankleidete. Er war allein auf der *hacienda* außer dem alten Tomas, der im Bediensteten-Quartier schlief. David hatte seit Oktober allein gelebt. Er hatte seit fünf Monaten nichts mehr von seinem Vater gesehen und gehört, seit Quint nach Santa Fé aufgebrochen war, um für die Westarmee zu dienen. Er hatte Gerüchte gehört, daß sich sein Vater auf einem Feldzug gegen die Navajos befand. Wenn Quint irgendwelche Briefe geschickt hatte, so hatte David sie nicht erhalten. Er wußte nicht einmal, ob seine Stiefmutter während dieser langen Zeit etwas von seinem Vater gehört hatte. Wenn ja, dann hatte sie David gegenüber nichts davon erwähnt. Es war eine Entfremdung zwischen ihr und seinem Vater, seit Quint die amerikanische Staatsbürgerschaft und ein Offizierspatent der Armee angenommen hatte. Im Oktober hatte Guadalupe von Rio Brioso die Nase voll gehabt und sich entschlossen, für den Winter nach El Cerrillo zurückzukehren. Sie hatte David befohlen, mit ihr zurückzukehren. Er hatte sich geweigert. In jener Nacht hatte er die *hacienda* verlassen und sich im Flußcanyon versteckt, bis er sicher gewesen war, daß Guadalupe und die Zwillinge Rio Brioso verlassen hatten und nach El Cerrillo gereist waren. Dann war er zur *hacienda* zurückgekehrt und dort mit einigen wenigen Bediensteten zurückgeblieben. Jeden Tag hatte er gehofft, etwas von seinem Vater zu hören. Vielleicht konnte er sich ihm anschließen. Doch er hatte nichts von ihm gehört. Wenn er nur fünf oder sechs Jahre älter wäre! Dann wäre er losgeritten und hätte sich zu Vaters Kompanie gemeldet. Er war groß und stark für sein Alter, ein guter Reiter und treffsicherer Schütze.

David zog seinen Büffelfellmantel an und öffnete die Außentür. Es war sehr kalt. Schwaches, graues Licht färbte den östlichen Himmel. Der Wind wehte von Norden. Er trug ein entferntes Knallen heran. David rannte zu einer Leiter und kletterte auf den nordöstlichen Turm. Blitze zuckten durch die Dunkelheit jenseits des Flusses, wo sich das Dorf befand. *Comanchen* war sein erster Gedanke. Dann schüttelte er den Kopf. Sie hatten eine fast abergläubische Furcht vor seinem Vater, und außerdem war es mitten im Winter. Zu dieser Jahreszeit würden keine Indianer angreifen. *Mexikaner!* Ja, das war es! Es mußten Mexikaner sein! Vielleicht war der Krieg nach Rio Brioso gekommen.

Er hastete die Leiter hinab und lief zu seinem Zimmer. Dort raffte er das Hawken-Gewehr an sich und nahm die kleine, silberbeschlagene Pistole, die seine Stiefmutter auf dem Nachttisch zurückgelassen hatte. Dann eilte er in den Innenhof zurück und lief zum Stall, um sein Pony zu satteln. Die Tür öffnete sich knarrend hinter ihm. Er wirbelte herum, während er sein Hawken-Gewehr spannte.

Tomas sprang zurück und spähte um die Türkante. »Um Gottes willen, Don David«, brachte er zitternd hervor. »Ich bin's nur, der alte Tomas. Willst du mich erschießen?«

»Im Dorf wird geschossen, Tomas! Ich reite hin, um ihnen zu helfen!«

Tomas schüttelte den Kopf. »Komm und sieh dir das an«, schlug er vor. Er wies nach Norden, als David den Stall verließ. Der Himmel war von Flammenschein erhellt. Schüsse fielen jetzt stetig.

David fiel der warnende Rat seines Vaters und Luke ein: »Weiße rennen für gewöhnlich zu dem Geräusch von Schüssen hin; Indianer bleiben ihm fern, bis sie wissen, wer schießt. Helden sind dumm; sie sterben schnell. Vorsichtige Leute sind schlau; sie überleben. Verlaß dich in deinem Leben auf dein Gewehr. Stell dich erst zum letzten Kampf, wenn du genau weißt, daß es keinen Ausweg mehr gibt, und dann kämpfe bis zum Tod. Laß dich nicht von Indianern oder schlechten Mexikanern gefangennehmen. Aber vor allem – *überlebe!*«

»Flüchte«, sagte Tomas. »Noch ist Zeit.«

»Ich sattle ein Pferd für dich, Tomas.«

Der alte Mann schüttelte den Kopf. »Nein. Wohin sollte ich reiten? Ich könnte bei diesem Wetter nicht im Freien überleben. Du kannst das. Dein Vater und Señor Luke haben dich das gut gelehrt.« Etwas pochte gegen die Pforte im östlichen Tor. Ein Mann rief.

»Reite!« drängte Tomas.

David schüttelte den Kopf. »Sieh nach, wer es ist, Tomas.«

Tomas eilte zum Tor. »*Quién es?*« rief er.

»Teodoro Ruiz aus Taos. Ich hörte, daß Don David noch hier ist«, erwiderte der Mann.

Tomas sah David an. David nickte. Er trat zur Seite und hielt das Gewehr im Hüftanschlag auf das Tor gerichtet. Tomas entfernte den Balken vor dem Tor und öffnete es. Der große Mexikaner schob sich hindurch. »Wo ist Don David?« fragte er.

David spannte sein Gewehr. »Hier«, sagte er. »Was wollen Sie?«

Teodoro schaute auf das Gewehr und blickte dann auf das ernste Gesicht des Jungen. »Ein schönes Willkommen«, murmelte er.

»Was haben Sie hier zu suchen?« fragte David.

»Du hast gewiß die Schüsse gehört und das Feuer gesehen, Don David. Das sind Rebellen aus Taos, die euer Dorf angegriffen haben.«

»Aber warum?« fragte Tomas.

Der Mexikaner lächelte grimmig. »Wir vom Norden haben eine Revolte gegen die Amerikaner angefangen. Wir haben Taos eingenommen. Der amerikanische Gouverneur Bent ist tot, ebenso sind es viele andere Amerikaner und mexikanische Freunde von ihnen. Unsere Befehle lauten, Rio Brioso und die *hacienda* hier zu zerstören. Ich bin gekommen, um dich zu warnen, Don David. Flüchte, solange du noch Zeit dazu hast. Es ist nur eine Sache von Minuten, bis sie hier sein werden, um zu töten, zu plündern und zu brandschatzen.«

»Warum sagst du mir das?« fragte David.

Teodoro zuckte mit den Schultern. »Don Quintin war immer fair zu mir. Er gab mir Geld, als meine Mutter sehr krank war. Ich habe nichts gegen ihn.«

»Warum dann die *hacienda* in Brand stecken?«
»So lauten die Befehle.«
»Wessen Befehle?«
»Don Bartolomé de Vasquez gab diese Befehle. Er ist einer der Führer der Revolte.«
»Was ist mit meiner Mutter, meinem Bruder und meiner Schwester?«
Teodoro lächelte. »Die Befehle lauten, daß ihnen nichts angetan werden soll. Letzten Endes gehört ihm el Cerrillo rechtmäßig oder?«
»*Cabrón!*« rief Tomas.
Teodore wandte sich ihm zu. »Paß auf, was du sagst, Alter«, sagte er kalt. »Mein Rettungsangebot schließt dich nicht ein.«
»Ich könnte dich jetzt töten, Teodoro«, warnte David.
Teodoro wandte sich wieder David zu. »Was hättest du davon? Es gibt viele weitere Rebellen im Dorf. Flüchte! Verschwinde von hier! *Vamonos!*«
Er hatte recht. David führte sein Pinto-Pony aus dem Stall. Er füllte einen Sack mit Proviant aus der *dispensa* und schlang ihn über den Sattel. Tomas gab ihm die Decken und das Grizzlyfell von Davids Bett. David rollte sie zusammen und band sie hinter dem Sattel fest. Er hörte ein Krachen. Teodoro trat eine Tür ein, um nach Beute zu suchen, bevor die anderen eintrafen. David führte das Pony durch den Corral und hinaus ins Freie. Hufschlag trommelte auf der Plankenbrücke, die den Fuß überspannte.
»*Vaya con Dios*, Don David!« rief Tomas, als er das hintere Tor schloß.
»*Vaya!*« rief David zurück.
Er führte das Pony durch den knietiefen Schnee. Männer ritten auf der anderen Seite der *hacienda* heran. Er hörte, wie Tomas ihnen etwas ärgerlich zurief. Dann fiel ein Gewehrschuß, und Tomas verstummte.
Bei Tageslicht färbte dichter Rauch den klaren Himmel. David lag versteckt auf einem Berghang hoch über den steilen Hängen, die das Tal des Rio Brioso überblickten. Die *hacienda* war jetzt eine Masse aus Flammen, Rauch und sprühenden Funken. Das Dorf und die Sägemühle brannten bis auf den Erdboden herab. Das stetige Gewehrfeuer hatte nachgelassen, doch dann und wann unterbrach ein einzelner Schuß die ge-

spenstische Stille, die das Tal einhüllte, als das letzte Versteck eines Überlebenden entdeckt wurde. Berittene Männer trieben das Vieh zusammen. David sah, wie ein paar Leute zu Fuß nach Süden flüchteten, vermutlich zur Mora. Es gab wenig Zweifel für David, was mit den restlichen Dorfbewohnern geschehen war. Wenig würde von dem einst blühenden Besitz bleiben, abgesehen von dem ewigen Land selbst.

Wohin sollte er reiten? Santa Fé war über hundert Meilen entfernt. Taos befand sich etwa auf halber Entfernung jenseits der Berge. Im ersten Impuls hatte er so schnell wie möglich zu seinem Vater gewollt. Doch er war sich nicht sicher, wo sich Quint zur Zeit befand. Er mußte nach Taos gelangen. Er hatte keine andere Wahl. Er mußte äußerst vorsichtig sein, bis er dort war, und selbst dann durfte seine Wachsamkeit nicht nachlassen. Die Rebellen unter Führung von Bartolomé mochten El Cerrillo und die Leute dort verschonen, besonders Guadalupe und die Zwillinge; schließlich waren sie Blutsverwandte von Bartolomé. Doch bei ihm – David – war das nicht der Fall. Sein Vater und Bartolomé waren Feinde. Bartolomé würde ihn – David – ebenfalls als Feind betrachten.

David führte das Pferd tiefer in den Wald. Jede Lektion, die er von seinem Vater und Luke erhalten hatte, würde ihm jetzt zugute kommen, *wenn* er sich gut daran erinnerte. »Vor allem – *überlebe!*« hatten sie ihm wiederholt eingeschärft. Das würde er nicht vergessen.

23

Quint Kershaw kniete in tiefem Schnee auf einem bewaldeten Höhenrücken, der das Tal des gefrorenen Santa Cruz überblickte. Die Villa Nueva de Santa Cruz de los Españoles Mexicanos del Rey Nuestro Señor Don Carlos Segundo lag zusammengedrängt an der Nordseite des Flusses, eine Ansammlung von gelbbraunen Adobehäusern um eine Plaza, die von der Spanischen Mission beherrscht wurde. Quint stellte die Linse seines Fernrohrs ein. »Die Neue Stadt des Heiligen Kreuzes der Spanischen Mexikaner des Königs unseres Herrn Carlos dem Zweiten«, sagte er.

Jim Beckwourth wischte sich einen gefrorenen Tropfen von der Nase. »Der verdammte Name ist größer als das verdammte Kaff, Quint.«

Quint zuckte die Achseln. »Hab' noch nie gehört, daß jemand es so nennt. Jeder sagt La Canada, was soviel wie Schlucht, Klamm oder einfach ›Das Land dazwischen‹ bedeutet.«

Jim stieß einen Grunzlaut aus. »Paßt jedenfalls besser. »Gab es hier nicht mal einen Kampf, ich glaube '37?«

Quint nickte. »Zwischen den Rebellen und den Bundestruppen bei der Chimayo Rebellion. Die Bundestruppen bekamen die Hucke voll.«

Die Mission war eine massiv erbaute, kreuzförmige Kirche, die von hohen Adobemauern umgeben war, die stark aussahen. Die Franziskaner-Padres hatten sie vor über hundert Jahren errichtet. Ihr kahles und einfaches Äußere, der Mangel an jeglichen Fenstern, das flache Dach und die beiden viereckigen Wachttürme an den Ecken gaben ihr eher das Aussehen eines Forts als das eines Gotteshauses. Die Padres hatten die Mission als Verteidigungsplatz errichtet, als damals das Tal ständigen Navajo- und Apachen-Überfällen ausgeliefert gewesen war.

Quint musterte den Ort. »Wenn sich die Rebellen in dem Nest und in der Mission verschanzen, werden wir es höllisch schwer haben, sie da auszuräuchern.«

»Wie lange willst du noch hier oben bleiben und die Sehenswürdigkeiten besichtigen, Big Red?« fragte Jim.

»Bis ich eine Vorstellung davon habe, wie viele Rebellen in der Stadt und der Umgebung sind. Warum?«

Jim streckte einen Finger aus. »Dann sieh dir das mal an«, schlug er vor.

Dunkle Gestalten, die sich deutlich vom Schnee abhoben, bewegten sich auf den Höhen oberhalb der Stadt. Der Nordwind trug schwach ihre Stimmen heran. Es waren Hunderte von Männern.

»Eine Menge mehr arbeiten sich zu Fuß um diesen Bergrücken herum«, sagte Jim. »Wird nicht mehr lange dauern, bis sie hinter uns sind.«

Quint grinste. »Machst du dir Sorgen, Jimmy?«

Jim schüttelte den Kopf. »Ich kann mir einen Weg durch

hundert *greaser* und feige Pueblos schneiden. Ich mache mir nur ein wenig Sorgen um dich, Luke und Jesus, falls ihr euch nicht schützen könnt. Nun, der alte Jim wird euch helfen.« Er spannte sein Gewehr und legte ein Zündhütchen auf.

Luke kroch durch den tiefen Schnee den Hang herauf, und er fluchte leise, als ihm eisiger Schnee in die Ärmel und den Kragen drang. »Ich schätze, daß vielleicht vier- oder fünfhundert in den Häusern und der Kirche verschanzt sind, Bid Red. Die Kirchenwände müssen mindestens einen Meter dick sein.«

Quint erhob sich nahe bei einem Baum, um einen besseren Überblick die steilen Hänge hinab zu seiner Linken zu bekommen. Ein Komplex von Adobehäusern und Nebengebäuden war dort unten von soliden Mauern umgeben, und Adobewände schlossen einen verschneiten Obstgarten ein, der sich auf ebenem Grund neben der Straße befand. Männer bewegten sich in diesem Areal. Der Wind trug schwach die Geräusche von Axthieben heran, als Schießscharten in die dicken Holzläden der Gebäude gehackt wurden. Gewehrfeuer von dieser Position aus konnte die Straße von Santa Fé bestreichen, auf der sich die Truppen näherten.

Quint hörte ein trockenes Krachen, als würde eine Schindel zerhackt. Etwas schlug gegen den Baum, bei dem er stand. Rindenstücke stachen ihm in die rechte Wange. Jims Gewehr ›Old Bullthrower‹ krachte auf den Schuß hin wie ein Echo. Ein Mann wuchs zwischen einigen verkrüppelten Bäumen weit unten am Hang empor, drehte sich um seine Achse und stürzte mit dem Gesicht in den Schnee. Er blieb reglos liegen.

Quint warf sich zu Boden. »Hurensohn«, sagte er, während er sich das Blut von der Wange wischte.

Jim grinste breit, während er das Gewehr auflud. »Jedenfalls wirst du auf dieser Seite keine Narbe haben wie auf der linken. Wie gefiel dir mein Schuß?«

Quint zuckte mit den Schultern. »Nicht schlecht.«

»Dreihundert Meter«, prahlte der Mulatte.

»Scheiße, Jim, du kannst ja nicht mal so weit *sehen*«, spottete Luke.

»Gottverdammich! Willst du wetten?«

»Klar, doch du mußt die dreihundert abschreiten, Sohn, bevor ich sie glaube, und obendrein mit Zeugen.«

Jim sah Quint an. »Nun?« fragte er erwartungsvoll.

Quint gähnte. »Glaubst du, daß dieser Pueblo oder Mexikaner oder was zur Hölle auch immer er war, Friede seiner mörderischen Seele, *mich* verdammt um ein Haar erwischt hätte?«

Jim nickte. »So ist es.«

»Hast du jemals einen Pueblo oder Mexikaner gesehen, der bei diesen Lichtverhältnissen dreihundert Meter bergauf schießen und fast den Kopf eines Mannes treffen kann?«

Jim schaute zu Luke, dann zu Quint und wieder zu Luke. »Ihr verdammten Weißen seid alle gegen mich. Wie weit schätzt *du* denn die Entfernung, Big Red?«

Quint schob sein Fernrohr zusammen und schickte sich an, den Hügel hinabzuklettern, um zu Jesus Martinez zu gelangen, der die Pferde bewachte.

»Etwa 290 und ein paar Gequetschte, Jimmy-Boy«, rief er zurück.

»Du schottländischer Hurensohn!« brüllte Jim.

Quint warf einen Blick zurück. »Schottischer«, korrigierte er. Dann grinste er und stapfte durch eine Schneeverwehung auf sein Pferd zu.

Luke und Jim rutschten und schlitterten den verschneiten Hang hinunter. »Ist er immer so, Luke?« fragte Jim.

Luke nickte. »Normalerweise, wenn du es am wenigsten erwartest.«

Quint zog mit den Zähnen den Korken aus einer schwarzen Flasche *aguardiente* und reichte Jim die Flasche. »Wie viele Rebellen sind es deiner Schätzung nach, Luke?« fragte er.

»Vielleicht tausend in den Hügeln. Und im Ort und in der Kirche vier- oder fünfhundert, wie ich schon sagte.«

Quint nickte. »Irgendwas zwischen 1200 bis 1500 Mexikaner und Pueblos. Die Gerüchte waren nicht übertrieben.«

Jim gab die Flasche an Luke weiter. »Die Chancen sind besser als fünf zu eins.«

Luke trank, wischte sich über den Mund und reichte Jesus die Flasche. »Und sie halten die Stadt und die Hügel unter Kontrolle?«

»Aye«, stimmte Quint gelassen zu. »Wir haben keine Möglichkeit, an ihnen vorbeizukommen, und außerdem müssen wir die Stadt heute nacht als Unterkunft haben. Wir müssen sie schlagen, um weiter nach Taos zu kommen. Wir können sie nicht hinter unserem Rücken lassen. Das wäre eine miese Taktik, die katastrophale Folgen haben könnte. Deshalb müssen wir angreifen.«

»Und angenommen, *wir* werden geschlagen?« fragte Jim.

Quint trank und verkorkte die Flasche. »Dann werden verdammt wenige von uns nach Santa Fé zurückkehren, wenn überhaupt einer«, erwiderte er.

Sie sahen einander aus den Augenwinkeln heraus an.

Ein Gewehr krachte auf dem Hügelhang, den sie gerade erst verlassen hatten. Die Flasche zerklirrte, und nur der Hals blieb in Quints Hand. »*Vamonos!*« rief er.

Quint kniete vor Colonel Price und seinen versammelten Offizieren und skizzierte die Positionen des Feindes in den Schnee.

»Sie haben die Straße nach La Canada unter Kontrolle«, erklärte er. »Sie haben drei solide Farmgebäude jenseits des Flusses befestigt und haben freies Schußfeld über die Straße. Die Hügel oberhalb dieser Position und die Stadt selbst sind besetzt. Ich schätze, daß sich insgesamt 1200 in den Gebäuden und auf den Hügeln in der Nähe befinden. Vielleicht weitere 100 auf den Höhen oberhalb der Stadt. Etwa 400 oder 500 in der Stadt stecken in der Kirche und den Häusern. Es wird höllisch schwierig sein, sie dort zu erledigen, und selbst wenn wir das schaffen, können die Gewehrschützen auf den Hügeln immer noch die Straße unter Beschuß nehmen und auf La Canada hinabfeuern wie auf Fische in einem Faß.«

Colonel Price zuckte die Achseln. »Der Tag schreitet voran. Wir müssen die Straße nach Norden unter Kontrolle bekommen. Bis wir die Stadt einnehmen können, wird es wahrscheinlich dunkel sein. Dann sehen die Rebellen in den Hügeln nichts, auf das sie schießen können. Und bei diesem kalten Wetter brauchen wir einen Unterschlupf. Ich sage, wir greifen sofort an, besetzen die Gebäude jenseits des Flusses und rücken zur Stadt vor, um sie im Sturmangriff zu nehmen.« Er sah in die Runde seiner Offiziere. »Irgendwelche Einwände?« Keiner sagte etwas. »Gut«, fuhr der Colonel zufrieden fort. »Wir rücken mit der Infanterie und der Artillerie an der linken Flanke vor, überqueren den Fluß auf dem Eis und gehen mit der Artillerie in Schußweite der befestigten Farmgebäude in Stellung. Wenn wir den Feind allein durch Artilleriebeschuß in die Flucht schlagen können, folgen wir ihm mit einem entschlossenen Infanterie-Angriff, um ihn von der Stadt fortzutreiben. Kehren Sie jetzt zu Ihren Einheiten zurück. Gott stehe uns bei!«

Die B-Kompanie, Leichte Artillerie aus Missouri, überquerte den Fluß und ging in Stellung. Captain Angneys Infanterie-Bataillon aus Missouri nahm Deckung am Flußufer hinter der Batterie. Die vier Haubitzen donnerten und spuckten Flammen und Rauch. Das dumpfe Krachen echote in den Hügeln. Während der kurzen Intervalle zwischen dem Artilleriefeuer war das helle Peitschen von Gewehren des Feindes zu hören. Die Granaten explodierten über den Hügeln oder wirbelten Schauer von pulvergeschwärztem Schnee und gefrorener Erdklumpen empor. Andere schmetterten in die dicken Adobewände der Farmgebäude, ohne viel Wirkung zu erzielen. Die Rebellen auf den Hügeln konnten die rauchenden Granaten sehen und flüchteten außer Schußweite. der Artilleriebeschuß war Munitionsverschwendung.

Colonel Price ließ seinen Feldstecher sinken. »Sinnlos. Wir müssen sie im Sturmangriff nehmen.« Er begann Befehle zu rufen. Die Infanterie-Einheiten formierten sich zum Angriff.

»Colonel Price, Sir«, sagte Ceran St. Vrain. »Sie haben meine Kompanie vergessen.«

Der Colonel nickte. »Sie bilden die Nachhut und eskortieren die Munitionswagen hier rauf, so schnell sie können. Wir werden bald diese Reservemunition brauchen.«

»Verdammt, Sir!« stieß Ceran hervor. »Wir sind *Kämpfer!*«

»Verdammt, Sir! Ich habe hier das Kommando! Tun Sie, was Ihnen befohlen wurde!« brüllte Price.

Ceran zog sein Pferd um die Hand und ritt von dem zornigen Colonel fort. »Folgt mir, Jungs!« rief er. »Wir müssen den Bagagezug eskortieren!«

Die Rebellen hatten sich an den Hügelhängen hinab gearbeitet und näherten sich dem langsamen Bagagezug. Sie bahnten sich zu Fuß einen Weg durch verschneite Arroyos oder schlitterten an den Hängen hinab. Ein Reitertrupp tauchte um den Fuß eines Hügels auf, angeführt von einem säbelschwingenden Offizier auf einem prächtigen Braunen.

»Bei Gott! Sie sind hinter unseren Wagen her! Vorwärts, Männer! Angriff, verdammt! Angriff!« schrie Ceran. Er führte auf dem Weg über die zerfurchte Straße, und Schnee flog unter den Hufen seines Pferdes auf.

Die Fahrer hielten ihre Wagen an, packten ihre Gewehre und warfen sich zu Boden. Die Rebellen griffen an. Gewehre krachten dumpf. Wölkchen von Pulverrauch trieben im Wind. Hier und dort fielen Rebellen. Die Reiter erreichten den letzten Munitionswagen. Sie töteten den Fahrer und führten die Maultiere von der Straße auf den Fuß des Hügels zu. Der berittene Rebellenoffizier kannte sein Metier. Er befahl einigen seiner Männer, abzusitzen und in einem Einschnitt neben der Straße in Deckung zu gehen, um den Angriff der Mountain Men abzuwehren. Die Männer eröffneten sofort das Feuer.

Eine Kugel zupfte an Quints linkem Ärmel. Er feuerte mit seinem Hawken-Gewehr, stieß es ins Sattelholster, nahm die Zügel zwischen die Zähne und zog seine beiden Colts. Trotz des Feuers aus dem Einschnitt preschte er geradewegs darauf zu. Er schoß mit den Revolvern. Eine Kugel stieß ihm den Hut vom Kopf. Dann war er zwischen den Rebellen, und seine Colts blitzten und krachten, bis sie leergeschossen waren. Zehn Kugeln und sieben tote oder verwundete Rebellen. Die Männer der Berge trieben den Feind zurück den Hügelhang hinauf, und sie schossen vom Sattel aus und brüllten dabei wie Comanchen.

Der Angriff war zurückgeschlagen. Der Feind flüchtete die glitschigen Hänge hinauf und warf furchtsame Blicke zurück zu den Männern, die wie Verrückte brüllten und die sie besiegt hatten, besonders der hünenhafte *rubio*, der das Herz und die Seele der Attacke gewesen war.

Ein Rebell zog sich nicht zurück. Es war der berittene Offizier. Er hob seinen blutbesudelten Säbel, gab seinem Pferd die Sporen und jagte auf Quint zu. Er wollte ihn hinterrücks über den Haufen reiten.

»Hinter dir, Quint!« schrie Ceran.

Quint riß sein Pferd um die Hand. Er parierte den Säbelhieb mit einem seiner rauchenden Colts. Die Klinge klirrte auf dem Revolverlauf. Funken sprühten. Die Pferde prallten zusammen. Quint zwang den Säbel zurück, duckte sich unter einem zischenden Hieb und riß den Colt hoch, um ihn in das verzerrte Gesicht des Rebellen zu schmettern. In diesem Augenblick erkannte er den Mann. »Du!« rief er.

Der Braune wurde hart pariert und um die Hand gerissen. Der Offizier duckte sich tief im Sattel und warf einen Blick über die Schulter zurück, während er vor dem sicheren Tod flüchtete. »Wir werden uns wiedersehen, Quintin Kershaw!« schrie er.

Luke zügelte sein Pferd neben Quint. Er hob sein Hawken-Gewehr und zielte auf den flüchtenden Offizier. Er konnte ihn nicht verfehlen. Quint schlug den Gewehrlauf hoch, als Luke feuerte.

»Verdammt!« fluchte Luke. »Er war schon so gut wie Wolfsfutter!«

»Hast du gesehen, wer es ist?« fragte Quint.

»Nein«, knurrte Luke. »Die sehen für mich alle gleich aus. Die sind nur Ziele für mich. Es war kein Pueblo. Wer war es?«

»Bartolomé de Vasquez«, sagte Quint mir ruhiger Stimme.

»Warum hast du dann verhindert, daß ich ihn abknalle?«

Bartolomé verschwand soeben um den Fuß des Hügels.

Quint zuckte mit den Schultern. »Er ist der Bruder meiner Frau.«

Die Infanterie stürmte die befestigte Farm, rückte dann über die Hügel vor und zog die Haubitzen mit. Ceran St. Vrain ließ einige seiner Städter als Bewachung bei den Bagagewagen zurück und führte die Männer der Berge, um den Hügel zu umrunden und hinter den Feind zu gelangen, der auf La Canada und das Tal von Santa Cruz zu getrieben wurde.

Ein feindlicher Offizier auf einem Schimmel versuchte seinen entmutigten Trupp zu sammeln. Er schlug mit der Peitsche auf die Männer ein, und Bartolomé de Vasquez unterstützte ihn, indem er mit der Breitseite des Säbels den Männern auf den Rücken schlug. Langsam bildete sich eine Linie. Gewehrfeuer blitzte und krachte an ihr entlang.

Ceran spähte durch Quints Fernrohr. »Der Kerl auf dem Schimmel ist ›General‹ Jesus Tafoya. Der Santa Ana des Nordens, wie er sich nennt. Er scheint seine Männer erfolgreich in Stellung zu bringen.« Er warf einen Blick zu Quint. »Kannst du ihn von hier aus treffen?«

Die blasse, wäßrig aussehende Sonne stand tief im Westen. Lange Schatten verdunkelten die Hänge. Es war die Tageszeit, an der das Licht am trügerischsten war. Quint zündete sich eine Zigarette an und warf sie auf den Boden, um die Windrichtung zu prüfen. Anselmo hielt Quints Pferd ruhig. Quint legte ›Auld Clootie‹ über den Sattel. Er hatte eine 200-Gran-Pulverladung darin, fast genauso viel, wie die Kugel wog. Das Gewehr sollte auf 250 Meter genau geradeaus oder fast ohne Winkel feuern.

»Sobald er schießt, eröffnet ihr anderen das Feuer auf Tafoyas Männer. Macht nichts, wenn ihr nicht trefft. Wenn ihnen heiße Galena-Pillen um die Ohren pfeifen, werden sie nach Tafoyas Tod Hals über Kopf flüchten.«

Quint nickte zu Cerans Worten. Er spannte den Gewehrhahn, legte den Finger um den Abzug bis zum Druckpunkt, atmete tief ein, ließ die Hälfte der Luft ab, zielte sorgfältig und berührte leicht den Abzug. ›Auld Clootie‹ donnerte auf und schlug heftig zurück. Tafoya stützte rücklings aus dem Sattel und war tot, bevor er auf dem Boden aufschlug. Die Männer der Berge feuerten gleichzeitig. Rebellen stürzten tot oder verwundet zu Boden. Die übrigen ergriffen die Flucht vor der zweiten Salve. Sie zogen sich nach Norden hinauf in das Tal von Santa Cruz zurück, und Bartolomé de Vasquez galoppierte an der Spitze der Flüchtenden.

Der Sieg von La Canada war ein billiger. Ein Offizier und sechs gemeine Soldaten waren verwundet. Zwei Männer waren gefallen. 45 Rebellen, sowohl Pueblos als auch Mexikaner, wurden gefangengenommen. Die Zahl ihrer Verletzten war unbekannt. 36 Rebellen, einschließlich ihrer Anführers, lagen tot und gefroren auf dem Schlachtfeld.

Die Amerikaner marschierten am Morgen des 25. Januar nach Norden. Das Wetter war frostkalt. Ein Weg mußte durch den tiefen Schnee gebahnt werden, der die Arroyos und Canyons ausfüllte. Je weiter sie nach Norden zogen, desto enger wurden die Canyons. Ein Pfad wurde durch ein Waldstück geschnitten, und Felsbrocken mußten von der gefrorenen Erde geräumt werden, damit die Artillerie- und Bagagewagen vorankommen konnten.

Die Streitmacht wurde von einer Kompanie Dragoner und

einer der Berittenen Freiwilligen Missouris verstärkt. Sie brachten einen 6-Pfünder-Kanone mit. Das Kommando bestand jetzt aus 479 einsatzbereiten Männern, einer Artillerie-Batterie von vier Haubitzen und der neuen Kanone.

Am 2. Februar schleppte sich das erschöpfte Kommando in den kleinen Bergort Rio Chiquito am Eingang des Tals von Taos. An diesem Abend erhielt Quint Kershaw den Befehl, Taos zur Vorbereitung auf den Vormarsch der Armee zu erkunden.

24

Taos war still und kalt. Die Straßen waren verlassen. Die Sterne funkelten wie glitzernde Kristalle am dunkelblauen Firmament. Sieben dunkle, lautlose Gestalten krochen einzeln in Abständen an die Mauern von Taos heran. Die Luft war so eisig, daß das Atmen schmerzte. Schnurrbärte und Bärte waren gefroren. Das Metall der Waffen konnte nicht mit bloßen Händen berührt werden.

Quint führte den Trupp. Er hielt an jeder Kreuzung und winkte dann seinen Männern, daß der Weg frei war. Es war so totenstill, daß er sich fragte, ob die Stadt verlassen worden war. Etwas Dunkles, wie ein Mann im Hinterhalt, lag dicht neben einer Hauswand. Quint hob einen Arm, um seine Patrouille zu stoppen. Er richtete das Gewehr auf das dunkle Objekt, während er sich näherte. Es war eine Leiche. Gefrorenes Blut verdunkelte den Schnee um die Leiche. Der Tote war nackt, skalpiert, kastriert und schrecklich verstümmelt. Die Augen waren herausgestochen worden. Gebrochene Pfeile steckten in dem gefrorenen Körper. Die Schweine und Hunde hatten sich an der Leiche zu schaffen gemacht, die letzte Entwürdigung.

Luke und Jim Beckwourth schlossen zu Quint auf. »Jemand, den du kennst?« fragte Luke.

Moccasin kam um eine nahe Ecke. »Da liegt ein anderer. In einer Blutlache. Nächste Straße.«

Jim spuckte zur Seite hin aus. »Blutrünstige Bastarde.«

»Gnadenlos«, sagte Luke.

»Was nun?« fragte Jim.

»Wir müssen Informationen haben. Wir werden zu François Charbonne gehen«, erwiderte Quint.

»Wenn er noch lebt«, bemerkte Jim.

»Vielleicht ist er wohlauf«, sagte Quint. »Jeder mag Boudins. Sogar die Pueblos.«

François Charbonnes Restaurant und Haus schienen unversehrt zu sein. Ein dünner Rauchfaden stieg aus dem Kamin. Quint klopfte mit dem Gewehrkolben gegen die Hintertür. Er wartete und pochte abermals gegen die Tür.

Quién es?« fragte eine heisere Stimme hinter der Tür.

Quint antwortete auf Shoshoni. »Boundins! Ich bin's, Quint Kershaw! Laß uns rein, bevor wir uns die Eier abfrieren!« Wer sonst in Taos außer Franqis, Luke und Quint kannte Shoshoni?

Die Tür schwang leicht knarrend auf. François entspannte die Hähne seiner doppelläufigen Schrotflinte. »Werdet ihr verfolgt?« fragte er angespannt. Quint schüttelte den Kopf. Er betrat die warme Küche, und die Männer seiner Patrouille folgten ihm. Sie stampften frierend mit den tauben Beinen auf und rieben sich die Hände aneinander.

François Charbonne verschloß und verriegelte die Tür. Er stellte ein kleines, ovales Fäßchen *aguardiente* auf den Hackklotz, auf dem er sonst Fleisch klopfte.

»Hier seid ihr sicher genug«, erklärte er. »Wenigstens bis zum Tageslicht. Es sind nicht mehr viele Rebellen in der Stadt, wenn überhaupt noch welche. Als sie in La Canada und El Embudo besiegt wurden, kamen sie hierher zurück. Die meisten der Mexikaner hauten ab, als sie hörten, daß der Krieg verloren sein könnte. Jetzt laufen sie in der Stadt herum und erzählen jedem, daß sie nicht gegen die Amerikaner kämpfen, sondern daß sie von den Pueblos zum Kämpfen *gezwungen* würden. Bullenscheiße!«

Quint trank sein Glas leer. Er blinzelte, als der hochprozentige *aguardiente* in seinem Magen zu explodieren schien. »Was ist mit den Pueblos?« fragte er mit rauher Stimme.

»Sie wollen nicht aufgeben. Seit sie zurückgekehrt sind, haben sie ihren Pueblo befestigt. Zwei mexikanische *ricos* beraten sie. Bartolomé de Vasquez und Diego de las Casas.«

Quint nickte. »Sie waren in Santa Fé und zettelten eine Revo-

lution an. De Vasquez kämpfte in La Canada. Von de las Casas habe ich jedoch nichts gesehen.«
»Der war ebenfalls dort.«
»Hast du diesen Hurensohn Kiowa gesehen?« fragte Luke.
»Er kam mit de Vasquez her«, sagte François.
»Wo ist er jetzt?« fragte Quint angespannt.
François zuckte mit den Schultern. »Wer weiß. Vielleicht im Pueblo. Soweit ich weiß, ist er nicht in Taos. Wann werden die amerikanischen Soldaten hier sein?«
Quint trank abermals. »Sobald der Weg frei ist. Wir werden heute nacht den Pueblo erkunden müssen. Bevor wir aufbrechen, schicke ich einen Kurier zu Colonel Price.« Er wandte sich an Joshua. »Besorg etwas Proviant. Reite zurück zur Armee. Sag Colonl Price, daß er sicher in Taos einmarschieren kann. Ich werde heute nacht den Pueblo erkunden, doch bis zum Eintreffen der Soldaten sollten wir wieder hier sein.«
Er sah Jesus an. »Schau dich auf El Cerrillo um, ob dort alles in Ordnung ist. Ich will nicht, daß der Feind dich dort sieht. Berichte hier, sobald du kannst.«
Der riesige Taos Pueblo befand sich drei Meilen weiter nördlich. Der Mond ging auf, als sich Quints Patrouille auf einer Anhöhe versteckte, von der aus das Dorf zu überblicken war. Der Pueblo bestand aus zwei massiven, pyramidenartigen, mehrstöckigen Wohnblöcken auf jeder Seite des gefrorenen Taos River. Die bräunlichroten Lehmziegelgebäude waren sehr alt und aus roter Erde des Tales errichtet, die mit Stroh und Kieselsteinen angereichert worden war. Der Pueblo hatte lange vor der Ankunft der Spanier existiert. Über den unteren Strukturen erhoben sich terrassenförmige Stockwerke. Aus Sicherheitsgründen gab es in den unteren Etagen keine Türen oder Fenster. Leitern wurden benutzt, um in die oberen Stockwerke zu gelangen. Sie konnten hochgezogen werden, um jedem die Benutzung zu verwehren, der nicht erwünscht war. Die hochwandige Kirche aus dem 17. Jahrhundert befand sich an der äußersten nordwestlichen Ecke der Gemeinde. Ihre Wände waren fast zwei Meter dick. Eine Brücke aus gewaltigen Balken überspannte den Fluß zwischen den beiden Gemeindeblöcken. Die Blöcke waren durch dicke Holz- und Adobewände verbunden, mit Ausnahme der Stelle, an der sie vom

Fluß unterbrochen waren. An diesen beiden Stellen waren Verteidigungstürme errichtet worden. Es würde ein schmerzlich langwieriger Prozeß, die Festung durch eine Belagerung auszuhungern, und er würde Verluste kosten. Der Pueblo war immer gut mit Vorräten versehen, und es gab stets genug Wasser vom Fluß.

Der Mondschein war fast so hell wie Tageslicht. Er zeichnete scharfe Schatten auf den schneebedeckten Boden, als wären sie aus schwarzem Papier geschnitten worden. Dünner Rauch stieg aus vielen Schornsteinen und bildete eine Dunstschicht in der windstillen Luft. In Decken gehüllte Gestalten mit Gewehren standen Wache auf den Türmen und Palisadengängen. Neue Schießscharten tüpfelten die äußeren Wände der Kirche.

»Da kommt jemand«, zischte Moccasin.

Sie verteilten sich in Deckung. Gewehrhähne klickten.

»Jesus, ist das ein Riese«, wisperte Luke.

Die einsame Gestalt bewegte sich schwerfällig, doch verhältnismäßig lautlos auf die versteckten Scouts zu.

»Er trägt einen Hut«, flüsterte Luke. »Vielleicht ein Weißer oder ein Mex.«

Der große Mann verharrte und sah sich um. »Gottverdammich, Big Red«, sagte er gedehnt. »Ich hab' dich raufkommen sehen. Wo zur Hölle steckst du? Ich bin's, der alte Dick Wooton. Ich komme von Pueblo.«

»Da will ich doch verdammt sein«, sagte Quint leise. »Geh in Deckung, Dick. Du gibst 'ne prächtige Zielscheibe im Mondschein ab.«

»Höllenfeuer«, flüsterte Dick heiser. »Ich wußte, daß du mich niemals irrtümlich für einen Pueblo oder Mex halten würdest. Sag mal, ich traf einen deiner Jungs, der mir erzählte, daß du auf dem Weg zu diesem Pueblo bist.«

»Jesus?«

»Das war sein Name. Er reitet nach El Cerrillo.«

»Was tust du hier, Dick?« fragte Jim.

»Hörte von der Revolte. Kam von Pueblo mit ein paar Jungs aus den Bergen, um zu helfen, wenn wir können. Wir haben uns in den Hügeln versteckt und warten auf die Soldaten. Kommen sie?«

Quint nickte. »Sie sollten morgen hier sein.«

Richens Lacey Wooton war ein Gigant aus Virginia, der 125 Kilo auf die Waage brachte. Er war ein meisterhafter Schütze und Fährtenleser, ein bemerkenswerter Reiter und ein Kämpfer ersten Ranges. Vor acht Jahren waren er und ein Trupp von Trappern von Bent's Fort aus auf dem Arkansas bis zu dessen Quelle gereist und von dort aus nach Norden zum Yellowstone. Danach waren sie dem Snake und Salmon River bis zum Columbia gefolgt und von dort aus hatten sie den Weg an der Pazifikküste hinab bis nach Kalifornien fortgesetzt. Sie waren über Arizona, Utah und Colorado zum Arkansas zurückgekehrt.

»Kann ich mich jetzt zum Kampf melden?« fragte Dick.

Quint nickte. »Du bist hiermit verpflichtet.«

Dicks Augenbrauen ruckten hoch. »Tatsache? Wie kommt das?«

Luke grinste. »Du sprichst mit Lieutenant Kershaw, Dick, befehlender Offizier von Kershaws Kompanie der Freiwilligen Berittenen Schützen New Mexicos.«

Dick sah in die Runde der fünf Männer. »Das soll 'ne *Kompanie* sein?« fragte er verwundert.

Luke nickte. »Nun, eigentlich sind wir vorübergehend ein Teil von Captain St. Vrains Santa Fé Kompanie aus Mountain Men und einigen Städtern. Big Red hier ist Erkundungsoffizier.«

Dick schüttelte bedächtig den Kopf. »Jetzt blicke ich allmählich durch«, sagte er in seinem schleppenden Tonfall. Er grinste. »Wann bekomme ich meine Uniform?«

»Du trägst sie bereits«, sagte Quint trocken. »Hebe deine rechte Hand, und ich vereidige dich.«

Moccasin entfernte sich durchs Gebüsch und kam schnell zurück. »Eine Pueblo-Patrouille auf dem Weg hierher«, warnte er.

Als die Patrouille den Fuß der Erhebung erreichte, gab es kein Anzeichen mehr von den Scouts. Dick war zu seinem Versteck zurückgekehrt, um seine Gefährten zu holen. Quint und seine Männer befanden sich auf dem Weg zu François Charbonnes Haus. Sie bekamen eine gute Mahlzeit und reichlich *aguardiente*. Jesus war noch nicht von El Cerrillo zurückgekehrt.

25

Februar 1847: Taos Pueblo

Die amerikanischen Truppen marschierten am Mittag in Taos ein. Captain St. Vrains Mountain Men ritten locker und lässig voraus, hielten die Gewehre über den Sätteln oder mit den Kolben an der Hüfte. Sie sahen kühl auf die wenigen Mexikaner längs der Marschroute. Die Infanteristen trotteten erschöpft dahin, und ihre dicke Kleidung zeigte den Verschleiß durch einen Winterfeldzug. Doch eines war offensichtlich für die Zuschauer – die Waffen der Amerikaner waren sauber und bereit für den sofortigen Gebrauch.

Colonel Price verlor keine Zeit. Es wurde für die Artillerie ein Weg durch die Schneeverwehungen gebahnt. Die Geschütze wurden in Position gefahren und bedrohten den Pueblo drei Meilen nördlich der Stadt. Der Colonel wählte die Kirche an der nordwestlichen Ecke des Komplexes als Angriffsziel. Ursprünglich hatten die äußeren Mauern um die Kirche keine Fenster gehabt, doch jetzt war der dicke Adobe unregelmäßig mit Schießscharten gesprenkelt. Die Geschütze eröffneten das Feuer. Das zweieinhalbstündige Bombardement zeigte keine Wirkung bei der Kirche. Die Munitionswagen kamen nicht nach. Die Soldaten waren fast völlig erschöpft von ihrem langen Marsch, und sie litten unter der eisigen Kälte. Die Attacke wurde abgebrochen, und das Kommando kehrte nach Taos zurück, um Unterkünfte zu haben. Dichter Schnee fiel in dieser bitterkalten Nacht.

Im Morgengrauen des nächsten Tages wurde ein Weg durch den Neuschnee gebahnt. Die Männer von St. Vrains Kompanie standen zwanglos bei ihren Pferden und warteten auf Befehle. Gewehrfeuer blitzte und rauchte von den Palisaden und Schießscharten der Kirche. Kugeln pfiffen vorbei oder klatschten in den Schnee.

Ceran St. Vrain wandte sich Quint zu. »Schon irgendein Anzeichen auf Jesus Martinez?«

Quint schüttelte den Kopf. Er schaute nach Osten zu den Hügelhängen, wo sich einige Meilen entfernt El Cerrillo befand. Die bräunlichroten Adobewände der *hacienda* waren in unregelmäßigen Flecken durch das Dunkelgrün und Schwarz der Bäume zu sehen, von denen sie umgeben war.

»Ich würde dich ja gerne dort erkunden lassen, Quint«, sagte Ceran, »doch wir brauchen dich hier. Colonel Price hat dich als Adjutant und Berater angefordert. Nimm dir Luke als Ordonnanz mit.«

Quint nickte. Er schaute wieder nach El Cerrillo hin, während er auf sein Pferd stieg. Es paßte nicht zu Jesus, daß er seine Pflicht vernachlässigte.

Die Artillerie trat donnernd in Aktion. Wie schon am Vortag hatte das Bombardement wenig Wirkung. Nach zwei Stunden ließ das Feuer nach. Colonel Price befahl die Infanterie heran. Captain Burgwins G-Kompanie der Ersten Dragoner und die D-Kompanie der Zweiten Missouri sollten die Westflanke der Kirchenmauer angreifen. Angneys Infanterie-Bataillon und zwei Kompanien der Zweiten Missouri sollten die Nordwand stürmen. Scharfe Befehle ertönten. Die Infantrie pflanzte Bajonette auf und formierte sich zur Attacke.

»Colonel Price, Sir«, sagte Quint. »Ich möchte mich gerne freiwillig zu Captain Burgwins Kompanie melden.«

Price nickte. »Er wird alle Kämpfer brauchen, die er bekommen kann. Übernehmen Sie das Kommando der Bereitschafts-Kompanie. Sie haben eine Leiter für einen Sturmangriff angefertigt, mit der sie das Dach der Kirche erreichen können. Ich will das Dach in Brand stecken lassen. Viel Glück.«

Die Hornisten bliesen zur Attacke. Brüllend stürmte die Infanterie voran. Kugeln hagelten über die Köpfe der Männer von Burgwins Sturmkommando hinweg, doch sie schafften es bis zur Westwand. Sie duckten sich dicht an die Mauer. Gewehre blitzten an den Schießscharten, dicht über ihren Köpfen, doch sie konnten nicht weit genug niedergedrückt werden, um auf sie zu zielen. Quint führte die Bereitschaftskompanie zur Wand. Sie hoben die Leiter an und stellten sie an die Kirche. Captain Burgwin führte seine Männer zur Frontseite der Kirche. Das Feuer aus den Schießscharten an der Westseite ließ nach, als die Verteidiger zur Vordertür der Kirche eilten, um sie gegen die Attacke zu halten.

»Fackel anzünden!« befahl Quint einem Dragoner.

Quint schlang sein Hawken-Gewehr am Riemen über die

Schulter und kletterte die wacklige Leiter hinauf, dicht gefolgt von dem Dragoner mit der brennenden Fackel und Luke. Quint war fast oben, als auf dem nahen Verteidigungsturm ein Gewehr abgefeuert wurde. Der Dragoner fiel zurück. Luke wich zur Seite aus, um ihn fallen zu lassen, aber er schaffte es gerade noch, ihm die Fackel aus der Hand zu reißen. Der stürzende Dragoner riß die restlichen Männer auf der Leiter mit zu Boden. Luke reichte die Fackel zu Quint hinauf. Quint rollte sich über die Brustwehr. In einer Hand hielt er die brennende Fackel, in der anderen einen gespannten Colt. Niemand war auf dem Dach.

Es gab einen Haufen von schneebedecktem Bauholz. Quint trat den Stapel auseinander, um an das trockene Holz darunter zu gelangen. Er schüttete Pulver aus seinem Pulverhorn auf das trockene Holz und hielt die Fackel daran. In diesem Augenblick tauchte ein stämmiger Pueblo aus einer Dachluke am Nordende des Daches auf. Lukes Hawken-Gewehr krachte. Der Pueblo zuckte zurück wie der Teufel in der Kiste. Das Pulver loderte mit einer Stichflamme auf. Das Feuer züngelte über das Holz. Quint steckte die Fackel zwischen zwei Bretter und schüttete weiteres Pulver darüber. Er riß die Fackel an sich, als das Pulver in Brand geriet und rannte zu einer Belüftungsöffnung im Dach, die mit Latten bedeckt war. Luke schlug einen weiteren Pueblo mit dem Gewehrkolben in die Dachluke hinab. Quint zerschmetterte die Latten über der Belüftungsöffnung und ließ die Fackel durch die Bresche hinabfallen. Er packte ein brennendes Brett und rannte zur Dachluke. Er warf das Brett durch die Öffnung hinab. Luke knallte die Dachluke zu und stellte sich darauf. Rauch begann aus der Belüftungsöffnung und um den Rand der Dachluke hervorzuquellen.

»*Vamonos!*« schrie Quint. Er schlang sich das Hawken-Gewehr über die Schulter und sprintete hinter Luke zur Leiter. Luke kletterte hinab. Jemand schrie hinter Quint. Er fuhr herum. Die Dachluke war aufgeflogen, und ein Schwall von Rauch quoll heraus. Ein Pueblo wankte durch den Rauch und zielte mit einer doppelläufigen Schrotflinte auf Quint. Quint feuerte zweimal mit einem seiner Colts. Der Pueblo brach zusammen und blieb halb in der Dachluke, halb heraus liegen.

Quint folgte Luke die schwankende, knarrende Leiter hinunter. Sie sprangen das letzte Stück ab und rannten, während Kugeln an ihnen vorbei und über ihre Köpfe pfiffen. Sie bogen um die Ecke der Frontseite der Kirche. Einige der Angreifer waren innerhalb der Einfriedung und gaben der Gruppe Feuerschutz, die von Captain Burgwin und Lieutenant McIlvaine angeführt wurde und die die dicke Kirchentür mit einem Baumstamm rammten.

Die Frontseite der Kirche war in dichten Pulverrauch eingehüllt. Pausenlos blitzten und krachten Waffen. Das Rammen gegen die dicke, eisenbeschlagene Tür hallte donnernd durch die Kirche. Captain Burgwin wurde von zwei Kugeln getroffen. Er taumelte zurück in Quints Arme. »Ich bin erledigt, Kershaw«, ächzte er. »Dies ist hoffnungslos. Bringen Sie meine Männer von hier weg, solange sie noch leben.« Quint hob ihn über seine Schultern und rannte geduckt von der Kirche fort. Der Sturmtrupp gab ihm Feuerschutz.

Das Dach der Kirche stand in Flammen. Eine gewaltige Wolke von dichtem Rauch, vermischt mit lodernden Flammen und hochsprühenden Funken stieg hoch in die Luft. Das Gewehrfeuer ließ nicht nach. Die Dragoner hackten mit Äxten auf die Adobewände ein. Sie warfen Handgranaten mit Drei-Sekunden-Lunten in die Kirche. Sie explodierten zwischen den dichtgedrängten Verteidigern und schufen ein blutiges Chaos.

Das 6-Pfünder-Geschütz eröffnete das Feuer aus 200 Yard und bestrich das Innere des Pueblo-Komplexes mit Kartätschenfeuer. Die Pueblos kämpften wild zurück. Die Soldaten wurden allmählich zurückgetrieben. Schließlich fielen sie zurück, pulvergeschwärzt und trotz der Kälte schweißgebadet.

Quint und Luke streiften über den Kampfplatz, der vom Rauch eingehüllt war, und suchten nach Kiowa, Bartolomé und Diego. Sie waren nirgends zu finden.

»Die sind getürmt, Big Red«, sagte Luke. »Sie wissen, daß die Pueblos nicht gewinnen können.«

Quint nickte. »Schließ dich Ceran an. Ich muß Colonel Price Meldung machen. Los, ab!«

Luke trottete durch den Rauch davon.

»Wandering Wolf!« rief Quint ihm nach.

Luke wandte sich um.

»Paß auf deinen mageren Arsch auf!« brüllte Quint.

Sie grinsten einander an.

Um 14 Uhr 30 wurde das 6-Pfünder-Geschütz bis auf 60 Meter an die Kirche herangefahren. Dann wurde sorgfältig auf eines der Löcher gezielt, die mit den Äxten geschlagen worden waren. Zehn Kanonenkugeln, gefolgt von Kartätschenfeuer, krachten durch das Loch. Dick Green, Charles Bents langjähriger, ergebener schwarzer Diener war als erster durch die Bresche und schlug mit seinem Gewehr als Keule um sich.

Quint drang in die Kirche ein. Das brennende Dach hing durch. Leichen bedeckten den Boden. Der Gestank von Blut, brennendem Holz und ätzendem Pulverrauch hing schwer in dem Gebäude. Das Kreischen und Schreien der Sterbenden und Verwundeten vermischte sich mit den heiseren Rufen der Dragoner und der immer noch kämpfenden Pueblos, dem Krafen der Waffen und dem Prasseln der Flammen.

Quint konnte die drei Männer, die er suchte, nirgendwo in der Kirche entdecken. Er begann Verwundete hinauszuschleppen. Gerade als der letzte der Verwundeten von einigen Dragonern geborgen worden war, brach das Nordende des Daches zusammen. Eine riesige Wolke aus Gas, Rauch und Funken schoß hoch in die Luft. Die überlebenden Pueblos suchten Zuflucht in den beiden Gemeindegebäuden. Andere flüchteten in Panik über die Ostmauer und versuchten in die Berge zu gelangen. Sie wußten nicht, daß Colonel Price St. Vrains Mountain Men und Slacks Kompanie von Missouriern dorthin geschickt hatte, um jeden Rückzugsweg abzuschneiden.

Quint stieg auf sein Pferd und führte Lukes Pferd am Zügel mit, während er über den eingefriedeten Platz galoppierte. Er ritt zwischen den flüchtenden Pueblos hindurch, die keinerlei Anstalten trafen, auf ihn zu schießen oder ihn zu stoppen. Dann preschte er durch das östliche Tor. Ein großer Krieger humpelte hinter einem Schuppen hervor und riß sein Gewehr hoch. Quint parierte sein Pferd und stieß einen seiner schußbereiten Colts vor. Doch keiner der beiden Männer schoß. Sie ließen Gewehr und Colt sinken.

»Big Red«, sagte der Krieger leise.

Quint nickte. »Black Beaver.«

Blut von einer Kopfverletzung sickerte über das pulvergeschwärzte Gesicht des Delawaren. Sein rechter Legging wies dunkelrote Flecken auf. Langsam drehte er sich um und wollte davonhumpeln.

»Du hast keine Chance!« rief Quint.

Black Beaver sah über die Schulter zurück. »Ich habe eine, wenn ich die Berge erreiche. Dort schnappen sie mich nie.«

Quint schüttelte den Kopf. »Hör doch!«

Gewehrfeuer krachte auf einmal im Norden und Osten.

»Dort wartet eine Kompanie Mountain Men auf dich«, sagte Quint.

Black Beaver wandte sich langsam um. »Ich werde kämpfend sterben, bevor ich mich schnappen lasse, Big Red. Sie werden versuchen, mich zu töten, sobald sie mich sehen.«

Quint hielt ihm die Zügel von Lukes Braunem hin. »Nimm das Pferd. Verschwinde von hier! *Vamonos!*«

Der Delaware saß auf. »Das werde ich dir nicht vergessen«, versprach er.

»Hau ab, verdammt!« rief Quint.

Black Beaver jagte nach Norden.

»Komm nicht zurück!« warnte Quint.

Die Mountain Men waren entschlossen, grausame Rache für den Tod von Charles Bent und für andere gefallene Amerikaner und befreundete Mexikaner zu nehmen. Dies war ihre Art Kriegsführung. Der Indianerkampf, bei dem keine Gnade gezeigt und kein Pardon gegeben wurde. Sie ritten die fliehenden Pueblos nieder, erschossen sie oder knüppelten sie mit den Gewehren nieder und skalpierten sie.

Quint fand Luke, der gerade einen blutigen Skalp an seinem Gurt befestigte. »Wo zur Hölle ist mein Brauner?« fragte Luke.

Quint hatte einen versprengten Grauen am Zügel bei sich, den er gefunden hatte. Er hielt Luke die Zügel hin. »Ein Pueblo gab mir 50 Pesos für ihn. Hier, nimm den.«

Luke schwang sich in den Sattel. »Bist du sicher, daß es kein Delaware war?«

»Wenn ich's mir richtig überlege, so war es einer.«

Luke nickte. »Ich dachte mir schon, daß er das auf meinem Braunen war. Glaubst du, daß er es schafft?«

Quint zuckte mit den Schultern. »Er hat eine gute Chance.«

Sie ritten auf Ceran und Dick Wooton zu.

Luke sah Quint von der Seite an. »Wo sind die fünfzig Pesos?«

»Er sagte, er wird sie mit der Post schicken.«

Sie grinsten einander an. Diejenigen Pueblos, die nicht im Kampf getötet worden waren, hatten in den Schutz der Berge und die Schatten des späten Nachmittags entkommen können. Es waren keine Gefangenen gemacht worden.

»Wie viele Verluste, Ceran?« fragte Quint.

Ceran verknotete mit Hilfe der Zähne und der Rechten einen Verband um sein linkes Handgelenk. »Keine, Big Red.«

»Der Feind?«

»Ich zählte vor einer Weile glatte fünfzig«, sagte Dick. Ein Gewehrschuß peitschte in den Schatten. »Einundfünfzig«, korrigierte er sich. Er grinste.

Die Schüsse beim Pueblo waren verstummt.

»Ich mache dem Colonel Meldung«, sagte Quint.

Sie ritten zurück zu Colonel Price, der von einem seiner Adjutanten die Bilanz des Gemetzels gemeldet bekam.

»Ist die Schlacht vorbei?« fragte Quint.

Price schüttelte den Kopf. »Aber für heute jedenfalls. Es wird zu dunkel. Die verbleibenden Pueblos haben sich in ihren Gebäuden verschanzt. Sie haben eine schlimme Niederlage erlitten. Der Kampfgeist wurde ihnen genommen. Wenn sie sich nicht ergeben, werde ich bei Tageslicht angreifen. Doch ich glaube, sie werden aufgeben. Sie haben keine Chance, unsere Attacke zu stoppen.« Gedämpftes und schauriges Wehklagen drang aus einem der dunklen Gebäude.

»Sie zählen ihre Toten«, sagte Luke.

»Wie hoch sind unsere Verluste, Sir?« fragte Quint den Colonel.

»Sieben Tote und etwa 45 Verwundete. Captain Burgwin ist tödlich verwundet, befürchte ich. Einige der anderen Schwerverwundeten werden vermutlich sterben. Wir haben nur ein paar Gefangene gemacht. Einer davon ist ihr Häuptling Tomasito. Er trug eines von Gouverneurs Bents Hemden, als wir ihn gefangennahmen.«

»Wie lauten Ihre Befehle, Colonel?« fragte Quint.

»Wir haben keine Spur von den beiden Mexikanern, die Anführer dieser Revolte sein sollen, Bartolomé de Vasquez und Captain Diego de las Casas. De Vasquez ist Ihr Schwager, nicht wahr?«

Quint nickte. »Und de las Casas ist sein Cousin.«

»Ich will diese Männer haben«, sagte Colonel Price grimmig. »Jagen Sie die beiden, Lieutenant, und bringen Sie sie zur Strecke.«

Luke überprüfte seine Waffen. »Tot oder lebend, Sir?«

»Entweder oder. Wenn möglich lebend, doch ich will sie haben ob lebend oder tot!«

Colonel Price schaute ihnen nach, als sie in die tiefen Schatten davonritten. »Gott helfe de Vasquez und de las Casas«, murmelte er vor sich hin.

Dunkelheit hüllte das Land ein.

26

El Cerrillo de Vasquez lag in Dunkelheit. Kein Licht war zu sehen. Quint und Luke banden ihre Pferde in einem Einschnitt nördlich der *hacienda* an und bahnten sich einen Weg durch die gefrorenen Felder zum äußeren Rand des dichten *bosque*, der den Nordhang des flachen Hügels säumte, auf dem El Cerrillo errichtet worden war. Die Dunkelheit vor dem Mondaufgang war windstill. Das einzige Geräusch war das schwache Knirschen von Schnee unter Mokassinsohlen.

Ein Mann lag auf dem Gesicht neben der gefrorenen *acequia madre*. Quint schob einen Fuß unter die Gestalt und warf sie auf den Rücken. Die Leiche war hart gefroren. Quint sah sich das verzerrte blaue Gesicht näher an. »Jesus Martinez«, sagte er. »Die Kehle von Ohr zu Ohr durchgeschnitten. Er ist schon seit ein paar Tagen tot, noch vor dem Pueblo-Kampf.«

Sie schlugen einen Bogen um die *hacienda* zu den entferntesten Nebengebäuden an der Südseite. Eine weitere Leiche lag mit dem Gesicht nach unten neben einem großen Schuppen, in dem Heu gelagert wurde. Ein Messer steckte zwischen ihren Schulterblättern. Luke rollte den Toten auf den Rücken. »Kennst du den?« flüsterte er.

»Tomas Valdez, einer der Feldarbeiter. Ein geborener Rebell!«

Der Mond ging auf. Luke zog die Schuppentür auf, um in Deckung zu gelangen. Das schwache und unheilvolle Klicken eines Gewehrhahns, der gespannt wurde, ertönte aus dem dunklen Innern. Quint und Luke schnellten sich nach beiden Seiten der Tür zur Seite.

»Bist du das, Vater?« fragte die zitternde Stimme eines kleinen Jungen.

»Davie, Junge!« rief Quint. »Bist du das wirklich?«

David kam zur Tür, das Hawken-Gewehr im Anschlag. Als er seinen Vater sah, umfaßte er ihn an der Hüfte, hielt dabei jedoch sein Gewehr umklammert. Er zitterte am ganzen Leib.

»Bist du allein, Davie?« fragte Luke.

Der Junge schüttelte den Kopf. »Rafaela und Francisco sind hinter dem Heu versteckt.«

Quint hob David auf und trug ihn in den Schuppen. Luke folgte ihm und schloß die Tür hinter sich. »Rafaela? Francisco?« rief Quint. »Ihr könnt herauskommen. Es ist euer Vater.«

Zwei kleine Gestalten kletterten über das Heu und flitzten zu Quint. Er stand da und lächelte verwirrt. Er war sich nicht ganz sicher, ob er bei klarem Verstand war. Er setzte die drei auf Heuballen. »Nun«, sagte er ernst, »könnt ihr mir sagen, was zur Hölle ihr hier zu suchen habt? Warum seid ihr nicht in Rio Brioso? Davie?« David sah auf. »Die Rio-Brioso-Siedlung und Kershaws Fort gibt es nicht mehr«, erwiderte er leise.

»Du meinst *hacienda*«, korrigierte Francisco.

»Ich meine Kershaws Fort«, beharrte David. »Die gottverdammten Greaser-Rebellen kamen und töteten eine Menge unserer Leute und steckten die Siedlung, die Sägemühle und das Fort in Brand.«

»Was ist mit eurer Mutter?« fragte Quint, und es war ihm bange vor der Antwort.

David sah seinen Vater sonderbar an. Langsam schüttelte er dann den Kopf. »Mutter nahm im letzten Oktober Rafaela und Francisco von dort mit. Wußtest du das nicht?«

»David weigerte sich, mit uns hierhin zu kommen«, sagte Francisco. »Er blieb in Rio Brioso.«

Es war plötzlich sehr still im Schuppen. Schwache Strahlen von Mondlicht sickerten durch Ritzen in der Ostwand.

Quint fand schließlich die Sprache wieder. »Wo ist eure Mutter?« fragte er leise. Eine schreckliche Erkenntnis begann in ihm Gestalt anzunehmen.

»Sie ist noch in der *hacienda*«, sagte Rafaela weinend.

Francisco nickte. »Wir wollten sie nicht verlassen, doch Cristina schickte uns mit David fort. Wir waren gerade dort raus, bevor Onkel Bartolomé und Vetter Diego heute nachmittag mit einigen anderen Männern kamen.«

»Aber warum? *Warum?*« fragte Quint wie im Selbstgespräch. »Ich schrieb eurer Mutter im letzten September, bevor ich ins Navajoland aufbrach. Wart ihr da noch in Rio Brioso?«

Rafaela nickte. »Ja, aber sie erhielt nie einen Brief von dir.«

Luke sah auf David hinab. »Und du kamst durch die Berge nach El Cerrillo, nachdem die Rebellen Rio Brioso überfielen?«

David nickte ernst. »Ich konnte nichts tun, um dort zu helfen. Ich traf erst vor ein paar Tagen hier ein. Ich fand die Leiche von Jesus Martinez bei der *acequia madre*. Ich hatte Angst davor, in die Nähe des Hauses zu gehen. So versteckte ich mich in den Nebengebäuden. Die Diener und Feldarbeiter töteten Federico Casias und liefen weg. Cristina kam aus dem Haus, um einige Vorräte zu holen. Sie fand mich. Bartolomé, Diego und deren Männer kamen dann den Hügel herauf. Sie holte die Zwillinge aus dem Haus und übertrug mir die Verantwortung für sie.«

»Ich wollte bleiben und gegen die Rebellen kämpfen«, sagte Francisco tapfer.

»Ich wollte, daß Cristina mit uns kam«, fuhr David fort. »Sie sagte, Mutter wäre ganz allein. Sie könnte sie nicht verlassen.«

»Warum nicht?« fragte Quint leise.

»Weil Mutter sehr krank ist«, sagte Rafaela. »Sie war krank, seit wir nach El Cerrillo zurückkehrten.«

Quint sah von einem zum anderen. »Warum hat man mir das nicht mitgeteilt?«

Rafaela zuckte die Achseln. »Weil wir nicht wußten, wo du warst.«

Quint konnte nichts darauf erwidern.

»Wer hat Tomas Valdez getötet?« fragte Luke.

Rafaela nickte zu David hin. »Er hat es getan.«

David schaute auf. »Tomas fand uns hier. Er nahm mir den Revolver und das Gewehr ab. Er war betrunken. Er sagte, er würde Mutter und Cristina vergewaltigen, die *hacienda* plündern, sich den Rebellen anschließen und Cristina als seine Frau mitnehmen.«

»Tomas wandte David den Rücken zu, als er mit dem Gewehr fortgehen wollte«, sagte Rafaela stolz. »Tomas hatte vergessen, daß David noch sein Green-River-Messer besaß.«

David wischte sich schnell über die Nase. »Ich hätte es aus ihm herausziehen sollen, nachdem ich ihn getötet hatte. Es steckte zwischen seinen Schulterblättern, und er begann im Frost steif zu werden.«

Quint und Luke tauschten über den Kopf des Jungen hinweg einen Blick.

»Ich habe mich an alles erinnert, was du und Luke mir beigebracht habt, Vater«, sagte David ernst.

»Sind Onkel Bartolomé, Cousin Diego und diese anderen Männer immer noch auf der *hacienda*?«, fragt Quint.

David nickte. »Ich beobachtete, wie sie im großen Stall frische Pferde sattelten und sie mit gefüllten Satteltaschen beluden. Jeder nahm sich auch ein zusätzliches Pferd. Sie wollen über den Palo Flechado Paß reiten, dann durch die Berge nach Rio Brioso und nach Süden auf den Pecos River zu, um den amerikanischen Soldaten auszuweichen. Und dann wollen sie nach Chihuahua, um sich der mexikanischen Armee anzuschließen.«

»Woher weißt du das alles?« fragte Quint.

David zuckte mit den Schultern. »Ich schlich zum Stall und belauschte sie. Zuerst dachte ich daran, die Pferde wegzujagen, doch dann hielt ich es für besser, sie für immer von hier verschwinden zu lassen.«

»Wie viele sind es?« erkundigte sich Luke.

»Mit Onkel Bartolomé und Cousin Diego vielleicht acht oder neun«, antwortete David.

»Hast du einen Mestizen darunter gesehen? Einen dunkelhäutigen Mann mit einem wüsten Gesicht und nur einem Auge?« fragte Quint.

»Ich bin mir nicht sicher, Vater. So nahe war ich nicht bei ihnen.«

Quint rieb sich übers Kinn. »Sie warten vielleicht bis zum Mondaufgang, um den Weg zum Paß deutlich sehen zu können. Wenn das der Fall ist, werden sie bald aufbrechen. David, bleib hier und paß auf die Zwillinge auf. Luke, sieh zu, was du mit diesen schönen, frischen Pferden tun kannst.«

Sie schlichen durch die Schatten zum Stall. Acht gesattelte Pferde mit Satteltaschen standen im Stall. Acht weitere Tiere waren mit langen Führstricken aneinandergeleint.

Sie banden die gesattelten Pferde los. Luke führte vier davon zum Stalltor. Eine Waffe spuckte Feuer und Rauch. Luke wirbelte herum, ließ die Zügel der Pferde los und fiel auf die Knie. »Mein gottverdammter rechter Arm ist gebrochen, Big Red«, krächzte er.

Die Pferde rasten in Panik durch das Tor und warfen einen Mann zur Seite, der dort mit einem rauchenden Revolver in der Hand gestanden hatte. Quint feuerte mit einem Colt über Lukes Kopf hinweg. Stiefel pochten auf gefrorener Erde. Quint hetzte zum Tor und sah gerade noch, wie einige Männer um die Ecke in der Nähe der Hintertür verschwanden. Eine Tür knallte zu.

David rannte herbei, das Gewehr schußbereit. »Hol Luke da raus«, trug Quint ihm auf. »Verbinde seine Wunde. Alles in Ordnung, Lukie?«

Luke umklammerte seinen rechten Arm mit der Linken. Sein hageres Gesicht war verzerrt. »Die Kugel hat den Knochen gebrochen und ist dann ausgetreten. Ich komme schon wieder in Ordnung. Verbinde mich, Big Red, und ich komme mit dir.«

»Nein«, sagte Quint entschieden. Er gab David einen seiner Colts. »Luke kann den benutzen, wenn es sein muß. Verschwindet von hier. *Vamonos!*«

Als Luke und David fort waren, band Quint die restlichen Pferde los und trieb sie aus dem Stall. Sie jagten in Panik über die Felder davon hinter den anderen her. Quint umrundete den Stall an der Seite, die der *hacienda* abgewandt war. Er duckte sich tief und hetzte zu einem anderen Nebengebäude. Ein Gewehrschuß krachte von der *hacienda* her. Die Kugeln klatschten in das Gebäude. Quint warf sich zu Boden und robbte unter eine *carreta*. Sie schossen blindlings. Quint grinste. Offenbar wußten sie nicht, daß sie es nur mit einem Mann zu tun hatten.

Quint kroch zu einer nahen *acequia* und rollte sich hinein. Er lag flach in dem zugefrorenen Bewässerungsgraben. Der Graben führte an der Rückseite der *hacienda* vorbei. Quint arbeitete sich auf die östliche Wand zu, die Rückwand des ursprünglichen alten Corrals, der jedoch seit langem zu Quartieren von

Bediensteten und Lagerräumen umgebaut worden war. Quint schnellte sich über den freien Zwischenraum, sprang hoch, um an einer der vorragenden Regenrinnen Halt zu finden, schwang ein langes Bein hoch und über die Brustwehr, griff hinauf und zog sich auf das schneebedeckte Dach.

Rauchfetzen trieben aus einigen der Kamine auf dem großen Komplex von miteinander verbundenen Zimmern und Hallen, der von einem halben Dutzend Innenhöfen durchbrochen war, aus denen große, kahle Bäume aufragten.

Eine Tür klappte im Innenhof der Bedienstetengebäude. Ein Mann kam mit einer Flasche in der Hand schwankend aus einer der Lagerkammern. Er blieb mitten auf dem Hof stehen und setzte die Flasche an die Lippen. Er hörte vor seinem Tod nur noch ein dumpfes Geräusch, als Quints Füße den Boden berührten. Dann drang ihm ein Bowiemesser zwischen die Rippen und ins Herz.

Quint fing den toten Mann auf, bevor er zu Boden fallen konnte. Er schleifte ihn in die Lagerkammer und warf ihn in ein halbleeres Maissilo. Quint trank aus der Brandyflasche und stellte sie ins Regal zurück.

Ein halbbetrunkener Pueblo saß im Schein einer flackernden Kerze am Küchentisch und stopfte sich gierig Essen in den Mund. sein Mund war noch voll, als er starb, wo er saß. Er landete in einer Kiste in einem anderen Vorratsraum.

Quint schlich wie ein Phantom durch einen der langen Durchgänge zwischen zwei Patios. Die Tür am andere Ende der Passage ging plötzlich auf. Quint sah den dunklen Umriß eines Mannes.

»*Quién es?*« rief der Mann. Das war sein Fehler. Er hätte zuerst schießen und später fragen sollen. Quint feuerte mit dem Colt von der Hüfte aus. Er war einen Sekundenbruchteil schneller als sein Gegner. Der Durchgang füllte sich mit Pulverrauch. Der Mann brach zusammen. Seine Kugel schmetterte gegen die Trommel von Quints Colt und prellte ihm die Waffe aus der schmerzenden Hand.

Männer schrien im Patio jenseits des Toten. Quint schnappte seinen Colt, zog sich durch die Passage zurück und stieg eine Leiter hinauf, die zum Dach führte. Er hatte sich gerade über die Brustwehr gerollt, als zwei Männer in den Hof stürzten.

Diego de las Casas und Bartolomé de Vasquez.

Diego de las Casas rief: »Wie zur Hölle ist er hereingekommen?«

»Ich will verdammt sein, wenn ich das weiß«, gab Bartolomé de Vasquez zurück. »Wir müssen ihn finden. Wo ist Kiowa?«

Diego zuckte mit den Schultern. »Schleicht herum und sucht nach dem Dienstmädchen, nehme ich an. Was anderes hat dieser Bastard nicht im Kopf.«

Quint spähte schnell über die Brustwehr. Diego trug volle Uniform eines Captains der Santa-Fé-Kompanie der Aktiven Miliz-Kavallerie, den langen Säbel und alles. Der Hurensohn dachte vielleicht, die Uniform würde ihn vor dem Henkerstrick retten, wenn ihn die Amerikaner gefangennahmen.

»Wir brechen besser aus, Bartolomé«, sagte Diego.

»Die Pferde sind verjagt worden! Es könnten weitere Amerikaner draußen sein, die nur darauf warten, daß wir ausbrechen.«

»Es ist besser, wir versuchen zu den Pferden zu gelangen, als hier wie Ratten in einer Falle zu bleiben! Es ist nur eine Frage der Zeit, wann weitere Amerikaner hier sein werden!«

Bartolomé rieb sich mit einer Hand über die Augen. »Vielleicht hast du recht, Diego. Doch ich muß noch einmal nach Guadalupe sehen.«

»Vergiß sie! Es geht um unser Leben! Wenn wir nicht vor dem Monduntergang über den Palo Flechado Pass sind, können wir's vielleicht niemals mehr schaffen!«

Bartolomé schüttelte den Kopf. »Ich kann Guadalupe nicht so verlassen, Diego. Bei Gott, Cousin, glaubst du, ich will das auf dem Gewissen haben?«

Diego zuckte die Achseln. »Ich trommle die Männer zusammen und schicke einige raus, damit sie das Feuer der Amerikaner auf sich ziehen. Wenn es zu viele sind, können wir beide durch die Hintertür verschwinden. Aber um Himmels willen, Cousin, bleib nicht zu lange beim Abschiednehmen!«

Sie eilten aus dem Hof, und Diego rief nach seinen Männern.

Quint überprüfte seinen Colt. Er war nicht zu gebrauchen. Die dicke, weiche Bleikugel hatte sich förmlich in die Trommel eingepflanzt, wo sich die Achse im Rahmen drehte. Es blieb keine Zeit, die Trommel freizubekommen. Er rannte über die Dächer zum großen Innenhof, der an die *sala* und das große Schlafzimmer grenzte. Der Springbrunnen sprudelte nicht. Der Teich war zugefroren. Abgestorbene Blätter und Schnee bedeckten die Steinplatten. Quint ließ sich an der überstehenden Kante eines *portale* hinab und sprang leicht in den Innenhof. Er rannte auf die Tür der *sala* zu. Zwei Männer stürzten in den Patio. Quint warf einen Blick zurück.

»Yanqui-Bastard!« schrie Diego de las Casas dramatisch. Er zog seinen Säbel, der im Mondschein funkelte. Quint schleuderte sein schweres Bowiemesser. Es traf die Kehle des Mannes, der sich bei Diego befand. Der Mann stürzte vor Diego zu Boden. Diego stolperte über die Leiche. Das verschaffte Quint gerade genug Zeit, um die Tür der *sala* aufzutreten, herumzuwirbeln und sie zuzuknallen. Der Querbalken zum verriegeln der Tür fehlte. Quint rannte zur vorderen Tür und hob dort den Querbalken aus den Halterungen. Er drehte sich gerade herum, als Diego durch die Tür vom Patio hereinstürmte, den Säbel in einer Hand, die einschüssige Pistole in der anderen. Quint schleuderte ihm den Balken entgegen. Diego wehrte ihn mit seinem Säbel ab und verschaffte Quint dadurch genug Zeit, die Wand zu erreichen, an der Don Rodrigos legendäres Toledo-Schwert hing. Er riß es von der Wand und wirbelte zu Diego herum.

Diego lächelte. »Bei Gott! Ich habe für eine solche Chance gebetet!« Er war ein erfahrener Fechter, gut geschult von Orlando Esquivel, einem Offizier der Militärakademie in Mexiko City.

Diego griff an. Er kreuzte mit Quint die Klinge und suchte nach Schwäche oder einem unsicheren Griff. Er wurde enttäuscht. Er zog sich ein wenig zurück, um eine neue Taktik zu versuchen. Das war ein Fehler. Quint ging ungestüm zum Gegenangriff über. Er schlug, stieß und drosch wie ein Berserker, der nicht an sein eigenes Leben dachte. Diego zog sich zurück, parierte verzweifelt, und seine rechte Hand brannte und schmerzte von den wuchtigen Schlägen gegen seine Klinge.

Sie umkreisten sich, und Diego arbeitete sich zur anderen Seite des Tisches in der Mitte der *sala*. Quint riskierte es, den Balken aufzuraffen und ihn in die Halterungen zu werfen, um

Diegos Männer zurückzuhalten. Es war fast ein verhängnisvoller Fehler. Diego griff an. Seine Klinge zuckte ein bißchen zu schnell vor und streifte Quints linke Schulter. Die Klinge drang nur schwer durch die dicke Elchlederjacke und das Wollhemd, doch sie riß eine blutige Furche. Quint spürte, wie warmes Blut über seine Brust und den Bauch bis zu seinem Schritt hinabrann.

Sie prallten jenseits des Tisches aufeinander und schlugen in ihrem Verlangen, den anderen schnell zu töten, wild und ohne Technik zu. Das Klirren von Metall erfüllte die *sala*. Schließlich taumelte Diego zurück und preßte eine Hand auf seine linke Gesichtsseite. Blut quoll zwischen seinen Fingern hervor.

Quint grinste. »Jetzt hast du eine Narbe wie ich, *cobarde!*«

Diego ließ alle Vorsicht außer acht. Er griff wütend an und trieb Quint immer weiter zurück mit der bloßen Wildheit und der Erfahrung als Fechter. Quint kreiste hinter den schweren Tisch. Er konnte dieser Attacke nicht mehr viel entgegensetzen. Diego war zu gut für ihn. Es blieb nicht mehr viel Zeit. Wenn er eine Chance haben wollte, mußte er Diego schnell besiegen.

Diego sprang vor und stieß den Säbel über den Tisch auf Quint zu. Quint wich aus und schmetterte sein Schwert hinab auf Diegos Säbel und nagelte ihn förmlich auf die Tischplatte. Er lehnte sich weit über den Tisch und hämmerte eine große, sommersprossige Faust auf Diegos feingeformte aristokratische Nase, gerade als der Mexikaner seine einschüssige Pistole aus seinem Gurt riß. Diego taumelte schmerzerfüllt zurück, und Blut schoß aus seiner zerschmetterten Nase.

»*Loch Moy! Loch Moy! Ein McIntosh! Ein MacIntosh!*« schrie Quint, während er um die Seite des Tischs herumkam. Er drosch Diego den Säbel aus der Hand, hieb seitwärts, um ihm die Pistole aus der Hand zu fegen und stieß dann mit aller Kraft zu, trieb das Schwert durch Diegos Kehle und nagelte ihn an die Außentür. Diego verdrehte die Augen und starb. Er blieb schlaff und vom Schwert aufgespießt hängen. Quint zog die Klinge zurück. Diego stürzte zu Boden.

Quint trat zurück. Er wischte sich Schweiß vom Gesicht. »Verdammter Narr«, sagte er leise. »Du hättest mich erschießen sollen, als du noch eine Chance hattest.«

Ein Mann rief etwas vom Innenhof her. Quint hob Diegos Pistole auf, blies die Kerzen aus, hob den Querbalken der Tür zum Patio leise aus den Halterungen und drückte sich neben der Tür an die Wand.

Die Tür wurde aufgestoßen. Ein Mann steckte den Kopf in die *sala*. »Don Diego?« fragte er. Er wartete und trat dann vorsichtig und angespannt ein. Er starb mit fünfzehn Zentimeter Stahl im Rücken.

Quint ging auf den Hof, der im Mondschein lag. Schwacher Lichtschein fiel unter der Tür des Schlafzimmers und der Kapelle heraus. Er öffnete behutsam die Tür. Eine einzige Kerze tropfte auf einem Tisch neben dem Bett. Eine kleine Gestalt lag unter den dicken Bettdecken. Die Tür zur Kapelle war verschlossen, und nur ein schwacher Lichtschimmer war darunter zu sehen. Quint ging auf Zehenspitzen zu der Tür. Er neigte ein Ohr dagegen. Jemand betete laut in der Kapelle.

Quint ging zum Bett. »Lupita«, sagte er sanft. »Ich bin es, Quint.« Er erkannte sie kaum wieder, so weiß war ihr Gesicht und so abgemagert war sie.

Sie öffnete die Augen. »Irgendwie wußte ich, daß ich dich noch einmal sehen würde, bevor ich sterbe, mein Liebling«, murmelte sie mit schwacher Stimme. »Kümmere dich um das Kind, wie du es immer bei den anderen getan hast. Das ist alles, was ich dir jetzt lassen kann, mein Mann – die Kinder und meine große Liebe.«

Er ließ das blutige Schwert auf den Boden fallen und umfaßte ihr Gesicht. »Bei Gott!« stieß er hervor. »Warum hast du es mich nicht wissen lassen?«

Sie lächelte schwach und streckte eine dünne, kalte Hand aus, um sein narbiges Gesicht zu berühren. »Du hast das getan, was du immer am meisten geliebt hast, mein Liebling. Ich konnte dich nie halten. Das tut mir leid.« Sie schloß die Augen.

Die Kapellentür wurde geöffnet. Quint fuhr herum, die Pistole in der Hand. Bartolomé hob die leeren Hände und schüttelte den Kopf. »Sie hat nicht mehr lange zu leben, Quintin«, sagte er mit ruhiger Stimme. »Ich glaube, sie würde gerne wissen, daß wir nicht länger Feinde sind.«

Quint schaute auf Guadalupe hinab. »Aber warum?« fragte er mit brüchiger Stimme.

»Hat sie dir von dem Kind erzählt?«

»Ich war mir nicht ganz sicher, was sie meinte.«

»Sie hat vor einigen Tagen eine Tochter geboren. Eine Frühgeburt. Es war zuviel für sie.«

»Wo ist das Kind jetzt?« fragte Quint schnell.

»Cristina hat es versteckt«, sagte Guadalupe schwach. »Ich wollte nicht, daß ihm etwas geschieht.«

Ein Mann rief vom Innenhof her. »Don Diego? Don Bartolomé? Es sind keine Amerikaner außerhalb der *hacienda*! Der Mond scheint! Der Weg ist frei! Wir müssen jetzt aufbrechen!«

Bartolomé schaute auf das blutbefleckte Schwert. »Diego?« fragte er ruhig.

Quint nickte.

Bartolomé sah Quint forschend an. »Du kennst die Legende dieses Schwerts?«

»Ja. Es heißt, solange es an der Wand der *sala* in der großen *hacienda* der de Vasquez hängt, werden Familie und *hacienda* überleben. Doch wenn es von der Wand genommen und wenn damit für die Familie gekämpft wird, wird die direkte Linie der de Vasquez schließlich aussterben wie ein Baum im Laufe der Zeit sterben muß. Und El Cerrillo de Vasquez wird nicht länger existieren.«

»Glaubst du daran?«

Quint zuckte mit den Schultern. »Wer weiß?«

»Ich weiß es«, sagte Bartolomé schlicht. »Ich bin der letzte der direkten Linie.« Er neigte sich über seine Schwester. »Verzeih mir«, murmelte er. Er küßte sie, wandte sich Quint zu und streckte ihm die Hand hin.

Es war eine tödliche Kälte in Quint. Das brennende Verlangen zu töten war zu dem überwältigenden Wunsch geworden, die Klinge hart und treffsicher in den Körper dieses Mannes zu stoßen, den er haßte.

Guadalupe hob ein wenig den Kopf. »Verzeih ihm, Geliebter«, wisperte sie.

Quint wandte Bartolomé den Rücken zu und warf das Schwert in den Kamin. Einen Augenblick später schloß sich die Tür hinter Bartolomé.

»Quint, mein Mann«, murmelte Guadalupe.

Er wandte sich zu ihr um. »Ja?«

»Nenn sie Guadalupe nach mir.«

»Das werde ich tun«, versprach er.

Minuten vergingen. Er setzte sich auf die Bettkante und zog Guadalupe an sich. Er spürte kaum ihre unregelmäßigen Atemzüge. Dann war sie tot. Er küßte ihre kalten Lippen und schmeckte das Salz von ihren Tränen. Er wischte die Tränen aus ihren Augen und zog sanft die Decke über ihr eingefallenes Gesicht.

Kiowa! Der verhaßte Name drang durch Quints Gehirn wie der Stoß von einer Comanchen-Lanze. Er ergriff das Schwert, rannte zur Patio-Tür und riß sie auf. Ein kalter Windstoß drang in den Raum. Er warf einen Blick zurück auf die verhüllte Gestalt auf dem Bett und schloß dann die Tür hinter sich. Der Windstoß warf die Kerze um. Sie fiel auf Guadalupes Nähmaterial, das auf dem Tisch lag. Garn und Wolle fingen zuerst Feuer, und die Flammen breiteten sich schnell zu Stoffstücken hin aus. Brennende Stücke fielen auf den dicken, wollenen Teppich hinab. Andere landeten in einem Korb mit Nähmaterial neben einer großen Kommode. Der Korb loderte bald auf. Eine dünne Flammenzunge leckte gierig über das polierte Holz der Kommode. Das Feuer fraß sich durch den Teppich. Eine Flamme züngelte an einer Ecke einer dünnen Bettdecke empor, die vom Bett herabhing.

Quint sah sich schnell im Patio um.

»Laß das Schwert fallen, Kershaw!« befahl Kiowa, der unter dem *portale* auf der anderen Seite des Innenhofs stand. Mondschein schimmerte auf dem Lauf seines Revolvers. Mit der anderen Hand hielt er Cristina gepackt.

»Lauf, Don Quintin!« schrie Cristina.

Kiowa schlug ihr den Revolverlauf gegen die Schläfe. Cristina stürzte auf die Knie. Er trat sie zur Seite. »Laß das gottverdammte Schwert fallen!« brüllte er.

Das Schwert klirrte auf die schneebedeckten Steinplatten.

»Wirf mir die Pistole rüber! Hübsch vorsichtig!« befahl Kiowa.

Quint warf die Pistole. Kiowa fing sie geschickt auf. Er richtete sie auf Quint. »Bevor du abkratzt, du Hurensohn«, stieß er mit gepreßter Stimme hervor, »werde ich dir die Augen ausstechen als Rache für das, was du mir im Cañon Chacuaco angetan hast.«

Quint nickte. »*Bueno*. Doch dann wirst du näherkommen müssen, du Bastard. Du kannst nicht die Augen mit einer Pistolenkugel ausstechen, ohne mich dabei zu töten.«

Kiowa trat in den Mondschein hervor. »Du hast mich immer gejagt, Kershaw. Jetzt hast du mich gefunden.« Er grinste. »Nicht ganz so, wie du dir das gedacht hast.« Er näherte sich ein wenig, während er eine der beiden Waffen anhob. »Vielleicht kann ich dir von hier aus mit 'ner Bleierbse den Schädel aufreißen, so daß ich an deine Augen herankommen kann.«

Cristina, die er vergessen hatte, erhob sich vom Boden und hielt einen mit Dreck gefüllten Topf in beiden kräftigen Händen. Sie hob ihn hoch über den Kopf und schmetterte ihn auf Kiowas Schädel. Quint sprang über den gefrorenen Teich hinweg und schlug Kiowa die Waffen aus den Händen, als das Halbblut vornüber taumelte. Dann verschränkte Quint die Hände und drosch sie ihm in den Nacken. Kiowa brach zusammen und schlug sich das Gesicht auf den Steinplatten auf. Quint trat ihm hinters Ohr. Kiowa war noch bei Bewußtsein. Er rollte sich zur Seite, um an eine der Waffen zu gelangen. Cristina trat die Pistole fort, daß sie über den Hof flog. Quint zerrte das Halbblut auf die Beine. Kiowa hatte noch genug Kraft, um seine massigen Hände in einem schraubstockartigen Griff um Quints Kehle zu schließen. Quint umklammerte seinerseits Kiowas Kehle. Sie rangen und schwankten vor und zurück bei dem Versuch, festen Stand auf den glitschigen Steinplatten zu finden. Sie starrten einander in die verzerrten Gesichter, beherrscht von wildem Haß, der sich in acht Jahren aufgestaut hatte.

Christina riß das Schwert vom Boden. Sie schlich um die beiden kämpfenden Männer herum und wartete auf eine Chance zu einem wirkungsvollen Schlag oder Stoß. Doch es war nicht nötig. Quint brachte Kiowa schließlich aus dem Gleichgewicht und zwang ihn zurück. Kiowas Fersen stießen gegen die überstehende Einfassung des kleinen Teichs. Er stürzte rücklings, und Quint landete auf ihm. Kiowas Kopf brach durch die Eisschicht, und Quint zwang ihn unter die Oberfläche. Quint sah nur einen roten Nebel zwischen sich und dem verschwommenen, verzerrten Gesicht unter dem Wasser, das im Mondschein glitzerte.

»Don Quintin!« schrie Cristina. »Er ist tot. Um Gottes willen! Er ist tot, sage ich dir!«

Quint sah wie erwachend auf. Langsam löste sich der Nebel auf. Er ließ Kiowa los und stand auf. »Wo ist das Baby?«

Cristina lächelte erleichtert. »Ich habe es in eine der *dispensas* getan«, erwidert sie glücklich. »So ein kleines Ding ist nicht schwer zu verstecken. Komm, Don Quintin.«

Sie sahen nicht den Rauch, der unter der Schlafzimmertür hervorquoll und hörten nicht das gedämpfte Prasseln der Flammen.

Das winzige Baby war in Navajo-Decken gehüllt und lag bequem auf einer Tonne mit Mais. Es schien fast nur aus großen, dunklen Augen zu bestehen.

»Der einäugige Mann fand mich«, berichtete Cristina. »Ich ging mit ihm, um ihn von dem Baby fortzulocken. Ich wußte, daß ich ihn töten mußte, weil sonst das Baby hier vielleicht nicht gefunden werden würde und ganz allein hier in der Dunkelheit sterben würde.« Sie sah zu Quint auf, und ihre dunklen Augen waren von Tränen erfüllt. »Hast du Doña Guadalupe gesehen?«

Quint nickte. »Sie ist gestorben, Cristina.«

Das Mädchen schluchzte. »*Maria Santissima!* Wir haben sie verloren, Don Quintin, doch der Himmel hat einen Engel gewonnen.«

»Du hast sie sehr geliebt.«

»Ja! Ja!«

»Wer entband sie von dem Baby?«

Sie lächelte unter Tränen. »Ich. Ist es nicht wunderschön?«

Ja, dachte Quint, doch zu welch schrecklichem Preis! Er wandte den Kopf ein wenig ab. Er konnte es kaum ertragen, Cristina anzusehen.

»Haben die Amerikaner Taos zurückerobert?« fragte sie.

»Ja. Und die Kinder sind sicher.«

Quint fuhr plötzlich zur offenstehenden Tür herum. »Rauch!« Er rannte auf den Innenhof und zur Schlafzimmertür. Er stieß sie auf. Rauch und Flammen schossen ihm entgegen. Er sprang zurück, hustete und schirmte sein Gesicht mit den Händen ab. Der Raum war ein Inferno. Er rannte zur *dispensa* und raffte das Baby an sich. Sie flüchteten von der *hacienda,* die zum Untergang verdammt war.

Dann standen sie im hellen Mondschein und beobachteten, wie Rauch und Flammen in den Himmel schossen, ein dichtes Leichentuch für Guadalupe de Vasquez Kershaw – *Lupita* ...

»Im Morgengrauen werden nur noch schwarze Ruinen übrig sein«, sagte Luke leise.

Quint nickte. »Das Ende einer Ära.«

Sie ritten den kleinen Hügel hinab, fort von El Cerrillo de Vasquez, und keiner von ihnen blickte zurück.

Nachwort

Oktober 1847: Die Ebenen von San Augustine

Der Krieg war nicht vorüber, doch die Kämpfe hatten aufgehört. Kershaws Kompanie von Freiwilligen Berittenen Schützen New Mexicos war nach der zweiten Halbjahresverpflichtung entlassen worden. Die meisten der Männer entschlossen sich, ihrem Lieutenant zu seinem neuen Grundbesitz in die Ebenen von San Augustine zu folgen. Diejenigen, die einst Rio Brioso als ihre Heimat betrachtet hatten, waren nicht dorthin zurückgekehrt. Was gab es schließlich noch dort, daß eine Umkehr lohnte? Dreiviertel des alten de Vasquez Besitzes war nun Eigentum der Vereinigten Staaten, und es war dort bereits ein starker Militärposten errichtet worden. Das übrige Viertel, wo einst Kershaws Fort gestanden hatte, war von Major Shelby Calhoun und seiner Frau Jean übernommen worden, obwohl der zum Major beförderte Calhoun im Militärdienst blieb. El Cerrillo de Vasquez war nicht wieder aufgebaut worden. Das Land war von Don Quintin verpachtet worden. Der Gewinn wurde zu gleichen Teilen unter seinen drei jüngeren Kindern aufgeteilt, unter den Zwillingen Francisco und Rafaela und der winzigen, zerbrechlichen Guadalupe.

Die alte *hacienda* und ihre *torreón* auf den Ebenen von San Augustine waren solide wiederaufgebaut worden. Die Nebengebäude waren neu errichtet und andere waren dazu gebaut worden. Rinder, Schafe, Pferde und Maultiere waren auf die Ranch getrieben worden, und die Herden weideten auf den Ebenen und den Berghängen. Es waren vertraute Gesichter unter den Leuten auf der Ranch – Luke Connors, Black Moccasin und Joshua, die kämpfenden Delawaren, Anselmo Campos natürlich, wieder daheim auf dem geliebten Land, und viele andere, harte Kämpfer von Rio Brioso und der Mora. Cristina war da, drall, tüchtig und stets lächelnd. Sie war trotz ihrer jungen Jahre eine Pflegemutter der Kinder geworden. Sie liebte die Ranch.

Es war Cristina, die in einer vom Mondschein erhellten Nacht den Platz taufte, als der Mond wie eine große japanische Laterne am Herbsthimmel stand. Quint hatte sie um einen Vorschlag gebeten. Sie dachte eine Weile nach und schaute dann in Quints narbiges Gesicht auf. »*Querencia*«, murmelte sie schließlich.

Querencia – ein Ort, den man liebt, nach dem man sich sehnt; ein Lieblingsplatz.

So würde es sein.

HEYNE BÜCHER — LOUIS L'AMOUR

Der erfolgreichste Westernautor der Welt – in deutscher Sprache exklusiv bei Heyne

DER FALSCHE KILLER — 05/2662 – DM 5,80

MILO TALON — 05/2674 – DM 6,80

DIE SACKETTS — 05/2680 – DM 6,80

CHEROKEE TRAIL — 05/2688 – DM 5,80

BOWDRIE — 05/2692 – DM 5,80

EIN SACKETT GIBT NICHT AUF — DIE SACKETTS 1 — 05/2696 – DM 5,80

DIE SCHATTENREITER — 05/2700 – DM 5,80

DAS MÄDCHEN VOM FLUSS — DIE SACKETTS — 05/2706 – DM 6,80

HEYNE WESTERN CLASSICS

Die Klassiker unter den Western - bekannte Autoren bürgen für Romantik und Spannung

Zane Grey – Wirbelnde Wasser / Vollblut / Der Ruf des Canyon
05/2694 – DM 7,80

Max Brand – Der Riese mit dem schnellen Colt
05/2628 – DM 5,80

Robert E. Howard – Im Schatten der Geier
05/2634 – DM 4,80

A.B. Guthrie – Randell darf nicht sterben
05/2646 – DM 4,80

Hopalong Cassidy – Schlägt sich durch
05/2652 – DM 6,80

Dorothy M. Johnson – Der Galgenbaum
05/2661 – DM 4,80

Ernest Haycox – Signale der Grenze
05/2667 – DM 4,80

Eugene M. Rhodes – Im Westen die Freiheit
05/2697 – DM 5,80

HEYNE WESTERN

Die großen Romane des amerikanischen Westens – weltbekannte Autoren bürgen für Echtheit und Spannung.

Matt Braun
Sechs Gräber in Kansas
05/2564 - DM 4,80

Starbuck
05/2630 - DM 5,80

Starbuck jagt Billy The Kid
05/2648 - DM 5,80

Starbuck gegen die Earps
05/2671 - DM 6,80

Starbuck gegen Jesse James
05/2687 - DM 5,80

Benjamin Capps
Die Legende vom Woman Chief
05/2609 - DM 4,80

William Decker
Ein Kerl wie Stahl
05/2666 - DM 5,80

Die besten Geschichten aus dem Wilden Westen
05/2593 - DM 5,80

Loren D. Estleman
Der Teufel teilt die Karten aus
05/2682 - DM 5,80

Clay Fisher
In den Straßen von Laredo
05/2554 - DM 4,80

Blutige Prärie
05/2588 - DM 4,80

Brian Garfield
Der Teufel schießt schneller
05/2570 - DM 4,80

Will Henry
Der Tag, an dem Fort Larking fiel
05/2605 - DM 5,80

Im Sommer des Blutes
05/2641 - DM 6,80

Im Land der Schoschonen
05/2665 - DM 6,80

San Juan Hill
05/2684 - DM 6,80

Lee Hoffman
Schüsse am Schienenstrang
05/2533 - DM 3,80

Totes Land
05/2549 - DM 4,80

Wilde Pferde
05/2591 - DM 4,80

Zwei Männer aus Texas
05/2645 - DM 5,80

Ray Hogan
Der Mann ohne Revolver
05/2546 - DM 3,80

Rebell im blauen Rock
05/2603 - DM 4,80

Der Todesmarshal
05/2623 - DM 4,80

Aufgebot des Todes
05/2651 - DM 4,80

Tödlicher Trail
05/2681 - DM 5,80

Thomas Jeier (Hrsg.)
Heyne-Western-magazin 3
05/2635 - DM 5,80

Heyne-Western-magazin 4
05/2650 - DM 5,80

Heyne-Western-magazin 5
05/2660 - DM 5,80

Heyne-Western-magazin 6
05/2669 - DM 6,80

Heyne-Western-magazin 7
05/2685 - DM 6,80

Elmer Kelton
Im Sattel des Bösen
05/2561 - DM 3,80

Tödliche Falle
05/2578 - DM 4,80

Frei wie der Wind
05/2596 - DM 6,80

Duell im Kiowa-County
05/2606 - DM 4,80

Preisänderungen vorbehalten.

Wilhelm Heyne Verlag München

HEYNE WESTERN

HEYNE BÜCHER

Die großen Romane des amerikanischen Westens – weltbekannte Autoren bürgen für Echtheit und Spannung.

Elmer Kelton
Heiße Fracht für die Rebellen
05/2614 - DM 5,80

Das Todeslied der Comanchen
05/2636 - DM 7,80

Die Augen des Falken
05/2653 - DM 5,80

Louis L'Amour
Kilkenny
05/2019 - DM 4,80

Man nennt mich Hondo
05/2053 - DM 4,80

Killoe
05/2058 - DM 4,80

Fünf Partner
05/2075 - DM 4,80

Shalako
05/2102 - DM 4,80

Die Hölle von Papago Wells
05/2121 - DM 4,80

Ein Mann wie Kid Rodelo
05/2137 - DM 4,80

Vier harte Kerle
05/2232 - DM 4,80

Dann kam Conagher
05/2289 - DM 4,80

Drei auf blutiger Spur
05/2328 - DM 4,80

Reiter auf dunkler Fährte
05/2347 - DM 4,80

Die Geier warten schon
05/2418 - DM 4,80

Lockendes Gold
05/2482 - DM 3,80

Kilkenny reitet wieder
05/2527 - DM 3,80

Auch Sacketts müssen sterben
05/2536 - DM 3,80

Der eiserne Marshal
05/2584 - DM 4,80

Taggart
05/2590 - DM 4,80

Bendigo Shafter
05/2600 - DM 6,80

Callaghen
05/2608 - DM 4,80

Die Sklavenjäger
05/2618 - DM 5,80

Im Angesicht des Todes
05/2629 - DM 5,80

Mit den Sacketts nach Norden
05/2638 - DM 5,80

Silber in Virginia City
05/2644 - DM 7,80

Sitka
05/2656 - DM 5,80

Der falsche Killer
05/2662 - DM 5,80

Milo Talon
05/2674 - DM 6,80

Die Sacketts
05/2680 - DM 6,80

Cherokee Trail
05/2688 - DM 5,80

Bowdrie
05/2692 - DM 5,80

Giles A. Lutz
Der dunkle Himmel
05/2579 - DM 4,80

Du bist dran, Amigo!
05/2615 - DM 5,80

Bruderfehde
05/2663 - DM 5,80

Gary McCarthy
Der Derby-Mann
05/2594 - DM 5,80

Ein Stern für den Derby-Mann
05/2612 - DM 5,80

Der Mustang-Killer
05/2642 - DM 5,80

Pony-Express
05/2675 - DM 5,80

Preisänderungen vorbehalten.

Wilhelm Heyne Verlag München

HEYNE WESTERN

HEYNE BÜCHER

Die großen Romane des amerikanischen Westens – weltbekannte Autoren bürgen für Echtheit und Spannung.

D.B. Newton
Entscheidung in Oregon
05/2639 - DM 5,80

Wayne D. Overholser
Dan bleib im Sattel
05/2569 - DM 4,80

Der Gejagte
05/2581 - DM 4,80

Die wilde Lady
05/2587 - DM 4,80

Steh auf und kämpfe!
05/2621 - DM 5,80

Die Killer von der Skull Mesa
05/2626 - DM 4,80

Lewis B. Patten
Das Vermächtnis des Ranchers
05/2551 - DM 3,80

Heiß weht der Wind des Todes
05/2563 - DM 3,80

Der unsichtbare Killer
05/2576 - DM 3,80

Jagd auf Apache Kid
05/2597 - DM 4,80

Die Bestie von Colorado
05/2611 - DM 4,80

Zu jung zum Sterben
05/2632 - DM 4,80

Deine Stunden sind gezählt
05/2659 - DM 5,80

Allein am Coyote Creek
05/2677 - DM 5,80

Der unsichtbare Apache
05/2690 - DM 4,80

John Reese
Der Scharfschütze
05/2555 - DM 3,80

Angst regiert die Stadt
05/2585 - DM 4,80

Frank Roderus
Kid
05/2558 - DM 4,80

Die Kugel trägt deinen Namen
05/2573 - DM 4,80

Leichte Beute
05/2599 - DM 4,80

Der Schafzüchter
05/2678 - DM 5,80

Jory Sherman
Blutsbrüder
05/2672 - DM 5,80

Gordon D. Shirreffs
Klirrende Sporen
05/2560 - DM 3,80

Kershaw, der Trapper
05/2668 - DM 7,80

Ein Ranger gibt nicht auf
05/2686 - DM 5,80

Luke Short
Im Banne des Mächtigen
05/2534 - DM 3,80

Geheimauftrag für einen Killer
05/2582 - DM 4,80

Eisiger Hauch
05/2647 - DM 5,80

W. W. Southard
Zeit für die Rache
05/2657 - DM 5,80

Jeff M. Wallmann
Bantam, der Kopfgeldjäger
05/2654 - DM 5,80

Jeff M. Wallmann / Mark L. Wood
Der lange Ritt nach San Jacinto
05/2633 - DM 5,80

Mark L. Wood
Der Sohn des Killers
05/2552 - DM 3,80

Der Mann vom Wind River
05/2620 - DM 4,80

Ein Mann von siebzig Wintern
05/2691 - DM 5,80

Preisänderungen vorbehalten.

Wilhelm Heyne Verlag München

Heyne Taschenbücher.
Das große Programm von Spannung bis Wissen.

Allgemeine Reihe
mit großen Romanen
und Erzählungen
berühmter Autoren

Heyne Sachbuch
Heyne Reisebücher
Heyne-Jahrgangs-
bücher

Scene
Cartoon & Satire
Heyne Ex Libris
Heyne Filmbibliothek

Heyne Biographien
Heyne Lyrik
Heyne Stilkunde

Heyne Ratgeber
Heyne-Kochbücher
kompaktwissen
Heyne Computer
Bücher

Der große
Liebesroman
Heyne-Rubin

Heyne Western

Blaue Krimis/
Crime Classic
Romantic Thriller
Eden-Bücher
Exquisit Bücher

Heyne
Science Fiction
Heyne Fantasy
Bibliothek
der SF-Literatur

Die Unheimlichen
Bücher

Jeden Monat erscheinen mehr als 40 neue Titel.

**Ausführlich informiert Sie das Gesamtverzeichnis
der Heyne-Taschenbücher.
Bitte mit diesem Coupon oder mit Postkarte anfordern.**

Senden Sie mir bitte kostenlos das neue Gesamtverzeichnis

Name

Straße

PLZ/Ort

**An den Wilhelm Heyne Verlag
Postfach 20 12 04 · 8000 München 2**